DUMONT

Großvater Jorge de Houwelandt, ein asketischer Gottsucher, sieht nach einem mit unerbittlichem Stolz gelebten Leben an der Seite seiner Frau Esther seinem achtzigsten Geburtstag entgegen. Den Familiensitz im Norden Deutschlands haben die beiden mit der spanischen Küste vertauscht – denn »was Jorge brauchte, war das Meer«. Sein Sohn Thomas, der am väterlichen Starrsinn zu zerbrechen droht, verwaltet das Elternhaus aus der Vorgründerzeit. Dessen einziger Sohn Christian – Erstgeborener des Erstgeborenen – hat den Großvater kaum je kennen gelernt und möchte allen familiären Verlegenheiten, Verlogenheiten und Verstrickungen aus dem Wege gehen.

Jorges Frau Esther plant, den großen Geburtstag des Patriarchen in Deutschland zu feiern, um die versprengte Familie noch einmal zusammenzubringen. Je näher das Fest rückt, desto verzweifelter kämpfen die de Houwelandts um Recht und Unrecht in der Vergangenheit. Sie müssen dabei erfahren, dass ihre jeweilige Wahrheit nur eine Version ist und dass alle Generationen durch gemeinsame Muster und Wurzeln unentrinnbar miteinander verbunden sind.

John von Düffel wurde 1966 in Göttingen geboren, er arbeitet als Dramaturg am Deutschen Theater Berlin und ist Professor für Szenisches Schreiben an der Berliner Universität der Künste. Seit 1998 veröffentlicht er Romane, Erzählungsbände sowie essayistische Texte bei DuMont, u. a. ›Vom Wasser‹ (1998), ›Wassererzählungen‹ (2014), ›Klassenbuch‹ (2017), ›Der brennende See‹ (2020), ›Wasser und andere Welten‹ (Neuausgabe 2021), ›Die Wütenden und die Schuldigen‹ (2021) sowie ›Das Wenige und das Wesentliche. Ein Stundenbuch‹ (2022). Seine Werke wurden mit zahlreichen Preisen ausgezeichnet, u. a. mit dem aspekte-Literaturpreis und dem Nicolas-Born-Preis.

John von Düffel

HOUWELANDT

Roman

DUMONT

Von John von Düffel sind bei DuMont außerdem erschienen:

Vom Wasser

Zeit des Verschwindens

Ego

Hotel Angst

Beste Jahre

Wovon ich schreibe

Goethe ruft an

Wassererzählungen

KL – Gespräch über die Unsterblichkeit

Klassenbuch

Der brennende See

Wasser und andere Welten

Die Wütenden und die Schuldigen

Das Wenige und das Wesentliche. Ein Stundenbuch

FSC
MIX
Papier | Fördert
gute Waldnutzung
FSC® C083411
www.fsc.org

Dieses Buch wurde klimaneutral produziert.

Klimaneutral
Druckprodukt
ClimatePartner.com/17531-2110-1001

November 2022

DuMont Buchverlag, Köln

Alle Rechte vorbehalten

© 2004 DuMont Buchverlag, Köln

Umschlaggestaltung: Lübbeke Naumann Thoben, Köln

Nach einem Entwurf von Groothuis, Lohfert, Consorten (Hamburg)

Gesetzt aus der Adobe Garamond

Druck und Verarbeitung: CPI books GmbH, Leck

Gedruckt auf säurefreiem und chlorfrei gebleichtem Papier

Printed in Germany

ISBN 978-3-8321-6664-9

Du hast weder Jugend noch Alter
Sondern nur, als wäre es ein Mittagsschlaf
Träume von beidem.

WILLIAM SHAKESPEARE

Teil I

Jorge

Die Insel vor ihm hatte die Farbe des Sandsteins, den man hier brach. Das Land in seinem Rücken entließ seine Hügel ins Licht. Es war eine buckelnde Herde, die vor der aufsteigenden Sonne davonkroch, spärliche Haine, gewundene Terrassen, Gärten aus Geröll. Auf den Spuren der Dämmerung wanderten Schatten wie dunkle Wolken über das Land. Doch der Morgen im Sommer war kurz, und sobald die Sonne steil stand, würde sich nichts mehr rühren. Jorge de Houwelandt watete bis zu den Hüften in den Uferwellen und rieb sich eine Handvoll Wasser ins Gesicht. Das Meer schmeckte nach Schlaf. Ohne die Augen zu öffnen, legte er das Kinn auf die Brust, streckte die Arme aus und tauchte ein.

Mit angehaltenem Atem schwamm er ein paar Züge unter Wasser, in seinen Ohren das Rollen der Kiesel und Steine in der sanften Dünung. Er wußte, daß Esther ihm vom Strand aus zusah, daß sie die schiefergraue Oberfläche nach seinem Kopf absuchte und darauf wartete, ihn zwischen den Wellen wiederauftauchen zu sehen, die sich zu dieser frühen Stunde noch nicht brachen, sondern an Land huschten wie Tiere unter einem Tuch. Er brauchte nicht zu atmen. Er verspürte keinen Drang nach Luft. Was er brauchte, war das Meer.

Er konnte die Feier noch immer absagen. Er war das Familienoberhaupt. Wenn er nicht wollte, würde sein Geburtstag nicht stattfinden, alle würden bleiben, wo sie waren. Er, Jorge, brauchte kein Fest.

Die kleine Bucht warf einen Schattensaum über das allmählich erwachende Meer. Nur auf der Insel lag schon Licht. Es fing sich in den Klippen und verlieh dem Sandstein für Augenblicke die Farbe von gebrannten Ziegeln. Jorge glitt schwerelos durch die anschmiegsame, zudringliche Frische der flüssigen Welt und betrachtete die rundgewaschenen Steine und Muscheln unter sich. Ein, zwei Züge noch, dann erreichte er die Felder von Seegras und totem Tang. Danach kam nur noch Tiefe und sich selbst überschattendes Blau.

Jorge dachte nicht daran aufzutauchen. Er wußte, daß Esther ihn beobachtete. Für einen Moment war es, als könnte er hören, wie sie von einem Fuß auf den anderen trat und der Steinstrand unter ihren Sandalen knirschte. Er sah ihr zum Meer gewandtes Gesicht und die Strähnen ihres noch immer dichten Haars im auflandigen Wind. Sie würde nicht nach ihm rufen, obwohl ihr sein Name auf den Lippen lag, Esther würde die Luft anhalten, als wären ihre und seine Lungen eins. Doch er vermißte nichts. Er hatte sie hinter sich gelassen wie alles an Land.

Das Wasser war flüssiges Glas, farblos vor Frühe. Durch die Tanggärten strich schon der Herbst. Jorge tauchte zwischen zwei algenverhangenen Bojen hindurch, die den Schwimmbereich markierten. Der Gedanke an Sauerstoff durchzuckte ihn, doch es war nur ein Reflex wie vor dem Einschlafen – schon vorbei. All seine Sinne richteten sich auf das bodenlose Blau, das sich unter ihm auftat, und die hinaufdrängende Tiefe. Sie hatte ein so weiches Fell. Jorge war überwältigt von dem Gefühl des Entronnenseins auf der Haut. Wie jeden Morgen.

Hinter einem Fischerboot mit eingezogenem Motor durchbrach er die Oberfläche. Das Tier, das ihn trug, hatte den Rücken krumm gemacht und ihn in die Höhe gehoben. Jorge schnappte nicht nach Luft, sie strömte in ihn ein. Er war vollkommen ruhig.

Es würde keinen Geburtstag geben, und erst recht nicht, wenn es, wie Esther betonte, sein achtzigster war.

Thomas

Er hatte früh aufstehen wollen, um vor den für Mittag angekündigten Regenschauern mit dem Rasenmähen fertig zu sein, doch er mußte seinen Wecker im Halbschlaf zu Boden gerissen haben. Jedenfalls wachte Thomas de Houwelandt anderthalb Stunden später als geplant vom Klingeln des Postboten auf und überlegte, vorerst regungslos, was ihn wohl mehr Mühe kosten würde, sich jetzt den Bademantel überzustreifen und zur Tür zu rennen oder noch ein Weilchen liegen zu bleiben, sich auf die andere Seite zu drehen, um dann im Laufe des Nachmittags oder des morgigen Tages zur Post zu fahren und das Paket oder Päckchen oder was auch immer abzuholen – gegen Vorlage seines Personalausweises, von dem er momentan auch nicht wußte, wo er steckte. Ihm fielen die vorhergesagten Regenschauer wieder ein und das Gras, das von den Rändern her bereits zu blühen anfing. Er verscheuchte den Gedanken an die Mieter der Parterrewohnung im Kinderhaus, die sich über den Zustand des Gartens beklagt hatten – »verwildert«, was wußten die schon von »Verwilderung«! Für den andauernden Regen, der ihm jedes Mähen unmöglich machte, konnte er schließlich nichts.

Thomas verbrachte einen angenehm dämmrigen Moment, in dem er sich mit dem Wetter beschäftigte. Er ließ die Ausläufer eines Tiefdruckgebietes über Schottland gegen ein baltisches Hoch aufmarschieren, das sich von der Ostsee her über Polen weiter westwärts bewegte und in seinem Gefolge schwül-warme Meeresluft mit sich führte. Während Schlesien von einer Hitzewelle überrollt wurde, lagen weite Teile Frankreichs und der Beneluxländer bereits unter einer dichten Wolkendecke. Über der norddeutschen Tiefebene, etwa auf Höhe des achten Längengrads, würden die feindlichen Luftmassen aufeinandertreffen, um sich in Gewittern und ergiebigen Regenfällen zu entladen. Mit nach innen verdrehten Augen sah Thomas eine Front von imposanten Kumuluswolken heraufziehen, alpine Formationen, die sich zusammenschoben, aufeinandertürmten und zu neuen Wolkenkolossen ballten. Von fern her streiften bereits graue Regenbärte über das flache, dunkelgrüne Land. Erste Tropfen schlugen ein wie verirrte Geschosse. Thomas glaubte den Regen bereits riechen zu können und spürte einen von Wolken und Wasser getriebenen Wind um die Nase, der die Tannen vor seinem Fenster aufrauschen ließ, vielstimmig durchs Zimmer pfiff und sich in sämtlichen Ritzen und Spalten festsaugte.

Es konnte sich nur um ein Paket oder Päckchen für seinen Vater handeln, er selbst erwartete keine Post, jedenfalls nichts, wofür es sich lohnen würde aufzustehen, und was kümmerte es den Alten in seinen ewigen Ferien zweitausendfünfhundert Kilometer von hier, ob er diese Sendung nun einen Tag früher oder später entgegennahm. Thomas war es leid, für seinen Vater unterschreiben zu müssen – »im Auftrag«, als hätte er mit den »Aufträgen« seines Vaters nicht schon Ärger genug! Er haßte den Papierkram, insbesondere das Fotokopieren und Nachsenden von Steuerunterlagen, das ihn zwingen würde, ein weiteres Mal zur Post zu gehen und das korrekte Porto für einen Expreßbrief nach Spanien aufzukleben, nur weil sich der alte Herr mit der Erfindung des Faxgerätes nicht anfreunden konnte und es vor allem ihm, Thomas, nicht gönnte, obwohl es seine Arbeit wesentlich erleichtert und ihm etliche Gänge erspart hätte, schließlich war er Verwalter und nicht der Laufbursche seines Vaters!

Doch mittlerweile hatte sich Thomas dermaßen wachgeärgert, daß er genausogut aufstehen konnte, auch wenn es ihm wie eine Niederlage erschien. Mißmutig schlug er die Augen auf und blinzelte zum Fenster hinaus, wo er zwischen schwarzen, geschwungenen Tannenzweigen einen makellos blauen Himmel erblickte. Er haßte diese Tannen, die alles überschatteten und seine Wohnung sogar an sonnigen Hochsommertagen in ein finsteres Loch verwandelten, in eine nach Waldboden, Schwamm und Schimmelpilzen riechende Höhle. Sein Vater hatte die Bäume damals vor das Gesindehaus pflanzen lassen, angeblich um sich und seine angehende Familie von den Mietern abzuschirmen, die nach Kriegsende bei den de Houwelandts Einzug hielten. Doch Thomas, der viele Jahrzehnte später mit der dunkelsten aller Wohnungen vorliebnehmen mußte, sah darin einen langgehegten, gegen sich gerichteten Plan. Noch mehr als das ärgerte ihn allerdings der blaue Himmel, der keinerlei Anzeichen von Eintrübung zeigte und ihm nur Arbeit machen würde, Gartenarbeit. An Schlaf war nicht mehr zu denken.

Thomas zählte bis drei, um die Decke so entschlossen, wie man ein Pflaster abreißt, beiseite zu schlagen und aus dem Bett zu steigen. Doch er brachte keine kontrollierte Bewegung zustande. Sein guter Vorsatz verzuckte wie eine Fehlzündung, die

Muskulatur sprang nicht an, nicht einmal ein Fluch oder Seufzer kam ihm über die Lippen, so als hätte es eines weiteren Beweises bedurft, wie erschöpft und gerädert er noch immer war. Die Erinnerung an letzte Nacht, an seine wachsende Wut und das für seinen Seelenfrieden erforderliche Quantum Rotwein schob sich wie eine Glasscheibe zwischen ihn und seinen unbeweglichen Leib. Ihm brummte der Schädel, ihm brummten die Ohren, seine Gedanken flogen in Schlaufen wie Brummer, die beharrlich gegen das ebenso durchsichtige wie unnachgiebige Nichts von einem Hindernis dengelten. Und es dauerte eine Weile, bis Thomas begriff, daß dieses Brummen nicht seiner Phantasie, nicht irgendeiner Traumfrequenz entstammte, sondern seinem auf dem Boden der Tatsachen liegenden Wecker, der sich durch den Sturz verstellt haben mußte oder schlichtweg kaputtgegangen war. Alles, was er noch von sich gab, war das sporadische Rattern des Klöppels auf teppichtauben Alarmglocken – ein nicht ganz rund laufender, irgendwie eiförmiger Schall, der vor Thomas' innerem Auge das Bild einer ausleiernden Spiralfeder heraufbeschwor, die mit etwas Geduld irgendwann ausgelärmt haben würde. Doch wie zum Hohn hoben prompt die Klingelgeräusche des Postboten wieder an, der jetzt offenbar die Mieter im oberen Stockwerk behelligte. Jedenfalls drang ein durch mehrere Wände und Zwischendecken gedämpfter Summton an sein leidgeprüftes Ohr, womit sich endgültig bestätigte, was Thomas schon von Anfang an geahnt hatte: Dieser Tag war nicht sein Freund.

»Komme ja schon«, murmelte er und strich über seine Unrasur, glaubte sich aber kein Wort.

Esther

Die Steine zu ihren Füßen waren von einer feinen Salzkruste überzogen. Die Gischt vergangener Fluten hatte sich über den Strand gelegt wie Staub. Unter den Kieseln war es angenehm kühl. Esther de Houwelandt setzte sich, spitzelte ihre Sandalen beiseite und bohrte die Zehen zwischen Basalt- und Marmorabrieb, Feuersteinen und Muschelschalen hindurch, bis ihr Spann vollständig bedeckt war. Noch hatte der Steinstrand nicht angefangen zu glühen, doch ihre Fußsohlen hatten schon Durst. Sie legte den Kopf zurück, wie um sich die Sonne ins Gesicht scheinen zu lassen, und genoß den Schatten. Das Meer schlug nach seinem eigenen Schweigen und zerfiel.

Noch acht Tage!

Sie ging ihre Reise ein weiteres Mal durch. Esther wußte, wie sie zum Flughafen kommen würde. Sie kannte sämtliche Prozeduren vom Schalter bis zum Terminal. Start und Landung, die Ankunft in Deutschland, das alles hatte sie Tag und Nacht immer wieder durchgespielt. Sie wußte auch, wie sie am besten zu Beate Gerber kam, falls es mit dem Abholen nicht klappen sollte. Doch das war unwahrscheinlich. Auf Beate war auch nach der Trennung von Thomas Verlaß.

Ihre Schwiegertochter war die erste, die Esther in ihre Pläne eingeweiht hatte, und Beate hatte sie nicht enttäuscht. Sie bot sofort ihre Hilfe an, setzte sämtliche Hebel in Bewegung und wahrte dennoch absolute Diskretion, das verstand sich von selbst. Beate Gerber sprühte vor Ideen, wenn es um die Gestaltung der Feierlichkeiten ging. Sie kundschaftete Restaurants aus, holte Kostenvoranschläge ein und informierte sich über jeden Partyservice im Umkreis. Während der letzten Wochen hatte sie sich als Esthers Sachwalterin vor Ort unentbehrlich gemacht und die gesamte Organisation mit einer Sorgfalt und Begeisterung vorangetrieben, auf die Esther bei ihren leiblichen Töchtern nicht rechnen konnte. Und das, obwohl Beate, strenggenommen, nicht mehr lange eine de Houwelandt sein würde und es im Grunde auch nie war.

Ein Anflug von Reisefieber streifte sie mit der leichten Brise, die auf dem Rücken der ersten Wellen die Bucht erreichte. Doch es war mehr Beklommenheit als Vorfreude. Esther zweifelte nicht daran, daß sie mit Beates Hilfe ein dem Anlaß gebührendes Fest auf die Beine stellen würde: kulinarisch anspruchsvoll, aber nicht extravagant, großzügig, aber ohne übertriebene Opulenz. Sie kannte ihre Familie gut genug, um das beste aller möglichen Arrangements zu treffen. Wechselnde Sitzordnungen, Umtrünke zur Auflockerung sowie eine ausgeklügelte Bettenverteilung schwebten ihr vor. Die letzten noch offenen Fragen der Tischdekoration und Beleuchtung ließen sich problemlos an Ort und Stelle klären. Esther war stolz auf den Stand der Vorbereitungen bis jetzt, stolz auf sich und ihre Schwiegertochter, mit der sie sich in allen Punkten schnell einig geworden war.

Sorgen bereitete ihr nicht die Planung, sondern das Unwägbare. Gegen das Wetter wußte sie Rat und arbeitete im Einvernehmen mit Beate Wind- und Regenvarianten aus. Der Partyservice, für den sie sich entschieden hatte, lieferte auf Wunsch Zelte in verschiedenen Größen. Sogar einen Temperatursturz bezog sie in ihre Überlegungen mit ein und ließ über einen Versandhandel ein Dutzend Wolldecken im Angebot bestellen. Doch keine Decke dieser Welt konnte das Fest vor den Launen und der Unbill ihrer Kinder schützen, die sich von Jorge losgesagt hatten und doch nach ihm kamen mit ihrem Stolz, ihrer Unnahbarkeit, ihrem Inseldasein. Sie verlangte von ihnen nicht, daß sie gute Miene zum bösen Spiel machten. Sie erwartete keine falschen Freundlichkeiten und symbolischen Versöhnungen. Aber Esther wollte und wünschte sich sehr, daß alle ohne Ausnahme verstanden, wie wichtig diese Feier für sie war. Beate hatte das sofort erkannt, im Unterschied zu ihren beiden Töchtern, bei denen Esther schüchtern vorgefühlt hatte, ohne im geringsten ermutigt zu werden. Offenbar wollten sie Jorge in seiner Gleichgültigkeit gegenüber Familienangelegenheiten noch übertreffen. Und das galt um so mehr für Thomas, obwohl er als Erstgeborener eigentlich die Pflicht gehabt hätte, die Familie zusammenzuhalten.

Esther fixierte das Khakihemd ihres Mannes, das er wie immer mit einer zum Wasser drängenden Hast über den Kopf gezogen und achtlos neben seinen Espandrillos hatte fallen lassen. Sie hob es auf, faltete es zusammen und legte es auf seine ausgeblichenen Shorts. Wie von fern her streifte sie ein Hauch von alter Mann. Doch als sie sich argwöhnisch über die Hemdbrust und insbesondere die Achselgegend beugte, um daran zu riechen, schien diese Spur von Schweiß, Meersalz und Mattigkeit schon wieder verflogen. Es war Jorges Geruch, aber auch der brackige, schal gewordene Atem der Steine, die sie mit ihren Zehen gelupft und gelüftet hatte. Sie durfte auf keinen Fall vergessen, vor ihrer Abreise einen Stapel frischer Hemden herauszulegen und Jorge beizeiten zu ermahnen, daß er sie auch anzog.

Nur acht Tage noch, und sie hatte ihm noch immer nichts davon gesagt.

Esther wußte, wie und mit welchen Worten sie ihrem Mann beibringen mußte, daß sie in einer Woche nach Hause flog. Sie hatte sich ihre Erklärung in unzähligen Selbstgesprächen zurechtgelegt. Sie wartete nur auf den richtigen Zeitpunkt.

Es war das erste Mal, daß sie allein verreiste, ohne ihn. Früher hatte Jorge manchmal wochenlang mit Vermessungsarbeiten in anderen Städten, Landstrichen und Ländern zu tun. Doch seit seinem Ruhestand und ihrem gemeinsamen Umzug nach Spanien waren sie keine Nacht mehr voneinander getrennt gewesen, geschweige denn für einen Zeitraum von zwei Wochen. Trotzdem glaubte sie, das Richtige zu tun, wenn sie ihn für die Dauer der Geburtstagsvorbereitungen hier zurückließ. Was Jorge zu seinem Glück am meisten brauchte, war Ordnung. Sein Leben bestand aus einer strikten Abfolge von Ritualen, aus dem Meer am Morgen, dem Garten am Vormittag, der Besteigung des Hausbergs nach der Mittagsruhe und schließlich dem Abendgebet in der Kapelle. Wehe dem, der seinen Tagesablauf störte! Nur äußerst widerwillig änderte Jorge seine Gewohnheiten oder setzte sie aus.

Genau das war Esthers Argument. Dadurch, daß sie im Vorfeld alles in die Wege leitete, konnte er so weiterleben wie bisher. Nach dem Schwimmen würde er sein Frühstück im Merendero am Strand einnehmen und zum Abendessen ins Restaurant gehen. Mittags begnügte er sich ohnehin mit ein paar selbstgepflückten Früchten, Obst und Gemüse aus dem Garten, dazu ein Stückchen Brot mit Olivenöl oder gesalzener Butter und ein mit Wasser verdünntes Glas Wein. Jorge würde ihre Abwesenheit kaum bemerken. Das hoffte und fürchtete sie zugleich. Esther ahnte schon jetzt, daß ihm die Einsamkeit weniger ausmachen würde als ihr.

Nach Abschluß der Vorbereitungen hatte sie noch eine Woche Spanien eingeplant, um das Haus nach Jorges Strohwitwertum wieder auf Vordermann zu bringen. Sie würde waschen und packen, um dann, wie es sich gehörte, Seite an Seite mit ihrem Mann anzureisen. Ihr gemeinsamer Aufenthalt in Deutschland würde sich auf ein Minimum beschränken, nicht länger als die jährliche Stippvisite bei ihrem Steuerberater und den örtlichen Behörden. Jorge brauchte sich um nichts zu kümmern. Er mußte lediglich achtzig werden und seinen gewohnten Rhythmus aus diesem Anlaß für fünf Tage unterbrechen. Dabei hatte sie Hin- und Rückflug so gebucht, daß er am Morgen des ersten Tages sogar noch schwimmen konnte und am Nachmittag des fünften Tages rechtzeitig zum Gebet wieder in der Kapelle sein würde.

Esther wußte, daß sie ihrem Mann unrecht tat, indem sie ihn derart bevormundete. So unselbständig war er nicht. Doch sie war entschlossen, alles zu tun, damit er seinen Widerstand gegen das Fest aufgab. Es kränkte sie, daß ihre Kinder sie nicht unterstützten. Doch die größte Gefahr war Jorge selbst. Er konnte alles platzen lassen. Wenn sie ihn nicht vor vollendete Tatsachen stellte, wenn sie ihm die Wahl ließ, würde er seinen Geburtstag verbieten.

Sie sah seinen weißen Schopf jenseits des ausgeleinten Schwimmbereichs etliche Meter hinter dem letzten Fischerboot. Für einen Moment folgte sie mit ihrem Blick dem Gleichmaß seiner Züge. Auf immer dieselbe Weise duckte er sich in die Hebungen und Senkungen des Meeres, um sich dann zu strecken wie jemand, der unter Wasser erst zu voller Länge aufschoß. Jorge schwamm in einem Bogen auf die Insel zu wie jeden Morgen. Meter für Meter wiederholte er seinen gestrigen Weg, als wollte er die Tage dazu bringen, einander zu gleichen. Esther kannte die Strecke, seine tauchende Art zu schwimmen, seine immergleiche Geschwindigkeit. Genauso würde es sein an jedem Morgen während ihrer Reise. Ihre Abwesenheit würde nichts daran ändern. Alles würde bleiben, wie es war. Nur sie wäre nicht mehr hier, um es zu sehen.

Thomas

Er erwischte den Postboten auf halbem Weg über den Hof vor der »Hundehütte«, wie die Geschwister ihr Elternhaus nannten, einen zweistöckigen Bau aus der Vorgründerzeit, der zu schmal, zu grau und zu verwinkelt geraten war, um eine Villa am Stadtrand zu sein. Fast schien es, als habe ihr Erbauer seinerzeit voller Mißtrauen in die Zukunft geblickt und für sich und die Seinen keine Vermehrung von Reichtum und Ansehen erwartet. Die »Hundehütte« war eine Trutzburg des Erreichten. Weder Personal noch Gäste hatten in ihr Platz, weshalb sämtliche de Houwelandts, deren Geschäfte prosperierten, mit Anbauten wie dem Gesindehaus um 1900 und dem Kinderhaus Anfang der siebziger Jahre eine Spur von Großzügigkeit in die gotische Verschmocktheit und pastorale Enge ihres Familiensitzes zu bringen versuchten. Doch Bedienstete gab es, wenn Thomas von sich selbst einmal absah, schon lange nicht mehr. Soweit seine Erinnerung reichte, wohnten im Gesindehaus ältliche Paare und einsame Pensionäre, die geräuschlos vor sich hinstarben. Auch wurde das Kinderhaus entgegen seiner Bestimmung nie von ihm oder den Geschwistern bezogen. Sie alle hatten das steingewordene Angebot, sich mit ihren Familien an der Seite ihres Vaters niederzulassen, abgelehnt. Zwar standen pro Wohnung zwei Kinderzimmer bereit, was einer Aufforderung zur Fortpflanzung gleichkam, doch mieteten sich auch dort wiederum nur alte Leute ein, die offenbar zu schwach und hinfällig waren, um gegen die reizlosen schuhkartonförmigen Siebziger-Jahre-Räume aufzubegehren. Thomas war nicht nur der einzige de Houwelandt, der hier lebte. Er war mit seinen siebenundfünfzig Jahren auch der Jüngste, was ihm noch immer das Gefühl gab, ein Rebell zu sein.

Jetzt stand er in Bademantel und Pantoffeln auf dem Hof, den Blicken der argwöhnischen Mieterschaft preisgegeben, die vermutlich noch Tage von diesem Auftritt reden würde. Thomas knotete die Enden des Frotteegürtels notdürftig vor seinem Bauch zusammen und fuhr sich mit einer flüchtigen Geste durchs Haar, um wenigstens den Willen zu einer Frisur erkennen zu lassen. Es war fast zehn, hellichter Tag. Die Sonne blendete, und das Unkraut zwischen den Steinplatten schoß unverschämt grün bis auf Knöchelhöhe empor. Ein leichter Niesreiz lag in der Luft. Vom Garten her roch es nach blühender Wiese und Gräserpollen. Es roch, mit einem Wort, ungemäht. Thomas versuchte, den Postboten möglichst unauffällig in eine Ecke zu ziehen, die den Mietern ringsum weniger Einsicht bot, doch die Gesten, die er aus den Ärmeln seines Bademantels schüttelte, wurden von dem Beamten nicht verstanden. Mutlos schaute er die grauen, moosbefleckten Mauern der Hundehütte hinauf und hoffte insgeheim, der Giebel würde sich ein Stück weit vor die Sonne schieben, um ihn mit seinem spitzen Schatten zu verschlucken. Doch auch diesen Gefallen tat ihm sein Vaterhaus nicht. Statt dessen schaute es ungerührt mit seinen vor Staub und Wasserflecken erblindenden Fenstern auf ihn herab.

»Hier unterschreiben«, forderte ihn der Postbote auf. Thomas ergriff den gezückten Kugelschreiber wortlos. Ihm war auf einmal kalt, trotz der sommerlichen Temperaturen. Seine Hände zitterten. Er überlegte kurz, ob er nicht besser versuchen sollte, als erste Handlung des Tages eine Zigarette zu schnorren, doch sein Gegenüber machte ein zutiefst entmutigendes Nichtrauchergesicht.

Nur mit Mühe brachte Thomas seinen in Einzelteile zerfallenden Namen oberhalb der vorgedruckten Linie aufs Papier. Es war kein Wunder, daß er es nicht aushielt an diesem unwirtlichen und von der Zeit vergessenen Ort, wenn sogar sein zäher, unbeugsamer Vater hier nicht länger leben wollte und in südliche Gefilde gezogen war, nachdem er seine Kinder und Kindeskinder allesamt vertrieben hatte. Niemand blieb aus freien Stücken hier, weder die greisen Pärchen und Pensionäre, für die es zu spät war, um zum Sterben das Land zu verlassen, noch er, Thomas, der Erstgeborene. Ihn ereilte der Auftrag, hier nach dem Rechten zu sehen, ausgerechnet zu einem Zeitpunkt, als er seinem Vater nichts mehr entgegenzusetzen hatte. Er war so gut wie geschieden, ohne Bleibe und feste Anstellung, so daß er nun die Leere und den Tod auf dem einstigen Familiensitz verwaltete, als hätte er nie ein eigenes Leben gelebt.

Der Postbote händigte ihm kein Paket oder Päckchen aus, sondern einen gewöhnlichen Brief, der mit etlichen Sondermarken beklebt war. »Einschreiben«, erklärte der Mann. Doch mehr als die Frage, warum jemand so viel Porto für ein paar Seiten Papier aus dem Fenster warf, beschäftigte Thomas der Umstand, daß der Name seines Vaters nicht auf dem Adreßfeld, sondern auf dem Absender stand: Dr. ing. Jorge de Houwelandt. Ein Stempel. Noch dazu mit seiner hiesigen Anschrift. Und adressiert an dasselbe Haus, in derselben Straße, in der nämlichen Stadt, nur eben an ihn, Thomas. Ein Brief, der sich demnach – im Widerspruch zu den zahlreichen Marken und Vermerken der spanischen Post – gar nicht von der Stelle bewegt haben dürfte. Wie auch immer man das verstand, es war kein gutes Omen.

Dieser Tag war nicht nur nicht sein Freund, er war hochgradig feindselig.

Thomas drehte den Briefumschlag in seinen Händen, als ließe sich auf diese Weise Aufschluß über seinen Inhalt gewinnen. Der Postbote hatte ihn bereits mit einem Nicken stehen lassen, um die Briefkästen des Kinderhauses mit Rentenbescheiden, Arztrechnungen und Pauschalreise-Angeboten für Senioren zu füttern. Jetzt stieg er wie eine Frau auf sein robustes, gelbes Fahrrad und rollte grußlos mit Thomas' Unterschrift davon. Es war ein Einschreiben, sicher, aber daß ihn dieser Brief heute morgen tatsächlich erreicht hatte, erschien Thomas mit einem Mal wie ein unglaublicher Zufall. Gleichzeitig war ihm klar, daß er nun keine Möglichkeit mehr hatte, so zu tun, als habe er ihn nicht erhalten.

Jorge

Das Meer warf seine weißen Arme um die Insel und schlug sie in ihrem Nacken zusammen. An den Klippen brach sich das Schweigen des Wassers zu Schaum, sprengte durch Höhlen und Klüfte, schoß in Fontänen zum Himmel und trieb beinahe gewichtlos wie Schnee durch die Luft. Über den muschelbewachsenen Stümpfen kochte das Weiß. Dann neigte sich das Meer in seiner ganzen Fläche und stürzte ab.

Die Insel war der Bucht vorgelagert, ein verlorenes Stück Ladung auf dem Weg zum Kontinent. Vor ihrer landabgewandten Seite ging eine andere Brandung, keineswegs wilder, aufgewühlter, sondern fast behäbig, aber machtvoll, die Ausschläge eines ungeheuren, in sich ruhenden Elements. Es atmete nur. Doch wenn es sich hob oder senkte, kippte die Welt.

Jorge schwamm hart an der Kante der Drift, mit der das Meer an der Bucht vorüberzog. Aus den Augenwinkeln betrachtete er die gleißenden, sonnenblitzenden Tank- und Containerschiffe auf ihrem Weg zur Straße von Gibraltar. Sie waren Silberpapier am Horizont, ins Meer gespiegelt, Trugbilder von schwimmenden Inseln im weißlichen Dunst. Sie bewegten sich so, wie Land sich verschob, unmerklich, spurlos. Plötzlich waren sie woanders oder fort.

Es gab kaum Stellen, von denen aus sich die Insel anschwimmen ließ. Entlang der Landseite erstreckte sich eine flach abfallende Halde von Steinen, die ausgeschlagenen Zähne und Zacken der Klippen. Das Wasser war hier zu niedrig, um zu schwimmen, und die Steinlandschaft zu kantig und verkarstet, um hindurchzuwaten. Seeigelkolonien nisteten in den zahllosen Ritzen, Spalten und Kratern, schwarze, bräunlichrot leuchtende Stachelkugeln, die sich aneinanderschmiegten wie ein dichter, schimmernder Pelz. Uneinnehmbar auch die Meerseite. Dort, wo sich die Brandung nicht wundwusch an dem rötlichen, von der Sonne gehärteten Stein, rankten sich Muscheln die Felswände hinauf. Ihre ausgestorbenen, versteinerten Schalen schnitten rasiermesserscharf, keine Hand fand dort Halt. Wer ihnen oder den angrenzenden Muschelbänken zu nahe kam, den schleiften die Wellen vor und zurück über unzählige Klingen. Ihm blieb nur die Hoffnung, daß das Meer an seinem blutigen, rohen Fleisch bald das Interesse verlor und ihn wieder ausspie.

Jorge kannte all die Schauergeschichten der Gestrandeten, doch sie schreckten ihn nicht. Er verspürte eine Nähe zu der Grausamkeit des Elements wie einen tiefen, tröstlichen Schmerz.

Über die schwerfällig schwankende See hinweg konnte er das Plateau sehen, einen ausgehöhlten, hünengrabartigen Felsen, der von den Seitenausläufern der Brandung regelmäßig geflutet wurde und bei ablaufendem Wasser wieder auftauchte, triefend, zerklüftet und schwarz. Für einen Schwimmer bot sich hier die eleganteste und zugleich einzige Möglichkeit, unbeschadet an Land zu gehen: Er mußte die richtige Welle abpassen, sich von ihr auf das Plateau tragen lassen und dann rechtzeitig in den Stand springen, um nicht vom Rückstrom des Wassers wieder ins Meer gerissen zu werden. Jorge beherrschte diese Technik seit so vielen Jahren, daß er sich kaum noch erinnern konnte, ob er sie den Fischerjungen abgeschaut hatte oder ob sie ihn nachahmten, wenn sie zur Insel schwammen und über das Plateau an Land gingen. Doch in letzter Zeit kamen sie immer seltener. Die Insel und der Schmerz, der sie umgab, gehörten ihm.

Jorge spürte den Hub einer mächtigen Welle in seinem Rücken und fing an zu rudern, kurze schnelle Schläge über Kopf. Er mußte sich hineinbegeben in ihren Sog, sich ihr einverleiben für Momente, ihrer Wucht und ihrem unaufhaltsamen Gang, bevor sie ihren Scheitel an die Klippen schlug und sich ihr massiger Körper dem Land ergab. Plötzlich verschwand der Widerstand unter Jorges Händen. Seine Arme und Beine wurden vom Wasser erfaßt und taumelten schwerelos im Auftrieb der sich hebenden See. Jorge legte sich flach auf den Rücken des Brechers. Ihm konnte nichts mehr geschehen. Er war jetzt Teil von etwas Größerem, er war eins mit der Gefahr.

Für einen letzten langen Zug unter Wasser tauchte er ein in das sonnendurchschossene Grün. Mit seinen vorgestreckten Händen strich er über Garben von gebündeltem Licht, das aus der Tiefe zu ihm heraufstrahlte. Dann sah er vor sich, umgeben von schäumenden Luftwirbeln und schwappendem Tang, die Buckel und Furchen des Plateaus. Jorge machte sich lang, er glitt auf dem Wasser dahin wie ein Schatten. Als er festen Boden unter sich sah, winkelte er die Beine ruckartig an. Seine Füße setzten auf, geübt und sicher. Jorge stand auf Anhieb. Er wankte nicht und wartete, bis das Wasser, das ihn getragen hatte, um seine Knie und Waden abgeflossen war. Dann ging er über den aufragenden, schwarzglänzenden Felsen an Land.

Er lebte hier.

Thomas

Er blies eine letzte Rauchwolke gegen die Fensterscheibe in das von Tannennadeln gefächerte und feingesiebte Licht. Dann umfaßte er die vorgewärmte Espressotasse und nippte an dem sämig-schwarzen Sud. Seine Hände hatten sich beruhigt. Der Schwindel seiner Vorfrühstückszigarette durchlief seinen Körper in abschüssigen Bahnen und verflog. Für die Tannen inmitten der Aussicht empfand Thomas erstmals so etwas wie Zärtlichkeit. Sie boten ihm Schutz.

Er hatte die Hundehütte ziemlich verkommen lassen, das war nicht zu leugnen. Die Fassade gehörte gesandstrahlt, es zeigten sich Risse im Verputz, Feuchtigkeit drang in das Mauerwerk. Die letzten Reste von grauer Farbe blätterten ab und machten dem Moos Platz, das sich vom Erdgeschoß bis in den ersten Stock ausgebreitet hatte. Gegen dieses Haus war Thomas von Anfang an machtlos gewesen. Sicher gab es fleißigere und gewissenhaftere Verwalter als ihn, Hausmeistertypen mit Klempner-Erfahrung, Werkzeuggürteln und Baumärkten als Steckenpferd. Er dagegen hatte Geschichte studiert, ein beachtliches Promotionsstipendium erhalten und drei Jahre lang eine akademische Laufbahn als wissenschaftlicher Assistent an einem renommierten Lehrstuhl für Ur- und Frühgeschichte eingeschlagen. Doch auch wenn das mittlerweile ein Vierteljahrhundert her war und seine Doktorarbeit aufgrund einiger strittiger Grundsatzfragen auf Eis lag, besaß er noch immer genügend Selbstachtung, um sich von dem – sub specie aeternitatis – unaufhaltsamen Verfall der Dinge nicht versklaven zu lassen. Die Fenster allerdings hätte er putzen können, das stimmte.

Thomas wandte den Blick von den toten Augen seines Vaterhauses ab und zog die Vorhänge zu. Dann setzte er sich an seinen Schreibtisch und nahm sich den Brief vor.

Sein Name auf dem Adreßfeld war in der Handschrift seiner Mutter abgefaßt. Geschwungene Unterbögen, ein schmiegsamer, rechts geneigter Buchstabenfluß, das verhieß Milde und Nachsicht. Andererseits schrieb der Alte nie selbst. Er ließ ausrichten, übermitteln und bestellen, ohne je direkt in Kontakt mit ihm zu treten. Mutter war sein Medium. Wenn er kommunizierte, dann ausschließlich durch sie. Sie war es, die regelmäßig Postkarten mit mehr oder weniger gleichlautenden Lebenszeichen schickte. Sogar seine Unterschrift fehlte, es hieß immer nur »Grüße auch von Deinem Vater«. Sie war es, die alle vierzehn Tage zur selben Zeit anrief, um sich nach dem Zustand der Hundehütte zu erkundigen, insbesondere nach dem Wohlergehen der verstaubten Gummibäume und Kakteen in Vaters Arbeitszimmer, der Azalee im Wintergarten und der leise vor sich hin rieselnden Zimmertanne neben dem alten Schwarz-Weiß-Fernseher. Thomas telefonierte ausgiebig mit ihr. In einem säuselnd sonoren Tonfall gab er beruhigende Antworten, die mit der Wahrheit wenig zu tun hatten. Doch es waren nicht ihre Fragen, sondern die seines Vaters, die er aus dem Geplauder heraushörte, und sie liefen in letzter Instanz alle auf eine einzige Frage hinaus: »Schaffst du das?« Mehr wollte der Alte nicht von ihm wissen, er erwartete keine wortreichen Erklärungen, er wollte ein lautes, vernehmliches Ja oder Nein. Das und nur das würde ihn interessieren, wenn er Mutter im Anschluß an ihr Telefonat mit seinem Blick und seinem Schweigen prüfte, und Thomas wußte, daß sie, wenn es hart auf hart kam, nicht die Unwahrheit sagen würde.

Es gab keinen Zweifel mehr: Was er hier in Händen hielt, war seine Kündigung.

Thomas hatte in seinem Leben viel angefangen und wenig zu Ende gebracht. Wie es jetzt weitergehen sollte, wußte er nicht. Und es schien, als wäre dieser Brief das letzte Glied in der lebenslangen Beweiskette seines Vaters, daß er nichts taugte. Dennoch verspürte er eine Welle der Erleichterung. Nach seinem Abgang von der Universität, einigen unersprießlichen Ausflügen in den Schuldienst und vielen Jahren als Hausmann hatte Thomas mehr als zwei Dutzend Gelegenheitsjobs angenommen. Er war als Vertreter von Haustür zu Haustür gezogen, hatte an Marktständen Obst und Gemüse verkauft, Zeitungen ausgetragen und sogar in einem Unicafé zusammen mit seinen ehemaligen Studenten gekellnert. Verglichen damit besaß eine Verwaltertätigkeit durchaus ihre angenehmen Seiten. Was ihm zu schaffen machte, war nicht die Aufgabe als solche, sondern ihre Vergeblichkeit. Thomas sah keinen Sinn darin, dieses ausgestorbene Haus zu hüten und instand zu halten, Blumen zu gießen und zu lüften, so als wären seine Eltern nur in den Ferien und nicht fortgezogen – wenn sie für ein, zwei Wochen im Jahr zurückkamen, lebten sie wie Gäste im eigenen Haus. Er sah keinen Sinn darin, die kaninchenstallgroßen Kinderzimmer unterm Dach, einschließlich seines eigenen, in exakt demselben Zustand zu bewahren, in dem die Geschwister und er sie verlassen hatten, so als bestünde auch nur die entfernteste Aussicht auf ihre Rückkehr. Alles in ihm sträubte sich gegen die Konservierung der Lüge, daß sich dieses Haus noch einmal bevölkern und mit Leben füllen könnte, und wenn er ehrlich war, sabotierte er diesen Sitz einer Familie, die es nicht mehr gab und nie gegeben hatte.

Mit einem Ruck riß Thomas den Brief auf, der ihm jetzt nichts mehr anhaben konnte. Er war entschlossen, den Kampf mit seinem Vater wieder aufzunehmen. Der Alte täuschte sich, wenn er die Episode seiner gescheiterten Verwalterschaft als endgültige Niederlage ansah. Sie war nur eine Gefechtspause. Thomas hatte sich und seine Kräfte in der Unterdrückung neu gesammelt. Die eigentliche Schlacht würde jetzt erst beginnen!

Er zog eine Einladungskarte hervor, reich ornamentierte Buchstaben auf festem, weißem Karton, »zum 80. Geburtstag von unserem geliebten Mann, Vater und Großvater«. Der Text erinnerte an eine Todesanzeige, doch Thomas hatte keine Zeit, darüber nachzudenken. Was ihn vielmehr beschäftigte, waren der Ort und das Datum. Sie sollte hier stattfinden, diese Feier, in genau einem Monat. Und obwohl die Unterschrift des Alten wie immer fehlte, zweifelte Thomas keine Sekunde daran, daß es mit diesem Familienfest Ernst war. Überdies handelte es sich um eine gedruckte Einladungskarte! Wie viele mochte es davon geben? Wer würde kommen, wer absagen? Und wo in Gottes Namen sollten sie alle wohnen? Dann fiel sein Blick auf die Rückseite, wo in der ebenmäßigen, beinahe gleichmütig rechtsgeneigten Handschrift seiner Mutter stand: »Ich hoffe, es ist alles bereit.«

Esther

Sie hörte den Geländewagen schon von weitem. Der Steinstrand knirschte unter dem Druck der Reifen, Kiesel spritzten zu beiden Seiten. Esther erkannte Hermann Lobeck an seinem ruppigen Fahrstil und dem dunkel vibrierenden Motorengeräusch. Aber sie wandte sich nicht um.

Es gab Momente, da wurde ihr bei dem Gedanken an ihre bevorstehende Reise ganz leicht. Sie brauchte die Veränderung, sie konnte nicht anders, es war ihre Natur. Auch wenn die kommenden Wochen viel Arbeit und Aufregung bedeuten würden, so versprachen sie doch zumindest Abwechslung, und danach suchte Esther. Sie plante nicht nur, sie lebte in ihren Plänen. In solchen Momenten machte es ihr nichts aus, daß Jorge sich gegen das Fest so sehr sträubte. Es weckte ihren Kampfgeist.

Aber dann wieder fühlte sie sich unendlich schwach. Die Verantwortung für das Gelingen des Festes lastete schwer auf ihren Schultern. Es kam ihr vor, als hätte sie die gesamte Familienfeier allein zu bewältigen, eine Feier, die in Wirklichkeit niemand wollte, Jorge nicht und ihre Kinder auch nicht. In solchen Momenten wußte sie nicht, was sie trauriger machte: Jorges stummer, beharrlicher Widerstand, mit dem er seine einsiedlerische Lebensweise gegen jede Abweichung verteidigte, oder die Gleichgültigkeit ihrer Kinder, die sich nicht darum scherten, ob die Familie, für die sie gelebt hatte, jemals wieder zusammenkam. Esther wußte, daß sich bei den de Houwelandts nichts bewegen würde, wenn sie nicht selber dafür sorgte, und sie rechnete ebensowenig mit Dank. Sie hatte bald sechzig Jahre an der Seite eines Mannes gelebt, der sich an seinem achtzigsten Geburtstag nichts Besseres vorstellen konnte als Schwimmen, Bergwandern und Beten. Und sie hatte drei Kinder zur Welt gebracht, die ihrem Vater zu seinem Ehrentag allenfalls eine Postkarte schicken würden, vorausgesetzt, man mahnte sie vorher per Telefon an.

Wenn Esther daran dachte, mußte sie sich den wahren Grund ihrer Reise eingestehen. Nicht die Details der Vorbereitungen erforderten ihre Anwesenheit, sondern die Fallstricke der Familiendiplomatie. Sie stand am Beginn einer Friedensmission, die ihre Geduld auf eine harte Probe stellen würde. Sie mußte um Verständnis werben, ausgleichen und trösten, wo seit Jahrzehnten nur Verbitterung herrschte und niemand ihren Trost mehr brauchte. Sie mußte nach allen Seiten hin Überzeugungsarbeit leisten, auch wenn ihre Ermutigungen, Bitten und Beschwörungen nie lange vorhielten. Esther würde von ihren Kindern allerhand zu hören bekommen, das wußte sie, und gleichzeitig war ihr klar, daß ein einziges falsches Wort genügte, um die mühsam herbeigeredete Gemeinsamkeit zu zerstören. In solchen Momenten spürte sie schmerzlich genau, wie unvereinbar die Menschen waren, die sie liebte. Und sie gab Jorge gegen ihren Willen recht.

Beide Türen des Geländewagens schlugen zu. Esther hörte das Trippeln der Absätze von Marita Lobeck, Hermanns zwanzig Jahre jüngerer Frau, die auch am Steinstrand nicht auf hohe Schuhe verzichten konnte. Mit ihrem neonfarbenen Bikini und den grellbunten Tüchern, die sie um Hals und Hüften geschlungen hatte, war sie nicht zu übersehen. Esther grüßte und löste damit einen für die Entfernung übertriebenen Winkreflex aus. Die Lobecks waren ihre Nachbarn in der Siedlung und pflegten diese Nachbarschaft auch ungefragt am Strand.

Marita stöckelte auf sie zu, um einen halbwegs eleganten Gang bemüht, während sich Hermann mit seiner Fototasche und einem Stativ herumschlug. Wenn sie ihn sah, wußte Esther, was sie an ihrem Mann hatte. Hermann ging erst auf die Siebzig zu, zeigte aber bereits die üblichen Verfallserscheinungen des Alters sowie deutliche Spuren eines exzessiven Lebens, das er überwiegend im Sitzen verbracht zu haben schien. Jedenfalls wirkten seine Beine, verglichen mit dem Rest des Körpers, beängstigend dünn.

»Schlechtes Wetter«, rief er und schaute über den Rand seiner Schirmmütze in den wolkenlos blauen Himmel, »Frankfurt 14, Berlin 13, bewölkt, mit gelegentlichen Auflockerungen. Regenwahrscheinlichkeit 40 Prozent.«

»In Australien hat er immer über die Hitze geflucht. Dabei ist dort jetzt gerade Winter!« Marita tätschelte Esthers Schulter, als wollte sie sagen, bleib sitzen. Bei jeder Bewegung raschelte Chiffon. Ihre Haut roch nach Kokosmilch.

»Australien hat sich wirklich gelohnt. Wenn Sie mal schauen möchten, ich habe alle Bilder digital.« Hermann setzte seine Fototasche neben Esther ab. Es war gerade mal halb elf, doch er schwitzte aus allen Poren.

»Haben Sie alles gefunden, die Schlüssel, die Post?« Esther hatte den Lobecks angeboten, während ihres Australientrips auf das Haus aufzupassen, freilich nicht ohne den Hintergedanken, daß sich die beiden im Gegenzug ein bißchen um Jorge kümmern würden, solange sie weg war.

»Ganz wunderbar«, bedankte sich Marita, »sogar die Bougainvillea blüht! Und duftet, herrlich! Wie haben Sie das bloß hingekriegt?«

»Sie hat sie gegossen«, beendete Hermann das Thema. Er hantierte mit seiner Kamera und starrte angestrengt auf ein briefmarkengroßes Display, auf dem per Knopfdruck Sträuße von irisierend bunten Pixeln erschienen. »Hier haben wir sie schon. In voller Blüte«, zufrieden hielt er Esther die Rückseite seiner Kamera hin, wo ein Miniaturbild der Pflanze zu sehen war, die sie bis gestern versorgt hatte.

»Das ist natürlich alles virtuell. Heutzutage braucht man solche Bilder nicht mehr zu entwickeln, um damit irgendwelche Fotoalben vollzukleben. Man speichert sie einfach und ruft sie ab bei Bedarf. Das heißt, wenn Marita das Grünzeug mal wieder verkümmern läßt.«

Hermann Lobeck hatte als Makler im Rhein-Main-Gebiet ein Vermögen verdient und war dann auf höchster Ebene bei einem Gebäudeversicherer eingestiegen, dessen Auslandsgeschäft mit den Feriendomizilen und Alterssitzen wohlhabender Deutscher er nach eigenem Bekunden »aus dem Boden gestampft« hatte. Von daher hielt er es für sein gutes Recht, bisweilen etwas grob zu sein. Marita war seine »vorläufig dritte Frau«, wie er sagte. Er bot ihr ein sorgloses Leben und das Gefühl, mit Ende Vierzig noch vergleichsweise jung zu sein. Dafür mußte sie seine Launen ertragen und sich in aller Öffentlichkeit von ihm »mein kleines Bettschwein« nennen lassen. Das war der Handel. Doch Marita schien es recht zu sein, solange sie sich die Illusion von Jugendlichkeit bewahren konnte, die durch den Altersunterschied entstand – was in den Kreisen, in denen sie mit Hermann Lobeck verkehrte, kein Problem war.

»Ist es gestattet?«

»Aber bitte!«

Hermann rückte mit seinem formlosen, weichtierhaften Körper dicht an Esther heran, um ihr – wo sie schon einmal dabei waren – seine virtuellen Australienfotos zu zeigen. Eifrig klickte er an den Anfang der Bilderserie zurück, während sie ein mildes Lächeln aufsetzte, das irgendwo zwischen höflichem Interesse und Belustigung spielte.

Sie mußte sich zusammenreißen, um gegenüber den Lobecks nicht überheblich zu werden. Es war leicht, die beiden als neureiche Banausen abzutun und sich für etwas Besseres zu halten. Doch das gestattete sie sich nicht. Esther sah darin den Anflug einer Arroganz, die ihrem Wesen nicht entsprach. Sie meinte zu spüren, wie Jorges Verachtung sich ihrer bemächtigen wollte, um sie gegen den Rest der Welt zu vereinnahmen. Es war dieselbe abweisend-herablassende Haltung, mit der er seinen Nachbarn und allen übrigen Ruheständlern der Siedlung begegnete. Wenn er ihnen nicht aus dem Weg ging.

Niemand war ihm gut genug.

Esther hatte zu lange unter dem Namen de Houwelandt gelebt, um nicht zu durchschauen, daß Jorges eigentümliche Unnahbarkeit aus Stolz bestand. Ein Stolz, aus dem es kein Entkommen gab. Viele Jahre hatte sie im Bannkreis seines Hochmuts, in bitterer Isolation verbracht. Ihn, Jorge, focht das nicht an. Er hatte sich eingerichtet in seinem Abstand zu allem und umgab sich mit Einsamkeit wie andere Menschen mit Musik. Aber so war sie nicht. Sie brauchte Gespräche, Gelächter und Nähe. Sie wollte teilhaben am Leben anderer und andere an ihrem Leben teilhaben lassen, auch wenn Jorge das als Schwäche ansah. Esther brauchte Menschen und war bereit, sich mit denen zu arrangieren, die sie vorfand. Es wäre ihr nie in den Sinn gekommen, unerfüllbare Ansprüche an ihre Umgebung zu stellen, nur um wie Jorge einsam und im Recht zu sein. Und es bereitete ihr im Gegensatz zu ihm nicht die geringste Mühe, freundschaftlich mit ihren Nachbarn zu verkehren, auch wenn sie nun mal waren, wie sie waren.

Hermann war unsichtbar. Auf keinem der Fotos existierte von ihm mehr als ein Schatten. Sie zeigten Marita im Dschungel vor prähistorischen Baumwurzeln, vor den Hütten der Aborigines,

vor einer Tankstelle mit Känguruh-Attrappen, vor einer Shop-
ping-Mall in Sidney und am Hafen mit Blick auf die Königs-
wellen des Pazifik. Zwischendrin gab es das eine oder andere
Stilleben: Candlelight-Dinner für zwei Personen mit riesigen
Steaks oder Hummern, die über die Teller ragten. Doch Hermann selbst tauchte nirgendwo auf. Marita, so schien es, war
mit einem Gespenst verreist.

Trotzdem erschien er Esther immer noch greifbarer als Jorge. Hermann Lobeck konnte zuweilen laut und unangenehm
sein, aber er war – außer auf seinen Fotos – wenigstens da. Man
konnte mit ihm lachen, man konnte ihm böse sein. Er war gelegentlich peinlich, aber immer hilfsbereit, auch wenn Jorge sich
lieber die Zunge abbiß, als ihn um Hilfe zu bitten. Hermann
hatte ihr – nicht ihm! – bereits zweimal den Wagen repariert,
die Heizung eingestellt und einen Job als Honorarkraft bei einer
Kanzlei in der Stadt vermittelt, für die sie aus dem Spanischen
ins Deutsche übersetzte und seit anderthalb Jahren auch vice
versa. Mit der Zeit hatte sie dank dieser Nebenbeschäftigung
eine nicht unbeträchtliche Summe angespart, Geld, das sie jetzt
für ihre Reise brauchte und für den Familiensitz der de Houwelandts, dessen Herrichtung sie unmöglich Thomas allein
überlassen konnte. Doch Esther dachte nicht an ihren Sohn,
sie hütete sich, an ihn zu denken, um nicht in Mutlosigkeit zu-
rückzufallen. Denn Seite an Seite mit Hermann Lobeck fühlte
sie sich stark. Sie war entschlossen, ihren stummen Streit mit
Jorge notfalls bis zur Stunde ihrer Abreise auszufechten und
nicht zu verzweifeln an seinem Stolz und seiner Teilnahmslosig-
keit.

»O Gott, wo ist er denn jetzt auf einmal?« rief Marita Lobeck,
die bis ans Wasser hinuntergetrippelt war und aufs Meer starrte,
»Jorge ist weg!«

Esther schaute auf. So schnell ließ sie sich nicht erschrecken. Es genügte ein Blick, und sie wußte genau, wo er an diesem wie an jedem Morgen gerade war. »Hinter dem Fischerboot«, gab sie zurück.

Hermann verstaute die Kamera mit einem Seufzer, so als sei seine Vorführung durch diesen Zwischenruf unwiederbringlich gestört. Für einen Moment scharrten seine Füße scheinbar sinnlos im Kies, dann wuchtete er sich hoch. »Laßt uns was trinken gehen.«

Christian

Sein Bedarf an Schweigen war noch nicht gedeckt, trotz der halbstündigen Heimfahrt vom Sender. Es war erst elf, doch für einen so jungen Tag hatte er schon mit zu vielen Leuten gesprochen und zu vielen Leuten zugehört. Christian de Houwelandt bog nicht in die verkehrsberuhigte Seitenstraße ein, in der er mit Ricarda wohnte, sondern fuhr weiter geradeaus Richtung Stadtrand. Er konnte jetzt noch nicht nach Hause. Er konnte nicht schon wieder zuhören und reden. Er brauchte die Autostille um sich herum. Christian bremste an einer Fußgängerampel ohne Fußgänger und schüttelte den Kopf.

Er hatte immer gedacht, wenn er einer Frau anbieten würde, mit ihm eine Familie zu gründen, dann gäbe es darauf keine andere Antwort als Ja. Er hatte seit seiner Geschlechtsreife in der festen Überzeugung gelebt, von Frauen mit mehr oder weniger dringlichen Kinderwünschen umgeben zu sein. Und er hatte geglaubt, seine bisherige Kinderlosigkeit sei einzig und allein seinem diplomatischen Geschick als Mann und Liebhaber zu verdanken, einem Arsenal von Themenvermeidungsstrate-gien und Hinhaltetaktiken, mit denen er sich der Fortpflan-zungswut der Gattung und der Gene entzog. Bis gestern. Ge-stern hatte er Ricarda zum Essen eingeladen, sie von ihrem Tag erzählen lassen und ihr zugehört. Dann hatte er ihr angeboten, mit ihm eine Familie zu gründen. Er hatte ihre Hand genom-men und geflüstert: »Ich will ein Kind von dir.« Doch sie hatte nicht ja gesagt. Ricarda sagte nichts.

Wieder mußte er abbremsen. An einer Kreuzung staute sich der Verkehr. Vor und hinter ihm nur Viertürer und Kombis. Neben ihm eine junge Mutter in einem Polo mit Kindersitz auf der Rückbank und Sonnenblenden an den Seitenfenstern. Die Frau rief etwas über die Schulter nach hinten und streckte dabei ta-stend den Arm ins Halbdunkel. Als sie Christians Blick be-merkte, lächelte sie ihn an, und er lächelte zurück. Es waren Sichtblenden im Teddybär-Design mit großen, runden Kuller-augen und balkenförmigen Barthaaren neben der Knopfnase. Teddybären hatten keine Barthaare. Es mußte sich um Katzen handeln. Ein echter Vater hätte das sofort gewußt.

Gestern noch hatte Christian unwillkürlich neun Monate vor-ausgerechnet – ein Kind im späten Frühjahr oder frühen Som-mer, das schien ihm kein schlechter Zeitpunkt zu sein. Dann wieder kam es ihm vor, als ginge das alles ein bißchen zu schnell, schließlich würde ein Kind ihr Leben von Grund auf verändern. Es wäre der letzte Sommer mit Ricarda allein – nur noch wenige Wochen! –, und sie hatten nicht einmal einen ge-meinsamen Urlaub geplant. Vielleicht, hatte er überlegt, sollten sie das sorglose Leben zu zweit noch eine Weile genießen, ohne Verpflichtungen und schlechtes Gewissen. Aber er war dreiund-dreißig und Ricarda nur knapp ein Jahr jünger, und wenn er es recht bedachte, hatten sie ihr Leben lange genug genossen und kein schlechtes Gewissen gehabt. »Ich will ein Kind von dir«, hatte er zu ihr gesagt, doch er meinte: »Jetzt oder nie!«

Ricarda hatte geschwiegen. Sie hatte ihn einen Moment lang angesehen, auf ihren Teller gestarrt und nichts gesagt, während er das Schweigen fast ein bißchen zu gekonnt überbrückte. Dann nahm sie ihren Gesprächsfaden wieder auf, während er seinerseits immer stiller wurde. Sie erzählte weiter von ihrem neuesten Mandanten, einem streitbaren Immobilienmakler, und dem Prozeß, den sie gerade vorbereitete. Sonst sagte sie nichts, was bei einer Jetzt-oder-Nie-Frage soviel hieß wie Nein.

Wohnblocks und Reihenhaussiedlungen zu beiden Seiten, er näherte sich der Stadtgrenze, den Eigenheimparadiesen der Vororte. Auf den Balkons hingen Wäscheleinen mit Strampelanzügen und Babykleidung. Ein graubärtiger Vater mit einem kleinen Jungen auf den Schultern schob einen Kinderwagen voller Einkaufstüten vor sich her. Christian versuchte, nicht überall Zeichen zu sehen, doch es fiel ihm immer schwerer, sie zu ignorieren. So viele Jahre war er seinen eigenen Weg gegangen, ohne nach links oder rechts zu schauen. Er hatte sich Ziele gesetzt und sie erreicht, um sich noch höhere Ziele zu setzen. Familie kam für ihn nicht in Betracht, er wollte nicht aufgehalten werden. Seit seinem Debüt bei einem kleinen Privatsender war es stetig bergauf gegangen. Jetzt hatte er es auf einmal nicht mehr eilig. Er fühlte sich bereit für eine tiefgreifende Veränderung, für eine Verantwortung, die mehr umfaßte als sein eigenes geradliniges Leben. Er war ganz erfüllt von Bereitschaft. Zum ersten Mal glaubte er, im Einklang mit den Stimmen und Bestimmungen der Natur zu sein, gegen die er sich so lange wehren und seinen Willen durchsetzen mußte. Christian hatte einen Scheitelpunkt erreicht, er war sein ganzes Erwachsenenleben gegen den Strom geschwommen, jetzt konnte er sich auf einmal treiben lassen. Es bedurfte nur seiner Einwilligung in die Welt, wie sie war. Und Ricardas Zustimmung. Doch sie war schon sehr müde gewesen gestern nacht, als er ihr das erklärte. Sie wurde immer sehr schnell müde nach dem Essen. Trotzdem hatte er das Thema wieder aufgegriffen, als sie zu Hause noch einen Absacker tranken. Er war so sicher, sie würde nach dem nächsten oder übernächsten Satz doch noch anfangen zu strahlen und ja sagen. Aber sie entschuldigte sich nur und ging ins Bett.

»Sei mir nicht böse«, hatte sie gesagt.

Das hieß nicht nur soviel wie Nein, es setzte ein Nein voraus. Oder brauchte sie einfach Zeit?

Christian hätte nie gedacht, daß die Frau, mit der er eine Familie gründen wollte, erst Bedenkzeit brauchen würde.

»Ich komme nach«, hatte er gesagt und ihr einen Gute-Nacht-Kuß gegeben. Unschlüssig war er auf dem Sofa sitzen geblieben, ohne den Fernseher anzuschalten. Er hörte das Geklapper von Cremedöschen auf dem Waschbeckenrand und das Surren der elektrischen Zahnbürste im Bad, aber er konnte sich nicht aufraffen, obwohl er am nächsten Morgen wieder Frühsendung hatte. Das Haus kam allmählich zur Ruhe, die Straßen verstummten, die Stadt. Christian wollte noch einmal über alles nachdenken, doch sein Kopf war leer.

Ein, zwei Stunden vielleicht saß er da, drehte das Glas in seinen Händen und wartete darauf, daß sich die Leere in Müdigkeit verwandelte. Irgendwann, viel zu spät, gab er auf. Er zog sich halb liegend, halb sitzend auf dem Sofa aus, ging aber dann doch ins Schlafzimmer und schlüpfte zu Ricarda unter die Bettdecke. Als er sich im Dunkeln zu ihr umdrehte, hatte sie die Augen offen.

Sie hätte immer noch ja sagen können. Aber sie sagte nichts, sondern sah ihn nur an. Ihm kam zum ersten Mal der Gedanke, daß sie vielleicht Angst haben könnte.

»Laß uns morgen weiterreden«, hatte er gesagt und ihr seine Hand auf die Schulter gelegt, nicht so sehr um sie zu trösten, sondern um sich zu vergewissern, daß sie es wirklich war. Etwas in ihm hielt es für ausgeschlossen, daß Ricarda tatsächlich keine Kinder wollte.

»Wie auch immer du dich entscheidest, ich kann damit leben«, hörte er seine viel zu ruhige Stimme, »wir können auch so weitermachen wie bisher.«

Er sah nicht nur das Nein in ihrem Blick, er erkannte, daß es für immer war. Ihm wurde erst jetzt klar, was er längst hätte wissen müssen, daß Ricarda sehr viel entschiedener und ehrgeiziger war als er. Sie mußte es sein.

Und er wollte noch sagen, »es ändert sich nichts«, nur damit sie die restlichen Stunden wenigstens schlafen konnte. Bisher hatten sie keine Kinder gehabt, insofern bedeutete ihr Nein keine Veränderung. Es hatte für sie vermutlich schon lange festgestanden, dieses Nein in ihrem Kopf, es existierte womöglich, seitdem sie sich kannten. Nur er, Christian, hatte es nicht gewußt. Das war der einzige Unterschied. Doch dadurch änderte sich alles. Er hatte unter falschen Voraussetzungen mit dieser Frau zusammengelebt, sie nie wirklich gekannt. Denn er hätte schwören können, sie würde ja sagen zu einem Kind mit ihm, während sie eine Neinsagerin gewesen war, all die Jahre, das stellte sich jetzt heraus.

Aber da hatte sie die Augen schon wieder geschlossen und schlief.

Jorge

Auf den letzten Metern zeigte sich, wie gut er daran getan hatte, die Regel strikt zu befolgen und nie länger als fünf Minuten auf der Insel zu bleiben. Der Schmerz hatte ihn beim Zurückschwimmen nur leicht gestreift und war mit fließenden Fingern an ihm abgeglitten, sobald er sich im Wasser streckte. Immer häufiger, immer tiefer tauchte Jorge unter die von Licht knisternde Oberfläche und entwand sich Zug um Zug den losen Enden der Qual, die keinen Zugang hatte zu dieser Welt unter Wasser. Manchmal drehte er sich sogar auf den Rücken und wandte die Bauchseite dem Himmel zu wie ein kranker, verendender Fisch. Doch solange er die Luft anhielt und in die Lungen zurückpreßte, solange Jorge seinen Körper fest verschloß, fand der Schmerz keine Angriffsfläche. Erst auf den letzten Metern begann er, mit Nadelstichen die vom Wasser ausgekühlten Knochen hinaufzukriechen. An den Zehen und Fingerspitzen fing er an, nur ein Kitzeln, harmlos, aber dreist in seiner Hartnäckigkeit. Die Muskulatur ließ er gewähren wie alles, was sich gleichmäßig bewegte. Waden, Oberschenkel und Schultern interessierten ihn nicht, er griff durch sie hindurch nach den Knochen. Als er in Schauern über dem Rückgrat zusammenlief und ihm mit kalter Hand über die Lendenwirbel strich, als er seine Nägel langsam hineinbohrte in das spröde gewordene Mark, offenbarte sich seine ganze Heimtücke. Jorge erreichte den Steinstrand. Hätte er nur eine Minute länger auf der Insel ausgeruht, wäre er dem Schmerz, der ihn wie ein Schatten begleitete, nicht mehr entkommen.

Draußen lärmte bereits der Tag. Mit dem Gesang der Grillen und Zikaden erhob sich die Klage des steinigen Bodens, die bis spät in die Nacht andauern würde. Auf den Hängen und Terrassen brüllte der rissige Lehm. Doch Jorge hörte noch immer wie unter Wasser seinen Atem und das Rascheln des Lichts an den Wellenrändern.

Mit meerkühlen, dem Festland entwöhnten Gliedern stolperte er strandaufwärts zu der Stelle, wo Esther gesessen hatte. Die Kiesel unter seinen Füßen gaben nach, als hätte das herabprasselnde Licht sie geschmolzen. Jorge watete durch Stein. Unter seinen taubgekitzelten Sohlen spürte er nichts. Er konnte die Hitze nur erahnen anhand der flimmernden Luft über den von Helligkeit gelöschten Oberflächen. Der Strand war schwarz vor soviel Tag. Dennoch senkte Jorge den Blick nicht, sondern hielt der Sonne stand, die sich über die Bucht gebeugt hatte und den Boden buk mit heißem Hauch. Er sah noch immer eine wie in Wasser aufgelöste Welt.

Der Geländewagen stand da. Esther und die Lobecks waren schon im Merendero. Sie hatte ihm ein Handtuch hingelegt und seine Sachen geordnet. Für einen Moment betrachtete er dieses Ornament ihrer Fürsorge wie ein Bild. Dann begrub er sein Gesicht in dem trockenen Frottee. Eine Mattigkeit überkam ihn. Jetzt, da er dem Schmerz entwischt war, spürte er die Erschöpfung in seinen Armen, Beinen, in der Brust. Am liebsten wäre Jorge an Ort und Stelle auf die Knie gesunken, um endlich nachzuholen, was er sich auf der Insel hatte versagen müssen. Es war sein größter Wunsch, einfach dazuliegen auf den heißen, trockenen Steinen und ihre Wärme in sich aufzusaugen, ihre Glut in seinen Knochen zu spüren und sich dabei so wenig zu bewegen, so wenig zu atmen wie ein Reptil auf einer Mauer am Mittag. Er wünschte sich, der Müdigkeit nachgeben zu können. Zur Ruhe zu kommen. Nichts zu tun.

Nur für einen Moment.

Doch der Schmerz war nicht wirklich verschwunden, er hatte

sich bloß zurückgezogen. Jorge spürte seine lauernde Gegenwart wie den knappen Schatten unter seinen Füßen. Und er wußte, sobald er auch nur die geringste Schwäche zeigte, sobald er in seiner Unerbittlichkeit gegen sich nachließ und seinen Körper nicht mit Härte versiegelte, würde der Schmerz übernehmen. Jorge wußte, daß er sich nicht hinsetzen oder hinlegen durfte, denn dann hätte der Schmerz es geschafft, und er würde nie wieder aufstehen.

Er zog das Handtuch auf Armeslänge straff, rieb sich damit das Salz vom Rücken und fuhr über seine müde, vom Wasser aufgeweichte Haut, als müßte er sie schleifen. Ohne sich hinzusetzen, streifte er sein Khakihemd über, schlüpfte in seine Shorts und die Espandrillos. Er warf einen letzten Blick auf die Insel, als wäre ein Teil von ihm noch immer dort. Dann ging er mit nach wie vor watenden und etwas ungelenken Schritten weiter zu der kleinen, strohüberdachten Strandbar, wo Hermann Lobeck sich bereits lautstark über die Trinkgewohnheiten der Australier verbreitete. Doch Jorge hörte ihn kaum. In seinen Ohren rauschte noch immer das Meer wie in einer toten Muschel.

Lobeck stand auf, als Jorge unter das Strohdach trat, das für ihn ein wenig zu niedrig war. Er mußte sich bücken, während ihn sein Nachbar mit durchgedrücktem Rücken und auf Zehenspitzen wippend empfing. Die beiden Männer schüttelten sich die Hände. Lobeck sagte irgend etwas, worüber er selbst am meisten lachen mußte. Jorge lächelte mild und senkte seinen vom Wasser umrauschten Kopf, als würde er darüber nachdenken. Doch er blieb nicht stehen, sondern bahnte sich seinen Weg um den Tisch herum. Vor Marita deutete er wortlos eine kleine Verbeugung an, kaum mehr als ein Nicken. Mit Esther tauschte er einen Blick und berührte sie kurz an der Schulter, wie um zu entschuldigen, daß er sich nicht neben sie setzte, wo Hermann Lobeck ihm schon einen Stuhl zurechtgerückt hatte.

Er konnte nicht. Der Schmerz saß schon auf seinem Platz.

Statt dessen stellte sich Jorge wie immer nach dem Schwimmen an die Bar und nahm den schwarzen, stark gerösteten Kaffee mit derselben ausdruckslosen Selbstverständlichkeit entgegen, mit der ihn der Mann hinter dem Tresen herüberschob. In kleinen, gemessenen Schlucken trank er die Bitterkeit, die ihm entsprach.

Jorge war entschlossen, den Gedanken an das Ende zu bekämpfen, wo er ihn traf, jeden Anflug von Erschöpfung oder Kapitulation. Er durfte jetzt nicht langsamer werden, geschweige denn innehalten und verweilen. Dafür war ihm der Schmerz zu dicht auf den Fersen. Weshalb es für ihn keine Geburtstage, keine Feste und Feiern mehr geben würde: Er konnte es sich nicht leisten zurückzuschauen, er mußte weiter.

Wortlos stellte Jorge die Tasse ab, trank einen Schluck Wasser nach und spülte damit seinen von Meersalz und Kaffeesatz stumpfen, ausgetrockneten Mund. Dann nahm er ein paar im voraus abgezählte Münzen aus seiner Brusttasche und legte sie auf den Tresen. Als er sich zum Gehen wandte, traf ihn Esthers vorwurfsvoller Blick. Aber er konnte nichts sagen, ihr nichts erklären. Auf dem Platz neben ihr saß breitbeinig, im Schatten ausgestreckt, der Schmerz und ließ sich Zeit.

»Ihre Frau will uns verlassen«, Jorge registrierte den koketten, Aufmerksamkeit heischenden Ton in Marita Lobecks Stimme, »und Sie lassen sie einfach so ziehen?«

»Es sind ja nur vierzehn Tage«, beeilte sich Esther richtigzustellen, vermied es aber, Jorge dabei anzusehen.

»Vierzehn Tage allein in der Weltgeschichte«, rief Marita mit gespieltem Erstaunen, »in Ihrem Alter ist das viel!«

»Manche Männer wären froh über die sturmfreie Bude.« Hermann schnaubte, da sich sonst niemand über seine Bemerkung amüsierte.

»Das mußt du gerade sagen! Du kriegst doch schon zuviel, wenn ich allein einkaufen gehe.«

»Mit meinem Geld!«

»Es ist nur, um seinen Geburtstag vorzubereiten, damit er sich um nichts zu kümmern braucht«, erklärte Esther leise und suchte dabei vorsichtig, fast scheu den Blick ihres Mannes, um zu sehen, wie er es aufnahm.

Doch Jorge war ganz woanders. Er starrte dem Schmerz ins Gesicht und schwor, daß er nicht lockerlassen würde, daß er, obwohl es ihm von Tag zu Tag schwerer fiel, auch morgen wieder zur Insel schwimmen würde, genau denselben Weg, auf genau dieselbe Weise. Er, Jorge, war nicht bereit, auch nur einen Zentimeter zu weichen.

»Die Feier selbst wird klein und bescheiden, eigentlich nur ein Wochenende«, Esther flüsterte fast, »viereinhalb Tage Deutschland, und wir sind wieder hier.«

Jorge zeigte noch immer keine Regung.

»Ist das nicht ein bißchen viel Aufwand für so einen Kurzbesuch?« erkundigte sich Marita spitz, der dieses Gespräch aus irgendeinem Grund zu gefallen schien.

»Ach was, die richtige Fete steigt hier, ohne Protokoll und lästige Verwandtschaft. Ich miete das Merendero, und wir machen eine Riesenparty am Strand mit allem Drum und Dran«, Hermann zog seinen Hosenbund über die Hüften und reckte sich neben Jorge zu voller Größe. »Das geht schon in Ordnung. Wenn ich ein paar Klienten einlade, kann ich das Ganze als Spesen absetzen. Es sei denn«, legte er Jorge eine Hand auf die Schulter, »Sie wollen lieber auf Ihrem Berg da oben feiern. Es gibt Orte, wo selbst ich mit meinem Wagen nicht hinkomme.«

Jorge verzog das Gesicht zu einem Grinsen, mit dem sich Lobeck zufrieden gab. Dabei galt es nicht ihm. Auch der Schmerz war aufgestanden und hatte sich neben ihn gestellt, zudringlicher noch als Lobeck. Er klammerte sich an ihn, an seine linke Seite, und spielte scheinbar gedankenlos mit den Wirbeln in seinem Nacken. Doch so leicht ließ sich Jorge nicht einschüchtern. Er wurde getrieben von diesem Schmerz, aber er war nicht auf der Flucht. Er bot dem Feind wie immer die Stirn und sagte ohne erkennbare Hast: »Wir verplaudern uns.«

»Setz dich doch einen Moment«, hörte er Esther von irgendwoher bitten, »Hermann kann uns in seinem Wagen mitnehmen. Wir trinken eben noch aus.«

Jorge kehrte dem Schmerz den Rücken und sah seine Frau an.

»Bleib du nur, ich gehe schon mal«, sagte er und gab sich Mühe, es wie einen Vorschlag klingen zu lassen, doch er und Esther wußten, daß es einem Befehl gleichkam. Jorge ging ohne weiteres. Es war der Schmerz, der sich aufraffen mußte, ihm zu folgen.

Christian

Ricardas Wagen stand in der Einfahrt. Wegen der Hecken des Nachbargrundstücks sah Christian ihn erst, als er schon auf gleicher Höhe war und zurücksetzte. Doch sie schien tatsächlich zu Hause zu sein.

Er hätte nicht gewußt, was er ohne sie machen sollte.

Christian zog den Zündschlüssel ab und atmete durch. Für einen Moment schien es ihm wie eine glückliche Fügung, daß sie heute nicht bis spät in die Nacht auf irgendwelchen Meetings in der Kanzlei saß. Dabei hatte sie ihm gestern ausdrücklich gesagt, daß sie die nächsten Tage zu Hause arbeiten würde, um eine Klageschrift vorzubereiten. Wie auch immer. Hauptsache, sie war da.

Aus irgendeinem Grund hatte sein Umweg nicht die erhoffte Ruhe und Gelassenheit gebracht. Im Gegenteil. Christian war mit seinem Schweigen immer unzufriedener geworden. Je länger es dauerte, desto stärker wurde das Gefühl, vor einem Problem zu stehen, das er allein nicht lösen konnte. Er brauchte Ricarda. Er mußte wissen, woran er war! Auch wenn das wieder hieß, reden und zuhören, zuhören und reden.

Natürlich war ihm klar, wie er sich verhalten mußte, um einem Konflikt aus dem Weg zu gehen. Er erinnerte sich noch sehr genau, wie andere Frauen sich ihm gegenüber verhalten hatten, nachdem sie mit ihrem Kinderwunsch zum ersten Mal bei ihm abgeblitzt waren. Er wußte vor allem, wie er damals gewollt hatte, daß sie sich verhielten: Am besten, sie ließen Gras über die Sache wachsen, kamen nicht mehr darauf zurück und geduldeten sich, bis er das Thema von sich aus wieder aufs Tapet brachte – worauf sie lange warten konnten. Das ging dann oft noch eine Weile gut.

Aber diesmal stand er auf der anderen Seite, und er wollte nicht warten, bis Ricarda von sich aus auf das Thema zurückkam, nur um am Ende festzustellen, daß sie es vielleicht ebenso geschickt vermied, wie er es früher vermieden hatte.

Er war lange unterwegs gewesen, zwanzig, dreißig Kilometer über Land, vorbei an Feldern und Kiefernschonungen, verwaisten Gehöften und Straßendörfern ohne Schule. Aber er hatte sich die ganze Zeit jenseits der Möglichkeit bewegt, Ricarda wieder unter die Augen zu treten. Er wußte nicht, was er zu ihr sagen sollte, zu der Frau, mit der er seit vier Jahren zusammenlebte und die ihm auf einmal so fremd war: nicht, weil er sie gestern von einer anderen Seite kennengelernt hätte, sondern weil es ihm plötzlich so vorkam, als gäbe es nur diese eine Seite, die er zur Genüge kannte, als bestünde Ricarda in einem viel größeren, viel unbedingteren Maße als er selbst aus Ehrgeiz und Entschiedenheit.

Er hatte noch immer keinen ersten Satz.

Als er dann mitten auf der Fahrbahn gewendet hatte, um nach Hause zurückzurasen, war Christian sich sicher gewesen, das einzig Richtige zu tun. Er war überzeugt davon, nur ein Gespräch würde sie einer Lösung näher bringen, er konnte es kaum erwarten, Ricardas Stimme zu hören. Doch dieses Gefühl hatte ihn mittlerweile fast vollständig wieder verlassen.

Er konnte nicht sagen: »Willst du wirklich keine Kinder, keine Familie? Willst du den Rest deines Lebens genauso weitermachen wie bisher?«

So fingen keine guten Gespräche an.

Christian stieg aus, ging um seinen Wagen herum und rüttelte kurz am Griff der Beifahrertür. Er hatte Zentralverriegelung, doch diese kleine Sicherheitsrunde war ein Ritual, das er praktizierte, seitdem er Auto fuhr. Heute ließ er sich dabei mehr Zeit als sonst.

Für einen Moment war ihm, als würde Ricarda mit einem Kind im Arm am Wohnzimmerfenster stehen und ihm zuwinken, beide würden winken. Aber er wischte diese Phantasie sofort wieder weg.

Hoffentlich hatte sie nicht mit dem Frühstück auf ihn gewartet. Ricarda frühstückte immer sehr spät und ließ dafür das Mittagessen aus. Auch in dieser Hinsicht würde sie sich umstellen müssen. Doch inzwischen war es halb eins, was selbst für

Ricardas geduldigen Magen zu spät sein dürfte. Am Wohnzimmerfenster stand niemand.

Ohne jede Eile schloß Christian die Haustür auf und schaute in den Briefkasten im Flur. Offenbar hatte Ricarda die Post schon geholt. Vor der Wohnungstür eines Nachbarn im Erdgeschoß lag noch ungelesen eine Zeitung, die durch die neuesten Nachrichten des Tages schon veraltet war. Natürlich wäre es etwas ganz anderes, als Vater nach Hause zu kommen. Es wäre schön, so erwartet zu werden. Doch der Gedanke machte ihn weich, und er durfte jetzt nicht weich sein, er mußte sich auf das Gespräch mit Ricarda konzentrieren.

Wahrscheinlich hatte er unterschätzt, wie sehr sie mit ihrer Arbeit und ihrem Umfeld verwachsen war. Sicher identifizierte sie sich mehr damit als er, sie hatte auch härter um ihren Platz kämpfen müssen. Es war naiv, davon auszugehen, sie könnte an einem ähnlichen Punkt sein wie er, nicht wirklich karrieremüde, aber doch ein wenig gelangweilt von diesem ewigen Spiel und seinen wiederkehrenden Mustern.

Vielleicht ergab ihre Arbeit als Rechtsanwältin auf Dauer mehr Sinn als der oberflächliche Abwechslungsreichtum des Journalismus. Vielleicht war Ricarda auch einfach nur zäher als er und ließ nicht so schnell nach, bloß weil die Dinge anfingen, sich zu wiederholen.

Vielleicht hatte sie all das auch von ihm gedacht.

Christian stieg die letzten Stufen hoch und blieb vor der Wohnungstür stehen. Sie mußte ihn die ganze Zeit für einen Neinsager gehalten haben, für das Gegenteil eines Familienmenschen, und er hatte ihr keinen Grund gegeben, daran zu zweifeln. Mit allem dürfte Ricarda gerechnet haben, nur nicht damit, daß er sich von ihr ein Kind wünschen würde. Sein Vorschlag hatte sie sicherlich mehr schockiert als ihn ihr Mangel an Begeisterung. Nicht er, sondern sie mußte glauben, gestern abend einem anderen Menschen gegenübergesessen zu haben. Sie hatte die ganze Zeit mit einem Fremden zusammengelebt.

Jetzt wußte er gar nicht mehr, was er sagen sollte.

Christian klingelte nicht, sondern nestelte statt dessen an seinen zahlreichen Schlüsseln herum, so als müßte er erst den passenden finden. Er wollte Ricarda nicht bei der Arbeit stören. Vorsichtig öffnete er die Tür. Drinnen war es still, nicht einmal leise Musik oder das Rascheln von Papier. »Ricarda«, fragte er in den Flur, stellte seine Tasche ab und räusperte sich hörbar.

»Hallo«, sagte er.

Esther

Auf dem Nachhauseweg war sie mit den Lobecks noch bei dem »Supermercado« des Dorfes vorbeigefahren, einem kleinen verwinkelten Laden mit dem verblichenen Schriftzug einer großen internationalen Handelskette über dem Eingang und wenig Platz zwischen den Regalen. Dort hatte Esther ein halbes Pfund mageren Schinken und frisches Stangenweißbrot gekauft. Nach dem Schwimmen, fand sie, brauchte Jorge etwas Herzhaftes, obwohl er ohne weiteres mit den zwei Tage alten Bocadillos vorliebgenommen hätte, die sie vielleicht zum Abendbrot mit Butter und gepreßtem Knoblauch bestreichen und aufbacken würde. Zumindest rechnete sie fest damit, von Jorge nach dem Verbleib des alten Brots gefragt zu werden. Sein Widerwille, Lebensmittel wegzuwerfen, auch wenn sie die Grenze der Genießbarkeit fast überschritten hatten, war der gesamten Familie noch in qualvoller Erinnerung.

Mit dem Brotmesser fuhr sie durch den weißen, luftigen, salzlosen Teig und träufelte Olivenöl auf beide Hälften, wobei sie Jorge zuliebe nicht das gängige Markenfabrikat verwendete, sondern das trübe, ein wenig bitter schmeckende Öl aus der etikettlosen Glasflasche neben dem Gewürzregal. Es handelte sich um Restbestände der anderthalb Kanister, die er aus den Oliven seines eigenen Gartens gewonnen hatte, zusammen mit den unergiebig harten Früchten der verwilderten Olivenbäume hoch oben am Berg, die abzuernten sich für die Bauern des Dorfes nicht mehr lohnte. Stolz hatte Jorge mehrere Körbe voll grüner, fingerhutgroßer Früchte zur Gemeinschaftspresse der Genossenschaft getragen, um dann mit anderthalb Kanistern harzigen Öls zurückzukehren.

Mit ruhiger Hand schnitt Esther den Schinken in Scheiben und sah durch das Fenster neben der Spüle hinaus in den Garten, wo Jorge gerade die Tomaten auf Reife und Gewicht hin prüfte. Er liebte diesen Garten. Er liebte alles, was dort wuchs. Jorge zupfte zwei verdorrte Blätter von einem Ableger und richtete einen Stab, der sich in der bröckelnden Erde gelöst hatte. Dann ging er weiter zu den Kürbissen, die wie die Buckel ermatteter Tiere auf dem von Schatten gesprenkelten Boden lagen. Es würde heute keine Tomaten geben.

Esther verteilte das faserige, violettschimmernde Fleisch gleichmäßig über die Brothälften und verstaute den restlichen Schinken in dem geräumigen Kühlschrank, in dem Jorge alles aufbewahrte, was sie nicht unmittelbar verwerten konnte. Manchmal entfernte sie heimlich verschrumpelte Paprika aus dem Gemüsefach oder die sich bräunlich verfärbenden Nísperos aus der Plastiktüte daneben. Doch Jorge hatte stets ein wachsames Auge auf seine Vorräte. Und Esther warf selbst das überfällige

Obst und Gemüse nicht endgültig weg, um ihrem Mann im Zweifelsfall beweisen zu können, daß es beim besten Willen ungenießbar war.

Vor ihrer Abreise würde sie den Kühlschrank mit reichlich Fleisch, Käse und Eiern auffüllen. Es war die einzige Möglichkeit, sicherzugehen, daß Jorge in ihrer Abwesenheit nicht nur von Resten lebte. Sie mußte ihn zwingen, nicht immer das gleiche zu essen, genauso wie sie ihn zwingen mußte, sich den Menschen um ihn herum nicht völlig zu verschließen.

Jorge reagierte immer nur auf Zwang.

Es machte sie traurig, daß sie so berechnend sein mußte, um auf Jorges Leben Einfluß zu nehmen, das sonst auf seiner einsamen Bahn um immer dieselben Fixpunkte gekreist wäre. Sie kannte Jorge als einen Mann, der keine Vorstellung davon hatte, was ihm fehlte. Wenn sie einen wackligen Stuhl austauschte, auf dem er schlecht saß, wenn sie eine neue Matratze anschaffte, weil die alte ihn quälte, nahm er diese kleinen Verbesserungen kommentarlos hin und baute sie in seinen Tagesablauf ein. Doch es wäre ihm nie in den Sinn gekommen, von sich aus danach zu fragen.

Im nachhinein tat es ihr leid, ihm nicht ins Gesicht gesagt zu haben, daß sie für vierzehn Tage nach Deutschland fliegen würde, um seinen achtzigsten Geburtstag vorzubereiten, ob er nun wollte oder nicht. Aber sie wußte, daß Marita Lobeck es ausplaudern würde, sobald sie ihr von diesem Plan erzählte. Und sie konnte auch damit rechnen, daß Jorge ihr deswegen keine Szene machen würde, nicht vor den Lobecks, und wohl auch nicht unter vier Augen zu Hause. Jorge ging Streit aus dem Weg, so wie er Menschen aus dem Weg ging und allem anderen, was seine Umlaufbahn stören konnte. Lieber wartete er, bis die Dinge unabänderlich waren, und fügte sich dann.

Nur diesmal war Esther so weit gegangen wie noch nie.

Über dem gleichmäßigen Zirpen der Grillen hörte sie das Quietschen des rostigen Seilzugs, den Jorge mit einem Eimer versehen hatte, um Wasser von dem kleinen Bach unterhalb ihres Grundstücks für seinen Garten abzuschöpfen. Es hatte seit Wochen nicht geregnet, kaum mehr als ein Rinnsal schlängelte sich an ausgeblichenen Steinen und Geröll vorbei ins Tal. Doch erst wenn der Bach völlig versiegte und die Reserven der eigenhändig angelegten Zisterne hinter dem Haus aufgebraucht waren, ließ Jorge sich dazu herab, den Gartenschlauch zu benutzen.

Mit Gießkanne und Schaufel eilte er am Fenster vorbei zu den Tomaten, um dem kränkelnden Ableger frisches Wasser zuzuführen und den Boden in Wurzelnähe zu lockern. Esther sah die Sorge in seinem Gesicht, sah, wie seine Züge weich wurden, während er das Erdreich um den Stengel mit beiden Daumen wieder festdrückte. Hätte Jorge dieselbe Zärtlichkeit, die er für diese Pflanze empfand, auch seinen Nächsten entgegenbringen können, er wäre der liebenswürdigste Mensch gewesen.

Aber er konnte nicht.

Esther lud die Teller mit den Brothälften aufs Tablett, gab Essig und Öl – Markenöl! – an den Gurkensalat, den sie vorbereitet hatte, und legte zwei Orangen als Nachtisch dazu. Dann trug sie das spärliche Mittagessen hinaus auf die überdachte Ostterrasse, auf der man es auch um diese Tageszeit aushalten konnte. Es war genau ein Uhr, wie immer. Esther deckte den Tisch, stellte Wasser und Wein bereit und strich mit der Hand durch die in einer Reihe aufgehängten Stabglocken, die wie vom Wind bewegt aneinanderschlugen zum Zeichen für Jorge, daß es Essen gab.

Sie hatte keine Angst vor ihm. Sie war auf jeden Streit, jede Art der Auseinandersetzung vorbereitet. Es gab nichts, was sie dazu bringen konnte, klein beizugeben, nicht einmal Jorges von der ganzen Familie gefürchteten Wutausbrüche, die so selten geworden waren mit der Zeit. Fast wünschte sie sich ein solches Donnerwetter. Denn wenn es darauf ankam, würde sie es ihm ins Gesicht sagen. Sie brauchte Marita Lobeck nicht.

Jorge kam nicht vom Garten her, sondern trat aus dem Haus, wo er sich zuvor Hände und Gesicht gewaschen hatte. Ein paar nasse Strähnen klebten ihm an der Stirn. Auf seinem Khaki-Hemd zeigten sich Spuren von Wassertropfen über der Brust und die unvermeidlichen Schweißflecken um die Achseln. Jorge setzte sich wortlos und faltete die Hände zum Gebet – ein großer, hagerer Mann mit weißem Haar, einer ledrigen, wettergegerbten Haut und tiefen Furchen um die Mundwinkel.

Esther sah ihn an. Es war dieselbe Strenge, dieselbe Autorität, von der sie so eingenommen war, wenn er neben jemandem wie Hermann Lobeck stand, doch in Momenten wie diesem brachte er sie damit zur Verzweiflung. Esther kannte den Preis für soviel Stolz, sie zahlte ihn Tag für Tag, seit sechzig Jahren, aber sie war nicht länger bereit, alles dafür zu opfern.

»Iß«, sagte sie.

Jorge öffnete die Augen und machte sich mit Messer und Gabel an dem Schinkenbrot zu schaffen, nicht ohne vorher zu kontrollieren, ob sie auch sein Olivenöl verwendet hatte. Beim Probieren des Gurkensalats zog er anerkennend die Augenbrauen hoch, da er das Markenprodukt in dem Balsamico-Essig nicht erkannte. Dann murmelte er so etwas wie »Guten Appetit« und fing an. Offenbar hatte er Hunger.

Esther sagte nichts. Sie hielt das Schweigen zwischen ihnen mit geschlossenen Lippen fest.

Jorge kaute.

»Frisch?« fragte er nach seinem zweiten Bissen Schinkenbrot. »Was ist mit dem von gestern?«

»Es ist von vorgestern, und ich backe es heute abend auf.«

Jorge nickte und aß mit schnellen, präzisen Kaubewegungen weiter. Esther hätte ihn gerne gefragt, was ihn so zur Eile trieb. Aber Schweigen schien die einzige Möglichkeit, ihn anzuhalten.

Es war an Jorge, sie wegen ihres Verrats zur Rede zu stellen.

Er hatte bereits die Hälfte seines Tellers leergegessen, bevor er sich zu einer Bemerkung über die Trockenheit des Bodens durchringen konnte. Mehr im Gespräch mit sich selbst äußerte er die Hoffnung, es könnten sich wenigstens oben am Bergkamm ein paar Wolken festsetzen und abregnen, was bei dem weitläufigen Einzugsgebiet des Baches auch ihnen Wasser bringen würde. Über die Reise, von der sie ihm nichts gesagt hatte, über die Feier, die sie hinter seinem Rücken plante, verlor er kein Wort.

Esther wankte in ihrem Schweigen. Sie brach es nicht, aber sie überlegte, ob sie ihn nicht ohne Umschweife fragen sollte: Hast du verstanden, was Marita gesagt hat? Hast du mitbekommen, daß ich ihr und Hermann Lobeck anvertraut habe, wovon du nichts wissen durftest? Ist dir klar, daß du von deinen Nachbarn hören mußtest, was du von deiner eigenen Frau nicht erfahren hast?

Vielleicht war es feige, ein weiteres Mal nichts zu sagen und auf ein Zeichen von ihm zu hoffen. Doch all ihre Fragen meinten letztlich nur das eine: Sag etwas! Esther fühlte sich in ihrem Schweigen geschlagen. Es kostete sie so viel, während Jorge es einfach hinnahm wie ein Familienmitglied, das seit Jahrzehnten mit am Tisch saß.

Es war alles wie immer. Fast alles.

Als sie ihm das knapp bemessene Quantum Wein einschenken wollte, um es wie gewohnt zu verdünnen, hielt Jorge die Hand über sein Glas.

»Nur Wasser bitte«, sagte er und unterbrach das Mahlen seiner Kiefer, bis sie ihm eingegossen hatte. Doch er blieb ihr jede weitere Erklärung schuldig. Jorge sah sie nicht einmal an, während er das Glas Leitungswasser zum Mund führte, sondern fixierte ein Gegenüber, das es nicht gab, und trank ihm zu. Esther beschlich das seltsame Gefühl, mit ihrem Mann nicht allein zu sein. Sie waren zu dritt, Jorge, das Schweigen und sie.

Mittlerweile war ihr klar, daß sie vergeblich wartete. Von Jorge würde nichts kommen, kein böses Wort, nicht einmal ein stummer Vorwurf. Offenbar gönnte er ihr nicht die Genugtuung, ihn aus der Ruhe gebracht zu haben, und hielt es für unter seiner Würde, sich auf das Niveau ihrer kleinen billigen List zu begeben. Esther versank in Traurigkeit. Sie hatte es darauf angelegt, Jorge zu reizen, und sich gewünscht, er möge für Momente seine ewige Fassung verlieren, hinter der sie ihn kaum noch spürte. Doch jetzt mußte sie sich eingestehen, daß es nicht das gewesen war, was sie eigentlich wollte. Etwas in ihr hatte gehofft, er würde all ihre Bemühungen im nachhinein gutheißen. Er würde sie vielleicht sogar nachträglich darum bitten.

Aber das hatte sie nicht einmal zu denken gewagt.

Jetzt blieb sogar der Streit aus, den sie angezettelt hatte. Traurig schüttelte Esther den Kopf und schob ihren Teller weg. Sie waren nicht zu dritt an diesem Tisch. Jorge und das Schweigen hatten sich verbündet. Nur sie war allein.

Esther würde abreisen und das Fest in die Wege leiten, ohne daß Jorge sich dagegen sperrte. Er würde sie später begleiten und seinen achtzigsten Geburtstag in Deutschland verbringen. Es würde alles so kommen, wie sie es geplant hatte. Doch sie war jetzt schon enttäuscht.

»Ich fahre mit den Lobecks vorher noch einmal einkaufen, damit du versorgt bist die vierzehn Tage. Möchtest du irgend etwas Besonderes?« hörte Esther sich fragen, doch sie wußte die Antwort im voraus.

»Nein, danke«, sagte Jorge.

Ebensogut hätte sie mit sich selbst sprechen können.

Esther wußte nicht weiter. Sie wollte gehen und konnte nicht. Jorge kam ihr zuvor. Mit zwei, drei kurzen Bewegungen wischte er sich den Mund und stand unvermittelt vom Tisch auf.

»Ich werde heute keinen Mittagsschlaf machen«, erklärte er seinem unsichtbaren Gegenüber und verabschiedete sich mit einem kurzen Blick, den sie nicht erwiderte.

Esther hörte ihn seine alten genagelten Bergschuhe anziehen. Sie hörte ihr eisernes Scharren auf den Fliesen im Flur.

Dann ging die Tür.

Christian

Ricarda hatte nicht mit dem Frühstück auf ihn gewartet. Doch seine Erleichterung darüber währte nur kurz. Nach seinen eher zaghaften Lockrufen hatte Christian vorsichtig an die Tür ihres Arbeitszimmers geklopft und zu ihr hereingeschaut. Auf ihrem Schreibtisch türmte sich beklemmend viel Papier nebst einer Thermoskanne Tee, mehreren in Gebrauch befindlichen Tassen und einem angebrochenen Müsliriegel. Mit einer beschwichtigenden Geste meldete er sich zurück und im selben Zuge wieder ab.

Für einen Moment hatte Ricarda aufgeschaut und ihm zur Begrüßung ein Lächeln geschenkt, freundlich, aber keine Brükke, über die er gehen mochte. Offenbar war der Zeitpunkt gerade ungünstig.

»Halbe Stunde«, sagte sie noch, bevor sie sich wieder in ihre Akten vertiefte, »dann trinken wir einen Kaffee zusammen.«

Christian nickte und sah zu, daß er verschwand, es blieb ihm kaum etwas anderes übrig. Er wollte keinen Kaffee, so kurz vor dem Mittagsschlaf, er wollte reden. Aber er deutete »Kaffee« in seinem Sinne.

Sein nächster Gang führte ihn in die Küche, auf der Suche nach irgend etwas Eßbarem. Vor der Sendung hatte er nur ein belegtes Brötchen gegessen und eine Banane zwischendurch. Doch ihm war der Appetit vergangen. Die eingesunkenen Teebeutel am Rand der Spüle deprimierten ihn unsäglich. Eine Weile starrte er auf ein paar fleckige Bananenschalen in der packpapierbraunen Biomülltüte neben dem Fensterbrett, dann auf den Samenstrunk einer entkernten Paprika – sämtlich Spuren von Ricardas Ringen um eine Balance zwischen den Ansprüchen geistiger Arbeit und den Bedürfnissen ihres Körpers. Sollte das wirklich bis ans Ende ihres Lebens so weitergehen?

Das Gefühl der Vergeblichkeit, das Christian überkam, war umfassend. Lustlos schaute er in den Kühlschrank und spürte auf unbestimmte Zeit der kalten Luft nach, die in Wellen über sein Gesicht strömte.

Er entschied sich für nichts.

Die Espresso-Maschine mit Milchschäumfunktion, der silberne Mixbecher aus Toronto, die Fettpunktetabellen und Unbedenklichkeitslisten irgendwelcher Diätprogramme, all diese Zurüstungen eines in sich selbst verbissenen Ehrgeizes, ihre Wohnung war voll davon!

Auf der Anrichte im Eßzimmer lag wie immer seine Post, doch Christian rührte sie nicht an. Er ging weiter ins Wohnzimmer, setzte sich auf die Couch und wartete so lange, bis sein Kind um die Ecke tappte und ihm mit ausgebreiteten Armen entgegenlief.

Für eine Frau, die schockiert war von seinem plötzlichen Wandel zum Familienmenschen, schien ihm Ricarda zu fleißig. Aber auch er war schockiert gewesen, gestern Nacht, und trotzdem heute morgen um fünf zum Sender gefahren, um seine Pflicht zu tun. Sie waren sich gar nicht so unähnlich, Ricarda und er. Sie machten beide ihren Job. Alles andere kam dann.

Gut möglich, daß sie sein Angebot nicht ernst nahm, daß sie es für eine der hormonellen Anwandlungen hielt, vor denen auch Männer nicht gefeit waren, eine vorübergehende, torschlußpanikhafte Laune der Natur. Er selbst hatte das zunächst vermutet. Christian kannte die Zeugungsgelüste und Fortpflanzungsphantasien, mit denen die Evolution den modernen Menschen bei der Stange hielt: Man war bei Bekannten zu Besuch, die ein niedliches Baby hatten, das nicht schrie und die Nacht durchschlief – schwupp, wollte man auch so eins. Man sah ein Pärchen auf einer Bank im Park mit einem Säugling auf dem Schoß, schon wollte man hineinschlüpfen in dieses Bild der Dreieinigkeit, das sie verkörperten, wollte ein Teil davon sein. Aber das war es nicht, es war nicht leichtfertig von ihm.

Christian hatte sich gründlich geprüft. Er hatte die List der Natur, die dem einzelnen die Erfüllung seiner Wünsche vorgaukelt, um ihn für den Fortbestand der Gattung einzuspannen, seinerseits oft genug ausgetrickst. Wenn es nur darum gegangen wäre, endlich mit der Modelleisenbahn spielen zu dürfen, die er als Kind nie bekommen hatte, hätte er nichts gesagt. Doch er war es müde, an sich zu denken. Er hatte es satt, immer nur sein eigenes Leben zu sehen. Er wollte für eine Familie sorgen, mit all den Opfern und Einschränkungen, die das mit sich brachte. Er wollte raus aus dem eitlen Spiel der Ich-Beliebigkeiten und endlich Verantwortung übernehmen, eine bleibende, zwingende, unabweisliche Verantwortung. Er wollte sich kümmern um Ricarda und das Kind.

Er wollte den Sinn, den das ergab.

Nicht für sich, sondern für diesen Sinn war er bereit, alles zu tun. Er würde seinen knapp bemessenen Nachtschlaf unterbrechen und mit einem schreienden Säugling im Arm durch die Wohnung laufen, er würde am Morgen direkt nach der Sendung zum Kinderarzt fahren und sich mit Mumps anstecken lassen. Für diesen Sinn, den sich das Leben durch seine Fortsetzung selber gab, schien es möglich, sogar die Wiederholung auszuhalten – und für den Stolz, Ricarda und dem Kind ein guter Mann und Vater zu sein.

»Ich will ein Kind von dir.«

Es war ihm so ernst wie schon lange nichts mehr. Christian hatte sich die Folgen dieser Äußerung sehr wohl überlegt. Er wußte, daß es kein Zurück gab. Schließlich war er, verdammt noch mal, davon ausgegangen, daß sie ja sagt!

Die halbe Stunde war längst um, doch in ihrem Arbeitszimmer regte sich nichts. Kurz nach seiner Ankunft war Ricarda einmal an ihm vorbei auf die Toilette gehuscht. Weitere Lebenszeichen blieben aus.

Natürlich konnte er sie jetzt nicht stören, um sie an ihr Versprechen zu erinnern, das überfällig war. Er mußte Verständnis haben für ihre Arbeit und gönnte es ihr, daß sie darüber die Zeit vergaß. Etwas Besseres konnte ihr am Schreibtisch nicht passieren. Er fragte sich nur, wie lange diese rauschhafte oder zumindest schmerzfreie Phase dauern würde, wohl wissend, daß es in der Natur derartiger Phasen lag, daß ihre Dauer nicht absehbar war.

Wie anders die Zeit mit einem Kind verging.

Für seinen Mittagsschlaf sah Christian schwarz, doch er vermißte ihn auch nicht. Auf diese Weise konnte er schon einmal Schlafentzug trainieren. Er versuchte, sich in Geduld zu fassen, und hing eine Weile dem Gedanken nach, Ricarda könnte das Ganze als eine Prüfung meinen: ihr Schweigen, ihre Gleichgültigkeit, ihre unbegreifliche Kühle – diese Verweigerung auf ganzer Linie. Vielleicht wollte sie ihn nur auf die Probe stellen, um zu sehen, ob es ihm ernst war.

Er würde es ihr beweisen. Er würde auch diese Prüfung bestehen.

Doch mit welchem Recht nahm er an, daß Ricarda im Grunde ihres Herzens doch eine Jasagerin war, daß sie sich nur verstellte, um ihn zappeln zu lassen? Christian ertappte sich bei immer demselben Schema: Er wußte zwar, daß Ricarda einen freien Willen besaß und ja oder nein sagen konnte, aber er glaubte es nicht. Er hielt es für ihre Bestimmung, die Mutter seiner Kinder zu sein, und dieser Glaube war unverwüstlich. Ricarda hätte sich vor ihn hinstellen und schwören können, daß sie sich für ein Dasein als Karrierefrau entschieden hatte, ob mit oder ohne ihn – Christian hätte verstanden, was sie sagte, er hätte gewußt, was sie meinte, aber er hätte es nicht geglaubt. Sie konnte machen, was sie wollte, es gab etwas in ihm, das sich durch nichts beirren ließ, es gab da einen festen, unerschütterlichen Kern – und je mehr er diesen Kern mit seinen Gedanken umkreiste, je näher er ihm kam, desto wärmer wurde ihm.

»Hallo.«

Ricarda beugte sich mit einem Lächeln über ihn, eine Hand auf seiner Wange. Christian blinzelte mehrmals. Er mußte eingenickt sein. Mit einem Ruck setzte er sich auf. Vor ihm auf dem Couchtisch stand bereits ein Tablett mit Kaffee, so wie er ihn mochte: Cappuccino mit viel geschäumter Milch.

»Wie lief die Sendung?« Ricarda setzte sich zu ihm aufs Sofa und nahm sich eine Tasse.

»Danke, ich, entschuldige ...« Er fühlte sich wie aus dem Tiefschlaf gerissen, »wie spät?«

Sie streckte ihm ihre Armbanduhr hin. Er war gar nicht so lange weg gewesen, aber weit, sehr weit.

»Du hast ein Einschreiben bekommen, aus Spanien, von deinem Großvater.«

Christian sah sie verständnislos an.

»Ach, und Thomas hat angerufen.« Sie nannte seinen Vater beim Vornamen, was zur Folge hatte, daß er immer erst ein paarmal schalten mußte, um zu wissen, wen sie meinte. Aber »Thomas« hatte ihr gleich bei ihrer ersten Begegnung das Du angeboten.

»Und, was wollte er?« brachte er einen ersten vernünftigen Satz zustande.

»Ich habe gesagt, du rufst zurück.«

Teil II

Jorge

Der Berg versank in Sonne. Heller als der Himmel leuchtete der Hang, die Pfade vor ihm waren nur ein Flimmern, unter seinen Schritten erzitterte das Licht. Ohne stehenzubleiben lüftete Jorge seinen Hut, den er der Mittagshitze wegen aufgesetzt hatte, und wischte sich mit bloßer Hand die Stirn. Er mochte keine Hüte, er wollte nichts als freien Himmel über seinem Haupt, doch um halb drei stand die Sonne noch so steil, daß Jorge wohl oder übel damit vorliebnehmen mußte, mit diesem albernen bißchen Bast zwischen sich und Gott.

Unaufhaltsam stieg er die staubigen, steinigen Pfade bergauf, vorbei an hüfthohen Bruchsteinmauern, die nur von dem Schatten in ihren Ritzen zusammengehalten wurden. Seit Jahren weidete hier kein Vieh mehr, nicht einmal im Frühling, wenn das Schmelzwasser vom Gipfel den ausgebrannten Boden tränkte. Das spärliche Grün lohnte den Anstieg nicht. Wie vom Licht gebeugt harrten die wenigen Bäume und Sträucher aus und neigten sich in ihre Schatten. Über bröckelnde Oliventerrassen und Wege, die das Geröll sich gesucht hatte, erklomm Jorge ein verlassenes, vom Menschen aufgegebenes Land, dessen einziger Reiz darin bestand, daß es gegen alle Widrigkeiten dennoch existierte und in seiner Kargheit ewig schien.

Er kletterte heute nicht auf dem kürzesten Weg zur alten Finca mit dem ummauerten Schrein, die man im Dorf nur die »Kapelle« nannte. Vor wenigen hundert Metern war er vom gewohnten Pfad abgewichen, um den Bach zurückzuverfolgen, der sich durch zerklüftete Felsen und Erdspalten gegraben hatte. Jorge hielt sich so dicht wie möglich an den Wasserlauf, auch wenn die Schluchten, durch die er sich wand, mitunter so steil abfielen, daß man das Bachbett nicht erkennen konnte. Nur die Fülle der Vegetation und das ungewöhnlich frische Grün des Blattwerks ließen auf eine Wasserader in der Tiefe schließen.

Jorge wollte zur Quelle.

Das Wetter der vergangenen Woche hatte nicht den erhofften Regen gebracht. Die wenigen Wolken, die sich am Bergkamm halten konnten, waren zu dünn, zu weiß, zu leicht gewesen, um in der Sonne zu bestehen. Jeglicher Niederschlag auf dem Gipfel blieb aus. Nicht einmal für nächtlichen Tau oder ein paar Nebelschwaden vor Sonnenaufgang hatte es gereicht. Der Bach war nahezu vollständig versiegt. Vor zwei Tagen hatte Jorge den letzten Eimer Wasser für seinen Garten geschöpft und dabei fast zehn Minuten warten müssen, bis er auch nur viertelvoll gelaufen war.

Die Trockenheit ließ Jorge keine Ruhe. Immer ungeduldiger suchte er nach Wasser, während ihm bereits Zweifel kamen, ob die Quelle überhaupt existierte. Möglicherweise speiste sich der Bach vollständig aus den Abflüssen verschiedener Berghänge. Möglicherweise hatte er es mit einem Berg zu tun, der nichts Lebendiges gebar.

Die ganze letzte Nacht und während des Schwimmens am Morgen hatten ihn diese Fragen beschäftigt. Sie waren ihm nicht einmal aus dem Kopf gegangen, als Esther sich verabschiedete und von den Lobecks unter lautem Hupen zum Flughafen gefahren wurde. Nur schemenhaft hatte er sie hinter den getönten Scheiben mit einem weißen Taschentuch winken sehen. Doch es hätte ebensogut eine Spiegelung sein können. Mehr auf Verdacht hatte Jorge die Hand gehoben und dem Geländewagen nachgeschaut, aber in Gedanken war er bereits unterwegs zu der Quelle, wenn es sie denn gab. Nur jetzt beim Anstieg hatte er auf einmal vergessen, warum ihm diese Frage so wichtig schien.

Esther fehlte ihm. Sie hatte ihn auf seinen Bergwanderungen noch nie begleitet. Ihre regelmäßige Ermahnung, vorsichtig zu sein, hörte er geduldig an, um sie dann mit einem Achselzucken hinter sich zu lassen. Doch sie stand immer in der Tür, wenn er aufbrach, und sie erwartete ihn jedesmal, wenn er zurückkam. Esther gehörte zu seinem inneren Kompaß. Sie war ein fester Bestandteil seiner nur sehr wenige Menschen umfassenden Welt. Es wäre ihm nie in den Sinn gekommen, er könnte sie irgendwann einmal vermissen, aber es war so.

Jorge vermißte seine Frau.

»Morgen um diese Zeit sitze ich schon bei Beate Gerber im Wohnzimmer und trinke meine zweite Tasse Tee«, hatte Esther gestern abend halb im Scherz, halb vor sich hin gesagt. Das war ihre Art zu denken: immer Tage und Wochen voraus. Jetzt, in diesem Moment, saß sie gewiß schon im Flugzeug, und gestern um diese Zeit hatte sie sich vorgestellt, wie sie heute im Flugzeug sitzen würde. Jorge versuchte, an etwas anderes zu denken.

Er näherte sich bis auf anderthalb Schritte der Felsspalte und schaute hinab. Das Grün auf dem Grund der engen Schlucht schien weniger üppig, fast kraftlos. Es war moosfarben und von gelblichen Flechten durchsetzt, obwohl der Bach an seinem oberen Lauf eher mehr als weniger Wasser hätte führen müssen. Doch vielleicht waren gerade dadurch die letzten Überreste von fruchtbarem Boden weggeschwemmt worden, und es hielten sich hier nur Pflanzen, die sich in den Ritzen der schroffen, ausgehöhlten Steine festsetzen konnten. Jorge schaffte es nicht, seine Zweifel abzuschütteln. Aus irgendeinem Grund wurde er das Gefühl nicht los, daß er das Wasser bereits verloren hatte.

Nur eines wußte er mit Sicherheit: Er würde morgen um diese Zeit wieder hier stehen und sich dieselben Fragen stellen. Er würde an jedem dieser vierzehn Tage tun, was er immer tat, um so die Zeit zu täuschen. Nichts sollte daran erinnern, daß ohne Esther alles anders war. Wenn sie heute abend anrief, um von ihrer Ankunft in Deutschland zu erzählen, würde er nichts zu berichten haben, keine besonderen Vorkommnisse.

Mit einer Hand an der Hutkrempe hielt Jorge nach Kalkablagerungen, Salz- und Kristallbärten oder ähnlichen Wasserspuren an den Felswänden Ausschau. Er vermutete, daß der Bach hier durch unterirdische Höhlen oder Tunnel verlief, wenn nicht gar tiefer im Fels zwischen älteren Gesteinsschichten entsprang. Doch nirgendwo an den Klüften und Vorsprüngen zeigten sich Verfärbungen, die auf einen Wasserfall, auf Rinnsale oder Auswaschungen hindeuteten.

Mißmutig trat Jorge von der Schlucht zurück und kletterte in einer steilen Diagonalen auf eine Felsspalte zu, um von dort aus in die zerklüfteten Eingeweide des Berges hinabzusteigen. Obwohl ihn nichts und niemand erwartete, zog er das Tempo an. Mehrmals wandte er den Kopf und sah sich um, so als könnte ihn jemand bei seinem Ausflug beobachten. Doch der Junge, der ihm gestern auf seinem Anstieg bis in die Kapelle gefolgt war, ließ sich nirgends blicken. Die Wahrscheinlichkeit, daß er ihm heute erneut auflauern und hinterherklettern würde, war äußerst gering. Schließlich nahm Jorge diesmal einen anderen Weg.

Thomas

Mit etwas Phantasie hätte man von weißen Flecken auf der Landkarte sprechen können, von unentdeckten Kontinenten inmitten seiner nikotinvergilbten Rauhfasertapete. Wenn Thomas die Augen zusammenkniff, gingen sie auf Wanderschaft wie Schönwetterwolken am Horizont. Je länger er sie anstarrte, desto mehr verloren sie ihre klare geometrische Form, schienen nicht mehr oval oder rechteckig, sondern zerliefen an den Rändern wie verschüttete Milch oder sonst irgendeine in Kleckse versprengte Materie, die vom Gelb und Gilb der Vergänglichkeit aufgesogen wurde. Sie erinnerten ihn daran, wie lange er schon hier in der unteren Gesindehauswohnung lebte.

Thomas saß an seinem Schreibtisch, betrachtete die hellen Flecken an der Wand und versuchte, dabei nicht an die gerahmten Fotos zu denken, die er abgenommen hatte, um sich besser konzentrieren zu können.

Es hatte nicht viel genutzt.

Mit fast schon routinemäßiger Verzweiflung massierte er sich die Schläfen, biß einmal mehr in das weichgekaute Ende seines Kugelschreibers und zwang seine flatterhafte Aufmerksamkeit auf das mit Randnotizen übersäte Blatt Papier auf seinem Schreibtisch, indem er die Hände wie Scheuklappen um die Augen legte. Vor allem galt es, den Blick aus dem Fenster seines Arbeitszimmers auszublenden, diese von Tannen verhangene Aussicht mit ihren Licht- und Schattenspielen, über denen er jedesmal die Zeit vergaß.

Wenigstens drei oder vier Sätze wollte er vor Christians Besuch noch schaffen.

Aber vielleicht war gerade das der Haken! Vielleicht stimmte mit dem Licht etwas nicht. Möglicherweise war er, Thomas, der sich bis dato für einen Nachtmenschen gehalten hatte, doch vom Tageslicht und dem Wetter abhängiger, als er es wahrhaben wollte. Zumindest erschien ihm dieser Gedanke immer plausibler, je länger er an den Spiralfedern seiner Schreibtischlampe herumzupfte, um sie optimal auf das wie ein Abgrund vor ihm liegende Blatt Papier zu justieren, ohne daß er geblendet wurde oder die wenigen bislang feststehenden Zeilen wieder zu tanzen anfingen, was sich im Endeffekt nicht ganz vermeiden ließ.

Nur aus diesem und keinem anderen Grund gönnte Thomas seinen Augen eine kleine Verschnaufpause. Geschickt unterlief er das alles verschlingende Tannengrün und ließ seinen Blick ein wenig auf den Lücken und Leerstellen im Bücherregal ruhen, wo die Kinderbilder von Christian gestanden hatten, die jetzt mit dem Gesicht nach unten auf einer umgekippten Dünndruckausgabe der Schriften von Ludwig Marcuse und mehreren Manuskriptmappen zur Methodik der historischen Forschung lagen. Es handelte sich um Fotos aus allen Lebensabschnitten, darunter auch sein Lieblingsbild von Christian und Beate auf der Motorhaube seines alten ochsenblutroten NSU, ein Schnappschuß, den er seinerzeit bei einer Reifenpanne im Schwarzwald auf dem Weg in den Italienurlaub gemacht hatte, es war ihr vierter gewesen, einer zuviel für seinen NSU, der in Neapel blieb. Kurz danach hatte er seine Promotion endgültig abgebrochen und war auf Lehramt umgeschwenkt, während Beate bereits ihre zweite Stelle an einem reformiert altphilologischen Gymnasium angetreten hatte und mit Riesenschritten der Verbeamtung entgegenstrebte.

Das waren genau die Gedanken, die er durch das Entfernen sämtlicher Erinnerungsfotos eliminieren wollte.

Es half alles nichts.

Thomas legte den Stift aus der Hand. Er hatte getan, was in seiner Macht stand, aber er konnte nicht schreiben, wenn er seine Familie um sich hatte, eine zutiefst schmerzliche Erfahrung, die er bei der Arbeit an seiner Dissertation schon zur Genüge machen mußte. Das einzige, was ihm jetzt vielleicht helfen konnte, wäre ein Bild seines Vaters gewesen, den er seit Jahren nur noch flüchtig zu Gesicht bekommen hatte und dem zu Ehren er diese Rede halten mußte, an der er nun schon tagelang herumfeilte, diese verfluchte, tausendfach zum Teufel gewünschte Geburtstagsansprache, die ihn mehr quälte als alle väterlichen Aufträge zusammengenommen. Doch erstens hatte sich der Alte zeit seines Lebens nicht fotografieren lassen, jedenfalls nicht so, daß Thomas ihn sich auf den Schreibtisch stellen mochte. Und zweitens wollte er sich gar nicht allzu genau erinnern, schließlich hatte er seiner Mutter eine »wohlmeinende« Rede versprochen. Er hatte sie ihr versprechen müssen.

»Gib dir Mühe«, waren ihre Worte.

Und das tat er auch. Thomas gab sich Mühe wie andere sich den Gnadenschuß.

Tapfer schüttelte er seine wie von Schreibkrämpfen geplagte Rechte, die sich taub anfühlte, nachdem er den Stift in höchster Anspannung mehrere Stunden stillgehalten hatte. Thomas überlegte, ob er nicht zur Hundehütte hinübergehen sollte, um dort nach dem Hochzeitsbild seiner Eltern zu suchen, das Mutter bestimmt irgendwo aufbewahrte. Aber zur Zeit hatten die Handwerker sämtliche Möbel und persönlichen Gegenstände mit Folie überzogen, und was für einen Eindruck würde das machen, wenn er sich jetzt durch etliche Bahnen Abdeckfolie wühlte, um ein fast sechzig Jahre altes Hochzeitsfoto auszugraben? Abgesehen davon, konnte er von Glück reden, daß die Männer im Augenblick friedlich um ihre Thermoskannen herumsaßen und Kaffee tranken. Wenn er sie jetzt wieder aufscheuchte, konnte das seinen Schreibversuchen für heute ein jähes, von Schleifgeräten und Tapetenspachteln begleitetes Ende bereiten. Und das wollte er nicht riskieren.

Er wollte vor Christians Besuch möglichst noch drei, aber auf keinen Fall weniger als zwei Sätze schaffen.

An den Lärm hatte er zuallerletzt gedacht, als seine Mutter ihm das vordergründig großzügige Angebot machte, die Instandsetzung von Haus und Garten an Firmen zu vergeben, die sie von ihrem eigenen Geld und somit an Vater vorbei bezahlen wollte. Im Gegenzug verlangte sie von Thomas lediglich – sie hatte tatsächlich »lediglich« gesagt! –, die Rede zu halten, eine Pflicht, vor der er sich als Erstgeborener ohnehin kaum drücken konnte. Aber sie hatte den Lärm unterschlagen. Dabei mußte es jedem denkenden Menschen einleuchten, daß sich Renovierungsarbeiten und Redenschreiben schon rein akustisch nicht miteinander vertrugen.

Doch zum Zeitpunkt ihres Anrufs stand Thomas noch zu sehr unter dem Schock, den der Erhalt der Einladung verursacht hatte, insbesondere die mütterlich-mahnende Schlußnotiz »Ich hoffe, es ist alles bereit«. Er war so schnell nicht in der Lage gewesen, die Perfidie dieses Handels zu durchschauen, und genau darauf hatte seine Mutter spekuliert! Sie hatte nie an ihn geglaubt. Sie wußte so gut wie jeder andere, daß in diesem Hause nichts, aber auch gar nichts bereit war. Und sie hatte mit ihrem kleinen, scheinbar so arglosen P. S. von vornherein nur eins im Sinn gehabt: ihn in Schwierigkeiten zu bringen, um sich dann als Retterin in der Not aufzuspielen und ihm diese verdammte Rede abzupressen oder vielmehr »ans Herz zu legen«, wie sie es nannte. Und er war ihr im ersten Moment auch noch dankbar gewesen!

Aber das waren genau die Gedanken, die ihn nicht weiterbrachten.

Thomas zündete sich eine Zigarette an und blies den Rauch in Richtung der weißen Flecken auf seiner Tapete. Vielleicht würde es ihm im Zuge seiner Schreibversuche wenigstens gelingen, einen flächendeckenden Gelbton zu verbreiten. Er inhalierte tief und spürte bis in die Lungenspitzen eine altvertraute Bitterkeit. Jetzt wußte er wieder, warum er seit seiner Promotion jede noch so schlecht bezahlte körperliche Arbeit einer Schreibtischtätigkeit vorzog. Thomas sehnte sich nach robusten, schweißtreibenden Vorgängen und greifbaren Resultaten. Liebend gerne hätte er mit den Handwerkern getauscht, die nebenan sein Elternhaus auseinandernahmen. Er beneidete sogar die Männer vom Gartenservice, so weit war es mit ihm schon gekommen. Zum ersten Mal in seinem Leben sah Thomas sich einer Aufgabe gegenüber, die ihm noch verhaßter war als Gartenarbeit: Geburtstagsreden schreiben.

Er hätte sich auf diesen Handel mit seiner Mutter niemals einlassen dürfen.

Seine einzige Hoffnung war Christian, der von Berufs wegen immer den richtigen Ton traf und mit Reden mehr oder weniger sein Geld verdiente. Für seinen Sohn war ein Auftrag wie dieser ein Klacks, eine halbstündige Fingerübung bei Kaffee und Kuchen. Aber er wohnte ja auch nicht hier auf dieser Großbaustelle. Er mußte nicht tagaus, tagein am eigenen Leib erfahren, was es hieß, wenn die körperliche Arbeit auf ganzer Linie über die geistige triumphierte.

Es hatte gar keinen Sinn, ohne Christian mit den nächsten Sätzen anzufangen.

Es mußte gleich drei sein. Thomas hatte seine Armbanduhr wie immer abgelegt, bevor er sich an den Schreibtisch setzte. Er hatte die Zifferblätter sämtlicher Wecker zur Wand gedreht, um dem Verrinnen der Zeit nicht unentwegt zusehen zu müssen.

Aber bis drei konnte es nicht mehr lange dauern. Christian mußte jeden Moment kommen. Er war immer pünktlich, und wenn nicht, rief er an. Sein Sohn war zuverlässig bis an die Grenze zur Pedanterie. Er kam ganz nach seiner Mutter.

Draußen, hinter den Tannen, starteten die Männer vom Gartenservice einen traktorähnlichen Rasenmäher und ratterten damit über die wenigen ungeschorenen Quadratmeter Grünfläche vor seinem Arbeitszimmer. Motorsägen fielen invasionsartig über Bäume und Sträucher her. Doch Thomas stand nicht auf, um das Fenster zu schließen, auch dann nicht, als zwei behelmte Männer in grünen Overalls die abgefallenen Tannennadeln praktisch vor seiner Nase mit Laubgebläsen zusammentrieben und mehrere Kubikmeter Abgas in seine Wohnung einleiteten, um einen Effekt zu erzielen, für den eine simple Harke gereicht hätte. Doch es war ihm gerade recht. Sollte Christian nur mitbekommen, unter was für Umständen sein Vater hier leben und arbeiten mußte.

Thomas saß an seinem Schreibtisch und lauschte. Einmal glaubte er, zwischen dem vielstimmigen Motorengeheul Christians Wagen zu hören. Dann wieder spitzte er die Ohren, um das Drei-Uhr-Läuten eines entfernten Kirchturms aufzuschnappen. Vergebens. Für einen Moment träumte er davon, nicht eines von unzähligen wehrlosen Opfern, sondern der Vollstrecker dieses Lärms zu sein. Er malte sich aus, wie er die beiden grünen Männchen unter seinem Fenster zu Boden werfen würde, um ihnen ihre nervtötenden Laubgebläse bis zum Anschlag in den Hals zu rammen und aufzudrehen.

Aber er schweifte ab.

Esther

Bereits in der Abflughalle hatte sie die mitleidigen Blicke der anderen Passagiere gespürt, klapprige Frührentnerpärchen mit Timesharing-Apartments und Siedler der ersten Stunde, von denen sie offensichtlich für eine Witwe gehalten wurde. Esther war als einzige Frau in ihrem Alter allein unterwegs. Sie trug ein helles, gemustertes Kleid und hatte einen beigefarbenen Seidenschal umgelegt für den Fall, daß die Klimaanlage im Flugzeug zu kühl eingestellt sein sollte. Aber sie hätte ebensogut ganz in Schwarz reisen können. Wer über siebzig war und keinen Mann an seiner Seite vorzuweisen hatte, der war entweder vom Tod geschieden oder vom Leben verschmäht worden.

Bis auf eine elegante Spanierin mit zwei kleinen Kindern und ein exotisch aussehendes junges Pärchen mit identischen Rucksäcken hatten in den Schlangen beim Check-in und Boarding, soweit sie sehen konnte, nur Deutsche gestanden: die Frauen verblüffend freizügig in wallenden Gewändern mit wogenden Dekolletés, die Männer krummbeinig mit knielangen Shorts und Socken in Sandalen.

An Bord zählte Esther nicht mehr als insgesamt acht oder neun Familien, Pauschaltouristen, die nur für vierzehn Tage oder drei Wochen gebucht hatten. Man erkannte sie sofort an ihrem getoasteten Teint, dem Ergebnis von vielen eisernen Stunden Strandbesuch täglich und ebenso ausdauernden Sonnenbädern. Unter dem weißblonden Flaum im Nacken der Jungen, die alle die gleichen Baseballkappen trugen, pellte sich die Haut.

Die übrigen Fluggäste waren fast durch die Bank Ruheständler und Dauerurlauber mit Zweitwohnsitz an der Costa Blanca, »Klima-Emigranten«, wie Hermann Lobeck sie nannte, als würde er nicht dazugehören. Die meisten von ihnen waren nicht nur wesentlich älter, sondern trotz Platz an der Sonne auch blasser. Ihre in die Jahre gekommene Bräune wirkte glanzlos und fleckig, beinahe grau. Wie Asche, fand Esther mit Blick auf ihre eigenen Unterarme. Sie mußte an Jorge denken und das ledrige, wettergegerbte Braun seiner Haut, das diejenigen, die draußen in der Sonne arbeiteten, von allen Rentnern und Touristen unterschied.

Eine Sitzreihe vor ihr schwatzten zwei Freundinnen mit Turmfrisuren über Supermarktsortimente, während ihre Männer am Fenster und auf der gegenüberliegenden Seite des Ganges vor sich hin dösten. Ihre Stimmen kamen Esther merkwürdig bekannt vor, vielleicht hatte sie auch dasselbe Gespräch schon einmal gehört. Es ging um Pumpernickel und deutsche Milch. Wie sehr sich doch das Angebot in Spanien mit der Zeit verbessert habe, lobte die eine, während die andere bedauerte, daß umgekehrt viel zu wenig spanische Produkte den Weg in die deutschen Supermärkte fänden, insbesondere die tiefgefrorenen Tapas, die Gerold so sehr mochte. Gerold schien der Mann auf der anderen Seite des Ganges zu sein, aber er sagte nichts, sondern klammerte sich im Halbschlaf weiter an seine Armlehne. Er hatte eine ungesund gelbliche Gesichtsfarbe und einen schiefen, apathischen Zug um den Mund. Offenbar waren ihm die Tapas auf Dauer nicht bekommen.

Esther schaute sich um. Jorge war anders als all diese Männer, die von ihren Frauen mehr oder weniger mit durchs Leben geschleppt wurden. Er war kein Patient. Er war auch nicht »rüstig« oder »gut in Form«. Es wäre ihm nie eingefallen, in Polohemd und Turnschuhen herumzulaufen, um aller Welt zu zeigen, wie jung er sich fühlte. Jorge war nicht fit, sondern hart.

Er brauchte sehr wenig zum Leben, das hatte sie als seine Frau oft genug zu spüren bekommen. Er brauchte weder sie noch irgendeinen anderen Menschen. Doch dieser Gedanke, der ihr nach all den Jahren immer noch weh tat, erfüllte Esther auf einmal mit Stolz.

Die Maschine hatte ihre Reiseflughöhe erreicht. Die Anschnallzeichen erloschen mit einem Signalton, gefolgt vom Klicken sich öffnender Sicherheitsgurte. Die ersten Senioren tasteten sich vorsichtig Richtung Bordtoilette. Essensgeruch lag in der Luft.

»Hähnchen mit Tagliatelle und Champignons«, verkündete die linke Turmfrisur, die entweder eine gute Nase hatte oder aus dem Bordprospekt vorlas, den Esther vergeblich gesucht hatte.

»Du kannst meine Nudeln haben«, sagte die rechte und tätschelte Gerold die Wange, der auf diesen Übergriff in keiner Weise reagierte. Das Pärchen direkt neben Esther klappte wie auf Kommando die Tische herunter. Er war der klassische Infarktkandidat mit gerötetem Gesicht und quer gekämmten Strähnen über der Stirnglatze, sie eine schmale, aufrecht sitzende Frau mit einem klugen, aber strengen Gesicht. Esther hatte mehrfach versucht, Blickkontakt herzustellen, doch ihre Nachbarin schien von der Sorge um ihren Mann völlig absorbiert. Vielleicht fürchtete sie auch, von der vermeintlichen Witwe neben sich in ein Gespräch verwickelt zu werden und bis zur Landung deren komplette Lebensgeschichte einschließlich sämtlicher Trauerfälle mitanhören zu müssen.

Esther beschloß, ihre Sitznachbarin und alle anderen in dem Glauben zu lassen. Sie genoß es zu wissen, daß Jorge jetzt um diese Zeit wie jeden Tag auf seinen Berg stieg, während er nach Auffassung ihrer Mitreisenden längst verstorben war. Es machte ihn unantastbar. Fast konnte man meinen, sie habe ihren Mann absichtlich zu Hause gelassen, um in den Genuß eines Beileids zu kommen, das ihr von allen hier anwesenden Frauen am wenigsten zustand. Im Vergleich zu den Männern an Bord war Jorge unsterblich.

Auf den Bildschirmen unterhalb der Kabinendecke verschwand die Landkarte mit der Flugroute. Es folgte eine Reihe flotter Werbefilme, zugeschnitten auf ein Publikum, das fünfzig Jahre jünger war als der Großteil der Passagiere. Teens und Twens mit makellosen Körpern vollführten Kunstsprünge beim Surfen, Wasserskifahren und Wellenreiten. Aktivurlauber entdeckten die Taucherparadiese der Weltmeere, und Bikinischönheiten aalten sich einsam an weißen, palmenbestandenen Sandstränden.

Obwohl die Urlaubsträume der Hausbesitzer und Siedler längst auf eine einzige Immobilie zusammengeschrumpft waren, legten die meisten von ihnen den Kopf in den Nacken und schauten gebannt. Sogar Gerold und der Herzinfarktler hoben den Blick. Selbstvergessen starrten sie auf das rasante Traumgeflimmer, in dem sie nicht vorkamen, die Gesichter ins Leere entrückt.

Esther mußte sich regelrecht zwingen, die Nase nicht zu hoch zu tragen, so erhaben schien Jorge über den ganzen Rest, wobei ihr durchaus klar war, daß seine Abwesenheit sehr zu diesem Eindruck beitrug. Sie wußte genau, wie er jetzt neben ihr gesessen hätte, wie er auf der Reise zum Fest neben ihr sitzen würde, ein Buch auf den Knien, unter einer Glasglocke aus Schweigen. Jorge hätte das Bordvideo keines Blickes gewürdigt. Seine Sehnsüchte waren anderer Art, es waren Träume der Bedürfnislosigkeit, genährt von einer beinahe unmenschlichen Bereitschaft zu entsagen. Seine Stärke kam aus dem Verzicht, schon allein das erhob ihn in Esthers Augen über das Gros der reklameseligen Zuschauer ringsum. Für einen Moment war es ihr möglich zu vergessen, daß ebendiese Haltung auch sie selbst aus seinem Leben ausschloß. Das einzige, was Esther mit ihm teilen konnte, war sein Stolz.

Zum Abschied hatte er nur dagestanden und die Hand gehoben, so als würde ihn die Sonne blenden. Jorge wirkte fast ein bißchen hilflos und verloren, während er dem Wagen hinterhersah. Marita hatte sich zu ihr herübergebeugt und mit einem Taschentuch gewunken. Sie selber brachte es nicht fertig. Esther war nicht wirklich traurig gewesen, sie empfand auch keinen Trennungsschmerz. Irgend etwas tat ihr leid, aber sie war viel zu müde, um darüber nachzudenken. Ihr Abschied von Jorge hatte längst stattgefunden in der zähen, immergleichen Zeit davor.

Ein Steward, der ihr Urenkel hätte sein können, erkundigte sich durch die Nase nach ihrem Getränkewunsch. Ohne Zögern bestellte Esther ein Glas Sekt. Ihre Nachbarin verfolgte den Serviervorgang mit einem mißbilligenden Blick und orderte anschließend einen Tee für sich und ihren Mann. Auch gut, zuckte Esther mit den Achseln und trank der Rückenlehne zu. Sie hatte beschlossen, keinen einzigen Kilometer dieser Reise zu bereuen.

»Wenn du jetzt kneifst, wird es dir dein Leben lang leid tun«, hatte Beate Gerber sie am Telefon bestärkt, »schließlich geht es nicht nur um das Fest. Es geht darum, ob du die Kraft hast, dich in dieser Familie durchzusetzen. Mag sein, daß es dir niemand danken wird. Aber wenn du nachgibst, verlierst du jeden Respekt.«

Es gefiel ihr nicht, wie Beate alles zu einer Prinzipienfrage erhob. Esther hatte sie in Verdacht, sich und der Familie mit dem

Fest etwas beweisen zu wollen, was nicht dorthin gehörte. Doch sie war ihre einzige Verbündete, und Esther hatte sich angewöhnt wegzuhören, wann immer ihre Noch-Schwiegertochter allzu emanzipatorische Töne anschlug. Sie entnahm den langen Telefonaten mit ihr nur den Zuspruch, den sie brauchte.

Im übrigen hatte sie ihr damals abgeraten, Thomas zu heiraten, und war wie alle anderen vom Scheitern ihrer Ehe wenig überrascht. Es schien nicht weiter verwunderlich, daß eine Frau, die so auf ihre Selbständigkeit bedacht war, mit ihrem Sohn nicht glücklich wurde. Er war der unselbständigste Mensch, den sie kannte. Doch das sagte sie Beate nicht.

Ihr ging es ums Fest und sonst nichts.

Unterdessen wurden Tabletts mit warmen Mahlzeiten in Aluminiumfolie gereicht. Huhn, tatsächlich. Esther hatte keinen Appetit. Ein wohliges Prickeln der Entspannung breitete sich in ihrem Magen aus. Es ging ihr gut wie lange nicht mehr. In dem Punkt gab sie ihrer Schwiegertochter recht: Man mußte nur so mutig sein, den ersten Schritt zu tun. Danach ging alles wie von selbst.

Vielleicht hätte sie den Sekt nicht vor dem Essen trinken sollen.

Während sich ihre Sitznachbarn auf die Bändigung der Nudelbeilage konzentrierten, schaltete das Bordvideo auf blau. Höhe und Geschwindigkeit, die verbleibende Flugdauer sowie die Zeit am Zielort wurden eingeblendet. Es war 14 Uhr 59. Doch noch bevor die Ziffern auf 15.00 Uhr umspringen konnten, ertönte in vereinzelten Kopfhörern die scheppernd schmissige Erkennungsmelodie eines Zeichentrickfilms. Schräg über den Turmfrisuren raste ein brauner, schlappohriger Hund mit rotierenden Pfoten um Häuserecken, stürzte in Schächte und wurde von altmodischen Müllautos überfahren.

Jetzt, nachdem sie drei-, vierhundert Kilometer Luft zwischen sich und ihr Leben gebracht hatte, war Esther davon überzeugt, das Richtige zu tun. Sie stellte fest, daß Jorge ihr nicht fehlte – nicht weniger als sonst. Und notfalls würde Beate sie schon daran hindern, sentimental zu werden.

Außerdem konnte sie sich keine Schwäche leisten, sie hatte schließlich eine Mission zu erfüllen. Langsam, aber sicher mußte sie vorfühlen, wie die Chancen für eine Versöhnung zwischen Thomas und Beate standen. Spätestens auf dem Fest würden die beiden einander begegnen. Und schon jetzt regte sich ihr schlechtes Gewissen, weil sie ihm nichts davon gesagt hatte, nichts davon sagen konnte: Sie wollte Thomas keinen Vorwand liefern, die Rede einfach hinzuschmeißen. Statt dessen hatte sie behauptet, sie würde von einer Freundin vom Flughafen abgeholt und bei ihr so lange übernachten, bis die Hundehütte wieder bezugsfertig war. Das entsprach weitgehend den Tatsachen. Allerdings war diese »Freundin« noch mit ihm verheiratet, hatte ihn unter kompromittierenden Umständen vor die Tür gesetzt und pries bei jeder Gelegenheit die Vorzüge des Alleinlebens.

Doch bis zum Fest waren es noch fast drei Wochen.

Christian

Die Hundehütte war für ihn nie der »Familiensitz«, nie ein Zuhause gewesen. Christians Familie begann mit Thomas und Beate und endete bis auf weiteres mit ihm selbst, irgendwo in den Mietwohnungen und Flachdachbungalows der siebziger, achtziger Jahre. Er erinnerte sich lediglich an ein paar trostlose Sonntage, an denen er bei seinen Großeltern zu Besuch gewesen war. Niemand, am allerwenigsten sein Vater, legte auf die Pflege der Verwandtschaft großen Wert. Insofern besuchten sie die alten de Houwelandts nur selten, nicht mehr als ein, zwei Mal im Jahr und nie länger als ein paar Stunden zur Kaffeezeit. Vor dem Abendessen fuhren sie wieder, das war ein ungeschriebenes Gesetz.

Dennoch erinnerte er sich genau.

Wie alle Kinder mußte auch er auf der Straße spielen und in der »freien Natur« – so die höfliche Umschreibung seiner Tanten für die angrenzende Niederung mit ihren torffarbenen Entwässerungsgräben und die sturmzerzauste Kiefernschonung auf der anderen Seite. Großvaters Garten war für Versteck- und insbesondere Ballspiele tabu. Also stand Christian meist ziemlich ratlos in der Gegend, umringt von den inzestuös aussehenden Sprößlingen eines nahegelegenen Bauernhofs, lauter Olafs, Jörgs, Meikes und Heikes, die im Jahresabstand aufeinander folgten und deren Gesichter sich bis auf die Zahnspangen reimten. Christian konnte wenig mit ihnen anfangen. Sie wollten nicht spielen, nur gucken.

Allerdings war Heike das erste Mädchen in seinem Leben, das mit einer echten Hasenscharte auftrumpfen konnte. Aus der Schule kannte er Hasenscharten nur als Witz.

Die Lage wurde nicht besser, als sich nach und nach seine Cousins und Cousinen dazugesellten. Christian war der Erstgeborene des Erstgeborenen und mit einigen Jahren Abstand der Älteste. Von daher fiel ihm die undankbare Aufgabe zu, auf die rotznasigen und tolpatschigen Kleinen aufzupassen, während sich die Erwachsenen drinnen »unterhielten«. Ständig stolperten diese Knirpse, schlugen bäuchlings oder rücklings hin und kletterten auf Bäume, von denen sie nicht mehr herunterkamen. Im Winter liefen sie direkt in die Schußlinie seiner Schneebälle. Im Sommer traten sie in Wespen und ertranken um Haaresbreite in den Stauseen, die er angelegt hatte. Nie war Christian seinen Eltern so dankbar, keine Geschwister zu haben, wie nach diesen Ausflügen.

Dennoch erinnerte er sich. Der Geruch der staubigen, mit Kuhdung bekleckerten Straßen im Sommer traf ihn wie ein alter Bekannter. Er roch das Wasser in den Abzugsgräben, die das sumpfig grüne Land in Wiesen und Weidestücke unterteilten, roch, wie es mehr stand als floß. Und er hatte sofort den harzig schwülen Duft von Kiefernnadeln in der Nase, die den Boden der Schonung bedeckten wie ein dichtes braunes Fell, das meist zu feucht oder schimmelig war, um sich allen Cousins und Cousinen zum Trotz darauf auszustrecken und durch die Äste und Zweige hindurch in den Himmel zu gucken.

Christian hatte nicht vor, sich zu erinnern, er hatte es eilig. Er wollte diesen Besuch bei seinem Vater so schnell wie möglich hinter sich bringen.

Im Garten auf der anderen Seite der Rhododendronbüsche und Krüppelkiefern knatterte ein Rasenmäher, der offenbar auch kleinere Zweige und Tannenzapfen fraß. Irgendwo heulte eine Motorsäge auf. Die Tür zur Hundehütte stand offen, Farbeimer türmten sich im Eingangsbereich, von drinnen ertönte das an die Zähne gehende Sirren mehrerer Schleifgeräte. All das klang überhaupt nicht nach seinem Vater.

Christian waren die Kastenwagen und Kleinlaster in der Einfahrt sofort aufgefallen. Er hatte sich nicht gerade oft hier blicken lassen, seitdem sein Vater wieder zurück in die Vergangenheit gezogen war, eher noch seltener als früher bei seinen Großeltern, doch es reichte vollkommen, um den schleichenden Verfall von Haus und Garten zu beobachten. Offenbar versuchte sein Vater dem Eindruck entgegenzuwirken, bei der Familie zu Kreuze gekrochen zu sein, indem er das Anwesen demonstrativ verkommen ließ. Jetzt hatte die Einladung zum achtzigsten Geburtstag des Patriarchen allem Anschein nach eine Totalumkehr bewirkt.

Christian hatte seine höfliche, aber bestimmte Absage an die Adresse seiner Großmutter längst formuliert. Es gab mehrere Termine, die er vorschieben konnte. Er liebäugelte sogar mit der Möglichkeit, an dem bewußten Wochenende eine Außensendung zu übernehmen, so daß er für sein Fernbleiben von der Familienfeier ein Alibi gehabt hätte, bei dem die Öffentlichkeit gewissermaßen Zeuge war. Nach dem Erhalt des Einladungskärtchens hatte er kurz überlegt, was wohl aus den Cousins und Cousinen geworden sein mochte, die er an den freudlosen Familiensonntagen vor dem Tod durch Ertrinken oder Genickbruch gerettet hatte. Doch Christians Neugier war nicht halb so groß wie sein Widerwille gegen die Verlegen- und Verlogenheiten eines Wiedersehens, das in Wirklichkeit keines war. Diese Familie bestand für ihn aus lauter Fremden.

Ricarda hingegen war begeistert. Sinnlos, ihr erklären zu wollen, daß er sie schlecht einer Verwandtschaft vorstellen konnte, die er selber kaum kannte. Sie hielt das Fest für eine einmalige Gelegenheit, endlich all die Leute kennenzulernen, von denen sie schon »so viel gehört« hatte, wobei ihr das wenige, was sie wußte, nicht von ihm, sondern von seinem Vater erzählt worden war, dessen Anrufe sich neuerdings häuften. In Anbetracht der knappen Zeit, die Ricarda für private Dinge hatte, nahm sie diese Familiengeschichten seiner Meinung nach viel zu wichtig. Mehrmals am Tag drängte sie ihn, sich endlich mit »Thomas« zu treffen, eine Begegnung, die er immerhin eine Woche hatte hinausschieben können. Christian kannte seinen Vater. Wenn man ihm den kleinen Finger reichte, nahm er gleich die ganze Hand.

Die Turmuhr der Kirche, zu der er als Kind so oft so verzweifelt hinaufgestarrt hatte, mußte ein paar Rasenmäherbahnen zuvor drei geschlagen haben. Christian ging über den Hof zum Gesindehaus und drückte den unteren Klingelknopf, neben dem kein Name stand. Von der halben Stunde, die er mitgebracht hatte, waren schon zweieinhalb Minuten vergangen.

Ein bißchen ärgerte es ihn, daß er sich von Ricarda hatte breitschlagen lassen. Er wäre nicht hergekommen, wenn er nicht das Gefühl gehabt hätte, sie wolle ihn insgeheim auf seine Familientauglichkeit testen. Ricarda hatte sich Bedenkzeit ausgebeten bis nach dem Einreichen der Klageschrift in sechs Tagen, angeblich weil sie sich so lange voll darauf konzentrieren mußte, für ihren Immobilienfall den Sachverhalt zu ermitteln und die Rechtslage zu prüfen. Doch Christian hatte den Verdacht, daß es dabei nicht so sehr um ihre Arbeit als vielmehr um die Frage ging, ob er ein guter Sohn war und somit auch ein guter Vater sein konnte. Jedenfalls schien ihm Ricardas Entscheidung für ein Kind aus irgendeinem Grund von seinem Verhältnis zu »Thomas« abhängig zu sein.

Er konnte nicht verstehen, was sie an ihm fand.

Sein Vater öffnete die Haustür, die sich ein wenig verzogen hatte, und entschuldigte sich, daß der Summer nicht funktionierte. Dann gaben sie einander die Hand, eine Szene, von der Christian wußte, daß Ricarda sie belächelt hätte. Die de Houwelandts umarmten sich nie.

»Ja, also, die Renovierungsarbeiten beschränken sich erst mal auf die Hundehütte«, erklärte sein Vater, dem er die wenigen Stufen in die untere Gesindehauswohnung folgte, »hier mache ich dann später weiter«, was eine Entschuldigung für den Zustand des Treppenhauses sein sollte, dessen blaßgrün gestrichene

Wände mit Flecken und Fingerabdrücken übersät waren. Dabei hatte dieses Haus seit langem keine Kinder mehr gesehen. Unmittelbar neben der Eingangstür standen zwei Gehwagen mit festinstallierten Einkaufskörben. Die Wohnung, die Christian betrat, roch selbst im Hochsommer nach kaltem Rauch.

»Du kannst dir nicht vorstellen, was hier los ist, seitdem ich dieses Fest vorbereiten muß. Es ist der Wahnsinn!« Sein Vater räumte zwei Zeitungsstapel im Flur beiseite, entfernte einen dicken Wintermantel aus der Garderobe und warf ihn in den danebenstehenden Schrank. Er entschuldigte sich unentwegt.

Eigentlich war Thomas noch immer ein gutaussehender Mann mit dunklen, an den Schläfen leicht ergrauten Haaren. Trotz seines nicht unerheblichen Rotweinkonsums war er schlank geblieben. Obwohl er täglich fast zwei Schachteln Zigaretten rauchte, erfreute er sich derselben unverwüstlichen Gesundheit wie alle de Houwelandts. Und da Thomas sich zeit seines Lebens weder krumm- noch schiefgearbeitet hatte, war seine Form für einen Mittfünfziger mehr als passabel. Er wirkte jünger als die meisten Männer seines Alters. Für Christian hatte er sich in all den Jahren nicht verändert. Er konnte verstehen, daß sein Vater Schlag bei Frauen hatte. Was er nicht verstehen konnte, war, daß er so wenig aus sich machte.

»Kann ich dir einen Espresso anbieten?« fragte Thomas, der bereits auf die Küche zusteuerte, aus der es irgendwie säuerlich roch. Offenbar waren die Essensreste der letzten Wochen gerade im Begriff, sich selbst zu kompostieren.

»Wie gesagt, ich habe nicht viel Zeit.«

Christian hielt es für klüger, im Flur stehenzubleiben und dem Berg von unabgewaschenem Geschirr nicht zu nahe zu kommen, an dem sich sein Vater nicht zu stören schien, der darin einen noch halbwegs sauberen Kaffeelöffel fand.

»Für einen Espresso wird es schon reichen«, ließ er sich nicht beirren und klapperte mit Dosen und Deckeln, »ich habe jetzt diese neue Maschine, mit der geht es ganz fix ...«

»Nein, danke.«

Thomas streckte den Kopf aus der halboffenen Küchentür und sah ihn an. »Wieviel Zeit hast du denn?«

»Zwanzig Minuten«, sagte Christian, ohne eine Miene zu verziehen. Er wollte ein guter Sohn sein, deswegen war er hier, aber er mußte seinem Vater auch die Grenzen seiner Geduld aufzeigen, und zwar von vornherein.

»Was dagegen, wenn ich mir einen mache?« fragte Thomas, doch er hatte schon damit angefangen.

Christian gab sich Mühe, seinen Vater mit anderen Augen zu sehen. Er versuchte, seinen Mangel an Ehrgeiz und Zielstrebigkeit sympathisch zu finden. Er hatte sich fest vorgenommen, seine kleinen oder auch größeren Fehler von ihrer liebenswürdigen Seite zu betrachten. Er wollte den Rechtfertigungsarien seines Vaters widerspruchslos zuhören und sich über seine Zerstreutheit nicht ärgern. Möglicherweise lag in seinem Hang, sich zu verzetteln, auch eine spezielle Art von Humor, die lediglich ihm, Christian, völlig abging. Mit etwas gutem Willen ließ sich sogar das Scheitern seines Vaters in den verschiedensten Berufen, der Flickenteppich seiner Biographie und die Unstetigkeit seiner Beziehungen als Lebenskunst interpretieren. Wer sagte, daß man die Dinge, die man angefangen hatte, auch zu Ende bringen mußte? Wo stand geschrieben, daß man vor Problemen nicht ewig davonlaufen konnte?

Ricarda jedenfalls schien das überhaupt nicht zu stören. Sie fand Thomas »interessant« und »nicht so spießig«. Er hatte viel erlebt und allerhand gelesen, nicht systematisch natürlich und nie ganz genau, doch es reichte, um bei einem Gläschen Rotwein als »gebildet« durchzugehen. Mit seinem Vater konnte man über alles reden. Und sogar Christian mußte zugeben, daß er ein vergleichsweise »geistreicher« Gesprächspartner war – solange man nichts von ihm wollte. Solange man ihn nicht brauchte.

Es war eine Sache, sich mit jemandem zu verstehen, und eine völlig andere, ihn zum Vater zu haben.

Christian ging weiter ins Arbeitszimmer, in dem wie in einer Kneipe dichte Rauchschwaden hingen, die von feingesiebten Lichtstrahlen durchlöchert wurden. Vor dem Bücherregal blieb er stehen und betrachtete die Unordnung. Er richtete eines der Familienfotos wieder auf, das mit dem Gesicht nach unten auf verblaßten Mappen aus Studententagen lag. Es zeigte ihn und seine Mutter mit verschränkten Armen und einem gequälten Lächeln auf der Kühlerhaube des Schrottautos, mit dem sie auf der Fahrt in den Italienurlaub regelmäßig liegenblieben, obwohl Thomas jedesmal beteuerte, den Schaden endgültig behoben zu haben. Schon damals war ihm klar gewesen, daß er sich auf seinen Vater nicht verlassen konnte.

Aber Ricarda lobte seine »Ansichten«, ohne zu durchschauen, daß sie nur deshalb so tolerant ausfielen, weil Thomas selbst ein hohes Maß an Toleranz für sich beanspruchte. Anstatt ihn als unselbständig oder parasitär zu bezeichnen, nannte sie ihn »jung im Kopf«, was bei jemandem, der sich allmählich ernsthaft Sorgen um seine Rente machen sollte, fast schon unfreiwillig komisch wirkte. Daß dieser Mann nach allen bürgerlichen Maßstäben ein Versager war, erwähnte sie gar nicht erst.

Ricarda hatte offensichtlich nicht die geringste Vorstellung davon, was es hieß, einen Schwächling zum Vater zu haben, sonst hätte sie ihn nicht geschmeichelt, wo er am angreifbarsten war. Aber es half nichts. Er mußte versuchen, ein guter Sohn zu sein.

Mit seiner vorgewärmten Espressotasse zwischen Daumen und Zeigefinger kam Thomas ins Zimmer und stellte sich neben ihn. Eine Weile betrachteten sie beide wortlos dieses Foto aus einer Zeit, als die Welt auch schon nicht in Ordnung war. Dann spitzte sein Vater die Lippen und nahm einen Schluck. Er trank unendlich langsam, so als müßte er jedem Milliliter seine ungeteilte Aufmerksamkeit widmen, still und ganz für sich. Er war ein großer Genießer von kleinen Dingen, das mußte man ihm zugute halten. Doch seine Hände, seine leicht zittrigen Finger verrieten auch, wie sehr er in diesem Augenblick nach einer Zigarette gierte, nach der belebenden Mischung aus Koffein und Nikotin, nach dem Geschmack von Qualm auf seiner kaffeebelegten Zunge, was er sich mit Rücksicht auf ihn, Christian, verkneifen mußte. So waren seit jeher die Spielregeln.

Keine Zigaretten vor dem Kind!

Natürlich hätte er jetzt sagen können: »Rauch ruhig eine.« Ein guter Sohn hätte das vielleicht gesagt. Aber Christian sagte nichts.

»Hast du mal wieder was von deiner Mutter gehört?« brach Thomas das Schweigen. Peinlich genau achtete er darauf, den größtmöglichen verbalen Abstand zu der Frau einzuhalten, die ihn aus ihrer gemeinsamen Wohnung geschmissen hatte, als er gerade »in der Krise seines Lebens« steckte. Doch eigentlich steckte Thomas immer in der Krise seines Lebens.

»Wir haben nicht über dich gesprochen, falls du das meinst.«

Er hätte mehr Entgegenkommen zeigen können, natürlich, aber Christian wollte gar nicht erst damit anfangen, den Zuträger zu spielen. Er hatte den größten Teil seiner Kindheit und Jugend zwischen seinen Eltern vermittelt, das mußte reichen. Jetzt weigerte er sich, als postillon d'amour oder dessen böse Worte überbringendes Gegenstück hin und her geschickt zu werden. Außerdem telefonierte sein Vater häufiger als er mit »seiner Mutter«, angeblich aufgrund der vielen praktischen Fragen, die sich aus ihrer Rest-Ehe ergaben. Insgeheim belauerten sie einander noch immer.

Thomas stellte seine Tasse auf das letzte freie Fleckchen seines Schreibtischs, wo sie vermutlich auch die nächsten Tage stehen bleiben würde. Unschlüssig trat er ans Fenster, merkwürdig gebeugt und eingesunken, Christian sah nur seinen Rücken. Auf einmal wirkte er unglaublich alt.

Die Frage war, was wohl ein guter Sohn jetzt sagen würde.

»Sie hat mich vor ein paar Wochen nach der Sendung angerufen und ziemlich runtergemacht, wegen irgendeiner Formulierung, ich hab's nicht ganz verstanden, aber es muß verheerend gewesen sein.«

Er nahm an, daß sich sein Vater über diese kleine Indiskretion freuen würde. Aber er konnte sein Gesicht nicht sehen.

»Deine Mutter war schon immer kritisch«, sagte der alte Mann, gegen die Fensterscheibe gewandt.

»Mir scheint, sie wird immer kritischer.« Christian versuchte, nicht ganz so angestrengt zu lächeln wie auf dem Foto.

Vielleicht war Beate ein Thema, bei dem sie sich näherkommen konnten. Christian verstand den Entschluß seiner Mutter, ihr eigenes Leben zu leben, voll und ganz. Wenn er vorher gefragt worden wäre, hätte er es ihr sogar geraten. Es war sinnlos, darauf zu hoffen, daß Thomas sich änderte. Man konnte ihn vielleicht lieben, aber nicht bessern. Erstaunlich war nicht ihre Trennung, sondern die Tatsache, daß eine überdurchschnittlich intelligente Frau für diese schlichte Erkenntnis so viele Jahre gebraucht hatte. Doch obwohl Christian zu der Zeit schon lange aus dem Haus war, obwohl es ihn im Grunde nichts mehr anging, hatte sie mit seinem Vater auch ein Stück weit ihn verstoßen. Er unterstützte ihre Entscheidung in jeder Hinsicht, aber sie traf ihn trotz allem.

Ein guter Sohn hätte das seinem Vater vielleicht zeigen können, ohne seine Mutter zu verraten. Christian, der sonst nie um ein Wort verlegen war, konnte es nicht. Sein Vater versank von Minute zu Minute immer tiefer in Schweigen.

Mit dem Thema kamen sie nicht weiter.

Christians Blick wanderte hinüber zu dem übervollen Aschenbecher auf dem Schreibtisch, in dem sich die Zigarettenstummel vergangener Tage auf komplizierte Weise türmten. Es machte vermutlich mehr Mühe, noch eine weitere Kippe draufzusetzen, als den Aschenbecher zu leeren, doch Christian war sich sicher, daß sein Vater diese Kippenpyramide so lange kunstvoll weiterbauen würde, bis die gesamte Konstruktion zusammenbrach.

»Seit wann interessierst du dich für Mathematik?« fragte er. Obenauf in dem Durcheinander von Zetteln, Briefen und Zeitungsausschnitten lag ein aufgeschlagenes Buch, das mit seinen Diagrammen und Zahlenkolonnen aussah wie die altertümliche Ausgabe eines mathematischen Grundlagenwerks.

Sein Vater drehte sich um. »Das ist die Doktorarbeit deines Großvaters. Hat dir Ricarda nichts davon erzählt? Ich muß die Rede schreiben, die Geburtstagsrede, auch das noch, Esther hat mich darum gebeten, und ich dachte, ich könnte vielleicht am Anfang ein Zitat aus seiner Promotion einfließen lassen – sie war übrigens gar nicht so leicht zu beschaffen. Glaub ja nicht, daß man so einen Schinken über Fernleihe bekommt! Ich hab's gleich zweimal versucht, beim ersten Mal hieß es: unauffindbar, nicht am angegebenen Ort, beim zweiten Mal ›ausgelagert wegen Wasserschadens‹. Hätte ich nicht einen ehemaligen Kollegen deiner Mutter getroffen, einen Mathelehrer und Bibliophilen, wäre ich aufgeschmissen gewesen. Aber er besaß tatsächlich eines der letzten Exemplare privat und hatte während des Studiums sogar mal reingelesen …«

Warum konnte er seinem Vater nicht einfach zuhören? Warum dachte er automatisch: Was willst du von mir?

»Jedenfalls, einiges, was er hier schreibt, ist gar nicht so uninteressant. Kennst du das Mengenparadoxon von Bertrand Russell? Es geht dabei um die Selbstreferentialität mathematischer Größen, also konkret um die Frage, ob Mengen sich selbst enthalten können.« Thomas hatte das Buch zur Hand genommen und blätterte darin herum. »Wenn man sich zum Beispiel das Verzeichnis einer Bibliothek vorstellt, das sämtliche Bücher und deren Standorte auflistet, kann dieses Verzeichnis sich selbst und seinen eigenen Standort enthalten? Wenn ja, dann müßte es theoretisch möglich sein, ein Verzeichnis aller Verzeichnisse anzulegen, die sich nicht selbst enthalten. Nur: Enthält dieses Verzeichnis sich selbst, dann enthält es ein Verzeichnis, das sich selbst enthält. Enthält es sich nicht, dann enthält es nicht alle Verzeichnisse, die sich nicht selbst enthalten. Verstehst du?«

Warum konnte ihm sein Vater nicht einfach sagen, was er wollte?

»Ich dachte, man könnte das vielleicht irgendwie verwenden, wenn du weißt, was ich meine, also indem man beispielsweise einmal laut darüber nachdenkt, ob die Familie der de Houwelandts neben ihren Mitgliedern auch so etwas wie sich selbst, wie einen gemeinsamen Nenner beinhaltet, aber eben nicht den kleinsten, sondern – unmathematisch gesprochen – eine Art Familiennenner, eine alle Variationen und Generationen umfassende Matrix, in der unsere Einzelexistenzen mit ihren Abweichungen und Übereinstimmungen enthalten sind. Ich meine, bei einem solchen Anlaß muß doch die Frage erlaubt sein: Sind wir, die de Houwelandts, eine Familie, die sich unabhängig vom Denken und Handeln jedes einzelnen selbst enthält, oder gehören auch wir nur zu der Menge aller Mengen, die sich nicht selbst enthalten, die nicht wirklich wissen, wer sie sind und wo sie sozusagen stehen? Ich finde das durchaus überlegenswert. Allerdings habe ich den Gedanken mittlerweile als zu komplex verworfen, es soll schließlich eine Geburtstagsrede werden und kein Vortrag.«

»Klar«, sagte Christian. Abwarten.

Sein Vater klappte das Buch zu und sah ihn an. »Das einzige, was ich sonst noch daraus ziehen konnte, ist die Formulierung ›Quod erat demonstrandum‹, aber die eignet sich weder so richtig für den Einstieg in die Rede noch als Resümee von achtzig Jahren Leben.«

Thomas legte eine Pause ein, befeuchtete kurz seine Lippen und schwieg weiter.

»Und was meinst du, gewissermaßen als Profi?« fragte er nach einer kleinen Ewigkeit.

Das war es also.

»Die Antwort ist Nein«, sagte Christian. »Nein, ich schreibe dir die Rede nicht.«

Falls sein Vater überrascht war, zeigte er es nicht. Thomas schaute völlig ausdruckslos.

»Wenn ›deine Mutter‹ dich um die Geburtstagsrede gebeten hat, dann solltest du sie auch schreiben und sonst niemand. Ich werde nicht darin herumpfuschen.«

Christian nahm den Aschenbecher vom Schreibtisch und trug ihn in die Küche.

»Wer redet denn von herumpfuschen? Ich bräuchte nur mal an der einen oder anderen Stelle deinen Rat.« Thomas folgte

ihm widerstrebend und schaute zu, wie er die mühsam aufgehäuften Zigarettenstummel in den mühsam aufgehäuften Müll
kippte. »Außerdem hilft es mir schon, mit dir einfach nur darüber zu reden. Ich meine, wenn du sagst, daß ich mit dem Rus-
sellschen Mengenparadoxon auf dem Holzweg bin, dann ist das
für mich ein wichtiger Hinweis.«

»Ich kann dir nicht helfen, tut mir leid.« Christian reichte
ihm den leeren und, wie man jetzt sah, ziemlich geschmacklo-
sen Aschenbecher. Dann ging er weiter über den Flur zur Tür.

»Aber jetzt warte doch mal! Christian …« Er wußte, daß sein
Vater es nicht wagen würde, ihn an der Schulter zu packen oder
auf sonst irgendeine Art zurückzuhalten. Bei den de Houwelandts gab es nicht nur keine Umarmungen, sie berührten sich
nie. »Für dich ist das doch – du machst das doch mit links,
Christian, hör zu!« Sie waren schon im Treppenhaus, aber sein
Vater wagte es noch immer nicht, er tippte ihm nicht einmal
auf die Schulter. »Ich sitze hier seit Tagen, seit einer verdammten Woche, unter den widrigsten Bedingungen, Lärm, Staub,
Handwerker, es ist die Hölle! Ich meine, schau dich nur mal
um, so kann doch kein Mensch arbeiten …«

Sie überquerten den Hof, wo ein Mann in einem futuristi-
schen Schutzanzug mit einem Flammenwerfer umherging und
dem Unkraut den Garaus machte.

»Es ist halb vier, ich müßte längst unterwegs sein. Wie gesagt.«

Thomas trug natürlich keine Uhr.

»Wir könnten in ein paar Minuten fertig sein. Wenn wir uns
einmal kurz in Ruhe hinsetzen und die Rede zusammen durchgehen, hat sich die Sache.«

»Wie weit bist du denn?« fragte Christian, ohne sich auf dem
Weg zu seinem Wagen umzudrehen.

»Ich bin dabei. Es gibt – Varianten!«

Fast wünschte er sich, sein Vater könnte versuchen, ihn fest-
zuhalten. Er würde augenblicklich sein Handgelenk nehmen
und ihm den Arm in Polizeigriffmanier auf den Rücken drehen.
Er wünschte sich das seit langem. Ob Ricarda auch darüber ge-
schmunzelt hätte? Ob sie dann immer noch der Meinung gewesen wäre, die de Houwelandts seien »so unkörperlich«?

»Ja, aber …« Thomas, der Feigling in seinem Rücken, suchte
wie immer nach Worten, »direkt zu deinem Einwand: Deine
Großmutter freut sich bestimmt, wenn du dich an der Rede be-
teiligst, wenn wir, die beiden Erstgeborenen, für den Alten sozusagen eine Gemeinschaftsproduktion …«

Es war nicht nett von ihm zu denken, daß sich sein Vater immer nur meldete, wenn er etwas von ihm wollte, aber genau so
war's.

»Die Antwort ist Nein, willst du das schriftlich?« Schade, daß
Ricarda ihn nicht hören konnte, schade, daß sie nicht mitbekommen hatte, wie »Thomas« immer alles auf andere abzuwälzen versuchte, sogar die Rede zum achtzigsten Geburtstag
seines Vaters. »Und abgesehen davon, kenne ich den Mann gar
nicht.«

»Dann wird es höchste Zeit, daß du ihn kennenlernst!« rief
Thomas, doch da saß Christian bereits in seinem Wagen und
schlug die Tür zu.

Auch ein guter Sohn mußte manchmal hart sein.

Jorge

Je länger er marschierte, desto weniger spürte Jorge den Berg.
Unentwegt beschäftigte ihn der Junge, der ihm gestern in die
Kapelle gefolgt war. Es handelte sich um einen der Söhne von

Luisa Mejía, einen Mischling, der selbst aus ihrer bunt durcheinandergewürfelten Kinderschar herausfiel. Sein Vater mußte ein Mann mit mehreren Pässen gewesen sein oder einer der illegalen Afrikaner, die immer wieder Zuflucht suchten unter Luisa Mejías weiten Röcken. Seine Hautfarbe war mulattenhaft braun, mit schmutzigen Flecken am Hals und um die Knie. Seine hohen Wangenknochen waren für ein Kind von etwa zwölf Jahren erstaunlich ausgeprägt und verliehen ihm als vielleicht auffälligste Ähnlichkeit die stolze Miene seiner Mutter. Dazu hatte er dunkle, beinahe schwarze Augen und keine Oberlippe. Wo seine Geschwister die blühenden Münder der Mejías geerbt hatten, war bei ihm nur ein Strich.

Im Dorf nannten ihn alle den »Bastard«. Seinen richtigen Namen kannte Jorge nicht. Wäre die Leere nicht gewesen, hätte er nie an ihn gedacht.

Luisa Mejía führte das bis vor wenigen Jahren einzige Lokal am Ort, das mangels Verwechslungsgefahr einfach nur das »Restaurant« hieß, eine Bezeichnung, auf der sie bestand, obwohl es sich eher um eine Bar handelte. Luisas erster und einziger Ehemann war früh verstorben oder existierte seit jeher nur als Legende. Man konnte sich diese Frau kaum anders vorstellen als allein. Sie war eine strenge, hart arbeitende Andalusierin mit wuchtigen Oberarmen und einer durchdringenden Stimme, die es ihr erlaubte, ihre Söhne und Töchter bis hinaus auf die Straße zu kommandieren. Tag und Nacht stand sie am Tresen, hielt ihre Kinder auf Trab und verschwand nur gelegentlich in der dreiviertelhohen Tür zur Küche, um den Extrawunsch eines Gastes persönlich zu erfüllen. Doch sie bediente nicht, Luisa Mejía herrschte.

Ihr Reich bestand aus einem niedrigen, tunnelartigen Gewölbe mit einer Flucht schmaler Tische und Bänke. Jedes Jahr ließ sie die Decke neu streichen, doch dem »Restaurant« haftete trotz allem etwas Spelunkenhaftes an. Wer sich zum ersten Mal dorthin verirrte, der dachte unweigerlich an die verraucht-verruchten Dorftavernen des iberischen Hinterlands, wo sich Bauern mit knotigen Händen und bizarren Gebissen im Laufe der Nacht die einzige Dorfhure teilten. Dabei waren ihre Stammgäste, die dort vom späten Vormittag an hockten und sich Luft zufächelten, in aller Regel weder Freier noch Zecher, sondern brave deutsche Rentner und Senioren, die einem längst fälligen Arztbesuch oder Krankenhausaufenthalt zu entgehen hofften, indem sie sich Unmengen von Luisa Mejías legendärem Kräutertee einverleibten.

Die Heilkräfte ihres Gesundheitstees waren nicht unumstritten. Niemand kannte auch nur annähernd das Rezept. Nicht einmal über die einzelnen Zutaten herrschte Einigkeit. Und es gab Stimmen, nach denen die Wohltaten und Wunder von Luisa Mejías Teekuren weniger auf die Zusammenstellung der Kräuter zurückzuführen waren als vielmehr auf die Geduld, mit der sie den einzelnen Leidensgeschichten lauschte. Ihr konnte man sein krankes Herz ausschütten, konnte es erleichtern und von Angst befreien. Luisas Qualitäten als Zuhörerin, ihr Wissen um sämtliche Krankheitsverläufe und deren Eigentümlichkeiten suchten in der Schulmedizin ihresgleichen. Jedem ihrer Patientengäste lieh sie ein verständiges Ohr, um daraufhin eine Spezialmischung zur Linderung seines ganz persönlichen Martyriums zuzubereiten. Und so las man auf den Gläsern mit den Teesorten, die sie für ihre treuesten Gäste aufbewahrte, auch nicht »Earl Grey« oder »Kamille«, sondern »Karl Ludwig Müller« oder »Hermann Meier II«.

Was ihre Kundschaft anging, glich das Restaurant der Luisa Mejía weniger einer Kneipe als dem Wartezimmer eines Wunderheilers. Es kamen fast ausschließlich Männer.

Jorge begab sich ungern in Gesellschaft und verabscheute die Kumpanei der Kranken am Tresen von Luisa Mejía. Es widerstrebte ihm, sich mit dem Siechtum der anderen gemein zu machen und sich einzulassen auf den heimlichen Wettstreit der Gebrechlichen um den Elendspokal. Ihre Ängste und Klagen hielt er für Angeberei, ihr Betteln um Mitleid für würdelos. Jorge konnte keine Leidensgenossen gebrauchen. Sein Kampf mit dem Schmerz ging niemanden etwas an. Es war die intimste Feindschaft, die er pflegte. Nicht einmal Esther wußte davon, auch wenn es ihm von Jahr zu Jahr immer schwerer fiel, sich nichts anmerken zu lassen.

Wenn der Schmerz ihn zu überwältigen drohte, wenn er ihn in der Wehrlosigkeit der Nacht beschlich und lähmte mit bleierner Hand, machte Jorge sich auf den Weg zu Luisa Mejía. Morgens in aller Frühe, noch bevor das Restaurant öffnete, klopfte er an das Gatter ihres Kräutergartens und folgte ihr wortlos durch die Reihen der Beete, immer einen halben Schritt zurück, immer mit dem Blick das Weite suchend – es war ein ungeschriebenes Gesetz, daß man ihr nicht auf die Finger schaute. Die Blätter und Blüten, die Luisa pflückte, verschwanden ungesehen in ihrer Schürze. Was damit geschah, welche von ihnen in den kleinen und großen Mörsern zerstampft oder unter Wiegemessern zerstückelt wurden, blieb hinter der schulterhohen Küchentür verborgen. Stumpf vor Schmerz wartete Jorge in dem nur durch einen schmalen Lichtschacht erleuchteten Kneipengewölbe, umgeben von den lungernden Gerüchen der Nacht, hochprozentigem Männerschweiß und dem verbrauchten Atem des Geredes.

Der Junge war immer in der Nähe, er ließ ihn keine Sekunde aus den Augen.

Mit einem Staubtuch fuhr er langsam, beinahe saumselig über das silhouettenhafte Inventar. Geräuschlos polierte er Aschenbecher, Kerzenständer, Wein- und Schnapsgläser und flüsterte dabei das Wort für den jeweiligen Gegenstand, den er zur Hand nahm. Er beschwor ihn in sämtlichen Sprachen, die in der Wirtschaft seiner Mutter gesprochen wurden und die er aufgeschnappt hatte, während er wie in leichtem Schlaf bereitstand, um bei Bedarf sauberes Geschirr zu bringen und schmutziges wieder abzuräumen. Er sprach nicht nur Deutsch, Englisch oder Holländisch, sondern formte mit seinen schmalen Lippen auch die exotischen, alphabetfremden Laute der Sprachen vom anderen Kontinent. Obwohl sie sich nur selten und zu sehr später Stunde in das Restaurant wagten, imitierte er geschickt den aufgeregten, an Flüche und Verwünschungen erinnernden Zungenschlag der Flüchtlinge und Illegalen.

Jede dieser Sprachen von der anderen Seite des Meeres konnte die seines Vaters sein.

Es war Jorge durchaus bewußt, daß er mit seinen Besuchen die wenigen Stunden der Ruhe in diesen Mauern störte. Wenn ihm der Schmerz eine Wahl gelassen hätte, wäre er nie gekommen. So aber stand er bisweilen reglos im ewigen Dämmerlicht und versuchte, sich unsichtbar zu machen, während er auf den Tee wartete, den Luisa Mejía in der Küche für ihn braute. Er vermied es, dem Flüsterspiel zuzuhören, in das der Junge so versunken schien, als gäbe es auf der ganzen Welt nur diese Klänge und Dinge, die er besprach und reinigte zur selben Zeit. Doch Jorge spürte seinen Blick im Halbdunkel wie Wimpernschläge auf der Haut.

Es war, als hätte er ihm immer schon aufgelauert, als sei von Anfang an klar gewesen, daß er ihm irgendwann einmal folgen würde. Jorge kannte den Namen des Jungen nicht, doch er wußte augenblicklich, daß es der »Bastard« war.

Auch bei seinem Abstieg in die tieferen Gesteinsfalten des Berges hatte er keine Wasserader entdecken können. Es war kühl gewesen, feucht sogar, in den abschüssigen, hohlwegartigen Klüften, zu denen die Sonne kaum vordrang. Doch nichts deutete auf eine Quelle hin, auch wenn der Grund der Schlucht ohne Seil und Steigeisen unerreichbar blieb. Auf halbem Weg war Jorge umgekehrt. Mittlerweile hatte er die Kapelle fast erreicht. Wenn er kurz aufschaute von dem unwegsamen Pfad, der seine Aufmerksamkeit bei jedem Schritt forderte, sah er die unverputzte Rückseite der Finca mit ihren von Sonne und Wind gebleichten Steinen, die zwischen dem lehmfarbenen Mörtel hervorragten wie blanke Knochen. Jorge näherte sich seinem Ziel mit einer Systematik, in der Sonne, Steigung und Durst keine Rolle spielten. Er hätte endlos weiterklettern können. Er war über jede Erschöpfung hinaus.

An die Quelle dachte er nicht mehr. Er hatte sie aufgegeben. Den Jungen vermutete er, wenn überhaupt, auf halbem Weg. Doch Jorge schaute sich nicht nach ihm um. In dem System seines Anstiegs gab es keine überflüssige Bewegung. Nur ausnahmsweise tastete er mit den Fingerspitzen nach einem Schweißtropfen auf seiner Nase, der längst getrocknet war. Gelegentlich rieb oder betupfte er seine Stirn. Aber er schwitzte nicht mehr. Unter dem Hut, auf seiner Haut klebte nur Salz.

Er hatte gut gekämpft die letzten Tage. Er hatte sein Pensum erhöht und sich keine Pause gegönnt. Es war ihm leichtgefallen, auf den Wein beim Mittagessen zu verzichten und auf den kurzen Schlaf danach, der den Willen zu weich, zu nachgiebig werden ließ. Er hatte dem Schmerz in seinem knappen, kargen

Leben den Boden entzogen und sämtliche Rituale geopfert, die dem Kampf nicht dienten – alte, liebgewonnene Gewohnheiten, die längst ein Teil von ihm zu sein schienen. Jorge hatte sich immer stärker gefühlt, je weniger er wurde. Doch der Schmerz war nicht der Gewalt seines Willens gewichen, sondern der Leere, die Esther hinterlassen hatte.

Sie fehlte ihm, aber noch mehr fehlte ihm der Widerstand, an dem er sich aufgerichtet hatte jeden Morgen, gegen den er sich stemmte Tag für Tag. Er fühlte sich nicht nur von ihr, sondern auch von seinem besten Feind verlassen. Er war nicht frei, er war verloren.

In seiner Not dachte er an Luisa Mejía, an ihren Garten, ihre Kunst. Sie war es, die seinen Schmerz und sein Schweigen verstand. Auch ohne viele Worte schien sie jedesmal genau zu wissen, was ihn zu ihr führte. Mit ihrem seltsam kühlenden, nach Minze und Eisenkraut schmeckenden Tee hatte sie ihm über die Lähmungen des Schmerzes hinweggeholfen und seine Beweglichkeit wiederhergestellt. Doch Jorge wußte, daß ihm kein Tee der Welt helfen konnte gegen die Lähmungen der Leere. Gerade weil Luisa Mejía ihn verstand, konnte er sie jetzt unmöglich aufsuchen. Er hätte sich vor ihr nur geschämt.

Es gab keinen Tee gegen das Nichts.

Er näherte sich der Kapelle, ohne seine Schritte zu verlangsamen. Um die Mauern herum roch es nach Schatten, es roch nach Kühle und Feuchtigkeit aus den offenen, unverglasten Fensterbögen. Doch Jorge trat nicht ein in die Ruine seiner Andacht, die ihm zumindest Schutz vor Sonne und Trockenheit, wenn nicht gar Trost versprach. Er fand keine Ruhe. All seine Bemühungen waren zu lasch gewesen, zu läppisch, um vor der Leere zu bestehen. Und es erschien ihm geradezu lächerlich, daß er sich nach Jahren und Jahrzehnten der Einsamkeit so wenig in der Leere seines Lebens auskannte, daß er noch immer nicht Herr über sie war. Statt dessen mußte er sich von einem kleinen Jungen in einer Dorfkneipe daran erinnern lassen, wie man ohne andere Menschen auskam, wie still und genügsam man im Nichts und mit dem Nichts sein konnte. Der Junge war von keinem Pater oder Priester geschult worden, er hatte Talent zum Alleinsein, und er nutzte es, weil er der »Bastard« war und gut daran tat, niemanden im Dorf zu seinem Glück zu brauchen. Er war nicht verloren, er war vogelfrei.

Aber frei.

Jorge fühlte sich ihm in seiner Andacht unterlegen. Er hatte die rechte Tiefe nicht gefunden, gestern ebensowenig wie etliche Male davor. An dem Jungen lag es nicht, der die Kapelle in respektvollem Abstand betreten und Jorge eine fast schon vergessene Ehrfurcht vor seinen eigenen Exerzitien eingeflößt hatte, so wie er es ihm gleichtat, sich niederkniete auf den nackten Boden und die Hände vor den Lippen faltete zum Gebet. Fraglos teilte er mit ihm die Stille der Versenkung und erhob sich erst, als Jorge nach einem zweiten und dritten Rosenkranz die Kapelle verließ.

Vergebens. Er fand die rechte Tiefe nicht.

Seine Niederlage durfte dem Jungen kaum entgangen sein. Wer die Einsamkeit so gut kannte, dem blieb nicht verborgen, daß dieser hoffärtige alte Mann – ungeachtet seiner erbitterten Anstrengungen – zum Glauben zutiefst unbegabt war.

Kein Wunder, daß der Junge nicht wiederkam.

Jorge umkreiste die Kapelle, seltsam entkräftet jetzt, da er am Ziel war. Er hatte hart gekämpft die letzten Tage, doch das schien nichts im Vergleich zu den Kämpfen, die noch kommen würden. Auge in Auge mit sich selbst konnte er sich weniger

Schwächen und Halbheiten erlauben als bei jedem anderen Gegner der Welt.

In solchen Momenten spürte er das Alter wie eine langgehegte Müdigkeit.

Er blieb vor dem Eingang stehen, schaute hinunter ins Tal und dann weiter hinaus auf die blaue Mulde des Meeres, seine gefurchte, endlose Fläche, die sich in einem dunstigen Horizont verlor. Jorge vermied es, auf den steilen, gestückelten Pfad zurückzublicken, den er gekommen war, desgleichen auf den etwas breiteren Weg, den der Junge vom Dorf aus nehmen mußte. Er erwartete nichts: nicht den dunklen, wippenden Schopf des Jungen, nicht seinen festen, entschlossenen Schritt, mit dem er ihm trotz seiner staksigen langen Beine nacheiferte bis an die Grenze zur Lächerlichkeit. Jorge sehnte den Jungen nicht länger herbei, er wollte nur die Bestätigung, daß er allein war.

Und so war es.

Niemand kam den Weg vom Dorf zur Kapelle hinauf. Hell brannte der Staub in der Sonne, ein weißer, sich windender Bach. Es war, als hätte ihn das Licht von allem abgeschnitten.

Jorge versuchte ein Grinsen.

Mit dem Anblick hatte er gerechnet. Doch er empfand keinerlei Befriedigung. Es war unmöglich, auf das Nichts gefaßt zu sein.

Die Leere war überwältigend.

Ruhig, sehr viel ruhiger jetzt, drehte er sich um und betrat die Kapelle durch die notdürftig zusammengezimmerte Brettertür. Er ließ sich auf dem nackten Boden nieder, faltete die Hände und legte sie auf seine Lippen. Er versagte sich jede Erinnerung an den Jungen, an dessen stille Andacht und die fleckigen, wundgescheuerten Knie, von denen er sich gar nicht mehr erheben wollte, gestern noch. Jorge schloß die Augen – maßlos enttäuscht, aber auch erleichtert – und bekniete, wie gewohnt, die Einsamkeit.

Als er die Augen wieder aufschlug, kniete der Junge schon da.

Für einen Moment geschah nichts, füllte sich die Kapelle mit Zeit, mit vergehender, vergangener Zeit. Jorge spürte den Blick des Jungen auf der Haut, seine geduldige Neugier.

Draußen passierte der Tag, ohne an die Stille zwischen den Mauern zu rühren.

»Soll ich dir zeigen, wie man betet?« fragte Jorge schließlich. Es gelang ihm halbwegs, sich nichts anmerken zu lassen, nichts von dem Schrecken und der Freude, gegen die er machtlos war.

Der Junge schaute ihn verwundert an, zwei, drei Wimpernschläge lang, als wäre er erstaunt, daß überhaupt jemand mit ihm sprach. Aber vielleicht war er nur überrascht, daß Jorge sein Ritual für ihn unterbrach.

»Soll ich dir zeigen, wie man zu Gott betet?« wiederholte Jorge, seine Stimme klang jetzt angemessen streng und fest.

Der Junge zögerte einen Augenblick, dann schüttelte er langsam, fast unmerklich den Kopf.

»Nein«, sagte er, »zeig mir Schwimmen.«

Thomas

Er hatte gewußt, daß ihn das Treffen mit Christian inspirieren würde. Seit langem hatte er nicht mehr so flüssig, so aus einem Guß geschrieben. Er mußte weit an die Anfänge seiner Studentenzeit zurückdenken, um sich an einen vergleichbaren Schaffensrausch zu erinnern. Soviel Energie, soviel Arbeitselan hatte er sich selber kaum mehr zugetraut. Er fühlte sich wie neugeboren.

Thomas hatte die Rede, an der er seit einer Woche mehr oder weniger ergebnislos saß, nach Christians Besuch binnen drei, vier Stunden fertiggeschrieben, ohne ein einziges Mal auf die Uhr zu schauen, ohne an einen Espresso oder eine Zigarettenpause überhaupt nur zu denken. Gewiß ließ sich hier und da noch eine Formulierung verbessern oder ein Gedanke klarer fassen, aber gerade weil er es nicht allzu genau genommen hatte, weil er nicht jedes Wort auf die Goldwaage legte, war es ihm möglich gewesen, sämtliche Klippen und Abgründe beim Schreiben zu umschiffen. Auch wenn er es nicht gerne zugab: Die geradezu rauschhafte Vollendung der Geburtstagsrede war nicht zuletzt ein Sieg über seinen skrupulösen, sich selbst lähmenden Perfektionismus.

Mit den Fingerspitzen schob Thomas die eng beschriebenen zwanzig Blatt Papier zu einem Stapel zusammen. Schöpfergefühle durchströmten ihn. Es war ein Werk geworden, klein an Umfang, aber dennoch ein Werk, das seinen Namen verdiente. Er hatte es eben nicht einfach so heruntergeschrieben oder dahingehuscht, sondern in seiner nahezu endgültigen Form unter Entbehrungen buchstäblich ersessen. Sein, ja, Werk ähnelte bei allem Schwung, bei aller Beschwingtheit des Gedankens keineswegs den flinken, gefälligen Fingerübungen seines Sohnes – insofern hatte Christian gut daran getan, sich nicht einzumischen! Vielmehr erhielt es seine zutiefst persönliche Note gerade durch die lange Anlaufzeit der Verzweiflung und des Stillstands, in der es gereift und unmerklich gewachsen war. Christian hatte recht: Es war die Geburtstagsrede, die er und nur er, Thomas, schreiben konnte, die er genau so und nicht anders schreiben mußte.

Und jeder, der Ohren hatte, um zu hören, oder Augen, um zu lesen, mußte anerkennen, daß zu guter Letzt auch diese Qual – die Qual des Schaffens selbst – darin eingegangen, darin aufgegangen war wie eine Saat, wie eine schmerzlich schöne Blume.

Was da so ordentlich vor ihm auf dem Schreibtisch lag, war nicht irgendeine Rede. Es war sein Vermächtnis.

Thomas ließ sich in seinen Schreibtischstuhl zurückfallen und verschränkte die Hände hinter dem Kopf. Auf einmal fand er es fast ein bißchen schade, daß er noch knapp drei Wochen warten mußte, bevor er diese Rede endlich halten konnte. Zudem würde nur ein vergleichsweise kleiner Kreis in den Genuß seiner Ausführungen kommen. Und selbst wenn man einmal davon ausging, daß sämtliche Gäste ihren Freunden und Bekannten später von seiner Rede erzählten, blieb es alles in allem bei einer recht bescheidenen Verbreitung. Auf der anderen Seite boten ihm die restlichen drei Wochen genügend Muße, um in aller Ruhe eine Reinschrift anzufertigen und etwaige Publikationschancen zu sondieren. Er hatte Zeit, auf einmal, das wurde ihm jetzt erst bewußt. Er hatte auf einmal alle Zeit der Welt.

Was das Fest anging, hatte Thomas seine Pflicht erfüllt.

Dennoch verspürte er einen ungeheuren Tatendrang. Er schob den Stuhl zurück und erhob sich von seinem Schreibtisch, an dem er hiermit die längste Zeit gesessen hatte. Für einen Moment dachte er daran, zur Feier des Tages einen langen Spaziergang zu machen oder sich selbst bei seinem Lieblingsitaliener zum Essen einzuladen. Doch so richtig begeistern konnte er sich weder für diese noch für alle anderen Belohnungen aus seinem üblichen Verwöhnprogramm. Statt dessen wuchs in ihm das dringende Bedürfnis aufzuräumen, auszumisten, wegzuschmeißen! Und noch bevor er sich über diese Anwandlung von

Ordnungswahn gehörig wundern konnte, durchkämmte er bereits die Randbezirke seines Schreibtischs nach potentiellem Altpapier.

Er wurde fündig.

Es war eine Belohnung, die einer Bestrafung zum Verwechseln ähnlich sah. Doch Thomas konnte sich im Moment nichts Schöneres vorstellen, als stapelweise kryptische Notizen, morsch gewordene Magazine und plattgelegene, größtenteils ungelesene Bücher in eine Umzugskiste zu befördern, die er kurz entschlossen über dem Bauschuttcontainer im Hof auskippte. Er genoß es, Ballast abzuwerfen, sich seiner Vergangenheit zu entledigen, tabula rasa zu machen. Mit jedem Stück Papier, das in den Müll wanderte, fühlte er sich leichter, unbeschwerter, um nicht zu sagen, jünger. Bei jedem Handgriff hatte er wie noch nie das Gefühl, genau das Richtige zu tun.

Er trennte sich. Von sich.

Dieser Tag war kein gewöhnlicher Tag. Für Thomas begann ab sofort ein neues Leben. Das hier war sein Fest. Es war sein nullter Geburtstag!

Allerdings beschäftigte ihn zunehmend die Frage, ob er die Stelle mit dem »Kloverbot« noch einmal überdenken sollte. Wenn er sich das Fest als Fest vorstellte – die Situation bei Tisch mit seinen mürrischen Geschwistern, Neffen und Nichten –, erschien es ihm unter einem rein geschmacklichen Aspekt zumindest prüfenswert, ob das Thema Verdauung in seiner Rede summa summarum nicht doch zuviel Raum einnahm. War es für seine Argumentation wirklich zwingend, den Anwesenden in aller Ausführlichkeit zu schildern, wie sein Vater ihm und den Geschwistern nach jeder Mahlzeit für mindestens zwei Stunden den Besuch der Toilette untersagte? Mußte die nähere und fernere Verwandtschaft unbedingt erfahren, mit welcher Unerbittlichkeit er darüber wachte, daß niemand nach dem Essen »aufs Bad ging« – so die Ausdrucksweise seines Vaters, wenn er nicht gerade von »Kloverbot« sprach. (Außerhalb der Kloverbotszeiten bestand er mit Nachdruck auf der vornehm verunglückten Floskel »aufs Bad gehen« anstelle von »aufs Klo« oder »auf die Toilette«, obwohl es natürlich »ins Bad« hätte heißen müssen. Aber wer mußte schon nötig »ins Bad«?) Und all das nur aufgrund der biologisch völlig irrsinnigen Angst, seine undankbaren Kinder könnten das im Schweiße seines Angesichts verdiente täglich Brot umgehend an die Kanalisation abführen, wobei im Hause de Houwelandt natürlich nicht von der »Kanalisation« gesprochen wurde, sondern von den »Fischen«. Also entschied Jorge unter Mißachtung aller Gesetzmäßigkeiten des menschlichen Stoffwechsels, daß die von ihm beschaffte Nahrung zunächst einmal »gründlich verdaut« werden mußte, bevor seine Kinder die Erlaubnis bekamen, »aufs Bad zu gehen« und »die Fische zu füttern«.

An diesem Punkt unterbrach Thomas seine Aufräumarbeiten, klemmte sich hinter seinen zur Hälfte gefledderten Schreibtisch und nahm sein Redemanuskript unter besonderer Berücksichtigung der Kloverbotspassage noch einmal in Augenschein.

Wenn er den ironischen Unterton ein wenig verstärkte und das eine oder andere unappetitliche Detail wegließ, konnte dieser Ausflug in die de Houwelandtsche Haus- und WC-Ordnung vielleicht als schlüpfrig amüsante Anekdote durchgehen. Allerdings fiel sie mit anderthalb Manuskriptseiten und circa acht geschätzten Redeminuten für eine analhumorige Randbemerkung entschieden zu lang aus und kam überdies eine Spur zu verbissen, zu obsessiv daher für einen allgemeinen Entspannungslacher am Schluß. Doch Thomas traute sich zu, daraus eine mehr oder weniger wasserdichte Pointe zu zimmern, auch ohne Christians Hilfe. Kein Problem.

Bis hierhin!

Was dann kam, konnte er auf keinen Fall so stehen lassen. Mit zittrigen Fingern fuhr Thomas Zeile für Zeile entlang und las nur noch Striche. Zumindest im Kontext seiner Geburtstagsrede qua Geburtstagsrede hatte es niemanden zu interessieren, wie er und die Geschwister sich bei den Mahlzeiten kaum noch sattzuessen wagten aus Angst, vor der Zeit in höchste Not zu geraten; wie sie sich immer neue Tricks ausdenken mußten, um zwischen den Mahlzeiten an Essen und Toiletten zu kommen, während Jorge auf der anderen Seite zusehends mißtrauischer wurde und anfing, seine Kinder bei jedem Hundehaufen in der Umgebung zu verdächtigen; wie die Alpträume, die sie nach dem Abendessen drückten und drängten, gepaart mit ihren sehr realen Ängsten vor der harten väterlichen Hand, immer körperlichere, immer krankhaftere Ausmaße annahmen und sich von Verhaltungen bzw. Verstopfungen bis hin zu Darmverschlüssen steigerten; und wie er noch heute – seine Geschwister könnten das sicher bestätigen – bei größeren Tischgesellschaften und insbesondere offiziellen Anlässen, wo der direkte Weg zur Toilette gleichsam durch Etikette versperrt war, noch immer mit seinem Schließmuskel zu ringen habe, so als wolle sich der gesamte Verdauungsapparat für das in der Kindheit erlittene Übermaß an Kontrolle, an Willkür und Fremdbestimmung durch eine Art Dauerrebellion rächen. Wie gesagt, er könne seine Geschwister nur bitten, ihr Schweigen ebenfalls zu brechen, aber er für seinen Teil würde nach wie vor und, offen gestanden, mehr denn je unter durchfallartigen Panikattacken leiden, unberechenbaren Heimsuchungen des Magen-Darm-Trakts und chronischer Diarrhöe. Ja, im Grunde sei er über das Verdauungstrauma seiner Kindheit nie hinweggekommen. Vielmehr fühle er sich seinem Körper und dessen dunklem Drang in einem Maße hilflos ausgeliefert, daß man – cum grano salis – sagen konnte, er sei mit dem Verlassen seines Elternhauses lediglich von einer Unfreiheit in die nächste gestolpert, von der Tyrannei seines Vaters in die Tyrannei seines Körpers, oder – bildlich gesprochen – vom Windelalter geradewegs in die vorgezogene Inkontinenz.

Entsetzt legte Thomas das Manuskript beiseite. Spätestens hier hörte der Spaß auf!

Er zählte ganz langsam bis zwanzig. Möglicherweise handelte es sich bloß um eine erste selbstkritische Überreaktion, aber Thomas wollte und konnte im Moment nicht mehr weiterlesen. Sogar die Lust am Aufräumen war ihm vergangen. Er wollte nur noch eins: wissen, was er sich dabei eigentlich gedacht hatte! Wie konnte er sich nur so hoffnungslos versteigen? Und das war noch nicht einmal das Ende seines festrednerischen Amoklaufs! Wenn ihn nicht alles täuschte, folgte jetzt noch das unsägliche Finale, in dem er der versammelten Gästeschaft damit drohte, die Toiletten eingedenk seiner Kindheit ab sofort für zwei Stunden zu sperren! – Ja, fand er das komisch oder was?

Mit zusammengekniffenen Augen tastete er auf seinem Schreibtisch, auf dem er nichts mehr wiederfand, nach seinen Zigaretten. Vielleicht sollte er – bevor er irgend etwas tat, was er im nachhinein bereuen könnte – als nächstes Christian anrufen. Ob es dem Jungen paßte oder nicht, er mußte die Rede wenigstens einmal, ein einziges Mal mit ihm durchgehen, zu ihrer beider Sicherheit. Schließlich konnte er, Thomas, seine eigene Arbeit am allerschlechtesten beurteilen. Als ein zu Selbstzweifeln neigender Mensch war er von vornherein gegen sich eingenommen und, abgesehen davon, betriebsblind. Blieb also nur sein Sohn. Man konnte über Christians Mangel an Tiefgang, über seine berufsbedingte Oberflächlichkeit sagen, was man wollte, aber wenn jemand wußte, was das rechte Wort zur rechten Zeit war, dann er.

Thomas ertastete eine Zigarette und zündete sie an.

Eine Weile stand er neben sich und sah sich selbst beim Rauchen zu.

Obwohl die Grundidee stimmte. Es wurde höchste Zeit, daß Christian seinen Großvater kennenlernte! Dieser Gedanke hatte ihm Türen geöffnet, er war der Schlüssel zu einer kaum für möglich gehaltenen Kreativität, und schon allein deshalb hatte sich das Treffen mit Christian gelohnt. Er, Thomas, brauchte einen Adressaten für seine Botschaft, ein lebendiges Gegenüber, dem er etwas mitzuteilen hatte. Zum Redenschwingen um des Redenschwingens willen war er nicht geschaffen, wie etliche ergebnislose Schreibtischstunden hinreichend bewiesen. Denn was für einen Sinn hatte es, dem Jubilar sein eigenes Leben zu erzählen, noch dazu wenn dieser – wie in Jorges Fall – sowieso alles besser wußte. Nein, an seinen Vater brauchte er sich mit einem Lebensrückblick gar nicht erst zu wenden, nachdem ihm der Alte seit jeher das Recht auf eine eigene Meinung oder gar »Wahrheit« abgesprochen hatte. Und welchen Gewinn brachte es andererseits, den Anwesenden noch einmal vorzubeten, was ohnehin schon alle wußten? Warum das ganze Repertoire an alten Geschichten, an wieder- und wiedergekäuten Erinnerungen noch einmal heraufbeschwören und die Reflexe des Familienkörpers abrufen, die Oohs und Aahs an den üblichen Stellen, das vorprogrammierte Gelächter und die sekundenschlafähnliche Nachdenklichkeit? Warum sollte ausgerechnet er, Thomas, sich zum Sprachrohr der de Houwelandts machen, sagen, was sie alle hören wollten, und verschweigen, was nach Ansicht aller besser ungesagt blieb, wo er doch mehr als jeder andere ein Opfer dieser Familie und ihres lächerlichen Dünkels war?

Ohne ihn!

Er war nicht bereit, ihre Grausamkeiten schönzureden, ihre Lügen hochleben zu lassen, sich anzudienen als Komplize ihres Selbstbetrugs und den Schleier des Vergessens über alles zu ziehen, was sie nicht wahrhaben wollten, was ihnen sauer aufstoßen könnte in ihrer gepflegt-verlogenen Sentimentalität. Nein, er beteiligte sich nicht an dem Kartell des Schweigens, er dachte nicht daran, für seinen Vater den Musterschüler zu spielen und dessen Lieblingsversion der Vergangenheit nachzuplappern wie ein übereifriger Pennäler, nur um zu guter Letzt ein beifälliges Nicken des Familienoberhaupts zu ernten: »Danke, mein Sohn, schön gesagt, setzen!« Falls seine Mutter das von ihm erwartete, hatte sie sich getäuscht.

Es wurde Zeit, daß Christian Jorge kennenlernte, wie er wirklich war.

Thomas hielt sich selbst für keinen sonderlich guten Vater. Wenn Kinder – wie Beate ihm ständig vorgehalten hatte – vor allem Ordnung und Verläßlichkeit brauchten, dann war er der falsche Mann, obwohl er nicht einsah, wie eine von Stabilität geprägte Erziehung die Kinder aufs wirkliche Leben vorbereiten sollte, das nach seinen einschlägigen Erfahrungen höchst instabil war. Aber so »ungenügend« sein Beitrag zu Christians Erziehung aus pädagogischer Sicht auch gewesen sein mochte, auf eines war er stolz: Er hatte den Jungen von Jorge ferngehalten und ihn systematisch dem Einfluß seines Großvaters entzogen. Wenigstens Christian wollte er retten, wenn er schon nicht sich selbst oder seine Geschwister hatte retten können. Seinen Sohn sollte der Alte nicht auch noch bekommen, das war, wenn man so wollte, der einzige Grundsatz seiner Erziehung, und daran hatte er sich auch gehalten, zuverlässig und bis zur Halsstarrigkeit stabil.

Selbstverständlich war Jorge zu stolz gewesen, um nach seinem Enkelsohn zu fragen. Er sprach nie eine Einladung aus und stand familiären Anlässen wie allem übrigen Trubel, der seine Routine störte, gleichgültig bis feindselig gegenüber. Es war Esther, die ihn und Beate abwechselnd bekniete, doch wenigstens zu Besuch zu kommen, wenn sie schon nicht im Kinderhaus wohnten, wenigstens an den Familienfeiern teilzunehmen, wenn sie schon nicht die Ferien bei ihnen verbrachten, wenigstens zum Kaffee zu erscheinen, wenn sie schon nicht über Nacht blieben, wenigstens »guten Tag« zu sagen, wenn sie schon nichts mit ihnen zu tun haben wollten.

»Die arme Frau, sie will doch nur ein bißchen mehr von ihrem Enkel haben«, ließ sich Beate von den Anrufen ihrer Schwiegermutter gelegentlich erweichen. Doch Thomas beschränkte ihren Umgang aufs Nötigste und machte keinerlei Ausnahmen. Er gab auch nicht nach, als Beate mit Liebesentzug drohte und ihm wegen seiner Sturheit einmal sogar das Haushaltsgeld kürzen wollte – damals hatte er sich geweigert, mit Christian zur Doppeltaufe seiner Nichten zu gehen, nur weil auch Jorge eingeladen war. Von seinem Nein konnte ihn niemand abbringen, nicht einmal der Junge selbst, wenn er denn häufiger zu seinen Großeltern gewollt hätte, was trotz Esthers falschen Versprechungen am Telefon nicht der Fall war. Thomas wußte, daß er zumindest in diesem einen Punkt absolut kompromißlos und prinzipienfest sein mußte. Seine Selbstachtung hing davon ab. Und irgendwann fragte seine Mutter nicht mehr.

Christian, Beate und er besuchten seine Eltern zweimal im Jahr, jeweils zu den Geburtstagen, wenn alle kamen. Das mußte reichen. Und selbst dann trafen sie meist als letzte ein und gingen zuerst – unter den neidischen Blicken seiner Geschwister, die sich weniger herauszunehmen wagten als ihr in Ungnade gefallener Bruder, sonst wären sie seinem Aufbruch sicher zuvorgekommen. Doch als Erstgeborener nutzte er das Privileg, eine Enttäuschung zu sein, und nahm auf Höflichkeiten keine Rücksicht. Er tat es für Christian.

Thomas begleitete seinen Sohn auf Schritt und Tritt. Solange Jorge in der Nähe war, wich er nicht von seiner Seite. Er stand daneben, wenn Christian seinem Großvater »guten Tag« sagte und sich vom Scheitel bis zur Sohle mustern ließ. Er legte ihm seine Hand auf die Schulter, wenn der Alte das Wort an ihn richtete und seinen Enkel mit unbeholfen kurzen Sätzen abfragte: »Was macht die Schule?« »Treibst du auch ordentlich Sport?« »Weißt du, was du einmal werden möchtest?« Er blieb in Tuchfühlung mit seinem Sohn, der Jorge tapfer in die Augen schaute, während er seine Antworten gab, auch wenn sie zum Mißfallen seiner Mutter mit einem »Ja«, »Nein« oder »Geht so« meist ziemlich einsilbig ausfielen. Doch Thomas drückte ihn fest. Er wollte ihm die Sicherheit geben, daß er immer bei ihm war, daß er notfalls einschreiten und sich schützend vor ihn stellen würde. Christian sollte wissen, daß er keine Angst zu haben brauchte vor dem strengen, alten Mann, der ihm zu ähnlich sah, um ihm so fremd zu sein, und der alles, was er fragte, immer schon zu wissen schien. Es war wie ein Verhör, wenn Jorge mit ihm sprach, und im Gegensatz zu Beate, die den Jungen jedesmal für seine unhöflich kurzen Antworten tadelte, fand Thomas, daß er sich klug verhielt und gut daran tat, bei dieser Vernehmung so wenig wie möglich von sich preiszugeben. Anschließend schickte er ihn spielen, so weit weg, wie es nur ging.

Er vergaß nie, dem Kleinen ein Eis zu kaufen, sobald sie wieder zu Hause waren.

Nachdem Christian außer Reichweite war, standen sich Jorge und er meist noch eine Weile mit verschränkten Armen gegenüber. Scheinbar unbeeindruckt setzte der Alte sein Examen fort, jetzt war Thomas an der Reihe: wie es seiner Doktorarbeit gehe, wie es beruflich laufe, wie er sich als Hausmann fühle etc. Doch das Interesse seines Vaters währte meist nicht lange, und seine Fragen hatten keine Macht mehr über ihn. Denn Thomas wußte, der Junge war in Sicherheit.

Manchmal wünschte er sich, jemand hätte hinter ihm gestanden und ihm eine Hand auf die Schulter gelegt, damals, aber dafür war es ein für allemal zu spät.

Sofern er überhaupt Gefühle hatte, ließ Jorge sich nichts anmerken. Doch Thomas konnte anhand seiner Kälte ermessen, wie sehr es den Alten kränkte, daß ihm sein Enkel vorenthalten wurde, daß er den Erstgeborenen des Erstgeborenen – seinen »Stammhalter«! – so gut wie nie zu Gesicht bekam. Wenn es noch eine Chance zur Versöhnung gab, dann war dies der Weg, sie zu verspielen. Thomas wußte, daß er sich den ewigen und endgültigen Zorn seines Vaters zuzog, indem er sich zwischen ihn und seinen ach so vielversprechenden Enkel stellte, doch das spielte keine Rolle. Er mußte verhindern, daß Christian derselben Unerbittlichkeit begegnete, der er in seiner Kindheit ausgeliefert war. Das stellte in Beates Augen sicher keinen »pädagogisch wertvollen« Beitrag zur Erziehung ihres Sohnes dar, doch Thomas gehorchte unbeirrbar seinem wichtigsten Instinkt, der älter war als alles pädagogische Gefasel: Er mußte sein Kind schützen.

Bis heute hatte er Christian die Familie vom Leib gehalten, damit der Junge gerade werden, gerade bleiben konnte. Er hatte für ihn und um ihn gekämpft. Es war vielleicht der einzige Kampf seines Lebens, in dem er die Oberhand behalten hatte, in dem sein Vater ihm unterlag. Doch jetzt war Christian stark genug, um dem Alten allein gegenüberzutreten. Er brauchte keine Hand auf seiner Schulter und niemanden mehr hinter sich. Nur eins war Thomas ihm noch schuldig: Er mußte ihm begreiflich machen, wer Jorge wirklich war. »Höchste Zeit, daß du deinen Großvater kennenlernst«, der Ansatz seiner Rede stimmte. Und sie konnte nur so und nicht anders lauten, weil sie nicht der Heiligsprechung des Alten, nicht der Erbauung seiner Gäste diente, sondern für Christian bestimmt war. Er hatte sie für seinen Sohn geschrieben, um ihm die Wahrheit zu sagen, und dabei kam es auf leichte Geschmacksunsicherheiten in der Kloverbotspassage überhaupt nicht an!

(Er würde sie bis auf weiteres einklammern.)

Thomas beschloß, sich nicht verrückt zu machen. Er wollte erst einmal abwarten, bis das Geschriebene sich gesetzt hatte, und so lange weiter aufräumen. Nur keine Panik! Er kannte sich inzwischen gut genug, um zu durchschauen, daß ihn nicht die Rede als solche beunruhigte, sondern der lange Schatten seines Vaters, den das Fest vorauswarf. Doch diesmal – dieses eine, möglicherweise letzte Mal! – würde er sich nicht einschüchtern lassen.

Er würde reden.

Mit einem Ruck sprang Thomas von seinem Schreibtisch auf und rannte in den Keller, um eine zweite Umzugskiste zu besorgen – die erste drohte bereits auseinanderzubrechen. Während er drei, vier Treppenstufen auf einmal nahm, schoß ihm durch den Kopf, daß er unbedingt den Lehrerkollegen von Beate anrufen mußte, um ihm die für Normalsterbliche unlesbare Dissertation seines Vaters zurückzugeben – am besten holte er sie umgehend hier ab, bevor noch ein Unglück passierte und dieses letzte von Wasserschäden verschonte Exemplar in den Müll wanderte. Wo steckte es überhaupt?

Im Vorbeigehen warf Thomas einen Blick in den Bauschuttcontainer und scheuchte zwei Malerlehrlinge auf, die sich in einer Ecke einen Joint teilten und völlig idiotisch kicherten, als er sie zurück an die Arbeit schickte, was ihn noch mehr ärgerte, weil er allein am Geschmack mindestens doppelt so viele Hanfsorten voneinander unterscheiden konnte, wie sie mit ihren von Lösungsmitteln durchlöcherten Hirnlappen auch nur zu nennen in der Lage waren.

Soweit er sehen konnte, lagen in dem Container nur lose Blätter. Die Doktorarbeit seines Vaters hatte sich in Luft aufgelöst. Wie schrieb die Fernleihe so schön: »unauffindbar, nicht am angegebenen Ort«. – Quod erat demonstrandum!

Im Abendwind wehte die Asche des von Flammenwerfern versengten Unkrauts über den Hof und trollte sich mit vereinzelten braunen und blaßgrünen Halmen, die von Rasentrimmern mit mehreren PS durch die Luft gewirbelt worden waren. Offenbar hielten es die Maschinenfanatiker vom Gartenservice für unter ihrer Würde, einen simplen Besen in die Hand zu nehmen und den Dreck, den sie verursacht hatten, zusammenzufegen. Doch damit war Schluß. Ab sofort würde er seine mühsam erschriebene Muße opfern, um die Renovierungsarbeiten zu beaufsichtigen. Es war immer ein Fehler, wenn man Handwerker einfach machen ließ. Sie würden sich alle noch wundern.

Er würde reden, selbst wenn man ihm das Wort entzog!

Zum Glück hatte er gerade noch rechtzeitig gemerkt, daß er im Begriff war, einen großen Fehler zu machen. Es wäre genau der falsche Weg gewesen, die Kloverbotspassage abzumildern, einzustreichen oder auszuklammern. Umgekehrt wurde ein Schuh draus! Er mußte sie vielmehr verschärfen und in ihrer ganzen Widerlichkeit und Widernatürlichkeit auf den Punkt bringen. Auf keinen Fall durfte er sich von seinem Vater – vom bloßen Gedanken an ihn! – abhalten lassen, deutlich zu werden. Sein ganzes Leben lang war er nicht deutlich geworden. Das mußte aufhören. Es mußte heraus!

Thomas nahm die Treppe im Flug, schleuderte die zweite Umzugskiste in den Flur und eilte an seinen Schreibtisch zurück. Er sah jetzt vollkommen klar. Unter den Händen spürte er die Wut und die Wörter, die er dem Alten entgegenschleudern würde. Kurzentschlossen griff er zum Telefonhörer. Bevor er weiterschrieb, wollte er seine Mutter wenigstens vorwarnen, mußte aber feststellen, daß sie vergessen hatte, ihm die Nummer der Freundin zu geben, bei der sie fürs erste abgestiegen war. Also blieb ihm nichts anderes übrig, als wohl oder übel eine seiner Schwestern anzurufen, die er seit Monaten nicht gesprochen hatte, wobei er sich zu erinnern versuchte, welcher von beiden er weniger Geld schuldete und was für eine Anzahlung er in Aussicht stellen konnte. Jedenfalls mußte er es schaffen, ihnen Mutters Telefonnummer zu entlocken, ohne daß sie von dem Rede-gegen-Renovierung-Handel Wind bekamen. Schließlich unterstellten sie ihm seit eh und je, daß er sich im Gesindehaus bei freier Logis einen faulen Lenz machte, seinen Lohn als Verwalter kassierte und die eigentliche Arbeit anderen überließ.

Insofern schien es ratsam, zunächst einmal bei dem Malermeister anzufragen, mit dem seine Mutter wegen der Farbauswahl Rücksprache halten wollte. Möglicherweise wußte er, wie sie zu erreichen war, auch wenn es einer guten Erklärung bedürfen würde, um einem wildfremden Handwerker die Nummer seiner Mutter abzuschwatzen. Doch Thomas kam gar nicht erst dazu, seine weitschweifigen Ausflüchte vorzutragen. Der gute Mann legte sein Handy für einen Augenblick beiseite und nannte ihm dann die Nummer sofort. Das Glück war mit den Tüchtigen! Thomas drückte einmal kurz die Gabel herunter und wählte die Ziffernfolge unverzüglich.

Wenn Esthers Flugzeug keine Verspätung hatte, ihre Koffer nicht verlorengegangen waren und es auf dem Zubringer keinen Stau gegeben hatte, bestand eine gewisse Chance, daß sie und ihre Freundin schon zu Hause waren. Thomas konnte nicht länger warten, er mußte es einfach versuchen! Doch bereits nach dem zweiten Klingeln ertönte das sphärische Rauschen eines offenbar aus fernen Zeiten stammenden Anrufbeantworters. Thomas wollte schon wieder auflegen, aber die Stimme kam ihm bekannt vor. Sogar die Nummer schien ihm auf einmal vertraut.

Beate!

Esther

»Zieh dir die Schuhe aus und klapp' den Sitz ein bißchen weiter nach hinten.«

»Die paar Kilometer ...«

»Zieh sie ruhig aus. Tut dir gut.«

Esther bekam ihre Schuhe kaum über die Fersen. Ihre Beine waren nach dem Sitzen im Flugzeug schwer und voller Wasser, die Gelenke geschwollen. Ihr lief das Blut in den Kopf, während sie sich vornüber beugte und an ihren Hacken zog. Dann endlich löste sich das Schuhwerk mit einem sanften Schmatzen. Kaum an der Luft, schienen ihre Füße aufzuquellen wie Ballons.

»Die passen da nie wieder rein«, seufzte sie.

»Leg sie hoch«, sagte Beate ruhig, »ich habe ein Paar Badelatschen im Kofferraum.«

Esther lehnte sich zurück und spitzelte mit den Zehen die Ablage unter dem Handschuhfach entlang. Allmählich kehrte das Gefühl zurück. Irgendwo zwischen Bonbondosen und Wischlappen fanden ihre Füße Halt.

»Danke«, sagte sie und sah zu Beate hinüber, die kerzengerade am Steuer saß, den Blick auf die Fahrbahn gerichtet. Im Profil, gegen die Dämmerung betrachtet, wirkte sie noch herber, noch männlicher als bei ihrem Wiedersehen am Flughafen. Sie hatte die Haare kurz geschnitten, stufig, was unter Umständen jugendlich hätte wirken können, doch sie waren bis zum Ansatz aschgrau. Vermutlich fand Beate diese Frisur einfach nur praktisch.

»Wenn ich bedenke, was ich mir vorher alles ausgemalt habe, wie mich diese Reise beschäftigt hat, und jetzt bin ich da …«

Beate antwortete nicht, sondern verzog die Lippen zu einem dünnen Lächeln. Schatten wanderten in regelmäßigen Abständen über ihr Gesicht und zeichneten ihre eingefallenen Wangen. »Männlich« war nicht das richtige Wort, eher indianisch.

Bei ihrer Ankunft war Esther im ersten Moment erschrocken. Wenn sie mit Beate telefonierte, hatte sie noch immer Thomas' energische, kluge Frau vor Augen, die einzige in der Familie, mit der sie sich ernsthaft unterhalten konnte, ohne unentwegt mißverstanden zu werden. Es war das Bild einer fleißigen jungen Lehrerin, gar nicht unähnlich der Fremdsprachenstudentin, die sie selbst einmal gewesen war. Jetzt wartete am Ende der Zollkontrolle plötzlich eine alte Indianerin auf sie und breitete die Arme aus.

Esther drehte den Kopf und sah zwischen dahinhuschendem Böschungsgrün das gleichmütig weite Land: Wiesen, Weiden, Gräben, Zäune, die wimmelnden Schatten von in der Dunkelheit zusammenstehendem Vieh, am Horizont Ausfransungen von Büschen und Bäumen, so vollgesogen mit Nacht, daß sie aussahen wie auf das Land herabgesunkene schwarze Wolken. Weiter voraus erhob sich eine Reihe von Windrädern über die Marsch und durchmaß den träge gewordenen Himmel mit langsamem Flügelschlag.

»Möchtest du eine Decke?«

Beates Stimme, nah an ihrem Ohr.

»Wenn du mich so verwöhnst, wirst du mich gar nicht mehr los.«

»Sie liegt hinter dir auf dem Rücksitz. Wenn du magst.«

Die Polster rochen etwas muffig nach Kekskrümeln und Nikotin, möglicherweise noch von Zigaretten, die Thomas seinerzeit hier drinnen geraucht hatte. Wie von fern her streifte sie die unliebsame Erinnerung an seine ewige Qualmerei, aber sie mochte nicht daran denken. Sie wollte sich nicht vorstellen, wie Beate und Thomas miteinander gestritten hatten, hier in diesem Wagen, was für Vorwürfe laut geworden waren, während sie auf diesen Sitzen saßen, wie viele Aussprachen und Kompromisse es gegeben hatte auf Parkplätzen bei abgeblendetem Licht, wie viele ungenutzte allerletzte Chancen, bis Beate endgültig die Geduld verlor, Thomas auf die Straße setzte und seither allein in diesem Wagen fuhr. Sie hatte gründlich aufgeräumt und gesaugt. Nur der Geruch in den Polstern war geblieben.

»Ach ja«, seufzte Esther und ließ den Gedanken.

Wiesen, Weiden, Gräben, Nacht.

Die Indianerin im Halbdunkel neben ihr hob zwei Finger,

setzte den Blinker und wechselte nach einer vogelköpfigen Bewegung auf die linke Spur.

Sie sah der Frau nicht ähnlich, mit der sie sich am Telefon so gut verstanden hatte.

»Tut mir leid, daß es länger gedauert hat mit dem Gepäck, aber manche hatten wirklich ihren halben Hausstand dabei ...«

Das Gesicht der Indianerin blieb unbewegt: »Ich habe mich ein bißchen hingesetzt und die Leute beobachtet. So ein Flughafen ist im Grunde wie ein großer Zoo.« Ihre Stimme vermischte sich mit dem Motorengeräusch. Sie klang tiefer, rauher, aber vertraut.

»Vielleicht«, schloß Esther die Augen und riß sie gleich wieder auf, »wär' das mal was für einen Klassenausflug.«

»Heutzutage kennen die meisten Schüler den Flughafen besser als ich.«

Wieder strichen zwei schattenhafte Finger an den glimmenden Armaturen vorbei. Noch einmal Blinken. Die Indianerin mit dem Adlerprofil wechselte zurück auf die rechte Spur. Das Licht eines Scheinwerfers von der Gegenfahrbahn fing sich in ihrem kurzen grauen Gefieder.

Esther sah aus dem Fenster.

Es war eigenartig, nach Hause zu kommen, ohne Jorge. Ohne ihn fühlte es sich an, als bereiste sie ein anderes Land.

Aus irgendeinem Grund wünschte sie sich, Beate würde weiterreden, etwas Belangloses erzählen, eine Geschichte aus ihrem Schulalltag oder dergleichen. Sie mochte diese fremd-vertraute Stimme, sie hätte ihr gerne gelauscht und sich fallen lassen in die angenehme Taubheit, die sie wie Watte umgab. Doch Esther wußte, daß sie das nicht durfte. Sie mußte wachsam sein, denn sie hatte eine Pflicht, eine Mission zu erfüllen, die damit begann, Beate und Thomas wenigstens so weit zu bringen, daß sie sich für die Dauer des Festes vertrugen.

An Versöhnung wagte sie gar nicht zu denken.

Esther hatte immer geglaubt, der leichtere Teil ihrer Aufgabe würde sein, bei Beate für gut Wetter zu sorgen. Immerhin mußte sie ihr nicht erklären, daß es auf dem Fest zu einem Wiedersehen mit Thomas kommen würde, das war klar von Anfang an, und insgeheim hatte Esther gehofft, daß Beate vielleicht deshalb – und nicht nur ihr zuliebe – von der Idee so begeistert war. Doch der Geruch in den Polstern sprach eine andere Sprache.

Vielleicht war es tatsächlich besser, wenn die beiden sich nie wiedersahen.

Wohin Esther auch dachte, von allen Seiten kamen Schwierigkeiten auf sie zu: Wie sollte sie Beate erklären, daß Thomas nichts von ihr und ihrem Einsatz für die Feier wußte? Wie sollte sie ihm erklären, daß Beate mit von der Partie war, ohne daß er sich hintergangen fühlte oder ihr Erscheinen gar zum Vorwand nahm, um dem Familientreffen fernzubleiben? Und selbst wenn es einen Weg geben sollte, Thomas schonend auf Beate vorzubereiten, wie würde er sich aufführen, wenn er mit ihr zusammen in einem Raum war? Wie boshaft, bitter oder gar ausfallend würde er im Verlauf des Abends werden, sobald genügend Rotwein geflossen war? Und was würde wiederum sie dazu sagen, daß ausgerechnet Thomas die Rede hielt?

Sie mußte Beate einweihen, je eher, desto besser. Ihr Plan war, Thomas' Rede möglichst früh am Abend stattfinden zu lassen, am besten vor dem Essen und folglich ehe der Rotwein gereicht wurde. Esther dachte an ein paar einleitende Worte, einen Willkommensgruß im Stil einer kleinen, das Eis brechenden Vorrede. Über den weiteren Ablauf des Abends würde sie sich mit Beate schnell einig werden. Doch dazu mußte sie ihr erst einmal die volle Wahrheit sagen, und es durfte sich eben nicht nach dem Brocken anhören, der ihr auf der Seele lag, seitdem sie

Thomas im Alleingang die Geburtstagsrede anvertraut hatte. Vielmehr mußte sie eine günstige Gelegenheit abpassen, um ihr kleines Geheimnis scheinbar ganz nebenbei zu lüften, wie etwas, das sie vor lauter Selbstverständlichkeit vergessen hatte zu erwähnen.

»Und morgen«, fragte sie matt, sie spielte nicht gut, »morgen mittag gehen wir vorkosten?«

»Wenn es dir nicht zuviel wird«, sagte die Stimme, »ich war mir nicht sicher, ob du überhaupt Fingerfood möchtest. Aber die vom Partyservice meinten, probieren kostet nichts, was ich als Einladung betrachte. Meinst du nicht?«

»Doch, doch«, sprich weiter.

»Ich finde, wir sollten das Fest genießen, solange wir es planen.«

Esther wartete einen Augenblick, doch die Stimme sagte nichts mehr.

»Ich weiß das zu schätzen, Beate«, flüsterte sie, schaffte es aber nicht, die Indianerin dabei anzusehen. Sie wurde immer leiser, »ich weiß das zu schätzen.« Esther wollte ihr nichts verheimlichen. Sie würde ihr alles sagen, zu gegebener Zeit. Fast alles. Weder Beate noch sonst eine Menschenseele durfte jemals erfahren, daß sie im Tausch gegen Thomas' Rede die Renovierungsarbeiten von ihrem eigenen Geld bezahlte.

Der Himmel hatte die Farbe von auslaufender Tinte und floß in einem tiefblauen Schwall über das Land.

»Ich würde sagen, wir fahren erst mal zu mir, räumen deine Sachen ein und trinken dann vielleicht noch einen Schluck«, holte die Stimme sie zurück. »Es sei denn, du hast Hunger ...«

»Nein, nein, es gab was im Flugzeug, das reicht mir vollkommen.« Es war Esther peinlich gewesen, mit einem kleinen Schwips von Bord zu gehen, doch die Wirkung des Sekts hatte schnell nachgelassen, und sie fühlte sich nur noch müde, kribbelnd müde, sektmüde. Ob Beate zu Hause für sich kochte? Oder ob sie essen ging, so wie sie Auto fuhr, allein und bis zur Unberührbarkeit sich selbst genug?

»Ich hebe mir ein bißchen Appetit für morgen auf«, fügte Esther hinzu, viel zu spät, viel zu leise. Ihre Mission hatte kaum begonnen, und die Erschöpfung war schon so groß.

Du bist einfach müde, sagte sie sich.

Von irgendwoher streifte sie ein Wirbel frischer Luft und strich ihr über die Stirn, über die Schläfen. Vielleicht eine undichte Fuge oder ein offener Fensterspalt. Esther hielt ihr Gesicht in den dünnen Luftstrom und schloß die Augen. Es roch nach Regen, nach aus der Erde aufsteigender Feuchtigkeit. Für einen Moment ließ sie sich davontragen von diesem Geruch und verlor sich in Erinnerungen. Es war, als hätte ihr das alles unsagbar gefehlt. Esther spürte eine Welle von Schwermut, eine alte, unergründliche Traurigkeit, aber sie fühlte sich darin zu Hause.

»Kannst du mich nachher daran erinnern, daß ich Jorge noch anrufe?« Sie machte die Augen nicht auf.

Die Indianerin nickte vermutlich. Esther hörte sie nicht.

Es fiel ihr schwer, Beate etwas vorzumachen, schwerer als ihren leiblichen Töchtern, bei denen sich aufgrund der vielfältigen Tücken des Familienlebens eine allzu große Offenheit verbot. Esther teilte die Enttäuschungen ihrer Schwiegertochter am Telefon und fühlte sich zugleich bestätigt. Sie wußte nur zu gut, was für ein verkorkster Junge Thomas war. Seitdem er das Haus verlassen hatte und anderen als ihr zur Last fiel, plagte sie ein schlechtes Gewissen. Sie schämte sich für ihren Sohn. Doch sie konnte sich auch nicht ein Leben lang für ihn entschuldigen. Schließlich war es Beates eigene, freie Entscheidung gewesen, Thomas zu heiraten, sie kannte ihn wahrlich lange genug, und

Esther hatte sie ausdrücklich vor ihm gewarnt. Sie sollte recht behalten. Selbst Beate schaffte es nicht, Thomas zu ändern. Seltsamerweise tröstete sie das.

Dennoch hatte sie nie aufgehört, sich für das Glück oder auch Unglück der beiden verantwortlich zu fühlen. Bis heute. Nur im Moment war sie zu müde dazu.

Warum nicht einfach alles lassen, wie es war? Warum um jeden Preis zusammenbringen, was das Leben getrennt hatte? Warum dieses Fest?

»Hier, nimm.«

Die Indianerin hatte hinter sich gegriffen und reichte ihr eine Wolldecke.

»Nein, also, bitte …«

»Dir ist kalt.«

Sie fröstelte tatsächlich, aber angenehm.

»Bei uns war eine solche Hitze, da tut ein bißchen kühle Luft zur Abwechslung ganz gut.« Esther wußte selber nicht, warum sie sich so zierte. »Wirklich, ich mag Regen. Das einzige, was ich davon regelmäßig bekomme, ist Heimweh.«

»Es hat hier lange nicht mehr geregnet.«

»Du weißt, was ich meine«, sagte sie, nahm die Decke aber doch, dankbar auf einmal, und legte sie sich über Brust und Schultern. Die Hand der Indianerin huschte echsengleich durch die Dunkelheit ans Steuer zurück.

Vielleicht fiel es Esther auch nur deshalb so schwer, sich ihr gegenüber zu verstellen, weil sie sich durchschaut fühlte.

Wärme breitete sich aus, prompt und unwiderstehlich. Esther senkte das Kinn in den weichen, fleeceartigen Wollstoff. Es gab Dinge, die sie nichts angingen. Es gab so viel, das größer war als sie selbst. Es hatte keinen Sinn, nach allen Seiten zu taktieren und ein doppeltes Spiel zu spielen, dafür war sie zu schwach. Sie mußte sich jemandem anvertrauen. Esther hatte keine Angst, die Wahrheit zu sagen. Sie hatte Angst, daß die Indianerin sie bereits kannte.

»Beate …«

»Ja?«

Wäre sie jetzt am Telefon gewesen, hätte sie ihr alles verraten. »Weckst du mich, falls ich einschlafe?«

»Wir sind gleich da.«

Mit einer beschwichtigenden Geste setzte die Indianerin erneut den Blinker. Sie war die Ruhe selbst. Esther hätte nichts lieber getan, als sich an ihre Schulter zu lehnen. Sie nahmen die Ausfahrt.

Supermärkte und Tankstellen, Leuchtreklamen im Wechsel mit dem Stehlampenschimmer der Wohnzimmerfenster und neonhellen Küchen, Staffeln von Straßenlaternen und die variierenden Muster lichtgesprenkelter Häuserzeilen. Allmählich mehrten sich die Straßen und Geschäfte, deren Namen ihr einst so geläufig waren, daß sie eine eigene Sprache bildeten, aus der damals ihr Alltag bestand. Doch Esther hatte sie lange nicht mehr gesprochen, und die außer Gebrauch geratenen Silben fingen an, entrückt und phantastisch zu klingen wie Wörter in einem Gedicht.

Die Wucht der Veränderung war unübersehbar. Im Vorbeifahren registrierte Esther viel Neues, ohne das Alte so schnell vermissen zu können. Doch sie hätte sich hier zurechtgefunden, gewiß. Inmitten des Wandels gab es genügend Häuser und Mauern, die gesehen hatten, was sie gesehen hatte, und die mit ihr aus der Zeit gefallen waren.

Wenn der Wagen an einer Kreuzung oder vor Ampeln hielt,

brauchte sie nur einen Moment länger hinzuschauen, und die Vergangenheit schimmerte durch.

Esther erkannte die Stadt hinter ihrem kühlen, nachtverwandelten Gesicht. Doch sie hatte vergessen, wie es sich anfühlte, durch diese Straßen zu eilen, von Geschäft zu Geschäft, drei Kinder großzuziehen und einen Mann bei Laune zu halten. Sie kannte die Wege, die sie damals zurückgelegt hatte, aber sie konnte sich kaum noch an das Gefühl erinnern, diese Person zu sein. Esther staunte über die Vielzahl der Orte, die sie im Gedächtnis behalten hatte, ohne eine wirkliche Erinnerung an sich. Die Gegend schien ihr vertrauter als der Mensch, dessen Leben sie hier gelebt hatte.

Sie stieg aus dem Wagen und folgte der Indianerin, deren Vogelkopf sich pickend nach links und rechts wandte, bevor sie den Rollkoffer über das Kopfsteinpflaster zog. Esther hätte nicht vorgehen können, doch sie erkannte jeden Schritt der Vogelfrau wieder, sie hatte das alles schon so oft geträumt. Das Flip-Flap fremder Badelatschen an ihren Fersen begleitete sie.

Gestern um diese Zeit hätte sie nie gedacht, wie sinnlos ihre Mission heute sein würde.

»B. Gerber« stand auf dem Klingelbrett neben der Haustür, so als hätte es schon immer dort gestanden, was Esther vielleicht deshalb so vorkam, weil sie ihre Schwiegertochter nach der Trennung beinahe häufiger besucht hatte als zu der Zeit, in der Thomas noch hier lebte. Die Indianerin bewegte sich in ihren flachen Schuhen beinahe geräuschlos durch das Treppenhaus, während die Badelatschen immer lauter gegen Esthers Hacken schlappten. Wenn sie den Fuß auf das Linoleum setzte, knirschte der in das Schaumgummi eingetretene Sand.

Mehr noch als über die plötzliche Sinnlosigkeit ihrer Mission wunderte sich Esther darüber, wie angenehm ihr die Null- und Nichtigkeit all ihrer Pläne war.

Vor dem Betreten der Wohnung streifte sie die Badelatschen ab und ging barfuß über das Parkett, so als hätte sie schon immer hier gewohnt.

Es wäre nicht nötig gewesen, Esther ihr Zimmer zu zeigen. Doch die Indianerin hielt ihr die Tür auf, knipste das Deckenlicht an, stellte ihren Koffer ab und zog die Vorhänge zu. Ohne daß es Esther einen eingehenderen Blick wert war, fragte sie sich, ob Beate ihretwegen gewischt und staubgesaugt hatte. Alles um sie herum wirkte aufgeräumt und sauber, aber seltsam verwaist. Damit bestätigte sich ihr alter Verdacht, daß diese Wohnung für Beate allein viel zu groß war.

Es war das Kinderzimmer, in das sie zog, das wußte sie, auch wenn sie ihren Enkel in diesen vier Wänden nie zu sehen bekommen hatte. Vorübergehend hatte Thomas sich hier einquartiert, nachdem er von Beate aus dem gemeinsamen Schlafzimmer verbannt worden war. Doch seine flüchtige Anwesenheit hatte kaum Spuren hinterlassen, abgesehen von einem syltförmigen Rotweinfleck auf dem Läufer und einigen fettglänzenden Abdrücken auf der Tapete am Kopfende des Bettes. Manchmal verbrachte Thomas ganze Tage lesend im Bett, ohne aufzustehen. Nicht einmal das hatte sie ihm abgewöhnen können.

Beate nahm das Kopfkissen, um es aufzuschütteln, und steckte einen Aschenbecher in die Tasche, der einsam auf einem weitgehend leergeräumten Bücherregal gestanden hatte. Ihre Blicke begegneten sich.

»Laß nur«, sagte Esther nach einer Weile. Jetzt hätte sie einen Anfang machen und die Wahrheit sagen können, der Gedanke an Thomas stand im Raum, das spürten sie beide. Sie hätten ei-

nen regelrechten Tanz aufführen müssen, um dem Thema aus-
zuweichen. Beate zögerte zu gehen.

»Nehmen wir noch einen kleinen Schlummertrunk zusammen?« lächelte sie beinahe scheu.

Es war noch immer nicht zu spät für ein offenes Wort. Doch
Esther nickte nur, klappte den Koffer auf und legte ihr Nacht-
hemd heraus. »Ich komme gleich«, sagte sie sanft.

Seit sie die Wohnung betreten hatten, schien die Indianerin
alle Macht über sie eingebüßt zu haben. Diese Räume waren
zu hoch und zu weitläufig für eine alleinstehende Frau. Selbst
Beate ging hier verloren. Nicht, daß Esther sich darüber freute,
doch aus irgendeinem Grund gab es ihr Kraft.

Sie fand die Hausschuhe, die sie eigentlich für ihre Zeit in der
Hundehütte eingepackt hatte, und schlüpfte hinein. Ihre Blu-
sen und Röcke hängte sie in den Schrank, auch wenn sie die
meisten von ihnen noch einmal bügeln mußte. Das Necessaire
brachte sie ins Bad, wo sie kurz in den Spiegel schaute und sich
das Haar richtete, erstaunt über die Fröhlichkeit in ihrem Gesicht. Dann betrat sie das Eßzimmer, allein, Beate hantierte
noch in der Küche. Vor dem großen Tisch in der Mitte blieb sie
stehen, sechs Stühle, Platz für acht, doch offenbar war nur das
äußerste Ende in Benutzung. Wie es schien, beschränkte sich
Beate für gewöhnlich auf einen schmalen, abgezirkelten Be-
reich, saß immer auf demselben Stuhl, ging immer dieselben
Wege. Der Teppich war ungleich verfärbt, Abnutzungserschei-
nungen hier und da, Stellen wie das Fell eines räudigen Hundes,
Haut schimmerte durch. In wenigen Jahren würden sie vollends
kahl und fadenscheinig sein, zerschlissene Inseln und Trampelpfade inmitten unbetretener Landschaften, die von der Gewohnheit vergessen worden waren. Esther sah sich um. Auch

ihre Schwiegertochter wurde alt. Doch sie gehorchte ihren eigenen Gesetzen. Die Bahnen und Beschränkungen, in denen ihr Leben sich abspielte, waren selbst gewählt.

Mehr brauchte sie nicht.

Der Blick vom äußersten Tischende ging hinaus auf den Innenhof und das Vorderhaus. Für einen Moment stand Esther unschlüssig da. Dann streifte sie durch flauschige Teppichzonen auf Beates Sekretär zu, ein Erbstück ihrer früh verstorbenen Eltern. Mit den Fingerspitzen strich sie über die Intarsien aus Ebenholz. Die Schreibfläche war zugeklappt. Offenbar erledigte Beate ihre Vorbereitungen und Korrekturen ebenfalls an ihrem Platz am Eßtisch, in demselben engumgrenzten Radius, den sie sich und ihrem Leben gab. In einer Keramikschale auf dem Sekretär stapelte sich Post. Obenauf lag ein amtliches Schreiben, vielleicht von den Stadtwerken oder der Schulbehörde. Es war an »Beate de Houwelandt« adressiert. Esther trat unwillkürlich einen Schritt zurück.

Beate selbst hatte lange Zeit auf ihrem Nachnamen bestanden und dem Stolz der de Houwelandts damit einen empfindlichen Stich versetzt. Sie war die beste Partie, die vielversprechendste Frau, die Thomas je mit nach Hause gebracht hatte, nicht zuletzt dank ihrer Unabhängigkeit. Doch für Jorge war und blieb sie »Beate Gerber«. Daran änderte sich auch nichts, als sie sich nach mehreren Jahren wilder Ehe zur Heirat mit Thomas entschloß und dadurch von Rechts wegen eine de Houwelandt wurde. Sie hatte mit diesem Schritt bis zu Christians Einschulung gewartet, und der Verdacht lag nahe, daß sie den Namen »de Houwelandt« nicht um der Familie willen angenommen hatte, sondern nur um dem Jungen in der Schule mögliche Verlegenheiten zu ersparen. Jedenfalls sah Jorge das so und mit ihm der Rest der Verwandtschaft. Beate schien es nichts auszumachen, für alle in der Familie »nur eine Gerber« zu sein, vielleicht war es ihr sogar recht. Doch Esther empfand diese Kluft, diese in Fleisch und Blut übergegangene Distanz noch immer als schmerzlich, auch wenn sie selbst nicht frei davon war. Sie zuckte jedesmal zusammen, wenn jemand ihre Schwiegertochter als »Frau de Houwelandt« ansprach.

»Ich habe sogar noch einen Rioja gefunden.« Beate kam mit zwei großen, kelchförmigen Gläsern herein und reichte ihr eines.

»Wir müssen noch über Thomas sprechen«, sagte Esther ein bißchen zu plötzlich, sie war selbst überrascht, wie forsch das klang, »wegen des Festes.«

Es war alles andere als ein geschickter Zeitpunkt, aber sie wollte nicht länger geschickt sein.

Beate sah sie an, verwundert vielleicht, vielleicht erwartungsvoll. Sie sah durch sie hindurch.

»Ich werde mir Thomas noch vorknöpfen, übermorgen fahre ich zu ihm«, erklärte Esther und versuchte, etwas mehr Wärme, etwas mehr Verbindlichkeit in ihre Stimme zu legen, »aber ich wollte zuerst mit dir reden.«

Beate erwiderte nichts. Sie ließ ihr Weinglas sinken, nur ein paar Zentimeter. Der Rioja kreiselte tiefrot und schwappend den Glasbauch entlang. Für einen Moment wünschte sich Esther die Indianerin zurück.

»Thomas wird auf dem Fest ein paar Worte sagen – nur ein paar, hoffe ich.« Esther wartete einen Moment, doch es kam kein Widerspruch. »Einverstanden?«

»Sicher.«

Sicher war nichts.

»Ich habe ihn gebeten, die Rede zu halten.« Esther senkte den Kopf. Sie näherte sich der Wahrheit, aber sie war ihr noch nicht nah genug. »Ich weiß nicht …«, auf einmal hatte sie keine

Stimme mehr, »ich weiß nicht, was ich tun soll, damit ihr euch vertragt.«

Die Indianerin hätte es vielleicht gewußt.

»Wir werden uns vertragen«, sagte Beate, »und wenn nicht, bin ich die erste, die geht.«

»Aber …«

»Kein Aber. Bevor es Streit gibt, bleibe ich weg.«

»Aber du hast dir soviel Mühe gegeben, und er …« Esther schüttelte den Kopf, einfach nur Kopfschütteln.

»Ich will dir helfen, sonst nichts«, versuchte Beate sie zu trösten, doch das war nicht der Trost, den sie brauchte, »ich möchte einfach nur, daß es ein schönes Fest wird.«

»Nein, ohne dich …«

»Notfalls auch ohne mich«, beendete Beate das Gespräch. Der Rotwein in ihren Gläsern beruhigte sich.

»Ich weiß nicht«, Esther wußte es wirklich nicht, »wollen wir darauf trinken? Auf ein Fest mit Thomas und dir?« Zaghaft hob sie ihr Glas, Beate tat es ihr gleich.

»Du wolltest Jorge noch anrufen«, sagte sie.

Christian

»… sitzt da auf seinem Cordhosenhintern, raucht eine nach der anderen und ist unproduktiv bis in die Haarspitzen. Du kannst dir nicht vorstellen, wie sein Schreibtisch aussieht, ich meine nicht nur die Unordnung, sondern so dick Staub und Asche überall!« Christian nahm mehrere Millimeter Luft in die Zange zwischen Daumen und Zeigefinger. Den ganzen Abend hatte er darauf gewartet, sich bei Ricarda über seinen Vater beschweren zu können, jetzt kam ihm seine Aufregung künstlich vor.

»Wenn's ihn nicht stört«, sagte Ricarda und schloß die Tür auf. Auf der Party hatte sie eben noch munter mit jedem geplaudert, jetzt gab sie sich einsilbig.

»Hast du gerade mit den Achseln gezuckt?« Christian blieb stehen. »Du hast gerade mit den Achseln gezuckt!«

»Komm schon«, Ricarda stellte ihre Handtasche unter der Garderobe ab und verschwand in der Wohnung. Es blieb ihm nichts anderes übrig, als ihr zu folgen.

»Er ist mein Vater, verstehst du? Der Mann, der mir hätte beibringen müssen, wie man in dieser Welt zurechtkommt. Mein Vorbild! Was würdest du denn sagen, wenn ich den ganzen Tag Espresso trinkend um Geschirrberge herumschweben würde – jetzt lauf doch nicht immer weg, wenn ich mit dir rede!«

»Es ist spät, Christian, du weckst die Nachbarn.«

Ricarda ging an ihm vorbei ins Badezimmer, Tür zu.

»Aber er wollte …«, Christian senkte die Stimme, beugte sich vor und versuchte, den Schall, so gut es ging, durch die Türritzen zu schicken, »er wollte, daß ich ihm die Rede schreibe, hörst du?« Es gab dankbarere Unterhaltungen als mit einer Toilettentür. »Er hatte nichts, Ricarda, kein Konzept, keinen ersten Satz, nur lauter kranke, unbrauchbare Notizen!«

»Er hat wahrscheinlich Angst.« Wasserrauschen, Händewaschen.

»Wie ›Angst‹? Vor der Arbeit?«

»Du wüßtest auch nicht, was du schreiben solltest, wenn du eine Rede auf deinen Vater halten müßtest …«

»Ich …« Christian beschloß, sich auf eine solche Diskussion nicht einzulassen, »ich würde jedenfalls dafür sorgen, daß er sie sein Lebtag nicht vergißt.«

Eigentlich sollte das sein letztes Wort sein. Doch hinter der Tür blieb es still.

»Ricarda?«

Schon während der Party hatte sie ihn immerzu abblitzen lassen.

»Darf ich dich mal was fragen, Christian, ganz im Ernst?« Sie schien bei dem Handtuchhalter unmittelbar neben der Tür zu sein. »Was hat Thomas dir eigentlich getan?«

»Darum geht es nicht. Es geht um … « Nichts. Sein Vater hatte ihm nichts getan, ihn als Kind weder geschlagen noch mit Liebesentzug bestraft. ›Thomas‹ hatte gar nicht erst versucht, ihn zu erziehen, sondern ihm seinen Willen weitgehend gelassen. Er hatte ihm weniger getan als seine Lehrer in der Schule oder die Trainer beim Sport. Doch das gehörte zum Schlimmsten, was man über seinen Vater sagen konnte, auch wenn Ricarda das nicht gelten lassen würde. »… ums Prinzip. Es geht darum, daß er permanent kneift, daß er einen großen Bogen um jede Aufgabe macht, bei der er – eventuell! – versagen könnte.«

Doch Christian war viel zu erschöpft, um sich weiter zu streiten. »Wenn er nur halb soviel Energie in seine Arbeit stecken würde wie in seine Ausflüchte, wäre er längst damit fertig.«

Es war nicht seine Aufgabe, ihm das klarzumachen. Er war nicht dafür zuständig, seinen Vater zu erziehen. Nicht mehr.

Aus dem Badezimmer kam keine Reaktion. Er klopfte.

»Ricarda!«

»Ich würde wirklich gerne wissen, was er dir getan hat.« Sie klang noch immer ziemlich nah, aber vernuschelt. Was zum Teufel machte sie so lange?

»Kann ich reinkommen?«

»Hahn-heide«, hörte er undeutlich.

»Was?«

»Zahnseide!«

»Ah.«

So kamen sie nicht weiter. Christian schaute sich nach etwas um, worauf er sitzen konnte. Er war todmüde.

»Ich habe versucht, ein guter Sohn zu sein. Aber was hat das für einen Sinn, wenn er …« – wie sollte er ihr das erklären? –, »ich verlange ja gar nicht, daß er so lebt wie ich. Er hat nicht meinen Ehrgeiz, gut, das ist mir in gewisser Weise sogar sympathisch, aber er läßt sich gehen, er versucht nicht einmal, sich aus dem Sumpf zu ziehen. Und daß er das alles mehr oder weniger selber weiß und trotzdem nicht imstande ist, sich zu ändern, das fasse ich einfach nicht, diese Lebensuntüchtigkeit …«

»Wie du über ihn redest!« Ihre Stimme entfernte sich wieder. »Mein Gott, Christian, ein bißchen mehr Gelassenheit!«

»Also, deiner Meinung nach sollte ich hingehen und ihm die Rede schreiben, ja?« Er bereute, daß er überhaupt damit angefangen hatte, »du findest, ich müßte mir jetzt irgend etwas aus den Fingern saugen über einen Mann, dem ich in meinem Leben nur ein paarmal begegnet bin, weil mein Vater nicht den Mumm hatte, ihm unter die Augen zu treten, und noch immer keinen ganzen Satz in seiner Gegenwart herausbringt?«

»Nein, Christian, ich finde nur, du könntest etwas toleranter sein.« Wasser sprudelte ins Waschbecken und floß gurgelnd ab. Jetzt konnte es nicht mehr lange dauern.

»Du kennst ihn nicht«, er lehnte sich mit dem Rücken gegen den Türrahmen und drückte seinen Hinterkopf gegen das Holz, »du kennst ihn einfach nicht.«

Wenn sie wirklich wissen wollte, was er ihm getan hatte, warum fragte sie ihn dann nicht, wie es war, sich von Kind auf für seinen Vater zu schämen?

»Vielleicht«, rief sie über die Wassergeräusche hinweg, »solltest du ihn einfach mehr als einen guten Kumpel sehen.«

»Er ist immer ein Kumpel gewesen, aber einer, auf den man sich nicht verlassen kann.« Christian rutschte den Türrahmen hinunter in die Hocke. Auf einen »Kumpel« konnte er verzichten, aber einen richtigen Feind hätte er sich gewünscht. Es war vielleicht der schwerste Vorwurf, den er seinem Vater machen mußte: ihm zu keiner Zeit seines Lebens ein ernsthafter Gegner gewesen zu sein.

»Bei den hohen Ansprüchen, die du an andere stellst, solltest du dir wirklich noch mal überlegen, ob es für dich das Richtige ist, eine Familie zu gründen.«

»Was soll das heißen?«

Die Tür ging auf. Christian rappelte sich hoch. Ricarda stand im Pyjama vor ihm.

»Moment«, er starrte sie fassungslos an, »du willst schon ins Bett?«

»Hast du mal auf die Uhr geguckt?«

»Aber du kannst doch jetzt nicht einfach – Ricarda, ich habe dir vor der Party gesagt, daß ich noch mit dir reden muß!« Er stellte sich ihr in den Weg.

»Es hat eben alles ein bißchen länger gedauert.«

»Du wolltest doch die ganze Zeit noch nicht nach Hause!«

»Ich sitze hier von morgens bis abends am Schreibtisch und quäle mich durch eine Akte nach der anderen. Ich muß auch mal unter Leute!«

Warum sagten sie sich ständig Dinge, die sie nicht sagen wollten?

»Fünf Minuten, okay? Nur das Wesentliche.«

»Das hat doch keinen Sinn.«

»Komm«, er legte einen Arm um ihre Schultern, »wir trinken noch einen kleinen Absacker zusammen.«

»Ich habe schon einen kleinen Absacker getrunken, sogar zwei«, wand sie sich los und bahnte sich ihren Weg an ihm vorbei ins Schlafzimmer. »Wir reden weiter, wenn du dir darüber klar geworden bist, warum du deinen Vater haßt.«

Christian blieb stehen. Er hörte das Flappen der Jalousien, Deckenrascheln, zwei, drei Takte Musik, als sie den Radiowecker stellte. Sie ging tatsächlich ins Bett.

Eine Weile wartete er noch im Flur, seltsam entkräftet. Er wußte, daß Ricarda nicht zurückkommen würde. Doch er brauchte einen Moment, bis er sich aufraffen konnte, ins Wohnzimmer zu gehen, um eine weitere Nacht auf der Couch zu verbringen. Planlos nahm er die Fernbedienung zur Hand und schaltete durch die Programme. Bei abgestelltem Ton ließ er irgendein Reisemagazin laufen. Inseln, Palmen, Wellen, Strand.

Er haßte seinen Vater nicht. Er haßte es nur, immerzu Verständnis für ihn haben zu müssen. Sie sahen sich nicht oft, doch es fiel ihm von Mal zu Mal schwerer, seine Umständlichkeiten zu ertragen, über sein Versagen hinwegzusehen und Rücksicht darauf zu nehmen, daß er mit dem Gang der Dinge immer weniger Schritt hielt. Christian graute vor der Vorstellung, diesen Mann in seiner zunehmenden Unselbständigkeit ein Leben lang mitschleppen zu müssen. Aber die Empfindung war nicht Haß, sondern eine Mischung aus Scham und Schuldgefühlen. Sein Vater hatte es immer verstanden, das Opfer zu sein.

Nein, er hatte ihm nichts getan. Nichts, was es ihm jetzt leichter machen würde, sich von seinem Vater loszusagen. Von einem Opfer konnte man sich nicht so einfach trennen.

Natürlich hätte er das Problem wie die meisten seiner Kollegen mit Geld und ein paar Wochenendbesuchen lösen können. Doch sein Vater war weder alt noch krank, er war ein Opfer und gleichzeitig ein Teil von ihm, der einzige, über den er keine Kontrolle hatte, die Schwachstelle, sein wundester Punkt.

Es wäre Christian am liebsten gewesen, wenn seine Familie mit ihm selbst begonnen hätte: mit ihm, Ricarda und – wenigstens diese Erkenntnis hatte der Besuch bei seinem Vater gebracht – einem Mädchen. Er wollte eine Tochter, keinen Sohn. Und er war überzeugt davon, daß es so kommen mußte. Mit einer Tochter würde es keine Wiederholung geben.

In schnellen Schnitten präsentierte das Ferienidyll seine Vorzüge. Bambushütten, palmgedeckt, Pfahlbauten im türkisblauen Wasser, Inneneinrichtung mit Spa-Comfort, Rundbadewannen zum Versinken, Regale voller Badeöle und Essenzen, Massage, Sauna, Süßwasserpool, das komplette Verwöhn- und Seligkeitsprogramm aller Doppelverdiener, ganz ohne Wickelkommoden, Spielplätze und Krabbelgruppen. Ricarda und er würden sich in Zukunft nach kinderfreundlicheren Urlaubszielen umschauen müssen. Keine vierzehnstündigen Flüge mehr, sondern Fahrten im eigenen Kombi. Anstelle von Taucherparadiesen, Wind- und Wellensurf-Revieren die Flachwasserstrände an Nord- und Ostsee in Reichweite heimischer Supermarktsortimente. Doch das konnte Christian nicht schrecken.

Er träumte davon, nach Hause zu kommen zu seinen »beiden Mädels«. Er sah sie vor sich, Ricarda und die Kleine nach dem Stillen auf der Couch, er sah sich mit ihr im Zimmer auf- und abgehen, sah die heilige Familie selbdritt mit Kinderwagen und Sonnenschirmchen unterwegs im Stadtpark. Er dachte an den Geruch von Babyhaut, an die unfaßbare Winzigkeit von Säuglingszehen und -fingern, ihre Nägel, malte sich aus, wie er jede Nacht noch einmal nach seiner Tochter schauen würde, um ihren kleinen Körper zu finden, der wie aus einem Traum gepurzelt dalag und zugedeckt werden wollte, nachdem er sich mit Händen und Füßen gewehrt hatte gegen das Loslassen des Tages. Davon träumte er, wann immer man ihn ließ.

Christian hatte nicht vor, den Abgebrühten zu spielen. Er empfand keinerlei Hemmungen, genau das zu tun, was er beim Wiedersehen mit ehemaligen Klassenkameraden und Kommilitonen immer am meisten gefürchtet hatte: Ja, er würde das unvermeidliche Familienfoto aus der Brieftasche ziehen. Er würde seine beiden Mädels dicht am Herzen tragen und sie jedem zeigen, der nicht schnell genug die Flucht ergreifen konnte. Mit seinem Vaterstolz würde er den von Existenzangst und Ehrgeiz getriebenen Kollegen, den Redaktionsgouvernanten und Freiberuflern auf die Nerven gehen, ihre Sinnkrisen überstrahlen und sich nicht anfechten lassen von der bitteren Überheblichkeit ihrer Feuilletondebatten. Es kümmerte ihn nicht, daß auch er einmal anders geredet, anders gedacht hatte und mit einem Cocktail in der Hand über das familiäre Glück im Winkel hergezogen hatte, um die Einsamkeit des großen einzelnen und dessen arrogant-melancholische Selbstsucht zu verteidigen gegen die Gattung mit ihrem dumpfen Drang nach Fortpflanzung. Es war noch gar nicht lange her, daß er sich auf Stehpartys stark gemacht hatte für den Boykott der Sippe mit ihrem Brut- und Ausbreitungswahn, um unter dem Nicken von schlaksigen Mittdreißigern in Knitterjacketts und italienischen Schuhen das Leben als Ornament zu loben, selbstzweckhaft, frei und folgenlos, abseits der Evolution und genetischer Kollateralschäden. Christian grinste, als hätte er sich damals schon nicht recht geglaubt. Er paßte seine Philosophie seinen Bedürfnissen an und nicht seine Bedürfnisse seiner Philosophie. Er hatte es sich anders überlegt. Er war zum Leben konvertiert.

Eine Tochter – noch nie war ihm ein Traum so sehr zur Gewißheit geworden, nie ging von einem Wunsch solch eine Wärme aus.

Nichts konnte ihn davon abbringen, weder sein Partygeschwafel von einst noch das Gerede der Scheidungsanwälte aus

Ricardas Freundeskreis mit ihren sarkastischen Bemerkungen über lukrative Sorgerechtsprozesse – und schon gar nicht sein Vater! Christian hatte ihn früher regelmäßig als abschreckendes Beispiel benutzt, um heiratsbeflissenen Freundinnen zu erklären, weshalb er nicht an Ehe und Familie glaubte. Sein Vater hatte sich für Frau und Kind so ziemlich aufgegeben, sein Studium abgebrochen und dann vor allem als Hausmann Karriere gemacht, um am Ende mit leeren Händen dazustehen – so weit die Kurzversion seines Lebenslaufs, der sich zur Nachahmung nicht sonderlich empfahl. Von daher konnte Christian stets auf ihn verweisen. Er wolle nicht die Fehler seines Vaters wiederholen und fühle sich fürs Heiraten und Kinderkriegen – in dieser oder umgekehrter Reihenfolge – noch nicht reif. Wie oft hatte er sich mit dem Argument aus der Affäre gezogen? Und es funktionierte jedesmal.

Nur wollte es die Ironie des Schicksals, daß Ricarda seinen Vater jetzt zum Vorwand nahm, um ihn, Christian, hinzuhalten.

Er haßte seinen Vater nicht. Er haßte es nur, sein Sohn zu sein.

»Ich bin nicht wie er, und ich werde auch nie wie er sein. Auf mich ist Verlaß, Ricarda. Das ist der Unterschied.«

Sie stand im Türrahmen, mit hängenden Schultern. Nur ihre Fingerspitzen schauten aus den langen, weiten Ärmeln ihres Schlafanzugs hervor. Sie sah aus wie ein kleines Mädchen, das mitten in der Nacht aufgewacht war und nicht wieder einschlafen konnte.

»Bist du gar nicht müde?« Ihre Stimme klang belegt, so als hätte sie schon geschlafen. Die Augen fielen ihr zu. Für einen Moment wunderte sich Christian, wieviel Zeit vergangen war. Doch das spielte jetzt auch keine Rolle mehr. Auf dem Bildschirm war das Reisemagazin unbemerkt einer Tiersendung gewichen. Schwere, sonnenlahme Schildkröten schleppten sich über rissigen Uferschlick und versanken in schlammbraunem Wasser. Emsig flatternde Vögel pickten Krokodilen Essensreste aus dem offenen Maul.

Sein Vater war ein abschreckendes Beispiel, aber nicht für ihn. Für ihn galten andere Gesetze. Er unterlag nicht wie sein Vater der Schwerkraft des Versagens, er wurde nicht so schnell müde und gab niemals auf. Schon als Kind hatte Christian an seiner Seite diese unerklärliche Traurigkeit gespürt, ihr Gewicht und den bleiernen Bann ihrer Unveränderlichkeit. Er wußte, daß er seinem Vater nicht zu nahe kommen, ihn nicht näher an sich heranlassen durfte. Seine seltenen Umarmungen erwiderte er nur flüchtig. Er hatte Angst vor der Bodenlosigkeit seiner Trauer. Er wollte da nicht mit hinein-, nicht mit hinuntergezogen werden.

Er wollte atmen.

Christian dachte nicht an die Möglichkeit des Versagens, sondern vertraute seit jeher fest und mit zusammengebissenen Zähnen auf sich selbst. Es gab sonst niemand. Schon sehr früh hatte er begriffen, daß er auf sich allein gestellt war.

»Wenn du meinen Vater nach seiner Zeit als Kindermädchen fragst, wird er dir zuallererst erzählen, wie oft ich früher weggelaufen bin, mit vier, fünf Jahren schon. Ob auf dem Weg zum Kindergarten, beim Einkaufen, auf Ausflügen – er brauchte nur einen einzigen Moment nicht aufzupassen, schwupp, war ich verschwunden. Wären ›die Leute‹ nicht gewesen, hätte meine Mutter mich jedesmal an die Leine legen lassen, wenn wir aus dem Haus gingen. Sie hatte die ständige Sucherei satt. Dabei wollte ich überhaupt nicht weglaufen, ich bin nur vorgegangen.«

Ein Rudel Kojoten strich um die Flußufer. Es war nicht zu

erkennen, ob sie hinter den blaßgelben Gräsern auf Beute lauerten oder nach einer Möglichkeit suchten, zum Wasser zu gelangen, ohne daß die anderen Tiere Witterung aufnahmen.

»Wenn du mich fragst, waren meine Eltern mit allem überfordert: mit sich, mit mir, mit der Welt. Auf jedem Sonntagsausflug, auf jeder kleinen oder großen Reise das totale Chaos. Sie waren sich nie einig, hatten dieses oder jenes vergessen, hielten sich mit Schuldzuweisungen auf. Ich war einfach schneller.«

Christian schluckte leer. Es reichte nur für einen kurzen Seitenblick, dann starrte er wieder geradeaus auf den Bildschirm.

»Mein Vater gehört zu denen, die weglaufen, wenn sie nicht mehr weiterwissen. Ich nicht, Ricarda. Ich bin immer nur vorgegangen. Bitte verwechsle das nicht.«

Sie kam mit kleinen, tappenden Schritten auf ihn zu wie eine Schlafwandlerin. Er war sich nicht sicher, ob sie verstanden hatte, was er sagte. Aber er wußte, sie würde sich morgen an nichts mehr erinnern.

»Ich bin nicht wie er. Ich bin stark, immer gewesen.« Seine Stimme zitterte leicht, aber auch das würde sie morgen vergessen haben.

»Komm ins Bett.«

Sie streckte die Hand aus. Der Saum ihres Ärmels rutschte bis zum Handgelenk hoch. Ein Hauch von schlafwarmer Luft streifte sein Gesicht. Sacht kam ihre Hand auf seiner Schulter zu liegen und berührte ihn wie durch Schichten hindurch. Nicht, daß er Trost gebraucht hätte, doch es tat unsagbar gut.

Es war spät.

Christian folgte ihr wortlos ins Schlafzimmer und zog sich aus. Ja, er war müde, er bekam das Hemd kaum über den Kopf. Während er seine Socken heruntertrat, schloß er schon einmal die Augen. Selbst wenn er all seinen Willen zusammengenommen hätte, wäre es ihm schwergefallen, eine weitere Nacht auf der Couch zu überstehen. Fröstelnd kroch er zu Ricarda unter die Decke und schmiegte sich an sie.

Sie starrte mit offenen Augen in die Dunkelheit.

»Wir hatten eine Abmachung, Christian.« Überrascht rückte er von ihr ab und sah sie an. »Wir wollten mit dem Thema warten bis nach dem Einreichen der Klageschrift, darum hatte ich dich gebeten. Du erinnerst dich?«

»Ja.«

»Dann verstehe ich nicht, warum du immer wieder damit anfängst und jedesmal den Beleidigten spielst, wenn ich nicht darauf eingehe.«

»Ich – entschuldige …« Die Wärme ihrer Haut.

»Du bist nicht der einzige Mensch auf der Welt, der hart arbeitet, der ›stark‹ sein muß, verdammt noch mal. Meinst du, ich kann mir bei dem Streitwert einen Fehler erlauben? Die ganze Sozietät schaut mir über die Schulter! Aber das interessiert dich offenbar nicht, oder es will einfach nicht in deinen Dickschädel, sonst würdest du uns nicht um das letzte bißchen Schlaf bringen, das wir nach einem solchen Tag, vor einem Tag wie morgen …« Sie hob den Kopf und schaute auf die Uhr. »Es ist halb vier!«

»Ich weiß.«

Ricarda sank in die Kissen zurück. »Du bist mir eine große Hilfe, Christian, wirklich.«

Er schwieg und wartete, ob sie noch etwas sagen würde. Sie war im Recht, gar keine Frage. Doch aus irgendeinem Grund empfand er sogar ihren Zorn als tröstlich.

»Es tut mir leid«, sagte er langsam, seine Zunge war schläfrig und schwer, »ich hatte heute auf einmal das Gefühl, so eine unglaubliche Gewißheit, daß wir beide eine Tochter –«

»Siehst du? Schon wieder! Ständig sagst du solche Sachen.

Das ist gegen die Abmachung!« Sie setzte sich auf und warf sich sofort wieder auf die Seite. Die seidige Haut ihrer Schenkel streifte ihn kurz. Auf Anhieb süchtig nach soviel Geschmeidigkeit, winkelte er die Beine an. »Ich muß mich auf meine Arbeit konzentrieren. Ich muß das hinkriegen, Christian, es sind nur noch sechs Tage. Ich kann jetzt nicht nebenbei eine Familie planen!«

Behutsam legte er eine Hand auf ihren Hinterkopf und strich ihr in regelmäßigen Abständen übers Haar, wie um die Zeit zu verlangsamen. Seine Knie fanden ihre Kniekehlen.

»Eigentlich sind es nur noch zwei.« Verschiedene Wärme- und Kältezonen diffundierten von Haut zu Haut, Ricarda entzog sich nicht. »Übermorgen ist das Meeting mit der Gegenseite, ein informelles Treffen, völlig unverbindlich, aber unter der Hand wird es um ein Vergleichsangebot gehen. Das kann die Vorentscheidung sein. Wenn ich da nicht hundert Prozent fit und vorbereitet bin …«

»Sag mir, was ich tun soll.«

Sie seufzte einmal kurz, einmal lang. Ihr ganzer Körper atmete aus, entspannte sich. Doch Christian wußte, daß sie nicht ihm nachgab, sondern der Erschöpfung. Seine Hand strich weiter ihre immergleiche Bahn.

»Nichts«, sagte sie, er hatte schon nicht mehr mit einer Antwort gerechnet. »Du sollst nicht ins Hotel ziehen. Du sollst nicht auf Zehenspitzen durch die Wohnung schleichen. Du sollst einfach nur sein wie immer …« Ihr Haar war glatt wie eine Haube. »… und ein bißchen Verständnis haben, falls ich es nicht bin.«

Noch vor ein, zwei Jahren hätten sie jetzt miteinander geschlafen, um sich zu versöhnen. Inzwischen schien das nicht mehr nötig. Christian spürte einen Anflug von Begehren, mehr Erinnerung als Wunsch, doch die Komplikationen standen in keinem Verhältnis zu dem läppischen Gewinn an Lust. Ohne eine Aussicht auf Zeugung, ohne das Versprechen der Fruchtbarkeit erschien es ihm sinnlos.

»Ich bin für dich da, ich verspreche es dir.«

Es war ihm ein Rätsel, mit welchem Aufwand er früher die verschiedensten Formen der Verhütung betrieben hatte, nur um sich von dem Prozeß des Werdens auszunehmen, nur damit aus seiner Liebe nichts entstand.

Ricardas Atem ging ruhig und gleichmäßig. Ein Greifreflex, ein kurzes Zucken, als würde sie aus großer Höhe in Schlaf fallen, buchstäblich fallen. Christian ließ seine Hand auf ihre Schulter gleiten, hielt sie fest.

»Schlaf gut«, flüsterte er. Aber da schlief sie schon.

Teil III

Jorge

Er blieb heute länger als gewöhnlich auf der Insel. Von dem wellenumspülten Plateau aus schaute er zurück auf seine Strecke und die sich verlierende Spur, die er in dem frühen, nachtglatten Wasser hinterlassen hatte, kaum mehr als eine flüchtige Unruhe, die an den seidigen Schlaf der Tiefe nicht rührte und sich in ihrem Ebenmaß verlor. Irgendwo am Ende dieser Bahn hockte der Junge auf seinem Felsen und beobachtete ihn und das Meer und die in der Morgensonne aufblitzenden Schiffe auf ihrem Weg zur Straße von Gibraltar. Irgendwo dort schweiften seine Blicke über denselben schmalen Dunststreifen aus Himmel und Meer, hinter dem sich der andere, der schwarze Kontinent verbarg, von dem so viel gesprochen wurde am Tresen seiner Mutter, nachdem die Teetrinker gegangen waren. Jetzt, tagsüber, verschluckte der milchweiße Horizont das dunkle Land, aber nachts tauchte es um so gewaltiger wieder auf in den Flüchen und Verwünschungen der Illegalen, die der Junge ebenso geschickt nachzuahmen wußte wie die Bemerkungen der hellhäutigen Gäste. Barco, bateau, ship, Schiff, dachte Jorge, und: Isla, île, island, Insel. Dann wandte er sich dem Sandstein und der Sonne zu.

Er konnte so lange bleiben, weil der Schmerz ihm Zeit ließ. Beinahe müßig wanderte er am Wasser auf und ab in dem zarten, anschmiegsamen Licht, das noch nichts von der Unerbittlichkeit verriet, die der Tag übers Land bringen würde. Jorge genoß den warmen Wimpernschlag der Frühe auf der Haut. Er badete in Helligkeit, umspielt vom körperlosen Tanz des Lichts auf der traumversunkenen Oberfläche, geblendet durch das weitläufige Funkeln, das die Sonne ins Meer goß, während ringsum der Morgen brach.

Der Schmerz war nicht verschwunden, dafür kannten sie einander zu gut, aber er hatte sich verwandelt. Jorge war seine Strecke getaucht und geschwommen wie immer, und doch schien alles anders zu sein, seitdem er wußte, daß der Junge auf einem Felsvorsprung am Rande der Bucht saß und ihm zusah, Zug um Zug. Sein Blick erinnerte Jorge daran, warum er tat, was er tat. Schwimmen war für ihn keine Leibesübung zu gesundheitlichen Zwecken. Er schwamm, um Gott in allen Dingen nahe zu sein. Und nirgendwo spürte er Seine Nähe so deutlich wie in diesem, dem Morgen ergebenen Element. Kein Anblick, keine Berührung, keine Stille erfüllte ihn mit größerer Dankbarkeit.

Das Licht hatte seine Spuren gelöscht. Der Tag tauchte aus der Tiefe. Strahlennetze durchzogen die hinauf- und hinabsinkende See bis auf den steil abfallenden Grund, ließen Muschelbänke aufscheinen, Mooslandschaften, hellgelbe Flechten und streiften die samtigen Schatten der Tiefe. Jorge war über die Zeit. Das Salz in seinem Nacken wurde krustig. Über seinen Schulterblättern spannte die Haut. Doch er blieb stehen und schaute, wie Licht und Wasser sich färbten und verwandelten von Augenblick zu Augenblick, wissend, daß auch er, der Junge, dieses alles sah, daß auch er sehen konnte, warum.

In solchen Momenten schien es Jorge verzeihlich, daß er während der Andacht in der Kapelle die rechte Tiefe nicht fand. Er zweifelte nach wie vor an seiner Begabung zu glauben, doch er

fühlte sich auf einmal stark genug, um diesen Zweifeln standzu-
halten und den bohrenden Fragen, die zurückgekehrt waren,
um ihn zu quälen wie in den schlimmsten Tagen auf dem Inter-
nat. Er vertraute darauf, daß er stark genug sein würde, sie zu
bändigen durch Beharrlichkeit, durch die Stetigkeit seines Be-
mühens, auch wenn ihm jede Antwort versagt blieb.

Er hatte den Willen dazu.

Es war bitter, dem Jungen kein Beispiel geben zu können
während der dürftigen, fruchtlosen Nachmittage in der Kapelle,
wo er die Leere bekniete und nur seine Ohnmacht zur Antwort
erhielt. Immer wieder wurde Jorge eingeholt von der Erinnerung an die zerrissene Zeit, als er die Exerzitien und Lehren der
Pater nicht mehr verstand und das milde, nachsichtige Lächeln
der anderen über sich ergehen lassen mußte, all jener Zöglinge
mit weniger festem Willen als er und einer Weichheit, die er
schon damals für den Beginn der Lüge hielt.

Doch das war der Berg, und das Wasser war anders. Es empfing ihn Tag für Tag mit gleichbleibender Gnade. Im Angesicht
des Meeres am Morgen fand Jorge Vergebung für seinen Mangel an Begabung. Hier und jetzt mußte er die Tiefe nicht suchen, sie war wie die See einfach und unsagbar da, trug ihn, hob
ihn und nahm ihn aus der Welt. Es war eine Verwandtschaft,
die weiter zurückreichte als jeder Gedanke, jede Wahl.

Der Junge auf dem Felsen am Rande der Bucht hatte gesehen, was das Wertvollste in seinem, Jorges Leben war, deshalb
folgte er ihm. Unter den Augen des Jungen, unter dem Blick
seines Schülers wurde Schwimmen wieder das Gebet, das es in
seinem Herzen immer war.

Geräuschlos und daumengroß fuhr in der Ferne Lobecks Geländewagen den Kiesweg am Strand entlang und hielt wenige Meter
vor dem Merendero. Das Meer und sein an den Rändern verrau-

schendes Schweigen hatte die Dinge der Wirklichkeit entrückt. Jorge beugte sich vor, drückte seinen steifen Rücken durch und schöpfte eine Handvoll Wasser, das er in seinem brennenden Nacken verrieb. Sein rechtes Knie zwickte, kein Stechen wie sonst, nur eine vage Erinnerung daran. Der Schmerz wollte sich nicht damit abfinden, daß er zu einem Gespenst geworden war, wesen- und körperlos.

Im Angesicht des Meeres am Morgen bedeutete er nichts.

Ohne sich abzukühlen, watete Jorge an den Rand des Plateaus und glitt mit einem flachen Kopfsprung in die sich hebende See. Es war, als bekäme er die ganze Kraft der Sonne erst jetzt zu spüren, im Augenblick ihres Erlöschens, beim Wechsel in das andere Element. Er hielt den Atem an und tauchte unter dem Licht hindurch, das an der Oberfläche schwamm. Nässe löste die salzigen Krusten und durchdrang seine erhitzte Haut, die sich um seinen Körper zusammengezogen hatte wie getrocknetes Leder. Klares, frisches Wasser badete seine Brust.

Jorge breitete die Arme aus und zog sie durch bis an die Seiten. Er war zu lange an Land geblieben, hatte sich zu tief ins Licht geträumt. Doch er liebte diesen Fiebersturz der Verwandlung, er liebte das Gefühl der Häutung im Moment des Eintauchens, in dem das Wasser alles abstreifte, was war.

Die Morgenluft über den Wellen, die er vor sich herschob, war süß und süffig wie Gas. Jorge kam mit weiten, geschmeidigen Zügen voran und kostete jede Bewegung, jedes Luftholen bis zur Neige aus. Alles war anders und neu und wie immer. Er schwamm. Mochte Esther am Telefon noch so viel fragen, mehr gab es nicht zu berichten.

Wie sehr hatte er sie vermißt. Wie sehr empfand er ihre täglichen Anrufe jetzt als Störung.

Er verstand sie nicht mehr. Er konnte hören, was sie sagte, Tausende Kilometer entfernt, doch er wußte nicht, wovon sie sprach. Alles, was sie erzählte, befand sich ganz und gar außerhalb seiner Welt.

Jorge schwamm und schwamm nicht. Er brachte sich das Schwimmen Zug um Zug noch einmal bei und entdeckte auf diese Weise, was ihm so sehr in Fleisch und Blut übergegangen war, daß er das Staunen darüber verlernt hatte. Jorge beobachtete jede seiner Bewegungen, als wäre der Junge an seiner Seite, um es ihm gleichzutun.

Nada! Nage! Swim! Schwimm!

Es war alles so einfach, so leicht.

Doch der Junge sträubte sich. Er folgte ihm auf Schritt und Tritt bis an den Felsenrand der Bucht, dann war Schluß. Er kam nicht mit, um in den seichten Uferwellen zu planschen. Er weigerte sich, auch nur bis zu den Knien ins Wasser zu gehen. Furchtlos kletterte er von einem Felsen zum nächsten, in schwindelnder Höhe, aber das Meer betrachtete er nur aus sicherer Entfernung. Er betrat nicht einmal den Strand.

Er wollte schwimmen können, bevor er ins Wasser ging.

Jorge hatte wenig Verständnis für die Angst des Jungen vor dem Wasser. Was er verstand, war sein Stolz, das Streben nach Vollkommenheit.

Mit einer halben Drehung tauchte er lotrecht hinab, an der Stelle auf seiner Strecke, wo das Wasser am tiefsten schien. Jorge versuchte, bis auf den Grund zu gelangen oder zumindest so weit, daß er dem Jungen erklären konnte, wie es dort unten aussah. Doch die Dunkelheit um ihn herum war zu dicht, undurchdringlich, ein in Trägheit abgesunkener Bodensatz der Nacht. Die spärlichen Bündel von Licht, die sich hierher verirrten, trafen auf nichts als schwebendes Plankton und erhellten nur ihre eigene Bahn.

Jorge hatte sich in den Kopf gesetzt, ihm zu beweisen, wie gnädig selbst die Tiefe war.

Er blieb so lange wie möglich unter Wasser, in diesem weltfernen Zwischenreich aus fahlem Licht und Meeresschatten. Eine Weile lauschte er dem Gesang der Stille, den der Wasserdruck in seinen Ohren laut werden ließ. Dann gab er dem Vakuum in seinen Lungen nach und stieg wieder auf.

Vom schwarzen Grund, von der Bodenlosigkeit jenseits der graugrünen Steingärten und herbstlich schimmernden Tanggürtel würde er wenig Verläßliches zu erzählen haben, doch immerhin bewies sein kleiner Tauchgang, daß die Tiefe nichts tat.

Es war viel leichter, gegen die Angst des Jungen anzuschwimmen als gegen die Leere.

Die Schatten verließen in Scharen die Bucht. Licht legte sich auf die Steine, weiß, farblos, flirrend. Immer deutlicher zeichneten sich die Umrisse seiner Kleidung ab, Hüllen, die wie von ihm abgefallen am Steinstrand lagen. Es schien fast undenkbar, sie wieder mit Leben zu füllen. Jorge konnte präzise die Stelle ausmachen, wo Esther gesessen hätte, wenn sie hier gewesen wäre. Wie viele Male hatte sie ihm das Handtuch gereicht und mit der ihr eigenen kritischen Zärtlichkeit darauf geachtet, daß er sich vollständig abtrocknete, auch den Rücken! Wäre sie geblieben, hätte sie nicht jeden Tag anrufen müssen, um ihn zu fragen, wie es ihm gehe. Wenn man ihn fragte, ging es ihm immer gleich, das wußte sie.

Unter dem Strohdach des Merendero stand Hermann Lobeck mit einem Bocadillo in der Faust und hielt nach ihm Ausschau. Für einen Sekundenbruchteil hatten sie Blickkontakt, dann duckte sich Jorge wieder ins Wasser und stieß in einem langgestreckten Zug voran. Er wollte nicht mit Lobeck sprechen, weder über Esther noch über ihre Reise und schon gar nicht über den Jungen. Er konnte sich denken, was sein Nachbar davon hielt, daß er mit dem Bastard der Mejía durch die Gegend zog, daß er einem Halbwüchsigen das Schwimmen beizubringen versuchte, der sich weigerte, ins Wasser zu gehen.

Jorge verstand die Angst des Jungen nicht, aber er hätte sie jederzeit gegen Lobeck verteidigt. Angst wurde dem Element sehr viel gerechter als der Maklerblick seines Nachbarn, der das Meer nur als Aussicht betrachtete. Angst war eine Form der Anbetung.

Möglich, daß sie der Junge von seinem Vater geerbt hatte, dessen Namen und Herkunft nicht einmal Luisa Mejía zu kennen schien. Jorge war nicht entgangen, wie seine Augen unentwegt den Horizont absuchten, mit einer Mischung aus Hoffnung und Enttäuschung, die zäh und geduldig geworden war im Laufe der Zeit. Es schien, als würde er ein Schiff oder Boot erwarten, das Auftauchen einer Landspitze mit wogenden Baumwipfeln oder eine Rauchfahne am anderen Ende des Himmels. Es war der Blick eines Gestrandeten, eines Heimatlosen, der wußte, daß er sich in der Gewalt des Wassers befand, daß er alles von ihm zu gewinnen hatte oder für immer verloren war. Und die Angst des Jungen – diese tiefverwurzelte, unbelehrbare Angst – erschien Jorge wie ein von namenlosen Vorfahren auf ihn gekommener Respekt vor der Unwägbarkeit des Elements. Er sah in seinen Augen eine Ehrfurcht, kindlich und uralt zugleich, einen Aberglauben, der von Generation zu Generation immer weitergereicht wurde wie ein böser Zauber.

Jorge wußte, daß diese Angst ein Gegner war wie der Schmerz. Er hätte sie ihm gerne genommen und den Jungen die Furchtlosigkeit gelehrt, mit der er schwamm. Doch er gestattete niemandem, sich darüber lustig zu machen, erst recht nicht Hermann Lobeck, dessen Ansichten über Flüchtlingsboote und

Schlepperbanden, schiffbrüchige Illegale und die Kosten der Abschiebung zur Genüge bekannt waren.

Auf einmal hatte Jorge es eilig. Mit mehreren schnellen Schlägen korrigierte er seinen Kurs und ließ sich auf dem Rücken der Uferwellen an den Strand tragen, angeschoben vom allmählich munter werdenden Meer. Zügig ging er zu seinem Bündel, ohne jedes Anzeichen von Muskelkrämpfen oder klammen Knochen. Jorge fühlte sich, als würde Luisa Mejías minziger, kreislaufanregender Tee ihn durchströmen bis in die Zehenspitzen.

Beim Abtrocknen warf er einen kurzen Seitenblick zum Merendero, doch Lobeck machte keinerlei Anstalten, unter dem Strohdach hervorzukommen und auf ihn zuzugehen. Offenbar war er fest davon überzeugt, daß Jorge sich wie gewohnt umkleiden und an die Bar stellen würde, um dort seinen Kaffee zu nehmen. Aber da täuschte er sich.

Mit wenigen Handgriffen packte Jorge zusammen und verließ den Strand, ohne sich umzuschauen. Sein Khakihemd klebte an seinem tropfnassen Rücken, sein Mund war trocken vor Salz und Zorn. Für einen Moment wünschte er, Lobeck würde hinter ihm hergelaufen kommen, um ihn wegen des Jungen zur Rede zu stellen. Fast sehnte er die Häme, den Spott und das Hohngelächter herbei. Es hätte ihn in seinem Vorhaben noch mehr bestärkt. Doch Jorge wußte jetzt, was zu tun war. Er hatte den Plan für die Schwimmaschine, die er dem Jungen bauen wollte, bereits fertig im Kopf.

Er nahm die Abkürzung, einen sich steil die Felsen hinaufschlängelnden Pfad, und erreichte die Küstenstraße eher als jeder Geländewagen. Nach wenigen hundert Metern bog er in einen Feldweg ab und marschierte durch den feinen, von Sonne gesiebten Staub nach Hause. In seinem Rücken breitete das Meer seine Unermeßlichkeit aus und faltete die flüssigen Finger. Lobeck war ihm nicht gefolgt. Sogar der Junge hatte Schwierigkeiten, mit ihm Schritt zu halten, doch da er ohnehin immer ein Stück hinter ihm zurückblieb wie ein zu häufig getretener Hund, maß Jorge dem keine Bedeutung bei. Er rannte nicht, er ging nur schnell.

Sein Plan nahm zusehends Gestalt an. Bisher hatte er sich auf vielerlei Weise beholfen, um dem Jungen das Trockenschwimmen beizubringen: bäuchlings auf einem Felsbrocken liegend, die Arme und Beine von sich gestreckt, freischwebend in der glühenden Hitze. Mal abwechselnd, mal gleichzeitig hatten sie mit Händen und Füßen durch die Luft gerudert, auf Zuruf verlangsamt oder beschleunigt, um sich dann wieder auf ihre imaginäre Strecke zu konzentrieren und das Meer im Rauschen der Trockenheit zu suchen und in dem wogenden Gesang der Grillen und Zikaden. Jorge hatte mit dem Jungen die Bewegungsabläufe und Atemrhythmen des Brustschwimmens eingeübt, hatte ihn die Büsche in dem ausgetrockneten Bachbett unterhalb seines Gartens mit den Armen vorschieben und auseinanderbiegen lassen, um den Wasserwiderstand zu simulieren – vorwärts, seitwärts und wieder zum Körper zurück! Auf diese Weise trainierten sie die Muskulatur, bis ihnen der Schweiß in den Augen brannte. Doch damit hatten sie noch immer nichts zur Kräftigung der Oberschenkel getan und ausgerechnet die Beinarbeit vernachlässigt, die für den Vortrieb im Wasser so wichtig war, wichtiger noch als der Armzug. Sie zeichnete einen Brustschwimmer aus, sie war das Maß seines Strebens nach Vollkommenheit. Nur fand sich kein größerer Stein, der so lag, daß man mit Armen und Beinen gleichzeitig das Buschwerk erreichen und bewegen konnte. Es gab keine andere Möglichkeit, er mußte die Schwimmaschine bauen. Das verlangte der Respekt vor dem Element.

Wenn der Junge zum ersten Mal ins Wasser ging, durfte er dem Hohn und Spott keine Angriffsfläche bieten. Er mußte die Angst bereits besiegt haben.

Ohne seinen blühenden, üppigen Garten eines Blickes zu würdigen, steuerte Jorge auf den Geräteschuppen zu, entnahm ihm zwei Holzböcke und ein paar Bretter, die er dem Jungen auflud, einen Strick, die alte Werkzeugtasche und seine Machete. Dann stieg er in das steinige Bachbett hinab, prüfte die Stärke und Biegsamkeit zweier kräftiger Büsche im Abstand von etwa anderthalb Metern und rollte mehrere Findlinge beiseite, um eine leicht ansteigende Fläche zwischen den Büschen zu ebnen. Es war jetzt genau so, wie er es sich gedacht hatte. Ohne weitere Erklärung rammte er die Holzböcke in den Boden, nahm die Machete zur Hand und befreite die Äste von überstehenden Zweigen und Laub, um sie zu je zwei elastischen Säulen vorne und hinten zusammenzubinden, die den Schwimmbewegungen der Arme und Beine hinreichend Widerstand boten. Er war sich nicht sicher, ob der Junge verstand, was ihm vorschwebte. Doch als er zögerte, eine eher sperrige, schwer auseinanderzubiegende Astgabel mit einzuflechten, nickte ihm der Junge zu. Er wollte es so.

Jorge sah an seinem Blick, daß es keinen Sinn hatte, ihn zu schonen. Mit einem Ruck zurrte er das knarzende Holz fest und band die Enden des Strickes zu Schlaufen. Dann reichte ihm der Junge die Bretter, die er auf die Holzböcke legte, und streckte ihm seine Handgelenke entgegen.

Der Knauf des Schweizer Offiziersmessers hatte sich im Laufe der Zeit von einem ehemals leuchtenden Weinrot in ein mattes

Violett verfärbt. Das weiße Kreuz mit den kurzen Balken war längst abgeblättert, der Aufdruck nur noch zu erahnen. Doch die Klinge war scharf wie am ersten Tag. Obwohl Jorge es immer bei sich trug, benutzte er dieses Messer so gut wie nie. Es war ein Geschenk seines Vaters. Nur die Klinge schliff er jedes Jahr.

Mühelos stutzte er damit den Strick zurecht und schnitt einen alten Lappen in Streifen, um die Schlaufen für die Hand- und Fußgelenke zu umwickeln, während der Junge dastand mit gesenktem Kopf. Wie vor einem wirklichen Schwimmausflug zog er sein Hemd aus, faltete es zusammen und stellte seine Sandalen nebeneinander. Dann legte er sich stumm auf die Bretter, wo er die Arme und Beine von sich streckte wie jemand, der darauf wartete, geviertelt zu werden. Die Sonne kletterte bereits über den Kamm.

»Zu straff?« fragte Jorge, als er die Schlingen um die Handgelenke festzog. Der Junge schüttelte den Kopf.

Zu den Exerzitien, die Jorge erfunden hatte, als er zum ersten Mal spürte, daß ihm die rechte Tiefe abhanden kam, gehörte das Hängen. Es war die Übung, an die er seine größten Hoffnungen knüpfte, damals, als er so alt war wie der Junge, und er fand keine Ruhe, bis er sie in die Tat umgesetzt hatte. Wie gebannt lag er nachts im Schlafsaal des Internats, durchdachte immer wieder aufs neue seinen Plan und wartete auf den Moment, in dem das Getuschel, das Rascheln und Knarren der Betten verstummte. Er wartete auf die Stille, die – von gelegentlichen Hustern und dem Traumgemurmel der jüngeren Zöglinge unberührt – vollkommen war. Dann stand er auf, barfuß, lautlos, schlich zu dem großen Ostfenster an der Stirnseite des Saales und schlüpfte durch den Vorhangschlitz. Behend schwang er sich aufs Fensterbrett, nutzte die gußeisernen Griffe als Sprossen und hängte sich, den Vorhangstoff im Rücken, an die massive Querstange. Er war fest entschlossen, dort so lange auszuharren, bis Gott Tag werden ließ und ihn erlöste.

Ursprünglich hatte Jorge sich vorgenommen, die ganze Nacht zu beten. Der Schmerz in seinen Schultern war wie reißende Seile, seine Fäuste und Arme waren taub vor Müdigkeit, doch damit hatte er gerechnet. Erst als sich alles Blut in seinen Beinen staute und ihn unwiderruflich in die Tiefe zog, dachte er für einen Moment daran aufzugeben. Ihm wurde schwarz vor Augen. Er konnte nicht länger, er konnte den Worten in seinem Kopf keinen Sinn mehr verleihen. Also ersetzte er sie durch Zahlen und memorierte Logarhythmen. Auf diese Weise gelang es ihm in der ersten Nacht, den Schmerz und die Bleischwere zu besiegen, bis ihn der Sonnenaufgang für seine Qualen belohnte. Es war der schönste Morgen, den er je gesehen hatte, das zarteste Licht.

In der darauffolgenden Nacht hielt er durch bis nach dem dritten Schlag der Klosterturmuhr, dann war er nicht länger imstande, den Schlaf abzuschütteln. Jorge erwachte durch seinen eigenen Sturz, bei dem er sich zwei Finger der linken Hand unglücklich brach, was ihm das Morgengebet sehr erschweren sollte. Doch er schaffte es, zu seinem Platz zurückzukriechen, um seinen erwachenden Kameraden weiszumachen, er sei im Schlaf aus dem Bett gefallen. Ihren Spott und die Schmach der nächsten Tage ertrug er ohne weiteres – was wußten sie schon. Dennoch war es ihm eine Lehre. Seitdem benutzte er Fesseln, die er mit den Zähnen festzog. Sie hielten ihn, falls er beim Hängen das Bewußtsein verlor. Den Sonnenaufgang versäumte er nie.

Die Schlaufen um die Knöchel durften nicht so locker sitzen, daß sie bei jeder Bewegung scheuerten, aber auch nicht so fest, daß sie dem Jungen das Blut abschnürten. Damit kannte Jorge sich aus. Er kontrollierte noch einmal die Hand- und Fußgelenke, während der Junge auf den Brettern seine ersten Züge versuchte, wortlos und tapfer, die schmalen Lippen zu einem farblosen Strich zusammengepreßt. Seine Arme gehorchten in etwa dem Muster, das sie eingeübt hatten. Doch er vergaß vor Anstrengung, regelmäßig zu atmen, und sein Beinschlag war mehr ein verzweifeltes Strampeln als eine koordinierte Bewegung. Immer wilder, immer hilfloser trat er um sich. So sah kein Schwimmer aus, sondern ein in der Falle sitzendes Tier, das gegen das knarrende Holz der Maschine schlug, um sich aus seinen Fesseln zu befreien. Der Junge kämpfte einen Kampf, den er nicht gewinnen konnte. Wäre dies das Meer gewesen, hätten ihn Wasser und Angst augenblicklich überwältigt.

Jorge packte ihn an den Knöcheln, um seine nächsten Züge anzuleiten und die Bewegung zu steuern: das Anwinkeln, Grätschen und Zusammenschwingen der Beine, den ewigen Dreierrhythmus von Beugen, Strecken, Schließen. Doch er spürte die Angst in den staksigen Beinen, in den fleckigen, einknickenden Knien. Er rang förmlich mit diesem mächtigen, uralten Gefühl, das den Jungen beherrschte und sich gegen die Geschmeidigkeit des Schwimmens sperrte. Jorge wußte, daß er behutsam vorgehen mußte. Soviel Angst war nur mit Geduld zu besiegen, sie ließ sich nicht brechen.

»Ruhig, ganz ruhig«, sagte er und wollte noch hinzufügen, daß man beim Schwimmen dem Wasser vertrauen müsse wie der Erde beim Gehen. Doch der Junge hatte sich zu sehr in seine Angst verbissen, ein solcher Gedanke wäre nie zu ihm durchgedrungen. Also sagte Jorge nur: »Ich bin bei dir.«

Er war zum Glauben nicht begabt. Darüber konnte auch die tiefe Dankbarkeit nicht hinwegtäuschen, mit der Jorge damals – nach den Qualen der Nacht – im Ostfenster den Morgen aufgehen sah: scheu, schimmernd, errötend und erblassend über den sanften Hügeln und Feldern am Rande der alten Klostermauern. In diesen Momenten fühlte er sich der Schöpfung so nah und verstand auf seine Weise den kommenden Tag und die erlösende Schönheit der Dinge. Doch es änderte sich nichts. Beim Morgengebet kniete er wie betäubt neben den anderen, die ihre Herzen erhoben. Die Unterweisungen der Pater ließen ihn ratlos zurück. Er hatte kein Talent zu Gott. Das Hängen verschaffte ihm lediglich die Gewißheit, alles in seiner Macht Stehende getan zu haben.

Nicht selten führte der Blutstau in seinen Beinen auch tagsüber zu ohnmachtartigen Zuständen. Schlafmangel und Kreislaufstörungen forderten ihren Tribut, und Jorge mußte sich von seinen pausbackigen Banknachbarn hänseln lassen, weil er so bleich und abgezehrt aussah. Unentwegt plagten ihn Kopfschmerzen, die sich während des Unterrichts zu einem regelrechten Dröhnen steigerten. Doch er beklagte sich nicht. Im Gegenteil. Der Schmerz war sein heimlicher Verbündeter. Er tröstete ihn darüber hinweg, daß ihm die Gottgefälligkeit der anderen Zöglinge nicht gegeben war, ihr Einverständnis mit den Dingen und die Fraglosigkeit, mit der sie all die Worte, all das Wissen in sich aufnahmen.

Vielleicht lag es daran, daß er nicht fromm war, daß er aus einem Elternhaus kam, in dem man keine Frömmigkeit kannte. Er verstand nicht einmal, was dieses Wort von ihm wollte. Das einzige, was er verstand, war der Schmerz.

Den Frommen dagegen schien vergönnt zu sein, was er selbst durch äußerste Disziplin nicht erreichen konnte. Aus unerfindlichen Gründen befanden sie sich im Stande der Gnade. Ihnen wurde vergeben, was immer sie taten. Anders als er genossen sie eine schier unerschöpfliche Gunst, in der auch die Schwäche Nachsicht fand. Ihnen wurden von Gott und den Patern Fehler verziehen, die Jorge sich niemals verziehen hätte.

Nur in einer Hinsicht war er den anderen weit voraus: Er besaß diese außergewöhnliche Begabung zum Schmerz. Wenn es darum ging, hart zu sein, war er der Begabteste von allen.

Und er besaß das Schweizermesser, das Abschiedsgeschenk seines Vaters, das er immer bei sich trug für den Fall, daß ihn auch noch der Schmerz verließ.

Die Sonne stand bereits sehr hoch, unaufhaltsam eroberte sie die Mitte des Himmels. Jorge hielt den Jungen noch immer an den Knöcheln und dirigierte seinen Beinschlag. Doch obwohl das Anziehen, Abstoßen und Einschwenken jetzt ruhiger und gleichmäßiger vonstatten ging, fehlte seinen Zügen die letzte Konsequenz, die Folgerichtigkeit. Sie suchten und tasteten sich blind voran, ohne das Muster zu erkennen, so als bewegten sie sich in äußerster Finsternis. Jorge befürchtete, der Junge könnte wieder in Panik um sich schlagen, sobald er ihn losließ und ihm die leitende Hand entzog.

Unterdessen suchte er nach den richtigen Worten, um ihm die Angst zu nehmen und Vertrauen einzuflößen in das Element, Vertrauen in seine Tragfähigkeit und die immerwährende Form der Bewegung, die es dem Schwimmer ermöglichte, teilzuhaben an seiner Gunst. Es hätte Worte gegeben, doch Jorge schwieg, denn er wußte nur zu gut, daß ihn der Junge nicht verstehen würde – auch er hatte damals die Pater nicht verstanden.

Unzählige kleine Schweißperlen breiteten sich glitzernd über dem braunen Rücken des Jungen aus, liefen in der Rinne seines Rückgrats zusammen oder flossen in Zickzackkurven die Rippenflügel hinab und tropften auf das spröde, sich dunkel färbende Holz. Es dauerte nicht lange, und sein rudernder, sich zerreißender Körper war in Schweiß gebadet, so als wäre eine unsichtbare Welle über ihn hinweggegangen. Dann erst bemerkte Jorge, daß es nicht die sengende Hitze war, die ihm den Schweiß aus allen Poren trieb, sondern die Angst. Der Junge zitterte am ganzen Leib.

Er blutete.

Jorge ließ los.

Es war Teil seines Plans gewesen, die Bretter vorher von sämtlichen Splittern und Nägeln zu befreien, aber der Junge hatte sich so bereitwillig niedergelegt und mit den Übungen begonnen. Ohne ein Wort, ohne einen einzigen Schmerzenslaut trieb er sich die Spreißel unter die Haut. Bei jeder Bewegung schnitten die scharfen Kanten tiefer in seinen nackten Oberkörper. Doch er beklagte sich nicht.

»Hör auf«, befahl Jorge, »stop!«

Er griff nach seinen Handgelenken, um die Schlaufen zu lösen. Doch der Junge stieß ihn mit einer solchen Wucht von sich, daß er strauchelte und auf dem holprigen Grund des Bachbettes stürzte. Jorge war zu erstaunt, um wütend zu sein. Es war das erste Mal, daß er auf einen Menschen traf, der ihm in seiner Begabung zum Schmerz ebenbürtig schien, der vielleicht sogar tapferer war als er.

Jorge war kaum wieder auf den Beinen, als er Lobecks Geländewagen hörte und das Knirschen von Schotter vor seinem Haus. Für einen Moment hielt er inne und lauschte mit geschlossenen Augen, so als könnte die Gefahr vorübergehen, wenn er sich still verhielt. Doch er hatte kein Glück: Lobeck fuhr nicht weiter zum Nachbargrundstück, sondern parkte in seiner Einfahrt und hupte einmal kurz, während Marita »hallo« rufend ums

Haus lief. Es war klar, daß die beiden nicht so ohne weiteres wieder abziehen würden, nachdem er sie schon im Merendero versetzt hatte.

Schlagartig fühlte sich Jorge, als hätte man ihn beim Hängen ertappt. Er konnte den Lobecks nicht erklären, was er hier machte, und selbst wenn, würden sie ihn nicht verstehen. Es gab nur eins: Er mußte verhindern, daß sie die Schwimmaschine sahen.

»Ruh dich aus«, flüsterte er dem Jungen zu und wischte ihm den Schweiß von der Stirn, »ich bin gleich wieder da.«

Lobeck kam ihm bereits auf halber Höhe entgegen, als er durch den am Hang gelegenen Teil seines Gartens zum Haus hinaufstieg. Beinahe feindselig blieben sie voreinander stehen. Es schien, als wollten sie sich gegenseitig den Weg versperren.

»Sie waren nach dem Schwimmen so schnell weg«, taxierte ihn Lobeck von oben bis unten.

»Der Garten«, sagte Jorge vage, »die Trockenheit …« Mit einer Kopfbewegung deutete er auf den zerbeulten Eimer an der Winde des Seilzugs, während er die Hände hinter dem Rücken behielt, um das Schweizermesser unbemerkt aufzuklappen. »Das Wasser reicht diesen Sommer gerade mal für die Mücken.«

»Warum nehmen Sie nicht einfach den Gartenschlauch?« Lobeck wippte ungeduldig auf den Zehenspitzen, um Jorge trotz des Größenunterschieds über die Schulter zu schauen. Er witterte geradezu, daß es hier etwas gab, das er nicht sehen sollte.

»Ich bin eben unverbesserlich.« Jorges Gesicht war eine Maske aus Sonne und Salz, die Klinge wie ein Gedanke so scharf. Der Schnitt zeigte sich nur in einem kurzen Zucken seiner Augenlider.

»Alles in Ordnung«, sah Lobeck ihn fragend an.

Jorge nickte. »Es ist nur ein Kratzer.« Mit gespielter Zöger-

lichkeit holte er seine blutende Linke hinter dem Rücken hervor, während er mit der rechten Hand das Messer unauffällig
zusammenklappte und in seiner Hosentasche verschwinden
ließ.

»Marita«, rief Lobeck sofort, »Marita!«

»Keine Sorge, ich habe Jod im Haus«, sagte Jorge ruhig.

»Sie machen aber auch Sachen.« Lobeck sank auf die Hacken
zurück und trat einen Schritt zur Seite: »Wird's denn gehen?«

»Es passiert mir nicht zum ersten Mal.«

Mit seltener Befriedigung betrachtete Jorge die Schnittwun-
de über dem Handballen. Sie war tief genug, um die Lobecks
zu beeindrucken, aber auch nicht so tief, daß er nicht mehr
schwimmen konnte. Natürlich würde es wegen des Salzwassers
eine Weile dauern, bis die Wundränder sich wieder schlossen.
Aber es sah nicht so aus, als würden sie aufflappen bei jedem
Zug.

»O mein Gott«, rief Marita schon von weitem und kam dann
mit vielen kleinen Schritten näher.

»Es ist nichts, nur eine Schramme – desinfizieren und fertig«,
machte sich Jorge auf den Weg und wiederholte noch einmal
für Marita: »Ich habe Jod im Haus.«

»Also, bei Ihnen muß man sich wirklich Sorgen machen.«

»Das überlassen Sie mal meiner Frau«, sagte Jorge und zwin-
kerte Lobeck zu, der diesen kleinen Wink von Mann zu Mann
blaß, aber dankbar aufnahm.

»Ja, aber was soll ich ihr sagen, wenn sie mich anruft?« blieb
Marita stehen. Sie hatten bereits die Terrasse erreicht. Jetzt waren es nur noch wenige Meter bis zu Lobecks Wagen.

»Sagen Sie ihr die Wahrheit: Ich lebe noch.«

Lobeck versuchte ein unterstützendes Lachen, doch es klang
gequält.

»Tja«, sagte Jorge achselzuckend, »und wie geht es Ihnen?

Was gibt es Neues?« Er umfaßte sein linkes Handgelenk, so als wollte er die Blutung durch das Abdrücken der Pulsadern stillen, preßte aber statt dessen einen neuen Schwall frischen, kirschroten Blutes hervor.

»Machen Sie, daß Sie ins Haus kommen«, wandte Marita sich ab und ging zum Wagen.

Jorge hob kurz die Rechte zum Abschied, während Lobeck so tat, als sei er mit seinem Autoschlüssel beschäftigt.

»Passen Sie auf sich auf!« hörte er ihn noch sagen, bevor der Motor ansprang. Jorge blieb auf der Terrasse stehen und sah ihnen nach, bis sie verschwunden waren. Dann ging er ins Bad, nahm die Jodflasche aus dem Regal und eilte zu dem Jungen zurück.

Als er näherkam, hörte er bereits das Knarren der Schwimmaschine. Der Junge hatte sich nicht ausgeruht, nicht geschont, natürlich nicht. Mit der Jodflasche in der fürs erste unbrauchbaren Hand kletterte Jorge die Böschung hinab, er befürchtete das Schlimmste, doch was er sah, erschien ihm wie ein kleines Wunder. Der Junge schlug nicht um sich oder strampelte besinnungslos in den Seilen, er bewegte sich ruhig und regelmäßig, die Angst war ihm kaum noch anzumerken. Zwar wirkten seine Züge aufgrund der langen, staksigen Beine nach wie vor ungelenk, aber sie zeigten eine Bestimmtheit, einen Willen, mit dem es möglich sein mußte, im Wasser zu bestehen.

Er konnte schwimmen.

Einen Moment lang stand Jorge einfach nur da und schaute. Er sah das Meer in dem Flirren der Mittagshitze, er konnte es hören im wogenden Gesang der Grillen und Zikaden.

»Das brennt jetzt ein bißchen«, sagte er schließlich und trat näher, »aber es muß sein, damit sich deine Wunden nicht entzünden ...«

Während er Jod in die offenen, aufgescheuerten Stellen an Schultern und Oberschenkeln träufelte, folgte der Junge unbeirrbar seinem Kurs. Er zuckte nicht einmal.

»Du bist sehr tapfer«, Jorge ging vor ihm in die Hocke und sah ihm direkt ins Gesicht, »aber es ist gut jetzt, hörst du?«

Der Junge starrte ihn an, sein Hemd, seine Hand, was ihn daran erinnerte, daß auch er blutete. Doch es war ein sauberer Schnitt, und das Blut fing schon an zu gerinnen, also zog Jorge die Hand zurück. »Du mußt jetzt aufhören und nach Hause gehen«, sagte er sanft, »sonst kannst du morgen nicht ins Wasser.«

»Wieviel Züge«, fragte der Junge, sein Atem kam gepreßt, während er mit beiden Armen vorwärtsstieß, »wieviel Züge sind es bis zur Insel?«

»Tausend«, sagte Jorge, ohne nachzudenken. Auch er hatte sich damals durch nichts und niemanden vom Hängen abbringen lassen, denn er wußte, daß man ihn nicht schlimmer strafen konnte, als er selbst es tat. Es war sinnlos, jemandem zu drohen, der zum Schmerz so entschlossen war.

Der Junge senkte den Kopf wie in Erwartung einer Welle. Als er wieder aufschaute, ging sein Blick durch ihn hindurch. Er war weit weg, weit vorausgeschwommen in die vorgestellte Ferne eines imaginären Meeres. »Und wieviel Züge bis nach Afrika«, fragte er, ohne sich umzuschauen, »zehnmal soviel? Zehntausend?«

Jorge sah zu Boden. Er hätte lügen können oder schweigen. Doch er wußte, daß es keine Zahl gab, die ihn schrecken konnte, keine, die ihn daran hindern würde, weiter und immer weiter zu schwimmen. Er hatte mit dem Zählen längst begonnen.

»Mehr als zehntausend«, sagte Jorge, »viel mehr.«

Thomas

Fast hätte er sich in den Spiegelfenstern des Bürogebäudes nicht erkannt. Im Vorbeigehen musterte Thomas interessiert den elegant gekleideten Herrn mit dem lässig geschulterten Staubmantel. Er war es wirklich. Bei näherer Betrachtung sah er sich ähnlich, doch seine graumelierten Schläfen kamen durch den neuen Haarschnitt ganz anders zur Geltung, und er war zum ersten Mal seit Jahren schon am Vormittag rasiert.

Sein Spiegelbild kokettierte mit einem Lächeln, aber Thomas blieb ernst. Es war richtig gewesen, auf das Einstecktuch zu verzichten und es bei einer schlichten Seidenkrawatte zu belassen. Einstecktücher hatten immer etwas Dandyhaftes.

Dennoch streifte ihn ein Anflug von schlechtem Gewissen, weil er die Ersparnisse seiner Mutter angetastet hatte, um sich einen Anzug zu kaufen, der – wenn schon, denn schon – mehr kostete, als er sonst in einem ganzen Jahr für Kleidung ausgab, Schuhe und Mantel nicht mitgerechnet. Andererseits hatte Esther ihm das Geld ausdrücklich für Renovierungsarbeiten und kleinere Reparaturen überwiesen, und dazu gehörte gewissermaßen auch die Renovierung seiner eigenen Fassade. Schließlich konnte er auf dem Fest nicht in abgewetzten Cordhosen herumlaufen.

Selbst wenn er die Rede nicht hielt.

Die Glastüren der Kanzlei öffneten sich, zwei Anwälte traten hinaus auf die Straße, in ein Gespräch vertieft. Als sie ihn bemerkten, nickten sie ihm zu, und Thomas grüßte wie selbstverständlich zurück. Der Anzug war sein Geld wert. Niemand zweifelte daran, daß er die Kanzlei tatsächlich betreten würde. Er gehörte hierher.

Thomas hatte sich bewußt für einen dunklen Zweireiher entschieden, den man sowohl bei festlichen Anlässen als auch im Büro tragen konnte. Er legte Wert auf ein seriöses Auftreten, nicht zu steif, aber auch nicht geckenhaft. Von nun an würde er sich keine Blöße mehr geben, weder beruflich noch privat, und schon gar nicht, wenn Beate Gerber ihre Finger im Spiel hatte.

Er nahm die Vortreppe im Laufschritt, seine Schuhe fühlten sich nahezu schwerelos an. Die Empfangsdame schenkte ihm ein routiniertes Lächeln. Unaufgeregt erkundigte er sich nach Ricarda. Natürlich hatte er keinen Termin, doch als er seinen Namen nannte, wurde er ohne weiteres vorgelassen. Fehlte nur der Aktenkoffer. Und ein Paar Lederhandschuhe vielleicht. Doch das hatte Zeit. Noch war er nicht dienstlich hier.

Selbst wenn das Geld seiner Mutter am Ende nicht reichen sollte und er sich noch ein bißchen was dazuleihen mußte, er würde es ihr auf Heller und Pfennig zurückzahlen, sobald er wieder auf eigenen Füßen stand. Er war dabei, sich zu ändern. Diesmal wirklich. Der Anzug bedeutete mehr als nur eine Renovierungsmaßnahme, er war eine echte Investition.

Im übrigen hatte Esther auch keine Skrupel, mit seiner Beinahe-Ex-Frau hinter seinem Rücken gemeinsame Sache zu machen.

Der Fahrstuhl kam prompt. In Begleitung seines Spiegelbilds fuhr er in den sechsten Stock. Eine Sekretärin mit alphabetisch gefächerter Unterschriftenmappe stieg zu. Thomas lächelte sie an und ein bißchen auch sich selbst. Er war zum Anzugtragen wie geschaffen.

Jetzt brauchte er nur noch den passenden Job.

Ein geschäftiger Assistent in einem C&A-Sakko bat ihn, noch einen Augenblick im Vorzimmer Platz zu nehmen. Thomas setzte sich in einen der Clubsessel mit Blick über die Dächer der Stadt. Von den Polstern stieg Ledergeruch auf, Fabrikneue-Aroma, während sein Oberkörper immer tiefer sank. Doch Thomas vermied es, sich bequem zurückzulehnen. Er wollte sein Jackett nicht zerknittern. Einen Zweitanzug konnte er sich momentan nicht leisten, und Beate würde peinlich darauf achten, inwieweit sich an seiner neuen, glänzenden Oberfläche bereits die ersten Falten und Ausfransungen zeigten – zum Beweis dafür, daß er noch immer der Alte war. Was nicht stimmte! Thomas würde sie auf ganzer Linie widerlegen. Doch dazu mußten sein Anzug und er die Zeit bis zum Fest erst einmal unbeschadet überstehen.

Entgegen seiner Gewohnheit schlug er die Beine nicht übereinander, sondern stellte sie parallel und saß mit durchgedrücktem Rücken auf der Sesselkante – bereit, jederzeit aufzuspringen, wenn Ricarda den Raum betrat. »Nur fünf Minuten«, hatte er dem Assistenten versichert. Länger würde er nicht brauchen, um ihr zu erklären, daß er aufgrund seiner Lebenserfahrung und wissenschaftlichen Qualifikation für den Posten eines Anwaltsgehilfen in dieser oder einer anderen Kanzlei geradezu prädestiniert war. Das Spektrum seiner Recherchen und Quellenstudien reichte zurück bis in die Ur- und Frühgeschichte. Er war ausgesprochen vielseitig, sah sich als praktizierenden Anhänger des lebenslangen Lernens und hatte kein Problem mit niederen Verrichtungen wie Botengängen und Kopierarbeiten, im Gegenteil.

Thomas vermied es, auf die Uhr zu schauen. Er wollte sich nicht noch nervöser machen, als er war, registrierte aber mittägliches Glockenläuten über der Stadt und stellte seine Armbanduhr auf zwölf, um sie sogleich in seiner Hosentasche verschwinden zu lassen. Eine neue, halbwegs vorzeigbare Uhr stand ganz oben auf der Liste der Dinge, die er sich von seinem ersten Gehalt anschaffen mußte. Unwillkürlich sah er sich nach einem

Aschenbecher um. Vierzig Jahre lang hatte er in Momenten wie diesem geraucht. Doch auch damit war jetzt Schluß. Den kalten Schweiß in seinen Handflächen wischte er an den Armlehnen ab, während er zur Belohnung imaginäre Münzen in ein Sparschwein warf, das er nicht besaß.

Unten auf den Straßen mischten sich die Verkehrsströme der tätigen Welt, von der er in Zukunft ein Teil sein würde. Seit seiner letzten Zigarette waren sechsundzwanzigeinhalb Stunden vergangen.

»Laß uns ein bißchen an die frische Luft gehen«, begrüßte ihn Ricarda, noch bevor er ihr erklären konnte, daß er sie in ihrer Eigenschaft als Anwältin und ohne jeden Schwiegervaterbonus sprechen wollte. Sie kam bereits mit ihrer Handtasche über der Schulter ins Vorzimmer. »Hattest du schon was zu Mittag?«

Thomas war stolz, um diese Tageszeit überhaupt gefrühstückt zu haben. Von daher sagte er nur: »Gut siehst du aus!«

»Und du erst!« Ricarda setzte zu einer Umarmung an, während er ihr linkisch die Hand entgegenstreckte, die noch dazu feucht war. Doch sie ersparte ihm die Verlegenheit und ließ es ganz. »Gehen wir einen Happen essen?«

Das klang nicht nach dem Bewerbungsgespräch, das er sich vorgestellt hatte. Aber er brachte es nicht fertig, Ricarda einen Korb zu geben, obwohl ihm das nötige Kleingeld fehlte, um sie einzuladen, und sein Magen-Darm-Trakt aufgrund von Nikotinentzug verrückt spielte.

»Wie du magst«, gab er sich munter und versuchte, soviel Zuversicht auszustrahlen wie der Mann, der ihm in den Spiegelglasscheiben begegnet war.

»Halbe Stunde«, ließ Ricarda ihren Assistenten wissen. Das war mehr Zeit, als Thomas zu hoffen gewagt hatte, aber zu wenig, um auf seine Kosten ein Vier-Gänge-Menü zu verspeisen.

Seit er diesen Anzug trug, war das Glück auf seiner Seite, Schwiegervaterbonus hin oder her.

Sie sei froh über ein paar Minuten Auszeit, beichtete ihm Ricarda im Fahrstuhl, sie habe noch einen harten Tag vor sich mit einer außergerichtlichen Vergleichsverhandlung um halb sechs, die endlos dauern konnte. Die Zornesfalte zwischen ihren Brauen glättete sich nur langsam, wenn sie an erfreulichere Dinge dachte. Um die Augen herum sah sie müde aus. Ihr Haar roch nach Aprikosenshampoo. Während der Fahrstuhl abbremste, kehrte für einen Moment Schweigen ein. Ihre Blicke trafen sich kurz. Sie standen näher zusammen, als sie dachten.

»Und?« fragte sie auf dem Weg zum Ausgang, »was verschafft mir die Ehre?«

Es wäre unklug gewesen, gleich mit der Tür ins Haus zu fallen. Statt dessen lächelte Thomas ihr und der Empfangsdame geheimnisvoll zu und wartete, bis er sein Spiegelbild mit Ricarda die Vortreppe hinuntersteigen sah. Dann erklärte er ihr, daß er bereits heute früh bei ihnen zu Hause vorbeigefahren sei, um Christian die endgültige Fassung des Redemanuskripts zu übergeben, allerdings ohne ihn anzutreffen. Sie solle sich also nicht wundern, ihr Briefkasten sei voll.

Ricarda sah ihn an.

Ja, fuhr er fort, er habe wirklich sehr gründlich recherchiert, alle Spuren zusammengetragen, sämtliche Quellen ausgewertet. Sein Ziel sei es gewesen, Christian ein möglichst detail- und faktenreiches Bild seines Großvaters zu vermitteln, eine Aufgabe, die sein gesamtes akademisches Know-how und die ihm eigene Findigkeit erfordert habe. Dennoch habe er sich entschieden, das Ergebnis seiner Nachforschungen diskret zu behandeln und die Rede definitiv nicht zu halten, jedenfalls nicht auf dem Fest, und schon gar nicht vor gewissen Teilen der Verwandtschaft mit ihren falschen Erwartungen und unverbesserlichen Lebenslügen. Schließlich habe es die Wahrheit bei solchen Anlässen besonders schwer. Je näher man sich stehe, desto verstellter die Sicht auf die Person, das sei seine bittere Erfahrung, aber nicht zu ändern. Zwar habe er sich, soweit das in familiären Zusammenhängen überhaupt möglich sei, um Objektivität bemüht, doch er rechne, offen gestanden, mit wenig Fairness von der Gegenseite. In dieser Hinsicht seien Familienfeiern und Gerichtsverhandlungen gar nicht so verschieden: Alles, was man sage, werde ausschließlich unter dem Gesichtspunkt von »schuldig oder nicht schuldig« betrachtet. Er selbst hingegen sehe sich weder als Ankläger noch als Verteidiger, sondern vielmehr – um im Bild zu bleiben – als der diskrete Zuarbeiter und Ermittler im Hintergrund. Sein Interesse sei schon von Kindesbeinen an immer Erkenntnis gewesen und nicht Macht oder die Spitze der Hackordnung. Wohin gingen sie jetzt eigentlich?

»Gleich um die Ecke ist ein kleiner Park«, entgegnete Ricarda. Mehr sagte sie nicht.

Jedenfalls, um das abzuschließen, hob Thomas wieder an, er überlasse es Christian, seinem Großvater gleichsam den Prozeß zu machen. Die Beweislage sei sozusagen erdrückend. Was er, Thomas, tun könne, habe er getan. Jetzt liege es bei seinem Sohn, das Wort zu ergreifen oder das Schweigen der Familie ad libitum zu verlängern. Mehr wolle er dazu nicht sagen, er sei nicht nachtragend. Aber natürlich, fügte er hinzu, wenn Christian noch Fragen habe, stehe er jederzeit zur Verfügung. Er sei sich im übrigen auch für niedere Verrichtungen wie Kopierarbeiten oder Botengänge nicht zu schade, wohlwissend, daß der Junge viel um die Ohren habe. Nur die Entscheidung, was mit der Wahrheit geschehen solle, die könne er ihm nicht abnehmen.

Sie betraten den Park durch ein schmiedeeisernes Tor, Rhododendron blühte zu beiden Seiten.

»Und warum erzählst du mir das und nicht Christian?« fragte Ricarda mit einem Lächeln, das so dicht vor ihm auftauchte, daß er unfreiwillig einen Schritt zur Seite tat.

Die Frage war berechtigt.

»Weil …«, sagte er lahm, »ich fand, du solltest das wissen.« Er hatte gehofft, ein paar Andeutungen würden genügen, um sich für seinen neuen Posten zu empfehlen. Doch es half alles nichts, er mußte deutlicher werden.

Der Rhododendron wich einer Reihe von Platanen. Zu beiden Seiten schlängelten sich Blumenbeete um schmale Rasenstreifen. Auf den Parkbänken zwischen den Bäumen saßen gutgekleidete Menschen, einzeln oder in Grüppchen, bei ihrer wohlverdienten Mittagspause. Sekretärinnen hielten ihre geschminkten Gesichter in die Sonne. Niemand rauchte. Unter diesen Leuten, mit solchen Kollegen, würde es ihm gelingen, die Sucht zu besiegen. Thomas atmete tief ein und aus. Um deutlicher zu werden, blieben ihm noch gut fünfundzwanzig Minuten.

Entspann dich, sagte er sich.

»Und was schreibst du so über seinen Großvater? Nur, damit ich das weiß?« Ricarda kramte mit geschlossenen Augen eine Sonnenbrille hervor und setzte sie auf. Er schaute zu Boden.

»Nun ja, immerhin hat der Alte mir beigebracht, was Disziplin bedeutet.«

Thomas hätte sich nicht träumen lassen, daß er noch einmal in die Lage geraten würde, seinen Vater loben zu müssen, aber um mit ihm abzurechnen, war ein Vorstellungsgespräch nicht der richtige Rahmen.

»Streng?«

»Eine gute Schule fürs Leben.«

Er spürte Ricardas Blick, erwiderte ihn aber nicht, sondern starrte mit zusammengekniffenen Augen voraus in die flimmernde Helligkeit. »Und warum wolltest du nicht, daß Christian ihn kennenlernt?«

»Hat er das behauptet?«

»Er sagt, er habe seinem Großvater nur alle paar Jahre die Hand geschüttelt.«

»Ich schätze, ich wollte meinen Sohn auf meine Weise erziehen.« Es wurde höchste Zeit, das Thema zu wechseln!

»Anders?« ließ Ricarda nicht locker.

»Mit anderen Methoden, ja.«

»Na komm schon«, stupste sie ihn an – ihre erste Berührung, »wie lautet das große Geheimnis?«

»Es gibt keins.« Thomas dachte ganz fest an den Mann in den Spiegelglasscheiben.

»Jede Familie hat ihre Leiche im Keller.«

»Er war kein Nazi, falls du das meinst«, sagte er ungewollt scharf und vergewisserte sich kurz, daß niemand herschaute. »Manchmal wünschte ich, es wäre so«, senkte Thomas die Stimme, »ein Nazi wäre schön einfach. Aber er hatte seine eigene Diktatur.«

Ricarda schwieg.

Zumindest hatte er deutlich gemacht, was er nicht wollte. Er war nicht hier, um über seinen Vater zu reden, das war unmißverständlich.

Thomas sehnte sich nach einer Zigarette, einer langen, endlosen, ohne Filter.

Ein Parkwächter in jagdgrüner Uniform kam ihnen entgegen und suchte vergeblich Ricardas Blick. In einer Einfahrt stand ein orangefarbener Kleinlaster, die Ladefläche überhäuft mit abgeschnittenen Zweigen und Gestrüpp. Doch die Männer vom Gartenservice waren nirgendwo zu sehen. Thomas fiel erst jetzt auf, wie still es hier war. Sogar der Straßenlärm verrauschte hinter friedhofsähnlichen Mauern.

»Wolltest du nicht eine Kleinigkeit essen?« Neues Spiel, neues Glück.

Ricarda deutete mit einer Kopfbewegung voraus. »Neben dem Ausgang da vorne gibt es einen ganz passablen Sushi-Take-away.«

Das Wort »Sushi« hatte einen unguten Effekt auf seine Peristaltik. Seit er nicht mehr rauchte, schwankte sein Organismus zwischen Durchfall und Verstopfung. Doch Thomas hielt ein Lächeln aufrecht. »Wie du magst«, wiederholte er.

»Ehrlich gesagt«, sie drehte sich zu ihm, »mir ist nicht gut.« Er bekam einen Schrecken, als er sich in ihrer Sonnenbrille gespiegelt sah.

»Alles in Ordnung?« Es war nicht leicht, besorgt zu sein und sich dabei zuzuschauen.

»Jaja, kein Problem«, wehrte sie ab, sein Spiegelbild wackelte. »Ich fürchte nur, daß ich nichts runterkriege. – Hast du großen Hunger?«

»Mach dir meinetwegen keine Gedanken. Ich muß nichts essen«, lächelte er sich selber an, bis Ricarda wieder nach vorne schaute. Jetzt mußte die Erleichterung nur noch seine Gedärme erreichen.

Ein paar Meter schlenderten sie wortlos nebeneinander her. Dann blieb Ricarda plötzlich stehen und legte eine Hand auf ihren Magen. Kleine Schweißperlen zeigten sich über ihrem Make-up.

»Geht's?«

Sie nickte. »Mein Gott, ich führe mich auf wie im dritten Monat!«

»Du bist schwanger?« fragte Thomas automatisch und versuchte zu überschlagen, inwieweit das seine Chancen in der Kanzlei verschlechterte.

»Scheinschwanger, ja, vor Ärger und Aufregung. Ich schleppe diesen Prozeß schon zu lange mit mir herum.«

»Der Gegenseite geht es bestimmt noch schlechter.«

»Wir werden's erleben. Heute Abend ist Kaiserschnitt.«

Sie lachte kraftlos, er lachte mit.

»Wenn ich dir irgendwie helfen kann …«

»Sei froh, daß du mit dieser Anwaltsmafia nichts zu tun hast.«

Im Prinzip hätte er jetzt Einspruch erheben müssen, doch es war der denkbar ungünstigste Moment, um sein Anliegen vorzubringen. Ricarda faßte nach seinem Arm, haltsuchend. Er mußte sie stützen. Sie blieben im Halbschatten zwischen zwei Platanen stehen.

»Geht gleich wieder.« Erschöpft lehnte sie sich an ihn und senkte die Stirn auf sein Revers. Thomas hielt still – was sollte er sonst tun? – und hoffte inständig, keine erste Hilfe leisten zu müssen. Es gab Vorstellungsgespräche, die darauf angelegt waren, den Kandidaten in größtmögliche Verlegenheit zu bringen. Zögernd hob er die Hand und strich ihr behutsam über den Hinterkopf.

Ein Pärchen schlenderte engumschlungen auf sie zu, er Mitte fünfzig, Typ Abteilungsleiter, sie mindestens dreißig Jahre jünger, eine hübsche, aufstrebende Assistentin oder Sekretärin vielleicht. Es schienen Bekannte von Ricarda zu sein, so wie sie herüberlächelten. Doch der Abteilungsleiter grüßte nicht sie, sondern ihn mit einem launigen Augenzwinkern. In diesem Anzug traute man ihm offenbar alles zu, nicht nur eine Führungsposition im Banken- und Versicherungssektor, sondern auch eine junge Freundin wie Ricarda – eine Unterstellung, die er so bestürzend wie schmeichelhaft fand. Thomas schaute sich nach allen Seiten um. Für einen Moment hoffte er, den Anwälten von vorhin noch einmal zu begegnen, um ihnen zu zeigen, daß sie sich nicht in ihm getäuscht hatten. Dann wurde ihm klar, daß er gegen alle Wahrscheinlichkeit nach jemand anderem Ausschau hielt.

Er wollte, daß Beate ihn so sah.

Nicht, daß sein Interesse an Ricarda mehr als freundschaftlich gewesen wäre, doch um Beate eifersüchtig zu machen, reichte eine unverfängliche Berührung, ein längerer Blick. Es würde sogar schon genügen, eine Weile eng mit seiner zukünftigen Schwiegertochter zusammenzustehen so wie jetzt. Beates Mißtrauen war geradezu krankhaft.

»Du bist übrigens herzlich eingeladen«, flüsterte er in den Aprikosenduft ihres Haars, »zu dem Fest, meine ich, schließlich gehörst du zur Familie.«

Beate würde sich wundern!

Langsam hob Ricarda den Kopf und schaute ihn an. »Weißt du, daß du der erste bist, der das zu mir sagt?«

Ihre Augen schimmerten feucht, beinahe fiebrig hinter den dunklen Gläsern. Sie schluckte hart.

»Sag bloß, Christian will nicht, daß du mitkommst?«

»Er geht davon aus, denke ich. Er geht immer von allem aus. Aber er käme nie auf die Idee zu sagen: ›Ricarda, du bist eingeladen. Ich würde mich freuen, wenn du kommst.‹«

»Ich würde mich freuen, wenn du kommst«, sagte Thomas. Sie würden alle staunen, wie gut er sich mit ihr verstand. »Und ich bin sicher, Christian freut sich auch.«

Er bemerkte, daß seine Hand noch immer ihren Hinterkopf streichelte, und steckte sie in die Tasche.

»Ich weiß, es ist ungerecht«, wandte Ricarda sich ab, das

Schlimmste schien überstanden, »aber warum ist man zusammen, wenn man die entscheidenden Dinge doch mit sich allein ausmachen muß? Warum ist er jetzt nicht da?«

»Er hat Arbeit.«

Womit sie wieder beim Thema wären.

Ricarda wollte etwas erwidern, unterbrach sich aber selbst. Erst nach einer Weile sagte sie, »du hast recht, es ist albern.« Mit einem Ruck setzte sie sich in Bewegung. »Ich bin ja selber so.«

»Du bist wunderbar«, widersprach er, in diesem Anzug konnte er das sagen, »aber wenn Christian auch davon bloß ›ausgeht‹, rede ich mal mit ihm.«

»Nein, nein, schon gut.«

Sie gingen weiter nebeneinander, Ricarda und er, umgeben von Sommergerüchen und flirrendem Licht.

»Ich glaube übrigens nicht«, stellte er klar, »daß ihm seine Arbeit mehr bedeutet als du. Sonst wäre ich mit meiner Erziehung gescheitert.«

Auch ihm bedeutete sie mehr als jeder Job.

Langsam näherten sie sich dem Ausgang, wo der Weg eine Schlaufe beschrieb. Ein schlaksiger Versicherungsazubi im blauen Anzughemd stand an einem der Torpfeiler, über ein Plastiktablett gebeugt, und stopfte mit Seetang umwickelte Reisröllchen in sich hinein – Sushi! Doch Thomas' Eingeweide blieben fest.

»Wollen wir uns noch einen Augenblick setzen?« fragte er, um nicht gleich wieder umkehren zu müssen. Er hatte nichts erreicht, doch das war unwichtig. Für ihn zählten andere Dinge, seit jeher, und er würde jetzt nicht damit anfangen, Menschen, die er mochte, zu benutzen. Thomas war bereit, sich zu verändern, aber nicht, sich zu verraten.

»Ist das der Unterschied zwischen euren Erziehungsmethoden?«

Gerade hatte er sich nach einem freien Platz für sie umgesehen. »Was?«

Sämtliche Parkbänke waren belegt.

»Daß dir andere Menschen mehr bedeutet haben als deine Arbeit.«

Er entdeckte einen Baumstumpf inmitten der Rasenfläche. »Entschuldige, aber …«, deutete er auf die einzige Sitzgelegenheit, »wäre das okay für dich?«

Beide würdigten kurz das Betreten-Verboten-Schild auf dem Rasen.

»Warum nicht?« sagte sie.

Ricarda mußte sich bei ihm abstützen, als sie den Rasen überquerten. Ihre hochhackigen Schuhe hinterließen Löcher in dem makellosen Grün. Aus irgendeinem Grund konnten sie nicht aufhören, darüber zu lachen. Sobald sie sich ansahen, ging es von neuem los. Dann kam sie noch einmal auf die Frage nach den Prioritäten zurück, die er in seinem Leben gesetzt hatte.

Thomas fühlte sich zu gelöst, um zu lügen.

»Nun ja, ich war hauptberuflich Vater, Hausmann und Vater, wenn du so willst«, mittlerweile führte er ein regelrechtes Anti-Bewerbungsgespräch, aber so waren seine Prioritäten nun einmal, »von daher hatte ich nicht gerade das, was man eine steile Karriere nennt. Mit einem Kind kommst du zu nichts, schon gar nicht, wenn es so umtriebig ist wie Christian. Doch auch auf die Gefahr hin, nur zu sagen, was alle Eltern sagen: Ich bereue es nicht. Ich möchte keine Sekunde mit meinem Sohn missen.«

Das war nicht gerade eine Empfehlung, aber wahr.

Sicher, schränkte er ein, habe er als Vater vieles falsch gemacht, Beate und Christian könnten stundenlang seine Fehler aufzählen, und er sei damals vielleicht ein bißchen zu sehr laissez-faire gewesen, mein Gott, es war ja auch die Zeit. Er habe nie versucht, Christian zu ändern, das sei sein einziger Grundsatz gewesen, und er würde es wieder so halten. Er habe seinen Sohn immer für das geliebt, was er war.

Er sah Ricarda an, sie schaute vor sich hin.

Aber, um ihre Frage zu beantworten, ja, er sei unfähig gewesen, an seiner Doktorarbeit zu schreiben oder für seinen Professor zu recherchieren, wenn es draußen schneite und Christian mit ihm spielen wollte.

Ricarda schien ganz woanders zu sein.

Thomas überlegte kurz, was er sagen sollte, falls der Parkwächter ihn wegen des Rasens zur Rede stellte. Mit der Behauptung, das Verbotsschild übersehen zu haben, würde er nicht durchkommen. Ihre Spuren führten haarscharf daran vorbei.

Wie dem auch sei, verscheuchte er den Gedanken, Beate habe ihn immer belächelt, weil er Christian angeschaut habe wie einen ›goldenen Pott‹ – ihre Worte –, aber es sei einfach stärker gewesen, er habe den Jungen schon allein dafür bewundert, daß es ihn gab.

»Im übrigen«, fügte er nach einer Weile hinzu, »warum keinen goldenen Pott?«

»Wenn man von vornherein wüßte, daß es ein goldener Pott wird ...«

»Mach dir deswegen keine Sorgen. Du glaubst gar nicht, wie man so einen kleinen Menschen vom ersten Atemzug an liebt.«

Ricarda lachte nicht, sie lächelte nicht einmal.

Thomas schaute auf seine Schuhspitzen. Grashalme und Tautropfen klebten an dem glänzenden schwarzen Leder. Er hätte ihr gerne noch gesagt, wie stolz er darauf sei, daß Christian eine Frau gefunden habe wie sie. Doch Ricarda schien mit seiner Antwort zufrieden, jedenfalls fragte sie nicht weiter.

So deutlich war er noch nie.

Sie saßen noch eine Weile auf dem Baumstumpf und ließen sich die Sonne ins Gesicht scheinen, dann stand Ricarda auf. Die halbe Stunde war um, sie mußte los. Thomas erhob sich pro forma. Er hatte es längst nicht mehr eilig und würde noch eine Weile hier sitzen bleiben, nachdem sie gegangen war. Warum sollte er sich verstellen? Er hatte noch immer keinen Job, er war keinen Schritt weiter. Doch es machte ihm nichts aus. Wenn er an seine Zeit mit Christian dachte, hatte er auf einmal nicht mehr das Gefühl, ein anderer sein zu müssen.

»Warte mal, du hast da was«, sagte Ricarda, als er gerade eine letzte Prise Aprikosenshampoo inhalieren wollte. Sie trat einen Schritt zurück und rieb mit dem Ärmel ihres Kostüms über sein Revers, wo sich Puder und Schminkspuren abzeichneten. »Das geht so nicht weg, verdammt!«

Anhaltslos wühlte sie in ihrer Handtasche, ein Blick auf die Uhr. »Weißt du was«, klappte sie die Tasche wieder zu, »gib's in die Reinigung und schick mir die Rechnung!«

»Halb so wild«, winkte er ab.

»Wenigstens das Jackett! Ich hoffe, du hast keinen Anschlußtermin ...«

Er erwartete heute nachmittag seine Mutter zur Inspektion der Renovierungsarbeiten in der Hundehütte – seine erste Nagelprobe –, aber Esther wußte weder etwas von dem Anzug noch davon, daß sie ihn bezahlt hatte. »Nein, nur ein Vorstellungsgespräch, morgen.«

»Du bist auf Jobsuche?«

»Kaum der Rede wert.«

»Nicht, daß ich nachher schuld bin, wenn du die Stelle nicht kriegst.«

»An einem Fleck wird's nicht scheitern.«

»Man kann nie wissen.« Ricarda gab ihm flüchtig die Hand,

keine Umarmung, sie war schon woanders. »Jede Express-Reinigung kriegt das bis morgen raus.«

»Geh nur«, sagte er ruhig, »du kommst sonst zu spät.«

Er sah ihr nach und zählte die neu hinzugekommenen Löcher im Rasen. Es waren acht. Dann setzte er sich wieder auf den Baumstumpf und suchte mit geschlossenen Augen das Licht. Doch ohne Ricarda war es nicht mehr dasselbe.

Esther

»Marita, Augenblick bitte, ich …«

Es war ein Fehler gewesen, ans Telefon zu gehen, nachdem sie ohnehin schon so spät dran war. Ihr Besuch bei Thomas hatte länger gedauert als erwartet, das Taxi kam nicht pünktlich, und Beate stand bereits ausgehfertig in der Tür.

»Bin gleich soweit«, rief Esther Richtung Flur, wobei sie auf Verdacht das untere Ende des kabellosen Telefons zuhielt, auch wenn es keinerlei Ähnlichkeit hatte mit den Sprechmuscheln von einst. Der Tisch in Beates Lieblingsrestaurant war für acht Uhr reserviert. Die Standuhr neben dem Sekretär zeigte fünf vor, ging aber in der Regel zehn Minuten nach.

»Ich rufe später noch mal an, ja?« meldete sie sich entschieden zurück. Doch am anderen Ende erzählte Marita unbeirrt weiter von Jorge, der überhaupt nicht mehr ansprechbar sei, auch nach dem Schwimmen nicht mehr ins Merendero komme, und außerdem heute vormittag, als Hermann und sie nach dem Rechten sehen wollten, mit Verlaub, geblutet habe wie ein Schwein.

»Ja«, sagte Esther, »ja, ja.«

»Ja, aber was, wenn ihm etwas Schlimmeres zugestoßen wäre? Wenn er sich nicht in die Hand geschnitten, sondern mit einer Axt, wie auch immer, ins Bein gehackt hätte? Wenn er so weitermacht und sich von allen seinen Mitmenschen abkapselt, dann ist bald keiner mehr da, der ihm hilft!«

Esther überlegte, ob sie sich nicht Sorgen machen sollte. Eine liebende Ehefrau hätte nach einem solchen Anruf vermutlich sofort die Koffer gepackt und wäre nach Hause geflogen. Doch was Marita sagte, ließ sie kalt.

»Und dann ist er neuerdings ständig mit diesem Jungen unterwegs, kraxelt mit ihm die Berge rauf, läuft mit ihm runter zum Strand. Er ist wirklich auf dem besten Weg, sich zum Gespött der Leute zu machen. Es fehlt nur noch, daß er ihn bei sich einquartiert!«

Sie fragte nicht, welcher Junge, obwohl Marita genau das von ihr zu erwarten schien.

»Sie wissen schon, dieser Mulattenbengel, der in Mejías Restaurant immer die Tische abwischt und die ganze Zeit im Stehen schläft«, ließ Marita sich nicht lange bitten, »der ausgerechnet! Also, wenn das der Umgang ist, den Ihr Mann bevorzugt ... Sind Sie noch da?«

»Ja, ja, natürlich«, sagte sie brav.

»Bei aller Liebe, Esther, aber er ist drauf und dran, sich auch noch die letzten Sympathien in der Siedlung zu verscherzen.«

Wenn du wüßtest ..., dachte Esther, aber das sagte sie nicht, sondern ließ den Seufzer hören, den Marita von ihr hören wollte.

»Tja«, kam es vom anderen Ende zurück, »vielleicht hätten Sie nicht wegfahren sollen.«

Esther wanderte mit dem Hörer in der Hand durchs Wohnzimmer, den Bahnen folgend, die Beate in den Teppich getreten hatte. Fast schien es, als hätte ihr diese Reise den Abstand vermittelt, mit dem Jorge die Dinge sah, als wäre ihr Desinteresse an allem, was Marita sagte, dem seinen verwandt. Sie hatte im Laufe der Jahre den Stolz ihres Mannes angenommen, warum nicht auch seine Verachtung für die gartenzwerggroßen Belange der Siedlung? Aber so war es nicht. Es war ihr von Herzen egal.

»Tut mir leid«, sagte sie, »ich muß jetzt Schluß machen.«

Wie weit mußte sie sich entfernen, damit die Verbindung zwischen Hörer und Telefon abriß? Über den äußersten Teppichpfad ging Esther leise aus dem Zimmer in den Flur.

»Sie werden das nicht gerne hören«, änderte Marita ihren Tonfall, »aber ich muß Ihnen klipp und klar sagen: Wir können die Verantwortung für Ihren Mann nicht übernehmen. Wenn er uns derart ignoriert und jedesmal die kalte Schulter zeigt, dann können wir für nichts garantieren. Tut uns leid!«

Zum ersten Mal hielt Esther es für möglich, daß Marita von sich aus auflegen könnte. Doch selbst dann wäre sie gezwungen zurückzurufen.

Diesem Gespräch entkam sie nicht.

»Ich rede mit ihm«, hörte sie sich sagen. Es klang wenig überzeugend.

Im Flur stand die Indianerin und las Zeitung, die Papierschwingen weit ausgebreitet. Es mußte bald zwanzig nach acht sein, doch sie war die Ruhe selbst und schien vollkommen unbeteiligt, als würde dieses Telefonat sie nichts angehen. Genauso hätte sie auch auf einem Bahnhof stehen können oder auf einer Anhöhe in der Prärie.

»Geh schon mal vor«, flüsterte Esther.

»Hallo?« fragte es an ihrem Ohr.

»Moment«, sie hielt den Hörer, soweit es ging, von sich weg. »Das dauert hier länger, Beate, sag deiner Freundin, ich bitte vielmals um Entschuldigung. Und wartet nicht mit dem Essen auf mich!«

186

Ihr Vogelkopf merkte auf. Raschelnd schlugen die Papier-schwingen zusammen. »Aber du kommst nach, egal, wie spät. Wir rechnen mit dir.«

So, wie sie das sagte, blieb Esther keine andere Wahl.

»Versprochen.«

Die Indianerin öffnete die Tür einen Spalt, hob ein paar Fin-ger zum Gruß und verschwand. Ihre Schritte im Treppenhaus waren kaum hörbar, die Stufen knarrten kein bißchen, ihr Kör-per wog beinahe nichts.

»So, jetzt!« nahm Esther das Telefon und ging ins Wohnzim-mer zurück. Die Standuhr zeigte noch immer fünf vor acht. Mit einem unerklärlichen Gefühl von Abschied stellte sie sich ans Fenster und sah, wie die Frau, bei der sie wohnte, den Innenhof überquerte und durch die Toreinfahrt verließ. Zum ersten Mal seit ihrer Ankunft fühlte sie sich allein. »Entschuldigung, aber ich weiß gar nicht mehr, wo mir der Kopf steht.«

»Vielleicht haben Sie sich einfach zuviel vorgenommen«, ent-gegnete Marita schnippisch. Es war klar, daß es nicht leicht wer-den würde, sie wieder gnädig zu stimmen.

»Also, Jorge hat sich unmöglich verhalten ...?« Esther wußte, daß der erste Schritt darin bestand, Marita reden zu lassen und geduldig zuzuhören, auch wenn ihr nichts davon neu war – sie hatte ihr Leben lang bei ihren Freundinnen für Jorges Überheb-lichkeit, für seine schroffe, brüskierende Art Abbitte geleistet. Neu war nur, daß ihr auf einmal nichts mehr an Maritas Segen lag.

Die ausgleichenden und verständnisvollen Halbsätze, die sie an den richtigen Stellen einstreute, sagten sich wie von selbst. Ansonsten nutzte sie Maritas ausführliche Beschwerde, um zu probieren, wieviel Bewegungsfreiheit ihr das Telefon ließ, und schlenderte durch alle Zimmer. Offenbar war in der gesamten Wohnung Empfang.

Am Ende entschied sich Esther für die Küche. Einhändig, mit viel Geduld und wenig Geräusch, entkorkte sie die angebrochene Flasche Rioja, die neben der Obstschale auf dem Küchentisch stand. Dann setzte sie sich, streifte die Schuhe ab und zog einen zweiten Stuhl heran, um ihre geschwollenen Füße hochzulegen. Sie hatte sich gerade ein Glas eingeschenkt, als Marita wieder von Jorges Schnittverletzung anfing und behauptete, er habe sie mit seinen blutbesudelten Händen nur vergraulen wollen.

»Das kann ich mir nicht vorstellen«, sagte Esther, die es sich nur zu gut vorstellen konnte. Dennoch bestritt sie energisch jeglichen Vorsatz von Jorges Seite und staunte im selben Moment darüber, wie gleichgültig ihr das alles war.

Ob Vorsatz oder einfach nur Gedankenlosigkeit, klammerte Marita diesen Anklagepunkt schließlich ein, sie würde sich so etwas jedenfalls nicht länger bieten lassen.

»Er wird sich bei Ihnen entschuldigen, bei Ihnen und Ihrem Mann, dafür werde ich sorgen«, beendete Esther die Diskussion, wohlwissend, daß es zu einer solchen Entschuldigung nie kommen würde. Doch Marita schien fürs erste zufrieden.

Einen Moment herrschte Funkstille, beinahe einträchtiges Schweigen, Maritas Atem ganz nah. Lautlos erhob Esther ihr Glas und prostete in Gedanken Beate zu sowie – unbekannterweise – der Innenarchitektin, mit der sie zum Essen verabredet waren.

Der Wein füllte ihren Magen mit Wärme.

»Und was macht das Fest?« wollte Marita wissen, die offenbar alles losgeworden war, was ihr auf der Seele lag.

Esther hatte gute Nachrichten. Ihr Besuch bei Thomas war sehr erfreulich verlaufen und hatte ihre Erwartungen übertroffen, die allerdings nicht sonderlich hoch gewesen waren und mit Blick auf den Zustand des Hauses eher Befürchtungen glichen. Doch der Garten war in einem durch und durch getrimmten Zustand, der Rasen akkurat gemäht, die Hecken kurz geschnitten. Zwar stand noch immer ein Container mit Tapetenresten vor dem Eingang, doch das Haupthaus war bis auf die Schlafzimmer der Kinder im ersten Stock fertig renoviert. Überraschend hell und freundlich wirkte das Erdgeschoß mit dem weitläufigen Wohnzimmer, den Flügeltüren, die sich zum Eßzimmer öffneten, sowie Küche, Bad und Jorges Arbeitszimmer, das für den Rest der Familie tabu war. Es sah alles so frisch, so friedlich und fast ein bißchen fremd aus. Tische, Stühle, Schränke, Pflanzen, Bilder befanden sich in etwa an Ort und Stelle, doch leicht verrutscht und in ihren Proportionen verschoben. Das Mobiliar war in die Schwebe geraten, die Erinnerung verschwamm. Nein, sagte Esther, sie habe nicht das Gefühl, daß durch die Renovierung etwas verlorengegangen sei, als Marita nach der »Patina« vergangener Zeiten fragte.

Sie vermißte nichts.

Am allermeisten habe sie sich jedoch über ihren Sohn gefreut. Im Gegensatz zu früher sei er ihr viel vernünftiger, um nicht zu sagen erwachsener vorgekommen. Er habe die Renovierungsarbeiten beaufsichtigt, den Überblick behalten, Pfusch verhindert – alles zu ihrer Zufriedenheit. Die Anstellung als Verwalter habe ihm sichtlich gut getan und sein Verantwortungsgefühl, seine Selbständigkeit gestärkt. Thomas sei wie ausgewechselt gewesen, aufmerksam, umgänglich und offen. Er habe sie sogar in seine Wohnung gelassen, obwohl sie fest damit gerechnet hatte, daß er versuchen würde, sie so schnell wie möglich wieder abzuwimmeln. Aber nein! Ohne einen Wink von ihrer Seite habe er sie auf einen Espresso zu sich eingeladen und sogar ihren heißgeliebten Mohnkuchen besorgt. Seine Küche sei sauber und, bis auf die Fenster, geputzt gewesen, kein Restabwasch, kein Fettfilm auf der Dunstabzugshaube, welcher

Junggeselle könne das von sich behaupten? Sie hätten sich lange darüber unterhalten, was mit den Kellerräumen und den dort verstauten Möbeln geschehen solle, wobei von ihm durchaus brauchbare Vorschläge gekommen seien, während sie sich ganz nebenbei davon überzeugen konnte, daß er tatsächlich lebte wie ein zivilisierter Mensch. Ja, nicht nur seine Wohnung sei weit entfernt von dem üblichen Chaos, auch er selbst habe angefangen, auf sich und sein Äußeres zu achten, das er in seinen Jahren als Hausmann leider sehr vernachlässigt habe, erklärte sie Marita, die ihn, Thomas, natürlich mit eigenen Augen hätte sehen müssen, heute im Vergleich zu damals! Sie habe ihren Sohn kaum wiedererkannt, der so ein gutaussehender, liebenswürdiger Mann sein könne, wenn er nur wolle. Während ihres Gesprächs habe sie sich immer wieder dabei ertappt, wie sie ihn einfach nur angesehen und gestaunt habe.

»Aha«, sagte Marita.

Warum erzählte sie ihr das?

Esther versuchte, sich an die Euphorie zu erinnern, die sie empfunden hatte, als sie nach einer letzten Umarmung ins Taxi stieg und Thomas zuwinkte. Doch dieses Hochgefühl wollte sich nicht wieder einstellen. Im Gegenteil. Je mehr sie darüber redete, desto größer wurde die Ernüchterung.

Ja, fuhr sie fort, es müsse wohl an der Hektik liegen, daß sie sich zwar freue und auch allen Grund dazu habe, aber diese Freude nicht richtig genießen könne, wobei es keineswegs seine Schuld gewesen sei, daß sie dermaßen unter Zeitdruck geraten war, vielmehr habe sie eine Verspätung bewußt in Kauf genommen, so wenig konnte sie sich von ihrem Sohn losreißen, so froh und, ja, munter habe sie sich in seiner Gegenwart gefühlt. Doch schon während der Rückfahrt zu ihrer Schwiegertochter – Thomas und Beate lebten zur Zeit getrennt, hatte sie das eigentlich erwähnt? – sei ihre Stimmung wie aus heiterem Himmel umgeschlagen, und ihre Begeisterung habe schlagartig nachgelassen. Sie könne sich das selber kaum erklären und verstehe es, um ehrlich zu sein, noch immer nicht.

Doch Marita kam ihr mit keiner Erklärung zu Hilfe, sondern wartete ab, so als wüßte sie längst, daß es einen Haken bei der Sache gab, der sich am ehesten zeigen würde, wenn sie schwieg.

»Es ist nur«, sagte Esther, nachdem mehrere Telefoneinheiten verrauscht waren und sie sich noch einen Schluck Wein genehmigt hatte, »ich dachte auf einmal, es hätte schon immer so sein können, so … familiär.«

»Wie meinen Sie das?« Marita horchte sie aus, das war ihr klar und egal.

»Vielleicht hätten wir schon vor Jahrzehnten so zusammensitzen können, so ohne – Feindseligkeit. Vielleicht hätte Thomas schon damals sein können, was er heute ist.«

»Vielleicht hätten Sie ihn schon vor Jahrzehnten ohne Ihren Mann besuchen sollen.«

»Er ist richtig aufgeblüht, wissen Sie?« Esther wurde auf einmal warm ums Herz, die Erinnerung, der Wein. »Wenn ich bedenke, wie nervös Thomas früher immer war, wie angespannt, und wie er jetzt …« Sie mußte lächeln und wußte im nächsten Moment schon nicht mehr, warum. »Ich war fast zweieinhalb Stunden bei ihm, und er hat sich kein einziges Mal für sein Leben entschuldigt.«

»Seine Gastfreundschaft hat er jedenfalls nicht von seinem Vater geerbt.«

Esther überhörte das.

»Ich wünschte, Jorge hätte ihn so sehen können …« Wünschte sie sich das wirklich?

»Darauf können Sie lange warten«, sagte Marita, »der sieht nur, was er sehen will.«

191

Esther spürte, wie die Wut in ihr aufstieg. Niemand mußte ihr erklären, wer Jorge war und was es bedeutete, sein Leben mit ihm zu verbringen – schon gar nicht Marita Lobeck, die ständig gegen ihn hetzte, aber wenn es ernst wurde, ihren Mann vorschickte, der auch nicht mutiger war als die anderen und in Jorges Abwesenheit eine große Lippe riskierte, um am Ende vor ihm zu kriechen wie ein Hund. Alle erteilten ihr Ratschläge, alle hatten sie Angst vor ihm!

Was bildeten sie sich eigentlich ein?

»Also, wenn Sie mich fragen«, belehrte Marita sie weiter, »das Problem sind nicht Ihre Kinder, das Problem ist Ihr Mann.«

Esther mußte das Glas abstellen, um nichts zu verschütten. Als ihre Hand nicht aufhörte zu zittern, setzte sie sich drauf. Sie hatte das alles so satt, die Zwergenaufstände und Kaffeeklatsch-Verschwörungen hinter Jorges Rücken. Wie viele Pläne hatte sie schon geschmiedet, wie viele Allianzen geschlossen, wie viele Grenzen und Schlußstriche gezogen – nichts davon hielt seiner Gegenwart stand. Am Ende aller Telefonate blieb sie mit Jorge allein.

Nichts änderte sich.

Die Einmischung und Besserwisserei ihrer Freundinnen hatten ihr das Leben immer nur schwerer gemacht. Sie mußte mit ihrem Mann auskommen, sich arrangieren, und sie wußte meistens auch wie. Das war vielleicht feige, aber die anderen waren ganz offensichtlich noch feiger als sie. Auf ihren Zuspruch konnte Esther verzichten, auf ihre Meinungen legte sie keinen Wert. Im Moment war ihr alles gleich.

»Ich muß jetzt wirklich Schluß machen«, sagte sie und drückte das Gespräch weg, ohne eine Antwort abzuwarten.

Sie hätte das viel früher tun sollen, fand sie.

Jahre früher.

Ein paar Minuten saß Esther einfach nur da. Irgendwann ließ das Herzklopfen nach, und sie trank ihren Wein aus. Mit dem Hörer in der Hand lief sie noch eine Weile durch die Wohnung, in der sie tun und lassen konnte, was sie wollte. Dann legte sie ihn wieder auf die Ladestation. In den Fenstern wurde es Nacht. Auf der Standuhr waren nur fünf Minuten vergangen. Esther horchte an dem Uhrenkasten, er war tot. Für einen Moment schien es in dieser Wohnung mitten in der Stadt so unwirklich still, als würde das Telefon nie wieder klingeln, als würde kein Geräusch mehr zu ihr durchdringen, von nirgendwo her. Gedankenverloren strich sie mit den Füßen über den Teppich, bis sich ihre Sohlen taub anfühlten. Sie konnte jetzt unmöglich unter Leute gehen.

Im Innenhof warf jemand Altglas in einen Container, Flaschen, die klirrten, aber nicht zerbrachen. Es hörte sich spät an. Beate und ihre Architektenfreundin mußten längst beim Dessert sein und bei den Feinheiten der Tischdekoration für das Fest.

Gegenüber im Vorderhaus, zweiter Stock, Mitte, ging das Küchenlicht an. Eine junge Frau mit Pferdeschwanz stellte sich mit dem Rücken zu ihr vor den Kühlschrank. Sie trug einen Jogginganzug mit dem Aufdruck eines Sportvereins. Doch bevor Esther den Schriftzug entziffern konnte, drehte sie sich ins Profil und riß so etwas wie die Lasche eines Joghurtbechers auf. Dann nahm sie einen Löffel aus der Besteckschublade und verschwand, ohne das Licht zu löschen. Über dem Küchentisch hing eine große Uhr, deren Zeigerstand Esther nicht erkennen konnte. Sie neigte den Kopf leicht zur Seite, auf ihre Augen war kein Verlaß mehr! Beide Zeiger schienen gleich lang.

Überraschend kam die junge Frau noch einmal zurück für ein weiteres Joghurt und eine durchsichtige Flasche irgendwas. Alles deutete auf einen gemütlichen Fernsehabend hin. Esther hätte gern mit ihr getauscht, gar nicht mal um wieder jung zu sein, sie hätte mit jedem tauschen mögen, der nicht ihre Mission vor sich hatte. Vielleicht war sie bloß müde, aber im Moment erschien ihr jedes Leben einfacher als ihres. Das Vorderhaus war wieder dunkel bis auf den aquarienartigen Widerschein einzelner Fernsehgeräte und eine merkwürdig weihnachtlich anmutende Lichterkette.

Esther ging ins Bad und ließ sich Wasser ein. Sie wußte, daß ihr eigentlich keine Zeit blieb, Beate erwartete sie, und sie mußte vorher noch Jorge anrufen, sonst wurde es zu spät. Sie hatte die Grenze des Erlaubten ohnehin schon überschritten.

»Wenigstens ein Fußbad«, sagte sie ungewollt laut und setzte sich auf den Wannenrand. Sie liebte es, mit lauwarmem Wasser anzufangen und dann nur noch heißes dazulaufen zu lassen, um so die Temperatur immer weiter zu steigern. In Reichweite stand ein Badezusatz, den sie nahm.

Es war unwahrscheinlich, daß Marita ihr jetzt noch den Gefallen tat, Jorge all das weiterzuerzählen, was sie an Lob über Thomas und den Stand der Renovierungsarbeiten gehört hatte. Doch selbst wenn, würde er es nicht gelten lassen. Er würde niemandem glauben, auch ihr nicht. Esther drehte den Wasserhahn zu. Und was, wenn sie ihren abendlichen Anruf zu Hause einfach schwänzte?

Zunächst spielte sie nur mit dem Gedanken, während sie ihre rosig durchbluteten Zehen im Wasser bewegte und kleine Wirbel und Wellenkreise an die Oberfläche schnippte. Doch sie mußte sich eingestehen, daß es dieser Anruf war, der sie schon den ganzen Abend bedrückte, den sie wie eine Zentnerlast vor sich herschob und mit allen Mitteln zu umgehen oder wenigstens hinauszuzögern versuchte. Etwas in ihr wollte Thomas vor seinem Vater beschützen, wollte die Fortschritte, die er machte, nicht Jorges ewigem Mißtrauen preisgeben. Sie hatte gerade wieder angefangen zu hoffen und sträubte sich gegen alles, was diese Hoffnung bedrohte. Sie wollte nicht mit Jorge sprechen. Und je länger sie darüber nachdachte, desto besser gefiel ihr die Idee, sich heute einfach nicht zu melden und gegen die Regel zu verstoßen.

Fast ein bißchen erschrocken schaute Esther sich um. In dieser Wohnung konnte sie wahrhaftig tun und lassen, was sie wollte. Kurzentschlossen griff sie sich ein Handtuch und rubbelte ihre Füße trocken. Dann zog sie sich neue Strümpfe und Schuhe an, legte einen Seidenschal um und ging aus dem Haus.

Einfach so.

Die Gefahr, daß Jorge sich Sorgen machte, weil er nichts von ihr hörte, schien ziemlich gering. Möglich, daß er ihr Schweigen nicht einmal bemerkte. Doch Esther war sich nicht sicher, ob sie das hoffen sollte.

Beate saß allein am Tisch, als sie das Restaurant betrat. Offenbar war die Innenarchitektin längst gegangen. Vielleicht hatten sich die beiden auch vertagt, weil sie als die Hauptverantwortliche fehlte. Doch Beate schien nicht ungeduldig zu sein, sie hatte ein Buch vor sich aufgeschlagen und schaute kein einziges Mal zur Tür. Das Licht an den Wänden war heruntergedimmt, die Lampen über den Tischen schwebten wie tiefgelbe Glocken im Raum. Beates Hände lagen ausgestreckt auf der Tischdecke. Das Glas, dessen Stiel sie mit den Fingerspitzen berührte, war leer.

Niemand in dem Restaurant schien sich daran zu stören, daß hier eine Frau allein an einem Tisch saß. Es war weder ein Makel noch bedurfte es sonst irgendeiner Erklärung. Man hatte vielmehr den Eindruck, Beate gehöre ganz selbstverständlich dazu, so wie sie dasaß, versunken und sich selbst genug. Als der

Kellner ihr nachschenkte, quittierte sie das mit einem kaum sichtbaren Lächeln, ohne aus ihrer Lektüre aufzutauchen.

Seit ihrer Rückkehr nach Deutschland, seitdem es ernst wurde mit dem Fest, hatte Esther immer wieder die Sehnsucht verspürt, jemand anders zu sein. Jetzt wurde ihr klar, daß es ihr größter Wunsch war, mit Beate zu tauschen.

»Entschuldige, daß es so lange gedauert hat ...«

Beate legte das Buch beiseite und sah sie an. »Du mußt sterben vor Hunger.«

»Nein, nein, ich habe bei Thomas was gekriegt.«

Der Kellner erschien prompt, rückte ihr einen Stuhl zurecht und brachte noch einmal die Karte, doch angesichts der fortgeschrittenen Stunde beschränkte sich Esther auf eine Suppe. »Und, was sagt die Fachfrau? Baumkuchen, ja oder nein?«

Es gehörte zu Esthers Lieblingsschnapsideen, einen Baumkuchen mit achtzig Jahresringen zu bestellen. Doch die Tips, die Beate erhalten hatte, waren eher allgemeiner Art. Allerdings war ihre Freundin gerne bereit, sich die Räumlichkeiten in den nächsten Tagen anzusehen.

Die Suppe tat gut.

»Sag mal«, gab Esther sich einen Ruck, »was hältst du eigentlich davon, wenn wir ein kleines Familientreffen vorab veranstalten, nur du, Christian, Thomas und ich.«

»War das seine Idee?« fragte Beate.

»Nein«, sagte sie, obwohl Thomas sie sehr zu diesem Vorschlag ermuntert hatte, »aber er würde kommen, glaube ich.«

»Und wie stellt er sich das vor?«

»Ich dachte«, versuchte Esther, ruhig zu bleiben, »so ein Essen im kleinen Kreis könnte vielleicht helfen, ein paar Mißverständnisse zu beseitigen.« Ihr gefiel vor allem der Gedanke, daß Jorge nicht dabeisein würde.

»Es gibt keine Mißverständnisse«, sagte die Indianerin streng, ihr Gesicht war Leder und Schweigen. Aber das war Esther von zu Hause gewöhnt. Sie hatte es nur im Guten versuchen wollen.

»Ihr habt ihn immer unterschätzt.«

»Dann hätte ich ihn wohl kaum geheiratet.«

»Er ist dabei, sich zu ändern. Du hättest ihn sehen müssen, wie er heute –«

»Hält er die Rede?« wurde sie unterbrochen.

»Also, er hat viel für das Fest getan. Du glaubst gar nicht, wie das Haus inzwischen aussieht! Und seine Wohnung, tiptop!«

»Er hält sie also nicht.«

Was kümmerte sie diese Rede?

»Er hat etwas für Christian geschrieben, ein ganz beachtliches Manuskript …«

Die Indianerin verzog keine Miene.

»Thomas hat sich verändert, glaub mir, ich war selbst überrascht«, Esther schob ihren Teller beiseite und beugte sich vor, »er führt gerade eine Reihe von Bewerbungsgesprächen und hat gute Aussichten bei einer renommierten Kanzlei …«

»Dann treffen wir uns, wenn er den Job bekommt.«

»Beate, hör zu«, sie hatte gewußt, daß es schwer werden würde, »er hat dich sicher enttäuscht, viele Male, wen nicht? Aber wie würdest du dich fühlen, wenn dir kein Mensch mehr irgend etwas zutraut, wenn dir immer nur alle sagen, ›das hältst du nicht durch‹, ›das schaffst du nie‹? – Er ist wirklich willens, Beate. Sein tiefer Fall hat ihm gutgetan, er ist endlich aufgewacht und strengt sich an, das muß man doch honorieren!«

»Und, wieviel Geld gibst du ihm?«

»Ich …«

»Nur so aus Interesse«, sagte die Indianerin, ihr Vogelkopf zuckte, »es geht mich natürlich nichts an.«

Esther sah weg, sah sich um. Der Kellner hatte zu ihnen

herübergeschaut, doch als ihre Blicke sich trafen, tat er beschäftigt. Erst jetzt fiel ihr auf, daß die gesamte Decke des Restaurants mit Fischernetzen verhangen war. Sie konnte nichts mehr sagen.

»Sei mir nicht böse«, hörte sie die dunkle Stimme der Indianerin, »ich würde dir ja gerne glauben, es freut mich, wenn es ihm besser geht, und ich wünsche ihm, daß er es schafft. Aber ich will es nicht für mich, verstehst du? Nicht mehr.«

Einige Seesterne und Plastikfische an Angelschnüren bildeten ein Mobilé.

»Wenn er aufgewacht sein sollte, wie du sagst, wenn unsere Trennung das bewirkt hat, dann war die Zeit mit ihm vielleicht nicht ganz umsonst. Aber es gibt für uns keine Zukunft. Dafür ist zuviel passiert. Wenn er wieder bei mir einziehen würde, dann wären wir in wenigen Wochen genau an dem Punkt, wo wir vorher waren, am Anfang vom Ende.«

»Er hat sogar aufgehört zu rauchen.« Sie dachte an die Polster in Beates Wagen.

»Mir fehlt niemand, Esther, ich bin zufrieden mit meinem Leben, so wie es ist. Ich habe lange dafür gebraucht und mußte all meinen Mut zusammennehmen, um einen Schlußstrich zu ziehen. Aber es vergeht kein Tag, an dem ich nicht spüre, daß es richtig war.«

»Und die Einsamkeit?«

»Mit Thomas war ich einsamer.«

Esther schüttelte den Kopf über sie, über sich. »Ich dachte immer, daß Jorge sich irrt, wenn er dich eine ›Gerber‹ nennt. Ich war überzeugt davon, daß dir an der Familie was liegt, sonst hätte ich dich nie um deine Hilfe gebeten. Ich dachte, du wünschst dir das Fest!«

»Aber ich helfe dir doch nicht Thomas zuliebe, ich tu's für dich!«

»Für mich?« Esther war völlig perplex. »Warum?«

»Weil …« Die Indianerin nahm ihre Hand. »Du bist die Einsamste von uns allen.«

Sie spürte eine plötzliche Welle von Rührung und Dankbarkeit, sie spürte den Sog der Versuchung, sich einfach fallen zu lassen im Vertrauen auf diese Frau, doch sie zog ihre Hand weg.

»Ich habe eine Familie«, sagte Esther, sie sagte nicht, im Gegensatz zu dir.

Die Indianerin nickte, ihre Hände lagen offen und ausgestreckt auf dem Tisch. »Ich weiß. Aber immer nur an die anderen zu denken ist genau so ein Fehler wie immer nur an sich selbst.«

»Erzähl du mir nicht, wie ich zu leben habe!«

»Versteh mich nicht falsch –«

»Vielleicht ist dir das nicht modern genug, aber ich habe mich mein Leben lang darum bemüht, daß es diese Familie überhaupt gibt. Ich werde sie jetzt nicht im Stich lassen, nur weil es mir gerade gefällt!«

Esther hatte nicht aufstehen wollen, doch jetzt, da sie stand, blieb ihr keine andere Wahl, als ihren Stuhl zurückzuschieben und zu gehen. Weder Beate noch der Kellner hielten sie auf.

Christian

Die Zeilen verschwammen vor seinen Augen, seine Kehle war wie zugeschnürt. Christian legte das Manuskript beiseite, stand auf und stellte sich ans Fenster. Er konnte nicht länger stillsitzen.

Es war dasselbe Gefühl wie damals auf den nicht enden wollenden Spaziergängen an der Seite seines Vaters. Stundenlang war er früher mit ihm durch den Stadtpark geirrt, meist, wenn es zu Hause Streit gegeben hatte und sein Vater sich nicht mehr verteidigen konnte gegen die Kritik, die ihn traf. Oft kam der Punkt, an dem er verstummte, ziemlich schnell. Christian verstand in den seltensten Fällen, worum es zwischen seinen Eltern ging, nur soviel war sicher: Seine Mutter hatte recht. Ihr Ton ließ daran keinen Zweifel. Doch in solchen Momenten haßte er sie dafür und rannte jedesmal mit seinem Vater aus dem Haus.

Er mußte sich anstrengen, um mit ihm Schritt zu halten. Sein Vater wartete nicht und verriet auch nicht, wohin es ging. Doch Christian hörte auf sein Schweigen wie sonst auf kein Wort. Er dachte nicht eine Sekunde daran wegzulaufen, auch dann nicht, wenn sein Vater nach einer ersten Runde um den Seerosenteich allmählich langsamer wurde und in die Phase überging, die Christian insgeheim »das Taumeln« nannte. Es war dann gefährlich, direkt neben ihm zu laufen, weil er oft unkontrolliert zur Seite schwankte wie ein Betrunkener und die gesamte Wegesbreite einnahm. Natürlich wäre es ein leichtes gewesen, ihm zu entwischen. Doch obwohl sein Atem raste und seine Muskeln gespannt waren wie vor einem Hundertmeterlauf, blieb Christian bei ihm. Das Schweigen seines Vaters hielt ihn fest.

»Weinst du, Papa?« hatte er einmal gefragt, als er nicht mehr wußte, was er machen sollte mit diesem tränenblind vor sich hin stapfenden Mann, der niemanden grüßte, keinen Menschen mehr sah und entgegenkommende Spaziergänger zum Ausweichen zwang. Er hatte keine Antwort erhalten und fragte nie wieder.

Christian hatte damals versucht, seinen Vater zu lenken und auf Schleichwege zu führen, wo ihnen niemand begegnete – in die dichteren Waldstücke oder verwilderten Randbezirke des Parks. Der Trick bestand darin, bei den Weggabelungen und

Abzweigungen immer einen halben Schritt vorauszulaufen in der Hoffnung, sein Vater würde ohne Überlegung einfach folgen. Christian wollte nicht, daß ihn irgend jemand so sah, vor allem nicht sein Gesicht. Dafür fühlte er sich verantwortlich. Wenn das Taumeln begann, war es an ihm, auf seinen Vater aufzupassen. Er ließ ihn nicht aus den Augen.

Christian sah nichts. Er starrte ins Dunkel, als würde er noch immer lesen.

Es waren fünfunddreißig Seiten eng beschriebenes Papier. Schon von weitem hatte er den Umschlag in seinem Briefkasten stecken sehen, als er am frühen Abend nach einer Besprechung mit dem Redaktionsleiter und ein paar Besorgungen in der Stadt nach Hause kam. »Für Christian« stand auf dem Adreßfeld, ein Absender fehlte. Doch die minutiöse, gedrungene Handschrift seines Vaters war unverkennbar.

Zunächst hatte er einen Bogen um das Manuskript gemacht. Christian war seine Moderation für den nächsten Morgen durchgegangen und hatte einige Telefonate erledigt. Mit der Lektüre von »Für Christian« wollte er warten, bis Ricarda zurück war, um ihr die hanebüchensten Passagen vom Blatt weg vorzulesen. Er rechnete mit Entgleisungen zuhauf und erhoffte sich von dieser unmöglichsten aller Reden den endgültigen Beweis, daß es seinem Vater von vornherein nur darum gegangen war, alle Arbeit auf ihn abzuwälzen. Was daran so sympathisch unkonventionell und nicht »spießig« sein sollte, das würde ihm Ricarda dann erklären müssen, darauf war er gespannt.

Aber sie kam nicht. Weder nach der Tagesschau noch im Laufe des französischen Schwarz-Weiß-Krimis, den er aus Solidarität mit Jean Gabin eingeschaltet ließ – als vielleicht einziger Zuschauer zur Hauptsendezeit. Christian wußte, daß es heute spät werden konnte, Ricarda hatte so etwas gesagt. Trotzdem wartete er voller Ungeduld und nahm das Manuskript schließlich doch schon zur Hand. Nur um zu sehen, ob er recht hatte.

Bereits nach den ersten Sätzen war klar, daß er Ricarda nie eine einzige Zeile davon zeigen würde.

Auf den Spaziergängen damals kam irgendwann immer der Punkt, an dem sein Vater plötzlich stehenblieb und ihn ganz erstaunt anschaute, als wollte er sagen: »Wo kommst du denn auf einmal her?« Dann wußte Christian, daß sie bald nach Hause gehen würden.

Diesen Punkt gab es in der Rede nicht. Es gab keinen Weg zurück.

Mit den Fingerspitzen schob Christian die losen Blätter zu einem Stapel zusammen und steckte sie wieder in den Umschlag, dann ließ er sich in den Sessel fallen. Er hatte nicht einmal die Hälfte geschafft, mehr ging nicht. Für einen Moment schaute er Jean Gabin zu, der aus strömendem Fernsehregen in eine Kneipe kam, den obligatorischen Cognac kippte und sich zu einem in der Ecke hockenden Verdächtigen an den Tisch setzte, um ihn mit seinem Schweigen zu vernehmen. Christian fühlte sich auf einmal so unsagbar klein und geduckt wie die Schrift seines Vaters. Sein Nacken war völlig verspannt. Er brauchte eine Pause. Doch das war unmöglich. Er konnte nicht mitten in dem Spaziergang stehenbleiben und verschnaufen, er mußte Schritt halten mit seinem Vater, um ihn nicht zu verlieren.

Das Taumeln hatte noch nicht einmal begonnen.

Die Nacht im Fenster war pflaumenblau. Eine pelzige Dunkelheit lag über den Dingen. In den Scheiben spiegelte sich sein Profil, gezeichnet vom Schein der Leselampe und bisweilen erhellt von den wechselnden Schwarz-Weiß-Schemen des Fernsehers. Als Christian den Kopf wandte, sah er sein Gesicht. Er stellte keine nennenswerte Ähnlichkeit mit seinem Vater fest.

Ob er ihn anrufen sollte? Wenn er, anstatt weiterzulesen, mit ihm telefonierte, konnte er sich die restlichen Seiten eventuell sparen. Mit etwas Glück würde er das Gespräch am Laufen halten, ohne die wunden Punkte wirklich zu berühren. Inzwischen war er geschickt genug, sogar jenes Schweigen zu überbrücken, das er von den Spaziergängen nur zu gut kannte. Christian hätte sich gerne ins Reden gerettet. Aber dafür war es zu spät. Um diese Zeit hatte Thomas meist schon die erste Flasche Rotwein getrunken, und dann war es sinnlos.

Angespannt hockte er da und wartete auf ein Zeichen wie früher in seinem Kinderzimmer, mitten in der Nacht, wenn die Stimmen seiner Eltern durch Türen und Wände drangen. Er belauschte sie nicht, obwohl sie manchmal so heftig wurden, daß er jedes Wort hätte nachsprechen können. Er konzentrierte sich einzig und allein auf die Lautstärke. Sie durfte einen bestimmten Wert nicht überschreiten, den er in seinem Kopf genau festgelegt hatte. So war die Regel. Falls seine Eltern sich nicht daran hielten, mußte er zu ihnen gehen und für Ruhe sorgen, indem er Dinge sagte, die Kinder so sagten, daß er Angst habe im Dunkeln und nicht schlafen könne, schlecht geträumt habe oder dergleichen. Es war der einzige Weg, sie daran zu erinnern, daß sie nicht allein auf der Welt waren. Daß er allein war, wußte er.

Eine Ausnahme von der Regel machte er nur, wenn das Gespräch kippte und ausschließlich seine Mutter redete. Sie mußte dann nicht einmal laut werden. Im Gegenteil. Gerade ein gleichbleibender Pegel verhieß nichts Gutes. Wenn sich die Stimmen nicht mehr abwechselten, wenn die raunenden Einwürfe seines Vaters immer seltener wurden und schließlich ganz ausblieben, dann mußte er einschreiten. Meist spielte er krank – Kopfschmerzen, Bauchgrimmen, Übelkeit. Er mußte verhindern, daß sein Vater nachts aus dem Haus lief und durch den Park irrte. Ohne ihn.

Jean Gabin bestellte noch einen Cognac, den er dem Mann in der Ecke zuschob. Offenbar hatte er das Puzzlestück bekommen, das er brauchte. Ohne eine Miene zu verziehen, nahm er seinen Hut und zerdrückte einen Gruß im Mundwinkel.

Christian schaute zur Decke. Die Stimmen bekannter Synchronsprecher lieferten sich einen heftigen Wortwechsel in der Wohnung über ihm, Geschirr ging zu Bruch, Türen schlugen, gefolgt von einem kurzen Augenblick der Stille. Dann erinnerten dramatische Musikeinspielungen und quietschende Autoreifen einmal mehr daran, daß die Mieter von oben den Ton nicht abgestellt hatten im Gegensatz zu ihm.

Jean Gabin fuhr lautlos durch die nächtliche Pariser Vorstadt. Scheibenwischer ruderten vergeblich durch die Wassermassen vor seinem Gesicht.

Heute nacht würde er wirklich nicht schlafen können und sich fürchten im Dunkeln, aber es gab niemanden, dem Christian das anvertrauen konnte. Ricarda war nirgends. Sie hatte nicht einmal eine Uhrzeit genannt, die sich absehen ließ. Und selbst wenn sie endlich nach Hause kam, blieb noch immer die Frage, ob sie verstehen würde, was Houwelandt bedeutete – ob man es überhaupt verstehen konnte, ohne es zu sein.

Mit einem säuerlichen Gurgeln meldete sich sein Magen. Christian wußte, daß er Hunger hatte, Hunger haben mußte. Aber er konnte nichts essen. In der Küche saß sein Vater über einer kaltgewordenen Schüssel Milchreis und würgte an den Zitronenstücken, die er beim Mittagessen ohne Vorwarnung in seinem Leibgericht gefunden und vor Jorges Augen wieder ausgespuckt hatte. Es nutzte ihm nichts, daß seine Mutter erklärte, eine Freundin habe ihr geschälte Zitrone als Zutat empfohlen, damit der Milchreis nicht festklebt und anbrennt. Thomas hätte die Zitronenlappen, die ihm die zimtige Süße verleideten, nicht ausspucken dürfen. Der Alte hatte ihn gezwungen, sie aufzuessen, alle.

In die Küche konnte er nicht.

Er hatte schon zu weit gelesen.

Kurzentschlossen schaltete Christian den Fernseher aus und verließ die Wohnung. Er hatte es plötzlich eilig, hastete die Treppen hinunter und erreichte den Wagen als erster. Sein Vater folgte ihm zögernd – ein verträumtes, anhängliches, ängstliches Kind, das die Härte und Feindseligkeit des Lebens nicht verstand.

Christian setzte sich mit dem festen Vorsatz ans Steuer, die zweitausendfünfhundert Kilometer nach Spanien durchzufahren, um seinen Großvater zur Rede zu stellen. Er hatte heute mittag erst vollgetankt. Damit würde er ohne Halt bis nach Frankreich kommen. Beim Sender konnte er unterwegs noch anrufen, um sich bis auf weiteres krank zu melden. Jetzt durfte er keine Zeit mehr verlieren. Er mußte seinen Vater rächen und es dem Alten heimzahlen, der ihn gebrochen hatte mit seiner Unnachgiebigkeit, mit seinem Starrsinn, der sie mehr oder weniger alle auf dem Gewissen hatte, Thomas und seine Geschwister, diese ganze verlorene Generation. Schon immer hatte sich Christian einen echten Gegner gewünscht, an dem er sich messen konnte, der nicht so ohne weiteres, nicht so kampflos zu besiegen war wie sein Vater. Jetzt hatte er ihn.

Er fuhr los.

Während des Lesens hatte er das Gewicht der Trauer gespürt wie damals die Schwere seines taumelnden Vaters im Park. Er hatte für Momente sein Schweigen geteilt, das auf jedem Wort lastete, wie betäubt von dem unfaßbaren Druck der Stille, der die Silben so dicht zusammenzwang, daß kaum noch Luft zum Atmen blieb. Doch das war vorbei. Christian hatte den Bann gebrochen und war wieder aufgetaucht, hellwach und mit geschärften Sinnen. Sein Kampfgeist war zurückgekehrt. Er ähnelte eben nicht seinem Vater, der sich jedesmal bis auf den Grund seines Schweigens hinunterziehen ließ, um dort in Lähmung und Stillstand zu verharren. Er, Christian, schlug zurück.

Die Straßen waren leer um diese Zeit. Er würde gut durchkommen und rechnete mit einem Schnitt von 135 km/h, wenn ihm der LKW-Verkehr keinen Strich durch die Rechnung machte, aber auch der würde ausdünnen nach Mitternacht. Bei einer Tankstelle mit SB-Markt stoppte er kurz, um sich mit Dosenkaffee, Coca Cola und Schokolade einzudecken. Wider Erwarten herrschte viel Betrieb – an der Kasse der erste Stau des Abends. Vorn in der Schlange ein mit Überraschungseiern beladener Familienvater, dem der Kombi am Eingang gehörte, gefolgt von einer nach Haarspray riechenden Blondine und zwei Halbstarken mit in den Knien hängenden Hosen und mehreren Sechser-Packs Bier. Aus den Kopfhörern ihrer Discmans tönte Hiphop in Zimmerlautstärke. Es ging nicht voran. Gleichmütig scannte der Kassierer die Strichcodes sämtlicher Süßigkeiten, mit denen man Kinder korrumpieren konnte. Christian war kurz davor, seinen Einkaufskorb in die Ecke zu schmeißen und weiterzufahren. Aber es gab keine Garantie, daß ihm die Kundschaft des nächsten SB-Shops sympathischer sein würde oder wenigstens Platz machte.

Er hätte längst auf der Autobahn sein können.

Mit Argwohn beobachtete er, wie die Blondine einem Verkaufsständer neben der Kasse genügend Kaugummi entnahm, um den Monatsbedarf eines Texaners zu decken. Es schien die Nacht der Hamsterkäufe zu sein.

Natürlich hätte er die Wartezeit nutzen können, um Ricarda anzurufen und sie zu bitten, den Sender zu informieren, daß es in seiner Familie einen Trauerfall gegeben habe – Christian hatte sich für diese Ausrede entschieden. Aber sein Handy lag zu Hause neben dem Manuskript auf dem Couchtisch.

»Hinten anstellen«, ermahnte er einen der Hiphopper, der nach einer weiteren Runde durch die Regale mit allerlei Knabberzeug zurückkam und sich wieder vor ihn drängelte. »Ich habe gesagt, hinten anstellen!« zupfte ihn Christian am Ärmel. Doch der Junge schüttelte seine Hand ab, ohne ihn eines Blikkes zu würdigen, und wippte mit seinem Kumpel im Takt. Die Musik aus ihren Kopfhörern dröhnte unverändert.

»He, ich rede mit dir!« Christian war nicht bereit, sich alles gefallen zu lassen, packte den Kerl an der Schulter und drehte ihn zu sich um.

»Faß mich nicht an, schwule Sau«, sagte er laut und kehrte ihm wieder den Rücken zu.

Fassungslos schaute Christian sich um. Der Familienvater war gerade gegangen, die Haarspray-Blondine produzierte rosafarbene Kaugummiblasen, während sie die Geheimnummer ihrer EC-Karte eintippte, und der Kassierer kratzte mit gesenktem Blick die Benzinallergie auf seinen Handrücken.

Sei nicht so ungeduldig, flüsterte sein Vater von irgendwo her. Doch Christian ignorierte ihn. Mit einem Griff riß er dem Jungen die Kopfhörer herunter und sagte: »Nicht mit mir, du kleiner Pisser, nicht mit mir.«

Der Junge starrte ihn ausdruckslos an.

»Stell dich hinten an, Marvin«, sagte sein Kumpel gelangweilt, »und gib mir den Scheiß.«

Demonstrativ lud er den Knabberkram auf dem Verkaufstresen ab und stellte sich dann mit leeren Händen hinter Christian, während sein Freund noch drei Packungen Zigaretten abziehen ließ. »Hab' ich irgendwas vergessen?« fragte er breit grinsend über die Schulter.

»Grillkohle«, sagte Marvin.

»Gehst du oder geh ich?«

»Ich kann nicht, sonst muß ich mich wieder hinten anstellen.«

»Die Grillkohle kauft ihr ein andermal«, ging Christian dazwischen und schubste den hinter ihm Stehenden zu seinem Freund an den Tresen. »Seht zu, daß ihr Land gewinnt.«

Der Kassierer scannte die Zigaretten, ohne aufzuschauen. Die Jungs zahlten, Christian zahlte. Sein Vater beschwor ihn, es gut sein zu lassen, der Klügere gebe nach. Aber was aus den Klugen wurde, die nachgaben, das hatte Christian bei seinem Vater gesehen.

Es ging darum, daß man sich wehrt.

Als er aus dem Shop kam, warteten die beiden schon auf ihn. Er hatte keine Angst, im Gegenteil. Fast war er den Jungs sogar dankbar für die Möglichkeit, es seinem Vater zu zeigen. Christian warf seinen Einkauf auf den Beifahrersitz und stieg ein.

Ihr Golf schoß auf ihn zu und hielt knapp einen halben Meter vor ihm. Christian setzte zurück und fuhr Richtung Ausfahrt, aber sie schnitten ihm den Weg ab und kamen erneut vor seinem Wagen zum Stehen.

»Hinten anstellen!« hörte er sie grölen.

Dir fällt kein Zacken aus der Krone, wenn du einmal Gnade vor Recht ergehen läßt, beschwichtigte ihn sein Vater. Christian umklammerte das Lenkrad fester.

Die Straße war frei. Doch die Jungs dachten gar nicht daran zu fahren, sondern drehten die Musik auf und prosteten ihm durch die offenen Seitenfenster zu. Diese Party würden sie ohne ihn feiern! Christian riß das Steuer nach rechts und startete durch, mußte aber sofort abbremsen, weil der Golf sich quer stellte und ihm den Weg versperrte. Er versuchte es links und wurde wieder abgeblockt. Blitzschnell legte er den Rückwärtsgang ein, um vor ihnen bei der Tankstelleneinfahrt auf der anderen Seite zu sein. Den Kombi, der hinter ihm stand, sah er nicht. Krachend kollidierte sein Heck mit der Stoßstange seines Hintermanns. Eine Hupe ging los. Christian sprang sofort aus dem Wagen, um sich den Schaden anzusehen. Als er aufschaute, war der Golf verschwunden – und er hatte sich kein Kennzeichen gemerkt.

Mit Hinweis auf seine Versicherung beruhigte er den Familienvater, der unter Schock zu stehen schien, jedenfalls wirkte er blasser als seine beiden Söhne, die sich an Christians zersplitterten Rücklichtern gar nicht sattsehen konnten. Die Stoßstange des Kombis war nur leicht verbeult. Die Polizisten, die den Unfall aufnahmen, wollten die Geschichte mit den beiden Hiphoppern zunächst nicht kaufen und befragten auch den Kassierer dazu. Doch nachdem Christian »routinehalber« in ein Röhrchen geblasen und sich als absolut nüchtern herausgestellt hatte, wurden sie freundlicher. Natürlich lag die Schuld bei ihm, er versuchte gar nicht erst, das abzustreiten. Nach einer halben Stunde war der Fall erledigt und der Kombi wieder auf dem Heimweg. Nur er konnte unmöglich ohne Rücklichter noch heute nacht nach Spanien fahren. Christian stellte seinen Wagen im Werkstattbereich ab und ließ sich ein Taxi rufen.

»Zum Flughafen«, sagte er.

In den Touristenbombern, die frühmorgens nach Spanien starteten, würde es sicher noch einen Last-Minute-Platz geben. Wenn er sich dann in Alicante einen Mietwagen nahm, konnte er sogar noch ein paar Stunden früher bei seinem Großvater vor der Tür stehen. Sein Vater, der ewige Nachzügler, hatte gewisse

Bedenken, ihm ging das alles zu schnell. Aber er, Christian, war anders. Er liebte die Geschwindigkeit.

Der Taxifahrer hatte den Weg durchs Stadtzentrum genommen. Schräg voraus tauchte der Glaswürfel auf, in dem Ricardas Kanzlei ihre Büros hatte. Nur in wenigen Fenstern brannte noch Licht.

»Können Sie da vorne kurz halten?« Christian zeigte auf den Besucherparkplatz des Bürogebäudes, »ich bin gleich wieder da.«

Federnd lief er zwischen den Autos hindurch auf die Portaltreppe zu. In den Glasfassaden spiegelte sich der samtige Himmel – kaum zu glauben, daß es dieselbe Nacht war, die er in seinem Wohnzimmerfenster gesehen hatte. Er fühlte sich jetzt wie ein Teil von ihr. Die Glastüren schoben sich auf, Christian betrat schnellen Schrittes das Foyer. Er rannte nicht weg, sondern ging wie immer voran.

Er war überhaupt nicht wie sein Vater.

Der Nachtpförtner stand auf, als er hereinkam. Sie hatten alles in allem vielleicht vier, fünf Sätze miteinander gewechselt, wenn es mal wieder spät geworden war und er Ricarda abholte.

»Ist sie noch im Haus«, fragte er ohne Umschweife und nickte nachträglich einen Gruß.

»Ich muß schauen«, sagte der alte Mann mit dem vom Wachen verwüsteten Gesicht und blätterte in einem Buch unterhalb des Empfangstresens. Dann nahm er seine Kappe ab und kratzte sich am Kopf. »Sie ist mit Herrn de Houwelandt raus.«

Christian stutzte. »Das bin ich.«

»Thomas de Houwelandt«, fuhr der Alte die Zeile nochmals mit dem Zeigefinger ab, »aber, warten Sie, das war heute mittag. Danach ...«

Instinktiv tastete Christian nach seinem Handy. »Kann ich hier irgendwo telefonieren?«

Der Pförtner hob den Kopf und deutete auf einen mit Pflanzen bestückten Teilbereich. »Hinten links ist ein Fernsprecher – ich gebe Ihnen ein Amt.«

Der »Fernsprecher« war ein Tastentelefon mit einem Plexiglasgehäuse, das zwischen Gummibäumen und einer undefinierbaren Bronzeplastik stand. Christian wählte Ricardas Mobilnummer, doch es meldete sich nur die Mailbox. Warum traf sie sich mit seinem Vater, ohne ihm etwas davon zu sagen?

Er versuchte es noch einmal – wieder nur die synthetisch säuselnde Bitte, seinen Namen und seine Telefonnummer zu hinterlassen. Immer mit der Ruhe, rauschte die Stimme seines Vaters sanft, wir hatten alle nicht viel zu lachen in letzter Zeit. Es klang, als könnte man ihm blind vertrauen.

Christian hängte ein. Er war nicht eifersüchtig, nicht einmal wütend, nur seltsam geschwächt, als hätte jemand plötzlich den Stecker herausgezogen.

Du bist müde. – Nein.

Na komm, Junge, leg dich ins Bett und schlaf ein bißchen, bemutterte ihn sein Vater weiter.

»Hör auf damit«, sagte er laut. Gerade darin bestand der Unterschied zwischen ihm und einem Versager, daß er sich nicht so leicht entmutigen ließ, daß er nicht bei den ersten Schwierigkeiten die Flinte ins Korn warf, daß er nie aufgab.

Gegen wen kämpfst du eigentlich, hast du dich das mal gefragt?

Aber Christian hatte genug von Zweifeln, Verlierergedanken und billigem Trost. Unverzüglich griff er zum Hörer und tippte die Nummer seines Vaters ein – es war nach zwölf, nach der zweiten Flasche Rotwein, aber genau dagegen kämpfte er, gegen das Versinken, die Lähmung, das Nichtstun.

Er vertippte sich und versuchte es noch einmal.

Er hatte die Nummer vergessen.

Er hatte sie nie wirklich gekannt.

Auf gut Glück probierte er eine halbwegs plausible Zahlen-kombination. Der Ruf ging durch. Er ließ es schonungslos klin-geln, sechs, sieben Mal. Am anderen Ende murmelte eine ver-schlafene fremde Stimme irgendeinen Namen.

Christian legte auf. Er, der selbsternannte Rächer seines Va-ters, hatte sich seit Jahren nicht bei ihm gemeldet, sondern war ihm aus dem Weg gegangen und allen, die ihn kannten. Er hat-te immer dorthin gewollt, wo sein Vater nicht war, nach oben.

Er hatte es geschafft.

»Niemand da?« fragte der Pförtner, als Christian sich an den Gummibäumen vorbeischlängelte. Er nickte und hob kurz die Hand zum Abschied. Die Glastüren entließen ihn in die Nacht. Kraftlos stieg er die Stufen hinunter zum Taxi. Runter war plötzlich schwerer als rauf. Der Fahrer startete den Motor. Doch Christian klopfte ans Seitenfenster und schüttelte den Kopf.

»Hat sich erledigt.«

Ohne jede weitere Erklärung zahlte er und ging zu Fuß durch die Nacht. Er ließ sich gehen, zum ersten Mal seit Jahren.

Irgendwann war sein Mitleid erschöpft gewesen, irgendwann hatte er aufgehört, seinem Vater beizustehen, er war seinem Schweigen nicht länger gefolgt und hatte ihn auf seinen Spa-ziergängen allein gelassen. Irgendwann wechselte auch er die Straßenseite, wenn ihm sein Vater entgegenkam.

Wir hatten nie viel zu lachen, Papa, nicht erst in letzter Zeit.

Das Licht der Laternen hatte einen gelblichen, vorhofartigen Schimmer. Die Nacht war sehr mild, offene Fenster ließen die warme, wollene Dunkelheit ein. Aus einer Wohnung im Dach-geschoß tönte Musik, Gelächter, Stimmengewirr und verlor sich zwischen den Häuserzeilen. Der Himmel stand tiefblau und still. Christian ging auf der Straße, kein Auto fuhr.

An einer spärlich erleuchteten Haltestelle tummelten sich mehrere Gestalten. Vielleicht kam noch ein Nachtbus, vielleicht war der ramponierte Windfang auch nur ein Treffpunkt für Erstkiffer. Christian hörte sie feixen, während er näherkam. Kaum zu glauben, daß sein Unfall keine anderthalb Stunden zurücklag.

»Ey, guck mal, der da!« bölkte ein Jugendlicher, der seinen Stimmbruch noch nicht ganz hinter sich hatte. »Wo gibt's denn hier noch was zu trinken, Chef?«

Mädchengekicher.

Sie täuschten sich. Er hatte nichts getrunken, er war geradezu maßlos nüchtern.

»Mach lieber die Bahn frei, in zwei Stunden kommt der Bus«, riefen ihm die Teenies johlend hinterher. Er hätte umkehren und sich Respekt verschaffen können. Doch er war es leid zu kämpfen. Christian wollte nach Hause, nur noch nach Hause. Bis an die nächste Kreuzung begleitete ihn der Weihrauchgeruch ihrer Joints.

Wenn es seine Kinder gewesen wären, hätten sie ihr blaues Wunder erleben können, aber so ...

Die Ausfallstraße war nachts noch befahren, widerwillig schwenkte er auf den Gehweg ein. Ricarda hatte recht, er war nicht familientauglich. Ein guter Vater mußte in der Lage sein, bedingungslos zu lieben, er mußte einen Menschen anerkennen, der ihm in allen Belangen unterlegen war. Er mußte die Geduld aufbringen, seine Umwege mitzugehen, anstatt immer auf den schnellsten und kürzesten Weg zu drängen. Und er mußte sein Scheitern und seine Hilflosigkeit genauso akzeptieren wie die winzigsten Fortschritte.

Christian wußte nicht, ob er das konnte.

Was, wenn ihn das Schicksal noch einmal vor die Aufgabe stellte, einen Versager zu lieben?

Tut mir leid, Papa.

Es war nicht mehr weit, zweieinhalb Blocks, vielleicht fünfhundert Meter. Aber Christian konnte nicht mehr, er hatte sich überschätzt. Was eine Familie wert war, zeigte sich nicht in den Erfolgen, die der eine oder andere vorzuweisen hatte, sondern in ihrem Umgang mit dem schwächsten Glied in der Kette. So gesehen, war es um seine Familientauglichkeit nicht zum Besten bestellt.

So gesehen, war es für alle de Houwelandts besser, wenn es nicht weiterging.

Zwei Blocks noch. Christian teilte die restliche Strecke in kleinere Abschnitte ein, die allesamt zu schaffen waren: Die nächsten 75 Meter bis zu dem gelb gestrichenen Haus. Ein kurzer Zwischenstop an der Kastanie. Von da aus über die Straße und weiter zu dem Peugeot der Kaminskis. Dann blieben noch hundert Meter ungefähr, und er war am Ziel.

Er konnte von Glück reden, wenn Ricarda ihm eine zweite Chance gab.

Es war falsch gewesen, sie unter Druck zu setzen, falsch und voreilig von ihm. Christian wußte, daß er sie in Zukunft besser, rücksichtsvoller behandeln mußte, wenn er sie nicht auch noch verlieren wollte. Sie war alles an Familie, was ihm blieb.

Bleib bei mir.

Er würde sich darauf beschränken, diese eine Frau zu lieben. Das war nicht wenig. Es würde ein Leben lang brauchen. Für ihn, für jemanden mit seiner Geschichte, war das Herausforderung genug.

Christian schaffte es an der Kastanie vorbei, auch der Peugeot war nur eine Markierung in seinem Kopf. Er fühlte sich besser jetzt. Noch einmal verließ er den Gehweg und lief auf die Straße, um zu schauen, ob Ricardas Wagen irgendwo parkte. Von hier aus konnte er die Wohnung schon sehen. In den Fenstern brannte Licht. Sie war zu Hause. Sie war da!

Erst jetzt bemerkte Christian, daß er angefangen hatte zu rennen. Er konnte die Tränen nicht länger zurückhalten. Die Lichtflecken, auf die er zulief, verschwammen und lösten sich auf. Doch seine Beine kannten den Weg. Er weinte nicht wirklich, es waren Freudentränen.

Sie hatte ihn nicht verlassen.

Er brauchte eine Weile mit dem Schlüssel an der Haustür und wischte sich die Augen mit dem Ärmel trocken. Dann stürmte er polternd die Treppen hinauf. Die Tür zu ihrer Wohnung war nur angelehnt, Ricarda stand im Flur. Es schien, als sei sie gerade erst gekommen.

»Wo warst du?« fragte sie.

Christian umarmte sie und drückte sie an sich.

»Ich habe dich überall gesucht«, keuchte er, noch außer Atem.

»Ja, es hat lange gedauert.« Sie klang sehr ernst, sehr müde. »Christian, ich habe nachgedacht …«

Irgend etwas stimmte nicht, ihr Tonfall, die Art, wie sich ihr Körper versteifte. Er ließ sie los und sah ihr ins Gesicht.

»Die Antwort ist ja. Ich will ein Kind von dir.«

Jorge

Es regnete. Schwere Wolken verschluckten die Berge, wälzten sich hinunter ins Tal und ergossen sich über das von Sonne zermürbte Land. Zwischen dampfenden Steinen schäumte die Erde und floß die Straßen herab, während ringsum die Stille ertrank im vielstimmigen Rauschen des Regens, Tropfen auf Blech, Tropfen auf Laub, Tropfen auf Glas, Tropfen auf Tropfen. Das Land schwamm.

Es regnete unnachgiebig, ein steter, geduldiger Tropfenstrom. Doch Jorge fand keine Ruhe: Was, wenn es zu viel Niederschlag gab für den ausgetrockneten, hartgebackenen Boden, der solche Mengen nicht aufnahm und von den Wassermassen fortgerissen zu werden drohte? Was, wenn zu wenig Wasser zusammenkam für die darauffolgende Zeit der Trockenheit, wenn der Regen ebenso plötzlich aufhörte, wie er eingesetzt hatte, und hinwegrauschte über die Gärten und Plantagen, ohne ins Erdreich einzudringen? Nichts würde bleiben von diesem augenblicklichen Überfluß an Wasser außer blankgewaschenen Felsen und unterspültem Wurzelwerk. Jorge befürchtete, die Verwüstungen des langersehnten, herbeigebeteten Regens könnten noch verheerender sein als die der Dürre.

Den Tag hatte er damit verbracht, Wasser zu sammeln. Jorge war mit Tonnen, Trichtern, Eimern, mit Behältnissen aller Art ausgerückt, um möglichst viel aufzufangen von dem kostbaren Naß. Die Nacht über lag er wach und horchte hinaus in die verwandelte Finsternis, wo das vertraute Sirren der Dunkelheit einer Fülle von Wassergeräuschen gewichen war. Draußen befand sich auf einmal ein anderes Land, nicht mehr derselbe Himmel, nicht mehr dieselbe Luft, nicht mehr das allmähliche Herunterglühen der Stille am Ende eines heißen Tages, sondern ein unentwegtes Fließen und Verrinnen, ein vielfältig verschlungener Schall, der durch Dächer und Mauern sickerte, die Wände herablief und den Schlaf beschlich mit seiner schwülen, zudringlichen Feuchtigkeit. Jorge konnte ihn sich nur vom Leib halten, indem er stillag und seine Aufmerksamkeit auf jedes Geräusch richtete, das es wagte, näher zu kommen. Erst als der Morgen dämmerte, nickte er ein, erschöpft von dem Kleinkrieg gegen das heimliche Lecken und Tröpfeln um ihn herum, taub vom beständigen Prasseln des Regens auf dem Ziegeldach und dem chorischen Gurgeln der Regenrinnen, die das Wasser in die Zisterne hinter dem Haus hinabschlürften.

Doch es war nur ein leichter, dahintreibender Schlummer an der Oberfläche der ins Fließen geratenen Dunkelheit, ein schreckhafter Taumel, der dem Gewicht der Erschöpfung nicht nachgeben wollte und vor dem Fall in die Tiefe zurückzuckte, in die Tiefe des Meeres, der Ohnmacht, des Schlafs.

Jorge erwachte bereits nach zwei, drei spurlosen Viertelstunden von einem anschwellenden, immer gewaltiger werdenden Rauschen, das nicht nach dem Tropfenteppich klang, von dem er sich hatte beregnen und beruhigen lassen, sondern aufbrausend, machtvoll, brachial. Es dauerte einen Moment, bis seine in Schlaf abdriftenden Gedanken dieses Geräusch eingekreist und umsponnen hatten. Doch erst nach einem Blick aus dem Fenster auf die Wipfel der Kiefern und Pinien, die still und unbewegt in die Dämmerung ragten, begriff er: Was da tosend über das Land hinwegfegte, war kein Wind, sondern der Bach. Unter dem trägen, verhangenen Himmel hob das Wasser zum Sturm an.

Unverzüglich sprang Jorge auf, streifte sein altes, aus Landvermesserzeiten stammendes Regencape über und lief hinaus in die verwaschene Frühe. Mit der Hand über den Augen stapfte er die matschigen, mäandernden Pfade hangabwärts durch die strömende Dunkelheit, dem Getöse entgegen. Er erreichte die Böschung, die zum Bachbett hin abfiel, gerade noch rechtzeitig, um mit anzusehen, wie sich die Säulen der Schwimmaschine im schlammbraunen Wasser bogen, aufbäumten und eine nach der anderen einknickten unter der Wucht der herabdonnernden Flut. Die Böcke und Bretter, auf denen der Junge so gekämpft und gelitten hatte, waren längst an Felsen zerschellt oder trieben irgendwo im Meer.

Es waren kaum zwei Tage vergangen, seit er hier gestanden hatte und zusehen mußte, wie der Junge mit jedem Zug, jeder Zahl auf dem rauhen, scharfkantigen Holz der Schwimmaschine vor- und zurückschlitterte. Er hatte bei jeder Bewegung gespürt, wie der Schmerz in seinen schmächtigen Körper einfuhr. Ihn so leiden zu sehen, war für Jorge schwerer zu ertragen als jede Qual, die er selbst auf sich nehmen konnte. Doch er war zum Mitleid verdammt. Er mußte dem Jungen seinen Willen lassen.

Je tapferer sich sein Schüler auf der Schwimmaschine schlug, desto mehr wand sich Jorge. Es war, als würde ihm gerade der Schmerz am nächsten gehen, den der Junge sich verbiß.

Mit seinem Sohn war es anders gewesen. Auch Thomas hatte gelitten und er mit ihm, einem zarten, verletzlichen, immer ein wenig kränkelnden Kind, das ständig Hilfe brauchte, Fürsorge in Anspruch nahm. Es war seine Natur, Jorge warf ihm das nicht vor. Aber Thomas war nicht nur schwächlich, er war schwach durch und durch. Er verstand es nicht zu leiden. Er verstand nicht, warum es manchmal besser war zu knien als zu sitzen, zu fasten statt zu essen und zu wachen, wenn er müde war. Er sah nicht den Sinn.

Jorge hatte nichts unversucht gelassen und sich systematisch bemüht, seinem Sohn die Bedeutung des Schmerzes beizubringen – die wichtigste Lektion seines Lebens, seine einzige Begabung, sein größtes Talent. Doch es gelang ihm nicht. Thomas litt, ohne dazuzulernen. Wenn es darum ging, Strapazen auszuhalten, Durststrecken zu überstehen und der Erschöpfung nicht nachzugeben, schaute er ihn jedesmal an wie ein waidwundes Tier, das den Schmerz, die Entbehrungen und den Mangel spürte, ohne zu wissen, wie ihm geschah. Thomas kannte nur eine Reaktion auf alles, was weh tat, die Flucht. Er floh zuletzt sogar vor seinem Vater. Nach all den Jahren, all den Qualen hatte er nichts begriffen.

Sein eigen Fleisch und Blut.

Noch immer ertrug Jorge es nicht, Thomas leiden zu sehen. Doch die Empfindung war längst nicht mehr Mitleid, sondern Unverständnis und Bitterkeit, gemischt mit dem Gefühl des eigenen Versagens. Er erkannte sich in dem Schmerz seines Sohnes nicht wieder.

Und doch gab es auf der Welt keinen Menschen, der ihm so ähnlich sah.

Jorge hatte nicht gewußt, wie sehr er Thomas verachtete, bis zu dem Augenblick, als er dem Jungen begegnet war. Kaum jemand kümmerte sich um den »Bastard« oder schenkte ihm auch nur Beachtung. Dabei besaß er die höchste und kostbarste Kraft, die ein Mensch besitzen konnte. Sein schmächtiger, schlaksiger Körper war von einem unbeugsamen Willen beseelt. Seine scheinbar müßigen, zerstreuten Handlungen – das, was er aufschnappte, was er sich abschaute – dienten alle einem einzigen Ziel. Der Junge war ein Kind des Zufalls, doch sein Leben folgte einem präzisen inneren Plan. Nur daran maß Jorge den Wert eines Menschen: nicht an seiner Hautfarbe oder der vermeintlichen Schande seiner Geburt, sondern allein an der Kraft seines Willens.

Im Vergleich zu dem Jungen war sein leiblicher Sohn willenlos.

Es war falsch gewesen, Esther vorzuwerfen, sie habe Thomas zu sehr verwöhnt und verhätschelt. Es war ein Irrtum zu glauben, man hätte ihn mit Gewalt wachrütteln, ihn noch härter rannehmen müssen, damit der Funke des Willens auf ihn übersprang. Er ließ sich weder formen noch brechen, er war weich, unfaßbar weich.

Thomas ähnelte keinem de Houwelandt, er erinnerte nur an die Trägheit und Schwäche, die Jorge sein Leben lang bekämpft hatte.

Manchmal, in den fruchtlosen Stunden auf dem steinigen Boden der Kapelle, glaubte Jorge, dieser Sohn sei Gottes Strafe dafür, daß er nie gelernt hatte zu lieben.

Er war kein Mensch ohne Mitleid. Jorge erkannte den Schmerz, wo immer er ihn traf, und es gab eine Zeit, da hatte er Thomas so wie dem Jungen mit zusammengebissenen Zähnen und geballten Fäusten beigestanden. Doch die Qualen der Wehleidigen und Weinerlichen ließen ihn kalt. Das Gefühl, das man »Mitleid« nannte, verspürte er nur beim Anblick der Tapferen, bei ihrem Sieg über den Schmerz. Jorge hatte Mitleid mit den Starken.

Es war das rostige Quietschen der Seilwinde, das ihn mit einem Mal aufhorchen ließ, dieses zutiefst vertraute Geräusch, das immer schriller wurde und sich zu einem regelrechten Kreischen steigerte. Jorge tappte die wenigen Schritte durch den schweren Regen zu seinem Wasserzug. Der Sturzbach hatte den Eimer erfaßt und riß ihn mit sich. In rasender Geschwindigkeit spulte Seil von der Wickeltrommel, rotierte das Zugrad. Der Anschlag erfolgte mit einer solchen Wucht, daß die gesamte Konstruktion ins Wanken geriet. Das Seil zog straff. Der Galgen bog und neigte sich, bekam immer mehr Schlagseite. Jorge hatte keine andere Wahl, er mußte die Verbindung kappen. Reflexartig faßte er nach dem Schweizermesser in seiner Hosentasche, doch es war nicht mehr da.

Er hatte es dem Jungen geschenkt.

Mit beiden Händen griff Jorge nach dem Seil und versuchte, den Eimer aus dem Wasser zu ziehen – ohne Erfolg, der Druck war zu stark. Er überlegte kurz, ob die Zeit reichen würde, um zum Geräteschuppen zu laufen und die Machete zu holen. Doch er kam nicht einmal dazu, es zu versuchen. Ächzend löste sich die Winde aus ihrer Verankerung, das gesamte Eisengestänge brach. Innerhalb von Sekunden verschwand es trudelnd in den braunen Fluten.

Der Junge hatte nicht »danke« gesagt. Er hatte ihn nur angesehen. Er verstand das Messer nicht als Geschenk, sondern als Auftrag. Aber er nahm es an.

Kaum zwei Tage war es her, daß Jorge ihn losgeschnitten hatte. Behutsam hatte er die Schlaufen um seine wundgescheuerten Gelenke durchtrennt, nachdem die Schwimmzüge des Jungen immer kraftloser und fahriger geworden waren und er anfing, sich zu verzählen. Aber da war er schon weit über die Insel hinaus.

Er wäre noch weiter geschwommen, kein Zweifel. Während Jorge ihm die gröbsten Splitter aus der Haut zog und die aufgeschürften Stellen abtupfte, ließ der Junge sein Ziel nicht aus den Augen und musterte unentwegt einen imaginären Horizont. Genau so hatte er auch das Messer genommen, nicht als Belohnung, sondern wie etwas, das man ihm mit auf den Weg gab. Sinnlos, ihn zu ermahnen, daß es für heute genug war. Derselbe Wille, durch den sie beide sich so nahe waren, machte sie füreinander unerreichbar.

Seitdem hatte er ihn nicht wiedergesehen.

Jorge senkte den Kopf. Zwischen seinen Stiefeln zerlief das Land. Unerbittlich bohrte sich der Regen in den Boden, zerwühlte die aufgeschütteten Beete, den zusammengetragenen Humus, und schwemmte die Arbeit dieses Sommers davon. Wenn es so weitergoß, drohte der gesamte Hang abzurutschen und den Garten in eine Schlammlawine zu verwandeln. Ein immer mächtiger werdender Strom von Erde schob sich durch das Tal, fraß an den Rändern des Grundstücks und dem vor der Sonne geretteten Grün. Doch Jorge setzte sich nur langsam in Bewegung. Es war der zweite Regentag, und der Junge fehlte ihm sehr.

Die Vergeblichkeit seiner Bemühungen lastete schwer auf ihm. Dennoch öffnete er die Tür des Schuppens und trug Schaufel, Spaten, Hammer und Pflöcke hinaus in das gerinnende Grau der Dämmerung. Es schien, als hätte der anbrechende Tag an Helligkeit nichts mehr zuzusetzen. Der Himmel stand.

In Abstufungen von oben nach unten begann Jorge, Dämme aufzuhäufen, Barrikaden zu errichten und Gräben zu ziehen. Er mußte das Wasser ableiten, den Boden befestigen, die Beete, Stauden und Pflanzungen schützen. Doch seine Gedanken gehorchten ihm nicht. Es drängte ihn zu wissen, wie das Meer an diesem Morgen war, wie bewegt, wie aufgewühlt, welche Farbe es hatte, ob grau oder schwarz, ob bleiern wie der herabregnende Himmel, gelblich wie Lehm oder schlammbraun und dunkel wie die vom Land hereinbrechende Flut. Bei jedem Spatenstich, den er setzte, bei jedem Pflock, den er einschlug, hatte er die von Tropfen wimmelnde See vor Augen, sah er ihre verwandelte Weite und den wolkenverhangenen Horizont. Das Donnern des Sturzbaches war seine Brandung, der prasselnde Regen seine Gischt. Jorge vermißte das Meer wie den Schlaf, er sehnte sich nach seiner Tiefe und der weichen Umarmung des Wassers. Seine Müdigkeit trieb ihn wie Durst, er war müde nach Meer. Immer wieder ertappte er sich bei dem Tagtraum, seinen Garten sich selbst zu überlassen und dem Lauf des Wassers zu folgen, um einzutauchen in seine geschmeidige Tiefe, so als bräuchte er nicht alle Kraft für den Kampf gegen den Regen, so als wäre dies kein von Beginn an verlorener Tag.

Pflichtbewußt schritt Jorge die provisorischen Dämme noch

einmal ab, klopfte sie mit der Schaufel fest und breitete eine Plastikplane über den wichtigsten Schutzwall am oberen Ende. Mehr konnte er nicht tun. Jetzt gab es nur noch eine Art, dem Wetter zu trotzen: sich ins Meer zu stürzen und seine Bahn zu behaupten, Regen auf dem Rücken, Regen auf der bloßen Haut. Nur so konnte er sich und den Tag überwinden, nur so konnte er sehen, ob der Junge am Strand auf ihn wartete, ob er im strömenden Regen dasaß auf seinem Felsen und nach ihm Ausschau hielt.

Mehr noch als die Gnade des Wassers und des Schlafs fehlte ihm der Blick des Jungen.

Die Aussicht auf ein Wiedersehen beflügelte ihn. Zügig sammelte Jorge das Werkzeug zusammen und brachte es in den Schuppen zurück. Es gab keinen Sonnenstand, an dem er hätte ablesen können, wie weit der Morgen fortgeschritten war. Doch ihm schien, als sei er nur geringfügig über die gewohnte Zeit hinaus. Wenn er sich sofort auf den Weg machte, würde der Junge nicht allzulange auf ihn warten müssen.

Er ging ins Haus und rollte sein Badezeug zusammen, das klamm war von der feuchten Luft. Jorge rechnete damit, bald keinen einzigen trockenen Faden mehr am Leib zu haben, doch das schreckte ihn nicht. Im Badezimmerspiegel begegnete er für einen Augenblick sich selbst, einem unrasierten, närrischen alten Mann in einem tropfenden Regencape, mit Schlammspritzern im Gesicht und einem schiefen Grinsen.

»Freu dich bloß nicht zu früh«, ermahnte er sein Spiegelbild. Er mußte sich darauf gefaßt machen, daß der Junge auch heute nicht wiederkam aus Angst vor dem Schmerz, den er auf der Schwimmaschine durchlitten hatte, aus Angst vor dem Wasser, das sein Ziel in unerreichbare Ferne rückte, aus Angst vor ihm, dem schief grinsenden, bitteren alten Mann, der wie ein Schatten im Mittelpunkt seiner Ängste stand.

Sie waren alle vor ihm davongelaufen.

Aber er hatte es nicht mit Thomas zu tun, dessen Mut sich jedesmal als Strohfeuer erwies, der nichts zu Ende brachte, immer nur wünschte und bettelte, aber nicht Manns genug war, um wirklich etwas zu wollen. Der Junge würde ihn nicht enttäuschen. Er war zäh, zäher als alle anderen. Und selbst wenn er sich fürchten sollte vor dem bitteren, grinsenden alten Mann, selbst wenn seine Angst von Stunde zu Stunde gewachsen war, dann würde er, so wie Jorge ihn kannte, nicht weglaufen, sondern dem Schatten seiner Ängste entgegengehen.

Sein Grinsen wurde noch schiefer.

Jorge verließ das Bad und durchquerte den Flur. Vor dem Beistelltisch blieb er kurz stehen. Neben dem Telefon lag ein Notizblock mit der Nummer, die Esther ihm vor ihrer Abreise aufgeschrieben hatte. Möglicherweise war sie schon wach. Seit fast sechzig Jahren stand sie zeitgleich mit ihm auf. Doch er konnte sie ebensogut auch nach dem Schwimmen anrufen, um ihr mitzuteilen, daß er sich von nun an um den Jungen kümmern würde, daß der »Bastard« ab sofort zur Familie gehörte, ob sie wollte oder nicht. Sein Entschluß stand nicht zur Debatte. Es war seine Rache für das Fest.

Er nahm den Schlüssel vom Schlüsselbrett und steckte ihn in seine Hosentasche, die ihm ohne das Schweizermesser so ungewohnt leer vorkam, daß er das Gefühl nicht los wurde, irgend etwas vergessen zu haben. Dann schloß er die Tür hinter sich und trat hinaus in den Regen. Erst auf den zweiten Blick erkannte er die Frau mit dem dunklen Kopftuch, die an der Gartenpforte stand.

Es war Luisa Mejía.

Zögernd ging Jorge ein, zwei Schritte auf sie zu. Weiter kam er nicht. Luisa Mejía sah ihn mit demselben durchdringenden Blick an, mit dem sie seinen Schmerz erkannt und kuriert hatte, wenn er sie nach den schlimmen Nächten in ihrem Garten aufsuchte, nur daß es kein Kraut, keinen Wundertee gegen den Schmerz geben würde, der ihm bevorstand.

Es gab nur eine Erklärung für ihren Besuch: Sie war wegen des Jungen hier.

»Ist ihm etwas zugestoßen«, fragte er über das Rauschen des Sturzbaches und den prasselnden Regen hinweg. Jorge trat noch einen zaghaften Schritt näher, weil er nicht sicher war, ob sie ihn verstehen konnte. Dann erst bemerkte er die Kälte und Verachtung in Luisa Mejías Gesicht. Sie war nicht gekommen, um ihr Leid mit ihm zu teilen. In ihren Augen war er der Peiniger ihres Sohnes und seine Anteilnahme blanker Hohn.

Ein Mißverständnis.

Sicher hatte Luisa die Splitter und Abschürfungen am Körper des Jungen entdeckt, ohne aus ihm herauszubringen, was wirklich vorgefallen war. Für sie mußte es so aussehen, als hätte Jorge ihren Sohn derart zugerichtet. Jetzt war es an ihm, die Dinge richtigzustellen. Doch genau wie der Junge konnte und wollte er ihr nicht erklären, was sie beide miteinander verband.

Sein einziger Gedanke war: »Wie geht es ihm?« Aber das zu fragen hatte er kein Recht.

Mit einer ausweichenden Geste bat er Luisa Mejía ins Haus, doch sie kam seiner Aufforderung nicht nach, sondern blieb vor dem Gartentor stehen. Offenbar bevorzugte sie die Umgebung von Kräutern und Pflanzen. Jorge ließ sie herein, ließ sie vorangehen und folgte ihr in den Garten, immer einen halben Schritt zurück, während sie im strömenden Regen die Beete inspizierte.

Immer wieder hielt sie inne, richtete vom Wasser geknickte

Sämlinge auf und grub unterspülte Wurzeln ein, als sei sie aus keinem anderen Grund gekommen. Es war ihre Art, in seiner Seele zu lesen, so gut kannte er Luisa mittlerweile. Doch als sie sich in aller Ruhe über die zerschlagenen Blüten des Hibiskus beugte und einzelne Tropfen von den Blättern strich, verlor Jorge die Geduld. Er mußte wissen, wie es dem Jungen ging, wie seine Wunden verheilten und ob er sich von den Strapazen erholt hatte. Man konnte ihm vieles vorwerfen, doch seine Sorge um den Jungen war echt.

Allerdings wußte er seinen Namen nicht. Er hatte ihn nie danach gefragt, nie mit irgend jemandem über den Jungen gesprochen und auch nicht anders über ihn reden hören als über den »Bastard«.

Vollkommen ungeschützt traf ihn Luisas Blick, Jorge konnte ihr nicht in die Augen sehen. Er hatte sich des Jungen annehmen wollen, hatte ihn bereits als seinen Sohn betrachtet, aber er kannte nicht einmal seinen Namen. Auch für ihn war er immer der »Bastard« geblieben.

Jorge hatte vergessen, wie es sich anfühlte, rot zu werden, auch wenn sein müdes Gesicht kaum Farbe hergab. Er schämte sich vor Luisa Mejía, weil er ihr unterstellt hatte, sie würde sich nicht um ihren Sohn kümmern, den sie vermutlich mehr liebte, als er jemals zu lieben imstande war.

»Zuviel Wasser«, verkündete sie ihr Urteil. Es war endgültig. Ihr Blick ließ keinerlei Milde erkennen. Sie würde nicht dulden, daß er und der Junge sich wiedersahen. Wenn sie sich von nun an zufällig auf der Straße begegneten, würden sie schnell und ohne sich umzuschauen aneinander vorbeigehen.

Jorge akzeptierte seine Strafe mit gesenktem Kopf. Der Verlust war noch zu frisch, um faßbar zu sein, doch alles, was in ihm zerbrach, war schon einmal zerbrochen.

Luisa Mejía hatte ihr Verdikt gesprochen, und dem beugte er sich, mehr konnte er nicht tun. Jorge hätte viel darum gegeben, jetzt allein zu sein, wie er es die meiste Zeit seines Lebens gewesen war. Doch Luisa rührte sich nicht vom Fleck und starrte ihn weiter an bis auf den Grund. Regen fiel unablässig, trennte und vermengte sie und ihn, zwei eingesunkene Gestalten am Rande des stockenden Tages, verbunden durch die bloße Dauer ihrer Einsamkeit. Doch Jorge erwartete keine Versöhnung, nur Abschied.

Schwere Tropfen trafen seine untätigen Hände, liefen über sein erloschenes Gesicht. All seine Gedanken führten ins Leere und ergaben sich dem Nichts, das sein würde, wenn Luisa gegangen war. Aber sie ging nicht. Sie wartete, er wartete. Der Regen fiel mit unendlicher Geduld.

Erst als er es nicht mehr für möglich hielt, daß sie noch immer dastand, hob Jorge den Kopf. Sie sah ihn an mit unverminderter Strenge. Doch er hatte aufgehört, sich zu schämen, auch das war vorbei. Die Stelle, die so gebrannt und ihm das Blut ins Gesicht getrieben hatte, war taub.

Wie zum Abschied streckte ihm Luisa ihre Hand entgegen, tauschte jedoch mit ihm keinen Händedruck, sondern übergab ihm einen harten, länglichen Gegenstand, um den seine Faust sich sofort schloß. Er brauchte ihn nicht anzusehen, um zu wissen, was es war.

Das Schweizermesser.

»Nein, bitte«, schüttelte er langsam den Kopf, »das gehört mir nicht mehr.«

Doch Luisa Mejía hatte ihre Hände bereits wieder in ihren Mantel gemengt und machte keinerlei Anstalten, das Messer zurückzunehmen. Er suchte in ihrem Gesicht nach einer Möglichkeit, ihr zu erklären, daß der Junge es sich verdient hatte, daß er, dessen Namen er nicht einmal kannte, es unbedingt behalten mußte, nicht als Andenken an ihn, sondern an seine eigene Tapferkeit. Doch er fand in ihren Augen nur Stolz, stechenden, verletzten Stolz. Weder Luisa noch der Junge würden von einem Fremden wie ihm jemals etwas annehmen.

»Es geht ihm gut«, sagte sie und ging.

Jorge ließ die Arme sinken. Das Messer glitt wie selbstverständlich zurück in seine Hosentasche, wo es seinen gewohnten Platz fand. Doch etwas war anders. Mit den Fingerkuppen spürte er an der Seite des Griffs eine rauhe, gekerbte Fläche, die er nicht kannte. Verwundert holte er das Messer wieder hervor und hielt es ins spärliche Licht. In den äußeren Rand des dunkel verfärbten Schafts hatte jemand mit einer feinen Nadel etwas eingeritzt. Jorge brauchte eine Weile, um es zu entziffern. Es war der Name des Jungen.

Darío Esteban Mejía.

»Luisa?« rief er gegen die herabrauschenden Wassermassen an, vielleicht war es noch nicht zu spät, vielleicht erreichte er sie noch. »Luisa!«

Seine Hände zitterten, so als hätte er gerade eine entscheidende Entdeckung gemacht, so als hielte er den Beweis in den Händen, der ihm recht gab: Es war nicht länger sein Messer, er hatte es dem Jungen geschenkt, wie sein Vater es ihm geschenkt hatte, und der Junge, Darío, wollte es so!

Jorge lief ein paar Schritte den Hang hinauf, atemlos, taumelnd.

»Señora Mejía!«

Er entdeckte ihren geduckten Schatten auf der Höhe des Gartentors, keine dreißig Meter entfernt, doch noch bevor er zu ihr aufschließen konnte, verließ ihn der Mut. Was sollte er ihr sagen? Daß er ihrem Sohn von allen Menschen am nächsten stand? Daß der Junge einen Willen besaß, der wie eine Antwort auf alles war, was er in seinem Leben gewollt hatte? Daß er auf ihn warten und das Messer für ihn aufbewahren würde, bis er zurückkam, um es sich zu holen?

Jorge blieb stehen und steckte es wieder ein.

»Sie können stolz auf ihn sein«, rief er ihr hinterher, es war sein Urteil, seins gegen ihres, »sehr stolz!« Er schrie beinahe, Luisa mußte ihn hören. Doch sie drehte sich nicht um.

Jorge sah ihr nach, bis sie im Regen verschwunden war. Unablässig fuhren seine Fingerspitzen über den Schriftzug am Messerschaft.

Darío Esteban Mejía.

Endlich hatte er seinen Namen. Er konnte ihn bereits lesen wie Blindenschrift. Aber was änderte das? Er wußte, daß Luisas Stolz es ihm niemals erlauben würde, sich des Jungen anzunehmen an Sohnes Statt, so wie es ihm sein Stolz verbot, sie darum zu bitten. Es gab auf dieser Welt keine Möglichkeit. Wenn er jetzt hinunter zum Meer gehen würde, wäre der Junge nicht da.

Die Leere stand vor ihm wie eine Wand.

Jorge kehrte um, kehrte zum Haus zurück und fand sein Badezeug am Boden. Er hatte es vor der Tür fallen lassen, Handtuch und Hose, völlig durchnäßt. Für einen Moment sah er noch einmal das Meer vor sich wie im Traum, seine rauhe, rätselhafte Oberfläche, das fließende Versprechen von Verwandlung und Gefahr. Aber es reizte ihn nicht mehr. Er hätte es nur für den Jungen gewagt. Für seinen Blick. Für seinen Sieg gegen die Angst.

Er schloß die Tür hinter sich.

Auf dem Weg durch den Flur streifte sein Blick noch einmal das Telefon auf dem Beistelltisch und den Notizblock mit Esthers Nummer. Aber er ging daran vorbei, ohne sie anzurufen, wortlos und müde. Denn er wußte, daß Esther – was immer sie sagte und tat – die Leere nicht füllen konnte, die ihn umgab.

Thomas

Er hatte den Staubmantel zu Hause gelassen, die Handschuhe, den Aktenkoffer, und sich auch sonst in Bescheidenheit geübt. Der Schminkfleck am Revers war schon durch leichtes Bürsten fast verschwunden, sein Zwei-Tage-Bart stand ihm gut. Thomas fühlte sich absolut präsentabel. Doch wenn er die Wahl gehabt hätte, wäre er zu dem Familientreffen im kleinen Kreis nicht erschienen.

Ihre Aussprache war von vornherein zum Scheitern verurteilt, dafür hatte Beate gesorgt. Als er die Idee ins Rollen brachte, hatte ihm ein zwangloses Abendessen auf neutralem Terrain vorgeschwebt, wo jeder bestellen konnte, was er wollte, und auch Ricarda herzlich eingeladen war – die einzige unvoreingenommene Person in der ganzen Familie. Statt dessen hatte Beate eigenmächtig ein Mittagessen bei sich zu Hause anberaumt, nach Schulschluß punkt 13 Uhr 30, in der Höhle der Löwin, und seine Mutter kochte. Das grenzte an Sabotage. Es war ganz offensichtlich ihre Absicht, traumatische Erinnerungen an die Mahlzeiten seiner Kindheit wieder aufleben zu lassen.

Außerdem hatte Ricarda mittags keine Zeit, und Christian war im Zweifelsfall wie alle anderen gegen ihn.

Thomas hatte sich sehr zeitig auf den Weg gemacht. Er wollte nicht auch noch zu hören bekommen, wieder einmal der letzte zu sein. Doch selbst ein Fußmarsch von gut drei Kilometern bei strahlendem Sonnenschein in seinen neuen italienischen Schuhen konnte seine Laune nicht bessern. Mehr als ein Mittagessen könne sie nicht gutheißen, hatte ihm Beate durch seine Mutter ausrichten lassen, schließlich dürfe man dem Fest nicht vorgreifen und müsse im Rahmen bleiben. Was bildete diese Frau sich eigentlich ein? Als sei es sein größter Herzenswunsch, sie wiederzusehen! Als könne er es gar nicht erwarten, die Korken knallen zu lassen und mit ihr Versöhnung zu feiern! Dabei hatte sie heimlich mit seiner Mutter gemeinsame Sache gemacht und sich gleichsam durch die Hintertür in die Familie zurückgeschlichen.

Mißmutig warf Thomas einen Blick auf seine Armbanduhr, ein Schnäppchen.

Er war viel zu früh.

»Ja, aber das ist doch …« Herr Mauser, ein alter Nachbar aus dem Vorderhaus, der ihm damals oft geholfen hatte, Christian zu suchen, hinkte freudig auf ihn zu. »Gut sehen Sie aus!«

»Oh, danke, Sie auch«, erwiderte Thomas höflich, ohne sich entsinnen zu können, daß Mauser jemals anders ausgesehen hatte.

Sie schüttelten sich die Hände.

»Also, daß Sie sich hier mal wieder blicken lassen! Na, wie ist das Leben auf der freien Wildbahn?«

»Ich kann nicht klagen.«

»Man sieht's, man sieht's!« wackelte Mauser anerkennend mit dem Kopf und kam dabei dem Schminkfleck auf seinem Revers bedrohlich nahe. »Aber daß Sie uns so schnöde verlassen haben …«

»Tja, nachdem der Junge aus dem Haus war, dachten meine Frau und ich –«

»Ach, Sie sind noch verheiratet?«

»Steuerlich schon.« Thomas schaute sich um. Für einen Moment befürchtete er, sämtlichen Ex-Nachbarn im Umkreis Rede und Antwort stehen zu müssen. Es war ein Fehler, sich hier so früh sehen zu lassen, wo er die meiste Zeit seines Erwachsenenlebens zu Hause gewesen war und ihn jeder kannte.

Mauser grinste verschmitzt. »Also, ich hätte schwören können, Sie haben eine Jüngere.«

»Nein, nein, ich bin viel zu …« Möglichkeiten hätte es schon gegeben, »… zu beschäftigt.«

»Vorsicht, mein Bester, das sage ich auch immer Ihrer Frau, hüten Sie sich vor der Einsamkeit! Das ist nichts auf Dauer, da wird man eigen.«

Unwillkürlich überlegte Thomas, ob auch Frau Mauser dem zustimmen würde, falls sie nicht schon tot war. »Entschuldigen Sie, ich müßte …«

»Gott hat nicht gewollt, daß der Mensch allein sei, steht schon in der Bibel.«

»Ich muß für meine Frau noch ein paar Blumen kaufen.« Er deutete Richtung Stadtpark in der Hoffnung, daß es den Blumenladen am Westeingang noch gab.

»Ja, ja, tun Sie das, eh' es zu spät ist. Schenken Sie, solange sich noch jemand daran freut.«

»Ein andermal, Herr Mauser.«

Demonstrativ schaute er auf die Uhr und stieß einen Seufzer aus. Doch der alte Mann beachtete ihn gar nicht, sondern stand einfach nur da, auf seinen Stock gestützt, und starrte vor sich hin.

»Also, Herr Mauser«, sagte er, »auf Wiedersehen.«

Ohne eine Reaktion abzuwarten, ging Thomas weiter, vorbei an dem Hauseingang, der ihm bis auf die letzte Steinplatte vertraut war, dem Innenhof, dessen Geräusche und Gerüche ihn manchmal im Schlaf heimsuchten, so daß er beim Aufwachen nicht mehr wußte, wo er war, vorbei an dem Klingelbrett, auf dem sein Name nicht mehr stand.

Er hätte nicht haltmachen sollen. Die Erinnerung hatte ihn eingeholt.

Thomas versuchte, sich auf das bevorstehende Treffen zu konzentrieren und das Gefühl von Heimkehr gar nicht erst aufkommen zu lassen. Er wohnte nicht mehr hier und würde hier nie wieder wohnen. Sein Rauswurf war endgültig. Und wenn Beate ihn jetzt einlud, hieß das einzig und allein, daß er bei sich zu Hause nur noch Gast war.

Er konnte immer noch umkehren.

Der leichte Sommerschweiß in seinem Nacken wurde kalt und klebrig. Der Nikotinmangel in seiner Lunge nahm immer bedrohlichere Ausmaße an. Thomas hätte nichts lieber getan, als seine Krawatte zu lockern und sich das Hemd aufzuknöpfen. Atemlos tastete er nach der Notfallpackung in seiner Hosentasche. Er hatte nicht wieder angefangen. Die drei Zigaretten täglich, die er jeweils nach den Mahlzeiten rauchte, stellten das medizinisch notwendige Minimum dar und dienten einem geregelten Stoffwechsel. Doch seine Verdauung war mit Blick auf den von Beate verfügten Tagesablauf und das zeitige Mittagessen ohnehin schon so durcheinandergeraten, daß er das Frühstück vor der Frühstückszigarette übersprungen hatte. Von daher stellte sich die Frage, ob er nicht auch seine Mittagszigarette ausnahmsweise vor dem Essen in Angriff nehmen sollte, zumal es nachher im Beisein der anderen keine Gelegenheit gab. Und er würde einen Nikotinschub zur Bewältigung von Esthers Küche dringend brauchen.

Er hatte nicht den geringsten Appetit, geschweige denn Hunger, er hatte Schmacht, einfach nur Schmacht.

Warum tat sie ihm das an?

Beate kannte ihn besser als irgend jemand sonst. Sie konnte ermessen, daß ihn nichts so weit zurückwerfen würde wie ein Besuch in seinem einstigen Zuhause. Es gab keinen verhängnisvolleren Ort, um den Beweis antreten zu müssen, ein anderer Mensch geworden zu sein. Überall lauerte Vergangenheit. Jeder Stein, jeder Strauch hier wußte über ihn Bescheid. Es war die Hölle. Und mitten in seinem ganz persönlichen Höllenring kochte seine Mutter Mittag.

Mit einer Hand in der Hosentasche hatte Thomas die Cellophan-Hülle bereits entfernt und den Schachtelkopf zurückgeknickt. Unablässig fuhr er mit den Fingerspitzen über die Filterreihe, vor und zurück wie über die Tasten eines glückseligkeitversprechenden Instruments, das er nicht entweihen durfte. Noch nicht. Denn selbst wenn er so geschickt mit dem Wind rauchen würde, daß Beate und Christian trotz ihrer hochempfindlichen Nasen keinen einzigen Wirbel Zigarettenrauch erschnupperten, selbst wenn er vorher sein Jackett auszöge und nachher ein Pfefferminz lutschte, bestand noch immer die Gefahr, daß ihn jemand auf der Straße erkannte und in der ganzen Nachbarschaft herumerzählte, daß er, Thomas, nach wie vor Kettenraucher war.

Er mußte an etwas anderes denken.

Um so anonym wie möglich zu bleiben, wechselte Thomas auf die andere Straßenseite, die zur Hälfte im Schatten lag. Sobald ihm jemand entgegenkam, wandte er sich den Schaufensterauslagen zu und harrte aus, bis die Gefahr vorüber war. In der Apotheke, an der er vorbeischlich, stand Frau Greuter, eine ehemalige Verwaltungsangestellte vom Katasteramt, der er den Kleinen seinerzeit häufiger anvertraut hatte, bis er sie dabei erwischte, wie sie Christian die Süßigkeiten wegnaschte, die er ihm gekauft hatte. Im Apothekerkittel bediente noch immer Dr. Melching persönlich, dessen Absatz an Alka Seltzer nach seinem Umzug rapide gesunken sein mußte. Es gab keine Chance, hier unbemerkt ein Nikotinpflaster oder auch nur ein therapeutisches Kaugummi zu erstehen. Und eine Apotheke, in der man ihn nicht kannte, würde er kaum mehr erreichen in der verbleibenden Zeit.

Noch fünfundzwanzig Minuten

Er durfte auf keinen Fall vergessen, seine neue Uhr abzulegen, bevor er Beate unter die Augen trat. Sie würde vermutlich schon beim Anblick seiner Schuhe Verdacht schöpfen.

Ein jüngeres Pärchen schlenderte ihm Arm in Arm entgegen, Zugezogene vermutlich, aber man konnte nie wissen. Vorsichtshalber tauchte Thomas in den Schatten einer Secondhand-Boutique und vertiefte sich in die Auslage. Sein Spiegelbild in der Schaufensterscheibe erschreckte ihn. Er sah totenblaß aus, auf seiner Stirn glänzte wächserner Schweiß. Ihm war speiübel.

Als letzte Zuflucht blieben die Schleichwege im Stadtpark, fernab der üblichen Seniorenrouten, wo er sich bestens auskannte, weil Christian es früher geliebt hatte, sich auf verschlungenen Pfaden im Dickicht zu verlieren. Immer, wenn Beate ihren Erziehungskoller bekam und andere Saiten aufziehen wollte, hatte er den Jungen bei der Hand genommen und war mit ihm durch den Park gelaufen. Diese gemeinsamen Ausflüge schienen weit mehr zu fruchten als sämtliche pädagogischen Maßnahmen aus dem Lehrbuch. Christian war an der frischen Luft, bekam reichlich Bewegung und rannte viel seltener weg.

Nie hätte Thomas sich träumen lassen, daß die Geheimgänge seines Sohnes einmal der einzige Schlupfwinkel sein würden, wo er ungestört seine Vorverdauungszigarette rauchen konnte. Er fühlte sich wie ein Teenager auf dem Weg zu seinem ersten Lungenzug.

Seine Vorfreude wuchs ins Unerträgliche.

Der Blumenladen am Westeingang existierte noch, aber dafür hatte er jetzt keine Zeit. Thomas wollte nichts sehnlicher als sich in Luft auflösen und verstand wie noch nie die Entschlossenheit, mit der Christian früher vorausmarschiert war. Zügig bog er in den Park ein und strebte einem dichten Waldstück neben dem Seerosenteich entgegen, als das Unheil geradewegs auf ihn zukam, Dorothea Hasselbach, die Frau, der er von allen bösen Geistern der Vergangenheit am wenigsten begegnen wollte.

Sie trug ihre leuchtend rotblonden Haare offen, eine blauseidene Bluse und ein Buch unterm Arm.

Thomas machte mit derselben Zielstrebigkeit kehrt, mit der er den Park soeben betreten hatte. Er vermied es, sich umzuschauen, doch er spürte ihren Blick im Nacken. Kein Zweifel, Dorothea hatte ihn gesehen und kam hinter ihm her. Jetzt konnte er nur noch versuchen, sie abzuschütteln, ohne daß es so aussah, als würde er vor ihr davonlaufen.

Als er das Westportal erreichte, schlug er einen Haken und verschwand im Blumenladen, dem Ort, wo ihn Dorothea Hasselbach zuallerletzt vermuten würde. Er hatte Glück im Unglück. Von den Verkäuferinnen erkannte ihn keine, was auf Gegenseitigkeit beruhte. Es mußte Jahrzehnte her sein, daß er hier zuletzt Blumen gekauft hatte, zumal der Botanische Garten ganz in der Nähe war.

Um sich nicht anmerken zu lassen, wie sehr er außer Atem war, beugte sich Thomas über einen Strauß Rosen und schloß für einen Moment die Augen angesichts der Fülle samtig roter Blüten. Sie rochen nach Blumenwasser. Als er wieder aufschaute, lächelte ihn eine junge Verkäuferin an, so wie ihn damals Dorothea Hasselbach angelächelt hatte, als er in dem Antiquariat am Ende der Straße seine in Leder gebundene kritische Ausgabe der gesammelten Werke von Heinrich Heine zurückkaufen wollte, die er dem Antiquar seinerzeit für einen Spottpreis und somit gewissermaßen als Pfand überlassen hatte, um ein vorübergehendes Loch in der Haushaltskasse zu stopfen. Der Antiquar jedoch sah das anders. Er verlangte ein Vielfaches des Einkaufspreises und war obendrein zu feige, sich persönlich mit ihm über Wucher und sittenwidrige Geschäftspraktiken zu streiten. Statt dessen schickte er seine Geheimwaffe vor, die studentische Aushilfskraft Dorothea Hasselbach, der er, Thomas, eine solche Szene machte, daß es ihm hinterher aufrichtig leid tat und er sie zu einem Glas Rotwein einladen mußte.

Sie tranken maximal eine Flasche. Ihre Füße unter dem Tisch berührten sich nicht. Und am Ende hatte sie zu ihm nur gesagt: »Ich finde es gut, wie du kämpfst.« Das war alles. Mehr hatte zwischen ihnen nicht stattgefunden. Daß er dann später bei ihr übernachtete, war nicht die Ursache, sondern eine von vielen Folgen seines Rauswurfs durch Beate und insofern nicht seine Schuld. Ein Hotel konnte er sich schließlich nicht leisten.

Rote Rosen kamen also nicht in Frage.

»Ich glaube, ich nehme die da«, deutete Thomas auf einen zu seinen Füßen stehenden Bottich, »die großen Gänseblümchen.«

»Das sind Margeriten«, erklärte die Verkäuferin.

»Spricht was dagegen?«

Es erschien ihm wie eine Ironie des Schicksals, daß er nach all den Jahren ausgerechnet Blumen kaufte, die selbstgepflückter aussahen als alles, was er seinerzeit im Botanischen Garten geklaut hatte. Doch es mußte schnell gehen. Sein siebter Sinn sagte ihm, daß er hier nicht bleiben konnte.

Was immer man sich über ihn und Dorothea Hasselbach erzählte, sie hatte ihm nie etwas bedeutet. Auch auf die Gefahr hin, Beate nur sagen zu können, was alle reuigen Männer sagten: Es gab für ihn keine andere Frau.

In völliger Seelenruhe arrangierte die Verkäuferin zwei Bund Margeriten und allerlei Grünzeug zu einem Strauß, während er von einem Fuß auf den anderen trat. Er hätte doch die Rosen nehmen sollen.

Beate war die Mutter seines Sohnes. Sie gehörte zu ihm wie seine Geschichte. Eine solche Frau kann man sich nicht aussuchen, man kann sie nicht auswechseln, sosehr man auch mit seinem Schicksal hadert, sie ist einem bestimmt. Nach all den Jahren konnte ihn Beate noch immer in Rage bringen wie keine zweite, das meinte er als Kompliment. Aber vielleicht ließ sich das auch mit Margeriten sagen.

»Folie oder Papier?«

»Bitte?«

Die Verkäuferin zog eine Lage grünbedrucktes Einwickelpapier von einer breiten Rolle.

»Nein, nein, lassen Sie nur. Ich hab's nicht weit.«

Er zahlte, ohne auf das Wechselgeld zu warten, und wollte gerade gehen, als Dorothea Hasselbach den Laden betrat. Er hörte es an dem Glöckchen, das oberhalb des Türrahmens befestigt war. Er roch trotz des schwülstigen Blumengeruchs ihr Parfüm. In höchster Verlegenheit hielt er sich den Strauß vors Gesicht und spähte zwischen Farnwedeln, Blütenköpfen und Gräsern hindurch. Nein, er täuschte sich nicht, sie war es tatsächlich. Dorothea benutzte noch immer denselben Duft und keinen BH.

Wahrscheinlich hatte sie Mittagspause.

»O Margeriten, die sind aber schön«, rief sie aus, offenbar bereitete es ihr einen Heidenspaß, dieses alberne Versteckspiel auf die Spitze zu treiben. Doch als Thomas die Blumen sinken ließ und ihre Blicke sich trafen, zeigte sich in ihren braunen Augen keinerlei Erinnerung.

»Guten Tag«, sagte er. Er sagte nicht, »was für ein Zufall«, obwohl es das einzige war, was ihm einfiel.

»Tag«, lächelte Dorothea ihr antiquarisches Lächeln, doch sie erkannte ihn nicht und wandte sich vollkommen unbefangen der Verkäuferin zu. Eine so gute Schauspielerin war sie nicht. Offenbar hatte sie ihn komplett vergessen und aus ihrem Gedächtnis gelöscht, Dorothea Hasselbach, der Alptraum seiner schlaflosen Nächte.

»Ich hätte gern genau das gleiche wie der Herr«, hörte er sie noch sagen, doch da war er bereits an der Tür. Taumelnd verließ Thomas den Blumenladen. Das Tageslicht blendete ihn. Den Blick auf die Ritzen der Gehwegplatten gerichtet, lief er die Straße hinunter. Ab und zu grüßte ihn jemand, doch er hob nur die Hand und ging weiter. Erst, als er Beates Stimme hörte – die unverwechselbare Art, wie sie seinen Namen rief –, hielt er inne und schaute sich um. Sie stand auf der anderen Straßenseite und sah aus wie immer. Thomas schluckte. Er war nicht länger imstande, das Gefühl von Heimkehr zu unterdrücken.

»Das hätte ich dir gar nicht zugetraut«, sagte sie, als er mit dem Strauß in der Hand die Straße überquerte. Beate lächelte. Wie lange hatte er sie nicht mehr lächeln gesehen.

Er starrte sie einfach nur an.

»Daß du daran gedacht hast! Margeriten sind die Lieblingsblumen deiner Mutter. – Paß auf, Vorsicht!« Sie trat einen Schritt zurück, als er ihr den Strauß überreichen wollte. »Du mußt sie mit dem Kopf nach unten halten.«

Wasserflecken zeigten sich auf seiner Anzughose und seinen italienischen Schuhen. Thomas versuchte ein Achselzucken. Unmöglich, ihr jetzt noch die Blumen zu schenken, er hatte den Moment verpaßt.

»Das trocknet«, tröstete sie ihn.

»Wie ... wie lief's in der Schule«, brachte er mühsam hervor. Er fühlte sich sogar zu elend zum Rauchen und war im selben Moment überzeugt, daß er es schaffen würde, nicht wieder anzufangen, wenn er sie nur immerzu sah, wenn er sie nur immerzu um sich hatte. Er wollte nach Hause, nur noch nach Hause, und verstand auf einmal nicht mehr, warum das nicht ging.

»Das hast du mich lange nicht mehr gefragt.«

»Ich habe viel daran gedacht, wie's dir so geht«, er konnte sie nicht ansehen und gleichzeitig reden, »im Schulalltag.«

»Wie immer.«

»Ach ja?« Thomas hielt die Blumen jetzt am ausgestreckten Arm von sich weg. Erst an ihrem Blick bemerkte er, daß er vergessen hatte, die Uhr abzuziehen.

»Ja, nur die Schüler werden immer jünger«, sagte sie mit einem leichten Schmunzeln. Es war das erste Mal, daß sie ihm gegenüber mit ihrem Alter kokettierte. Dabei war sie zeitlos. Sie war für immer seine Frau. Doch es gab keinen Weg, ihr das zu sagen. Sie hatten den Hauseingang fast erreicht.

»Können wir reden?« fragte er beinahe schüchtern und blieb stehen.

»Eigentlich wollte ich deiner Mutter beim Tischdecken helfen.«

»Das hat Zeit«, entschied er. Er mußte ihr erklären, was damals wirklich vorgefallen war. Wenn es für sie keine Zukunft mehr gab, wollte er wenigstens die Vergangenheit in Ordnung bringen.

»Aber das Essen ...«

»Geht es ums Essen?« fiel er ihr ins Wort, er mußte darauf bestehen. Doch Beate schien sich über seine Heftigkeit nicht zu wundern. Sie wirkte völlig entspannt.

»Also gut, wohin willst du? In den Park?«

»Nein, nein, da komme ich gerade her. Laß uns einfach nur um den Block laufen, ja?«

Sie gingen nebeneinander. Er fand augenblicklich in den Rhythmus ihrer Schritte, in die Leichtigkeit, mit der sie lief. So waren sie jahrelang nebeneinander hergegangen. Es fühlte sich an, als könnte er ihre Hand nehmen, ohne mißverstanden zu werden. Sie kannte ihn besser als jeder andere Mensch.

»Christian hat mir von deiner Rede erzählt«, machte Beate den Anfang.

»Es ist nicht wirklich eine Rede …«

»Er war ganz angetan.«

»Das …« hätte er nicht gedacht, »freut mich.«

Unmittelbar vor dem Hauseingang lauerte Herr Mauser ihnen auf. Thomas befürchtete schon, wertvolle Zeit zu verlieren, Zeit, die er brauchte, um ihr zu beweisen, daß er sich geändert, gebessert hatte. Doch als ihr Nachbar angehumpelt kam, sagte Beate entschieden: »Ein andermal, Herr Mauser!«

Das genügte, um ihn zu stoppen.

Thomas blieb mit seinem Blick an dem alten Mann hängen, der ihnen nachsah, wie um ihnen die Botschaft mit auf den Weg zu geben, daß es Gott nicht gefalle, wenn der Mensch allein sei.

Für einen Moment überlegte er, ob er Beate von seinem Gespräch mit Mauser erzählen solle, doch sie zog ihn mit Nachdruck weiter und flüsterte ihm schon nach wenigen Metern warnend ins Ohr: »Er ist ein bißchen seltsam, seit seine Frau sich erhängt hat.«

Ihr Atem kitzelte.

Sie hatte sich bei ihm untergehakt.

Für einen Moment suchte Thomas nach Worten, um die Geschichte mit Dorothea Hasselbach ein für allemal aus der Welt zu schaffen, doch er fand keinen Einstieg. Unter Beates Berührung verschwand allmählich der Impuls, sich zu rechtfertigen. Auf einmal, vollkommen unverhofft, schien es ihm, als hätte alles genau so kommen müssen. Ohne ihre Trennung wäre er nie der Mann geworden, der so gelöst an ihrer Seite ging.

In wortlosem Einverständnis liefen sie über die nächste Seitenstraße hinaus.

Es gab nichts zu sagen. Ihm war, als läge die Prüfung, auf die er sich die ganze Zeit vorbereitet hatte, plötzlich hinter ihm. Zum ersten Mal in seinem Leben empfand Thomas die tiefe Befriedigung, niemandem eine Erklärung schuldig zu sein. Daß Dorothea Hasselbach ihn nicht erkannt hatte, schien der beste Beweis dafür, daß er nicht mehr der alte war.

Esther

Sie ging noch einmal vor dem Herd in die Hocke und schaute durch die Ofenklappe auf den vor sich hin schmorenden Rinderbraten, den sie bereits mehrfach mit seinem eigenen Saft übergossen hatte, damit er nicht austrocknete. Esther war bei zwei verschiedenen Metzgern gewesen, um ein besonders gut abgehangenes Stück zu bekommen, und hatte das Fleisch zunächst in der Pfanne von allen Seiten angebraten, bevor sie es, mit Gewürzen garniert, in den Ofen schob. Jetzt mischte sich das Aroma von Wacholder, Lorbeer und Rosmarin mit dem Bratenduft. In etwa einer Viertelstunde würde es soweit sein. Bis dahin mußte sie sich mit dem Probieren gedulden, denn sie wollte nicht, daß zuviel von der Ofenhitze entwich.

Zufrieden stellte sich Esther an die Spüle, um den Blumenkohl zu waschen. Dann schnitt sie den Strunk ab und löste die Röschen aus, die sie in kochendes Salzwasser warf. Dem Gemüse gab sie nie mehr als fünfzehn Minuten. Sie mochte nicht, wenn es zu weich wurde und von selbst zerfiel. Blumenkohl mußte Biß haben. Unglücklicherweise hatte Beate keine Semmelbrösel im Haus, dabei waren sie unerläßlich für die braune, grobkörnige Buttersoße, die Jorge so gerne zum Blumenkohl aß, damals, als sie noch für die ganze Familie gekocht hatte. Aber Jorge war nicht da. Und wäre er dagewesen, hätte es dieses Essen wohl nie gegeben.

Mit einem Gabelstich prüfte sie die vor sich hin köchelnden jungen Kartoffeln, die sie mit einer Wurzelbürste abgeschrubbt hatte, um sich das Schälen zu ersparen. Sie brauchten noch ein paar Minuten. Zum Nachtisch gab es wahlweise Schokoladenpudding oder Obstsalat.

Es lief alles nach Plan. Seitdem der erste Spritzer Öl in der Pfanne gezischt hatte, war die Aufregung der letzten Tage verflogen, und ein Handgriff fand zum anderen. Esther hatte lange nicht mehr für die Familie oder auch nur für mehrere Personen gekocht, insofern waren ihr Zweifel gekommen, ob sie überhaupt noch ein vernünftiges Familienessen zustande bringen würde. Seit Jahren hatte sie sich nur noch um Jorge gekümmert, der mehr oder weniger immer das gleiche aß und Experimente mißbilligte. Wenn ihm der Sinn nach etwas Besonderem stand, ging er ins Restaurant, und selbst dort bestellte er immer nur Huhn oder Fisch. Zu Hause akzeptierte er ausschließlich die einfachsten Gerichte, deren Zubereitung schnell und freudlos von der Hand ging. Anlässe, ein aufwendigeres oder gar festliches Mahl zuzubereiten, gab es keine. Sie bekamen so gut wie nie Besuch.

Er wußte nicht, was er verpaßte, und sie würde schon dafür sorgen, daß er es nie erfuhr.

Doch gerade weil sie aus der Übung war, hatte Esther darauf bestanden, selbst zu kochen, auch wenn sich Beate daran mehr zu stören schien als an dem vorgezogenen Familientreffen. »Warum sollen wir uns zusammensetzen, wenn du sowieso die ganze Zeit in der Küche stehst«, war ihr Argument, das Esther nicht gelten ließ. Was hatte Familie für einen Sinn, wenn niemand mehr bereit war, die anderen ein wenig zu verwöhnen?

Von einem mehrgängigen Menü, mit dem sie bis spät in die Nacht beschäftigt sein würde, hatte Esther schließlich abgesehen, doch ein gemeinsames Mittagessen wollte sie sich nicht nehmen lassen. Allerdings mußte sie Beate versprechen, im Rahmen zu bleiben und keinen verfrühten Festschmaus zu veranstalten.

Um so mehr schmerzte es sie, das eigentliche Geburtstagsessen für die dann hoffentlich ganze Familie fremden Händen überlassen zu müssen. Eine solche Gelegenheit würde sich nie wieder bieten. Und insgeheim liebäugelte Esther mit der Idee, dem professionellen Catering wenigstens durch eine selbstgemachte Nachspeise eine persönliche Note zu verleihen und die Familie mit einem großen Topf Milchreis zu überraschen, wie ihn Thomas so liebte. Aber das würde sie zuallerletzt mit Beate besprechen, einer Frau, die nicht einmal Semmelbrösel im Haus hatte!

Nach einem weiteren Kontrollblick drehte Esther die Hitze eine Stufe herunter und legte die Topflappen zum Abgießen der Kartoffeln bereit. Beate würde nie verstehen, was es ihr bedeutete, für andere dazusein. Doch seit ihrer kleinen nächtlichen Auseinandersetzung über Thomas und die Haltbarkeit seiner guten Vorsätze hatten sie eine gemeinsame Abmachung: Beate würde nicht länger versuchen, sie zu einer emanzipierten Frau Gerberscher Prägung umzuerziehen, und Esther versprach, sie nicht länger mit Thomas verkuppeln zu wollen.

Es fiel ihr leicht, sich daran zu halten. Esther hatte es aufgegeben. Sie glaubte nicht mehr, daß Beate und Thomas sich aussöhnen ließen, geschweige denn jemals wieder zusammenkommen würden, dafür war zu viel passiert. Beates Mißtrauen saß zu tief. Es war ihr nicht möglich, das Gute in ihm zu sehen.

Vielmehr erinnerte die Art, wie sie Thomas verloren gab und ihn nicht einmal mehr einer Hoffnung für wert befand, unverkennbar an Jorge, an seine Hartherzigkeit. Und daran, das wußte Esther nur zu gut, ließ sich nichts ändern. Beate liebte ihn nicht mehr – falls sie Thomas überhaupt je geliebt hatte und nicht von Anfang an immer nur bessern wollte.

Mit Schwung kippte Esther die Kartoffeln in ein großes Sieb über der Spüle und wartete, bis der Wasserdampf sich verzogen hatte. Dann teilte sie eine der jungen Kartoffeln in zwei Hälften, pustete und probierte. Sie waren perfekt.

Ihre Mission hieß längst nicht mehr Versöhnung, sondern nur noch friedliche Koexistenz. Angesichts der Unerbittlichkeit, mit der Beate die vergleichsweise großen Bemühungen und Fortschritte von Thomas nicht anerkannte, war ein gutnachbarschaftliches Verhältnis das Äußerste, was sie mit einem solchen Essen bewirken konnte. Esther unterschätzte diese Aufgabe keineswegs, schließlich brauchte sie sich nur vor Augen zu führen, wie nahezu undenkbar ein auf Duldung beruhendes Nebeneinander zwischen Thomas und Jorge schien.

Sie füllte die Kartoffeln in eine weiße Porzellanschale und deckte sie sorgfältig ab. Auf diese Weise würden sie die Wärme eine Weile halten.

Dennoch war sie fest davon überzeugt, daß Beate auch ohne Thomas nicht glücklich werden konnte. Vom ersten Moment an hatte sich ihre Noch-Schwiegertochter bemüht, den Eindruck eines in Einsamkeit zufriedenen Menschen zu erwecken. Jeden Morgen stand sie mit gleichbleibend guter Laune auf, mittags, wenn sie aus der Schule kam, ließ sie sich keine Spur von Erschöpfung anmerken, und auch nach dem dritten Glas Rotwein am Abend versank sie nicht in Trauer oder Schwermut. In all den Tagen hatte Esther sie kein einziges Mal wütend oder unbeherrscht erlebt. Beate war nicht einmal laut geworden, als es zum Streit über Thomas kam. Sie blieb stets die weise, stoische und unbestechliche Indianerin mit dem Vogelkopf, die sich durch nichts aus der Ruhe bringen ließ. Es war äußerst bemerkenswert, mit welcher Disziplin sie das Bild einer Frau aufrechterhielt, die allein am glücklichsten war. Dafür konnte Esther sie nur bewundern, zumal es diese Frau in Wirklichkeit nicht gab.

Sie hatte die Indianerin Tag für Tag genau beobachtet und auf den Moment gewartet, in dem sie sich verriet. Ob es nun darum ging, den Müll hinunterzutragen, den Einkauf hochzuschleppen oder die Glühbirne einer Deckenleuchte auszuwechseln, irgendwann, das stand fest, würde auch sie verzweifeln und ihre ungeliebte, ganz auf sich allein gestellte Existenz verfluchen. Esther hatte diese Frau und ihre Gewohnheiten regelrecht studiert, doch sie fand keine Lücke in der Lebenslüge ihrer Unabhängigkeit. Mit der Zeit wurde sie unruhig und hätte Beate am liebsten die Maske der Genügsamkeit vom Gesicht gerissen, bis sie auf einmal begriff, daß es ebendiese Ausgeglichenheit und Glätte war, der sie mißtraute. Das Leben war nicht so. Und wer dennoch so zu sein versuchte, benötigte eine Härte, eine Unempfindlichkeit sich selbst gegenüber, die Esther nur von einem Menschen kannte – ihrem Mann. Doch so zu leben wie er schien ihr ein viel zu hoher Preis für die Begleichung der Einsamkeit.

Beate würde sich noch umschauen, wenn sie glaubte, billiger davonzukommen.

In der hintersten Ecke der Brottrommel lagen zwischen mehreren Randstücken Graubrot noch zwei alte Brötchen. Sie waren steinhart und rochen etwas muffig, doch Esther beschloß, es auf einen Versuch ankommen zu lassen. Unverzüglich nahm sie eine Käseraspel zur Hand und fing an, die Brötchen kleinzurei-

ben, um auf diese Weise vielleicht doch noch zu ihren Semmel-
bröseln zu kommen und die Buttersoße damit anzureichern.
Falls das Ganze nicht schmecken sollte, konnte sie es immer
noch wegkippen und statt dessen zum Blumenkohl geklärte
Butter reichen. Sie würde niemanden zum Reste-Essen zwingen. Und Jorge war nicht in der Nähe, um ihr Verschwendung
vorzuwerfen.

Unter lauten Sägegeräuschen rieselte feinstes Paniermehl herab.

Esthers Laune stieg. Im Gegensatz zu Beates konstanter Ge-
mütsverfassung unterlag sie erheblichen Stimmungsschwankun-
gen, die sie nur mit Mühe in den Griff bekam und vermutlich
noch schlechter verbergen konnte, als sie glaubte. Von daher
hatte sie einen schweren Stand in dem heimlichen Wettstreit
mit Beate, der sich durch ihre gemeinsame Abmachung nicht
wirklich erledigt, sondern nur verschoben hatte. Es ging jetzt
nicht mehr um Thomas, sondern vor allem um die Frage,
wer von ihnen richtig lebte: sie in ihrer Aufopferung für Jorge
und die Familie oder Beate in ihrer selbstbestimmten Einsamkeit?

An Tagen wie heute zweifelte sie nicht daran, daß sie die richtige Wahl getroffen hatte und am Ende ihre Schwiegertochter
sowie ihre leiblichen Kinder davon überzeugen würde, wie wichtig es war, die Familie zusammenzuhalten. Ein Ziel, dem sie mit
diesem Essen einen großen Schritt näherkommen würde! An
schlechten Tagen hingegen schien es ihr, als wollte Beate sie zu
einem Leben in Einsamkeit bekehren, das sie – ob mit oder
ohne Jorge, mit oder ohne Kinder – längst lebte.

Esther zerbröselte die keilförmigen Brötchenreste mit den Fingerkuppen und schob eine kleine Pfanne auf den Herd, in der
sie ein ordentliches Stück Butter zerließ. Der Braten sah phan-

tastisch aus. Dem Blumenkohl gab sie noch fünf Minuten. In ihrem Magen machte die junge Kartoffel, die sie gekostet hatte, Appetit auf mehr.

Eigentlich hätte Beate längst hier sein müssen.

Die Butter schmolz zu einer trägen, goldgelben Flüssigkeit. Esther klopfte die Raspel über der Pfanne ab und rührte dann die Brösel hinein, die sich zusehends hellbraun färbten und vollsogen mit Buttersaft. So würde es doch noch Jorges Lieblingsgericht werden – und er befand sich nicht einmal in Riechweite.

Ob Beate das Essen möglicherweise im letzten Moment boykottierte, weil sie befürchtete, hinterher zugeben zu müssen, daß »selbständig« vor allem »alleinstehend« hieß und daß ein Leben ohne Verpflichtungen in Wahrheit ein Leben ohne Liebe war?

Aber nein, das wagte sie nicht.

Esther stellte die Herdplatte mit der Buttersoße auf die niedrigste Stufe, um wenigstens notdürftig den Tisch zu decken. Es war fünf vor halb. Christian und Thomas konnten jeden Moment hier sein. Beate würde sich einen guten Grund überlegen müssen, warum es in der Schule ausgerechnet heute länger gedauert hatte.

Siegesgewiß betrat Esther das Wohnzimmer, korrigierte die Zeiger der Standuhr und ging mit dem Tafelsilber in der Hand quer über die eingetretenen Teppichpfade zum Eßtisch. Sie stellte den Kerzenständer beiseite und breitete die Tischdecke aus, die Beate heute früh herausgelegt hatte. In einer Schublade fand sie einen Satz Stoffservietten, die sie zu Dreiecken faltete und schon einmal zwischen dem Besteck plazierte. Dann trat sie einen Schritt zurück und warf einen zufriedenen Blick auf die schlichte, weiße Tafel.

Es würde eine schöne Zeit gewesen sein, die sie hier bei Beate verbracht hatte. Und es wäre falsch, jetzt so zu tun, als hätte sie die Freiheit und Unabhängigkeit, die Beate ihr vorlebte, nicht genossen. Im Gegenteil. Der kleine Ausflug ins Strohwitwentum hatte ihr gut getan. Doch Esther war froh, daß diese Zeit ihrem Ende zuging und wieder Ordnung in ihr Leben einkehrte. Sie strich das Tischtuch noch einmal glatt und zog die überstehenden Zipfel zurecht. Aus der Küche roch es unwiderstehlich nach Bratensaft und wilden Kräutern.

Auf einmal schien alles so leicht.

Sie wollte gerade gehen, um nach dem Blumenkohl zu schauen, als plötzlich das Telefon klingelte. Esther zuckte zusammen. Auf keinen Fall würde sie abnehmen. Wenn Thomas oder Christian jetzt anriefen, um abzusagen, wollte sie es nicht hören. Wie erstarrt blieb sie neben dem Apparat stehen und wartete, bis der Anrufbeantworter ansprang. Doch niemand hinterließ eine Nachricht, nur Rauschen wie aus großer Entfernung und Atemgeräusch.

Ein wenig verstört ging Esther zurück in die Küche und nahm den Gemüsetopf vom Herd. Der Blumenkohl war genau richtig, nicht zu hart, nicht zu weich. Für den Braten wurde es allmählich Zeit.

Und wenn es Jorge war?

Sie hatten zuletzt nicht länger als zwei, drei Minuten telefoniert, nicht mehr als das Übliche gesagt und gefragt. Sie könne ihm nicht beschreiben, was sich hier alles getan habe, er müsse es selber sehen, und schließlich sei es ja bald so weit, rechtfertigte sie ihre Einsilbigkeit. In Wahrheit wollte sie mit ihm nicht über Thomas sprechen, weder über die Renovierungsarbeiten, an denen Jorge sicher etwas auszusetzen haben würde, noch über seine Ambitionen in Ricardas Kanzlei. Esther wollte mit ihren Hoffnungen nicht noch einmal ins offene Messer laufen.

Aber natürlich kannte Jorge sie gut genug, um zu wissen, daß sie ihm etwas verheimlichte. Vor allem deshalb hatte sie es kurz gemacht. Um sein Schweigen zu beenden.

Die Gefahr war zu groß, daß sie ihm alles sagte. Irgendwann würde sie nicht anders können als ihm von Thomas zu erzählen, von diesem Essen, das einer Verschwörung gleichkam, vom ganzen Ausmaß des Verrats, den sie Stunde um Stunde beging, seit sie ihn in Spanien zurückgelassen hatte, weil es ein anderes Leben war, das sie hier lebte, weil sie sich so aufgehoben fühlte ohne ihn. Sie hatte Angst, sich zu verplappern.

Sie hatte Angst vor ihm.

Für einen Moment hielt Esther mit Töpfen und Tellern inne und horchte auf. In der ganzen Wohnung war es still bis auf das zeitlose Ticken der Standuhr. Sie durfte sich jetzt nicht verrückt machen. Es war unwahrscheinlich, daß er es noch einmal versuchen würde, unwahrscheinlich, daß er es überhaupt versucht hatte. Jorge haßte die Telefoniererei. In all den Jahren hatte er sie noch nie von sich aus angerufen. Doch er besaß einen siebten Sinn für Verrat, für alles, was hinter seinem Rücken geschah. Und er brauchte nur kurz vor dem Beistelltisch im Flur stehenzubleiben, auf den Block neben dem Telefon zu schauen und die Nummer zu wählen, die sie ihm für alle Fälle hinterlassen hatte, Beates Nummer. Es war sehr unwahrscheinlich, aber nicht ausgeschlossen.

Der Braten mußte längst durch sein.

Esther öffnete die Ofenklappe, wartete den ersten Hitzeschwall ab und zog dann vorsichtig den Römertopf mit dem dampfenden, duftenden Fleisch heraus. Es sah aus wie aus dem Kochbuch mit einem leichten goldbraunen Schimmer, saftigen Seiten und allerlei Kräutern in einem dunklen, wacholderschwarzen Sud. Sie wagte kaum, es anzuschneiden, mißtraute jedoch dem schönen Schein und griff zum Tranchiermesser, mit dem sie den Braten mühelos zerteilte. Er war durch. Er war ihr gelungen wie selten zuvor. Doch Esther brachte es nicht über sich, auch nur ein kleines Stück davon zu probieren. Der Appetit war ihr vergangen.

Am liebsten hätte sie sofort in Spanien angerufen, um herauszufinden, ob Jorge zu Hause neben dem Telefon stand. Doch selbst wenn er die Hand noch am Hörer gehabt hätte, selbst wenn er im Begriff gewesen wäre, sie mit Anrufen zu bombardieren, er hätte sich genausowenig gemeldet wie vor wenigen Minuten sie. Mit einem einzigen Unterschied: Er wüßte genau, daß sie am anderen Ende war.

Es tat ihr leid, daß sie ihn nicht vermißte. Es tat ihr leid, daß es ihr ohne ihn so gut ging. Doch ein schlechtes Gewissen nutzte niemandem. Es war höchste Zeit, daß sie anfing, ihre Freiheit zu genießen. Schließlich blieben ihr nur noch wenige Tage, schließlich war alles nur vorübergehend.

Es klingelte.

Für einen Moment stockte Esther der Atem, doch es war nicht das Telefon, sondern die Türglocke. Mit klopfendem Herzen warf sie einen Blick auf die Küchenuhr. Es war genau halb. Auf ihre Gäste war Verlaß. Jetzt würde alles gut werden.

Schnell wusch Esther sich die Hände, legte ihre Schürze ab und ging zur Tür. Bevor sie aufschloß, schaute sie kurz in den Garderobenspiegel und richtete mit ein, zwei Handgriffen ihre Frisur. Dann öffnete sie die Wohnungstür.

Draußen im Treppenhaus stand Jorge – in Jung.

»Vielen Dank für die Einladung, Oma«, begrüßte er sie und reichte ihr einen in Papier gewickelten Strauß mit einer Schleife.

Er trat ein. Sie starrte ihn an.

»Ich hoffe, du magst Margeriten. Beate meinte, es seien deine Lieblingsblumen.«

»Ja«, nickte Esther, »ja, das ist nett.«

Sie hatte ihren Enkel seit zehn, zwölf Jahren nicht gesehen. Damals war er noch Student gewesen und hatte einen ziemlich verhangenen Eindruck auf sie gemacht. Jetzt stand ein richtiger Mann vor ihr, dessen Ähnlichkeit mit Jorge auf den zweiten Blick nicht so sehr in der hohen Stirn, den ausgeprägten Wangenknochen und der scharf geschnittenen Nase bestand als vielmehr in der Härte und Bitterkeit seiner Züge. Es war dieselbe Strenge, mit der Christian sie ansah. Er hatte Jorges Augen. Aber er lächelte.

»Bin ich der erste?« fragte er, und Esther nickte nochmals, beinahe schüchtern. »Meine Eltern, ich hab's geahnt!«

Ohne weitere Aufforderung ging er durch den Flur ins Wohnzimmer und kam wieder zurück, während sie mit den Blumen noch immer an der Tür stand. »Haben sie dich die ganze Arbeit machen lassen?«

Für einen Sekundenbruchteil wunderte sich Esther, woher er so gut Bescheid wußte, doch schließlich war er hier aufgewachsen.

»Was? Entschuldige …«

»Kann ich dir irgendwie helfen?« schaute Christian sie an und warf dann einen Blick in die Küche.

»Nein, nein, es ist alles bereit, setz dich nur. Deine Mutter muß jeden Moment hier sein.«

»Und Thomas?« Er verschwand in der Küchentür.

»Auch.« Das Klappern von Tellern alarmierte sie. Schwerfällig setzte sie sich in Bewegung und betrat die Küche. Er hatte bereits vier große Teller aus dem Schrank geholt.

»Sieht ja vorzüglich aus!« deutete Christian mit einer Kopfbewegung auf den Rinderbraten, während er schon wieder hinausging und die Teller ins Wohnzimmer trug. Sein wippender Gang kam ihr bekannt vor, die Art, wie er die Schultern hochzog, wenn er lief, obwohl er unruhiger und ungeduldiger wirkte als Jorge. Aber Christian war auch fünfzig Jahre jünger.

»Was trinken wir?« hörte sie ihn rufen.

»Rotwein.«

Er erschien wieder in der Küchentür. »Hältst du das für eine gute Idee?«

»Ja«, sagte sie fest. »Dunkler Wein zu dunklem Fleisch.«

Sie wollte mit ihm nicht über Thomas reden.

»Wie du meinst.«

Er suchte vier bauchige Gläser aus, betrachtete sie im Gegenlicht und stellte sie dann auf den Tisch. Esther kam gar nicht dazu, die Blumen vollständig auszupacken, so schnell war er zurück.

»Gleich neben der Spüle steht eine Vase, warte!« Er nahm ihr den Strauß aus der Hand, entfernte das Papier und steckte sie in eine Vase, in die er Wasser laufen ließ.

»Christian«, sagte sie, der Name kam ihr nur schwer über die Lippen, »ich bin nicht so alt.«

Er stoppte abrupt und stand zum ersten Mal länger als drei Sekunden still. So wie er sie ansah, hätte es wirklich Jorge sein können.

»Entschuldige, mir sitzt die Autofahrt noch im Nacken. Aber … « Er hob die Hände in einer Geste des Unwillens, »warum kann ich eine Sendung moderieren, in zwanzig Minuten durch die halbe Stadt rasen und früher hier sein als meine Eltern, die den ganzen Tag Zeit haben?«

Wie etwas, das ihr für einen Moment entfallen war, registrierte sie seinen Zorn, Jorges Zorn. Sogar die Geste kannte sie von früher. Nicht selten kündigte sich so ein Donnerwetter an. Doch Christian lächelte schon wieder. »Tut mir leid.«

Dieses Lächeln hatte er nicht von ihm.

Merklich ruhiger trug er die Margeriten ins Wohnzimmer und stellte sie oben auf den Sekretär. Esther folgte ihm mit dem Blumenkohl und den Kartoffeln.

»Das Fleisch bleibt so lange im Römertopf, bis die beiden kommen«, entschied sie, »setzen wir uns.«

»Eigentlich habe ich mir schon als Fünfjähriger abgewöhnt, auf sie zu warten«, protestierte Christian lahm, fast schmollend, was sie daran erinnerte, daß sie ihren Enkel, den Erstgeborenen des Erstgeborenen, immer nur kurz und bei besonderen Anlässen zu Gesicht bekommen hatte. Sie war zum ersten Mal mit ihm allein. Unfaßbar, wie vertraut er ihr trotz allem schien, wie in- und auswendig sie ihn kannte.

Esther setzte sich nicht zu seiner Rechten wie eine nahe Verwandte, sondern ihm gegenüber, so als wären sie beide ein Paar. Seit er nicht mehr redete oder sich nützlich machen konnte, wirkte er ein wenig verlegen und unglaublich jung. Sie war die Erfahrene. Sie hatte das alles schon einmal erlebt.

Es fiel ihr leicht, Konversation zu machen, es war ihr immer leicht gefallen, auch damals schon, als sie Jorge kennenlernte. Sie plauderte ein bißchen über Spanien, über die Renovierung der Hundehütte und das bevorstehende Fest. Mühelos beherrschte sie die Kunst, kein Schweigen aufkommen zu lassen und ihrem Gegenüber im richtigen Moment eine Antwort, eine Bemerkung zu entlocken, mit der sie wieder eine Weile spielen konnte. Sie mußte nur darauf achten, nicht zuviel zu sagen.

Christian hatte dasselbe Gesicht, nur nicht so ausgeprägt. Es war wie damals, als sie Jorge gegenübersaß und wußte, daß er um ihre Hand anhalten würde. Nichts schien verborgen. Sie erkannte sämtliche Züge wieder, die mit der Zeit immer stärker hervortreten würden, alle waren sie bereits angelegt, nur eingebettet in Unschuld und Ahnungslosigkeit, nur umgeben von der Unschärfe eines Versprechens.

Es war Jorges Gesicht, nur daß sie es heute, nach so vielen Jahren, anders las. Der stille Ernst, in den sie sich damals verliebt hatte, war seine Unerbittlichkeit. Die Zurückhaltung, die sie so rührte, war seine Kälte, unter der alles erstarb. Das Verletzliche in seinem Blick war seine Grausamkeit. Esther konnte ihrem Enkel kaum in die Augen schauen. Auf einmal wurde ihr das ganze Ausmaß ihrer Enttäuschung, ihrer verlorenen Hoffnungen bewußt. Sie machte Jorge keinen Vorwurf, es war nicht seine Schuld. Er hatte sie nie belogen, sondern sich immer als das gezeigt, was er war. Es lag an ihr. Sie hatte sich getäuscht.

Ihr fiel plötzlich auf, daß sie schwieg.

Auch Christian senkte den Blick.

»Du hattest Thomas gebeten, die Geburtstagsrede zu halten«, nahm er seine Serviette und drehte sie zwischen den Fingern, »kannst du dir denken, was er in seinem Manuskript geschrieben hat?«

Esther schüttelte den Kopf, schüttelte sich. Sie wollte mit ihm nicht über Thomas reden. »Ich weiß nicht.«

Im Moment wußte sie es wirklich nicht.

»Wenn du nichts dagegen hast, würde ich auf dem Fest gern für ihn sprechen …« Er wickelte die Serviette um die Knöchel seiner Faust und zog sie fest, Esther starrte ihn an. »Ich bitte dich in aller Form um Erlaubnis.«

»Ja, aber …« Aus irgendeinem Grund mußte sie lachen, ungläubig, »du kennst deinen Großvater doch gar nicht.«

»Ich kenne meinen Vater.« Christian lachte nicht mit. Natürlich hatte sie in Betracht gezogen, daß Thomas die Geburtstagsrede für eine Generalanklage nutzen könnte, doch sie war sich sicher, daß er es nicht wagen würde.

»Jede Geschichte«, sagte sie langsam, »hat mehrere Seiten.«

Wenn Christian glaubte, ihr Angst machen zu können, hatte er sich getäuscht.

»Du weißt, wie Thomas ist. Wenn ich sie nicht halte, wird es keine Rede geben. Also?«

Sie staunte über soviel Ahnungslosigkeit und Eifer, aber sie ließ sich nicht drohen. Auch sie konnte reden und fühlte sich inzwischen stark genug, um es ihm ins Gesicht zu sagen, in Jorges Gesicht. »Tu, was du für richtig hältst.«

Für wie abhängig, für wie hörig hielt er sie?

»Die Frage ist«, legte Christian die Serviette beiseite, ein zerknittertes, ausgewrungenes Stück Stoff, »wieviel Wahrheit verträgt dieses Fest.«

»Welche Wahrheit meinst du?« Wenn er es so genau wußte, warum sagte er ihr es dann nicht? Warum damit warten bis zu dem Fest? Warum noch so lange lügen?

»Sag mal«, wandte Christian plötzlich den Kopf, »irgendwie riecht es hier angebrannt …«

»O Gott«, Esther sprang von ihrem Stuhl auf, »die Buttersoße!«

Sie hastete in die Küche. Rauch breitete sich aus, der fettigkaramellige Geruch verbrannter Butter. Esther riß die Pfanne vom Herd, schaltete ihn aus und fuhr mit einem Schieber durch die festgepappten Brösel, deren unterste Schicht schwarz war.

»So ein Mist!«

Christian schaute ihr über die Schulter. »Noch was zu retten?«

Sie stieß einen Seufzer aus. »Ach, nein. Gerade damit habe ich mir solche Mühe gegeben«, ihr war zum Heulen zumute, »und jetzt kann ich alles wegschmeißen!«

»Laß mal sehen«, Christian nahm ihr die Pfanne aus der Hand, »die obere Schicht ist noch gut.«

Natürlich, wie konnte sie das vergessen, er warf nie etwas weg!

»Das kommt mir nicht auf den Tisch«, sagte sie barsch. Doch Christian beachtete sie gar nicht, sondern kratzte sämtliche noch halbwegs genießbaren Brösel zusammen und füllte sie in ein Schälchen.

»Butterbrösel auf Blumenkohl mag ich so gern.«

Für einen Moment war Esther sprachlos. Es kam ihr vor, als würde Jorge sie mit seinem Echo zum Narren halten.

»So«, übernahm er das Kommando, »und jetzt ist Schluß mit der Warterei. Wir fangen an!«

Er trug das Schälchen hinaus und kam dann noch einmal zurück für das Fleisch.

»Glaubst du wirklich, du kannst dir ein Urteil erlauben?« flüsterte Esther, ohne eine Antwort zu erwarten. Die Frage, die sie seit dem ersten Moment ihres Wiedersehens umtrieb, war eine andere: Wenn sie noch einmal jung wäre, wenn sie die Wahl hätte, ihr Leben mit Jorge ein zweites Mal zu leben oder ihre eigenen Wege zu gehen, wenn sie ihm hier und heute gegenübersäße wie damals, als er um ihre Hand anhielt, würde sie es wieder tun?

Sie nahm Platz, während Christian ein großes Stück Braten abschnitt und vor ihr auf den Teller lud. Dann füllte er sich auf, Fleisch, Kartoffeln, Blumenkohl, und streute reichlich Brösel darüber.

»Willst du auch?« hielt er ihr das Schälchen hin.

»Nein, danke«, schloß Esther die Augen. Sie hatte keinen Hunger. »Du bist ihm sehr ähnlich, weißt du das?«

»Wem?« Sie hörte ihn mit Messer und Gabel hantieren, kurze präzise Schnitte.

»Deinem Großvater.«

»Das will ich nicht hoffen.«

Sie blinzelte nicht einmal, um zu sehen, ob er sich über sie lustig machte, sie sagte nur: »Doch, bist du.«

Ihr Leben lang hatte sie versucht, zu ihm zu halten. Sie hatte es als ihre Pflicht betrachtet, seine Härte zu mildern, seine einsamen Entscheidungen zu vermitteln und die gröbsten Ungerechtigkeiten auszugleichen. Sie wollte nicht, daß die Familie auseinanderfiel, daß sie sich alle von ihm abwandten. Aber vielleicht hatte sie genau das Gegenteil bewirkt, indem sie seine Partei ergriff, indem sie sich vor ihn stellte und gegen ihre Kinder. Sie hätte sich längst von ihm trennen sollen.

»Alles in Ordnung?«

Esther sah ihn an und nickte. Dann sagte sie mit äußerster Bestimmtheit: »Ich habe es mir überlegt …«

»Ja, richtig, die Rede«, beeilte sich Christian, als müßte er einem drohenden Nein zuvorkommen, »ich werde mich natürlich bemühen, beide Seiten zu sehen.« Doch es ging ihr längst nicht mehr darum, Jorge in Schutz zu nehmen, ihm die Vorwürfe und Anschuldigungen seiner Kinder und Kindeskinder zu ersparen. Sie fürchtete keine Rede. Es war nur so, daß sie den einzigen, entscheidenden Satz, den es zu sagen galt, längst kannte. Aber damit würde sie nicht warten bis zum Fest, sie würde es ihm sagen, heute noch. Es war ein Anruf, ihre Antwort auf das Rauschen in der Ferne und das Geräusch seines Atems.

»Ich gehe nicht wieder nach Spanien.«

Sie wußte, daß dieser Satz spät kam, sie hatte lange dafür gebraucht.

»Ich gehe nicht wieder zu ihm zurück.«

Christian

Wie, nicht mehr zurück?

Wollte sie damit sagen, daß sie vorhatte, sich von Jorge zu trennen? Ihren Mann zu verlassen? Hier womöglich wohnen zu bleiben in, immerhin, seinem Zimmer?

Christian versuchte gar nicht erst, diesen Gedanken zu Ende zu denken, geschweige denn, darauf einzugehen. Statt dessen wechselte er, so gut es ging, das Thema. Er würde das Ganze, bis zum Beweis des Gegenteils, als eine Laune auffassen und nicht als einen reiflich überlegten Entschluß. Von Esthers überraschenden und manchmal verstörenden Seitenwechseln hatte sein Vater in seinem Manuskript ausführlich berichtet. Er hatte auch geschrieben, daß sie – wenn es darauf ankam – jedesmal die Partei des Stärkeren ergriffen hatte, Jorges Partei und nicht die ihrer Kinder.

Um es sich anders zu überlegen, war es ein für allemal zu spät.

Es wurde Zeit, daß seine Eltern sich hier blicken ließen. Selbst das akademische Viertel, das sein Vater für sich in Anspruch nahm und regelmäßig bis zu einer halben Stunde ausdehnte, mußte längst vorbei sein. Doch Christian vermied es, auf die Uhr zu schauen. Er wollte Esther nicht noch mehr beunruhigen. Mit seinem Vorstoß, die Geburtstagsrede halten zu wollen, hatte er schon genug angerichtet.

Er hatte sich dieses Treffen anders vorgestellt.

Ihm gegenüber saß nicht die Oma, die er von den Familienbesuchen bei seinen Großeltern in Erinnerung hatte. Sie entsprach nicht dem Bild der humorvollen und leutseligen Frau, zu der man im Gegensatz zu seiner Mutter immer kommen konnte, wenn man etwas ausgefressen hatte, und auf die im Gegensatz zu seinem Vater Verlaß zu sein schien. Damals hatte er in ihr eine heimliche Verbündete gesehen, auch wenn sein Vater ein solches Bündnis stets zu verhindern wußte. Möglicherweise nicht zu Unrecht, denn vielleicht war es genau diese trügerische Vertrauenswürdigkeit, der Thomas seinerzeit einige Male zu oft aufgesessen war.

Doch weder seine eigenen Erinnerungen noch die Beschreibungen seines Vaters wollten zu der alten Frau passen, die in dem Essen herumstocherte, das sie selber gekocht hatte. Wie angeekelt schob sie den Fleischlappen auf ihrem Teller von einer Seite zur anderen, obwohl das Mittelstück so schlecht nicht war, ein bißchen zäh vielleicht, aber gar nicht übel gewürzt, selbst wenn die angebrannten Butterbrösel, die er sich ihr zuliebe aufgeladen hatte, bitter schmeckten und, ihrer ascheähnlichen Konsistenz nach zu urteilen, ein akutes Krebsrisiko darstellten.

Auch ihm war der Appetit längst vergangen, aber Christian aß, weil seine Großmutter ihm leid tat und er befürchtete, sie könnte in ihrer momentanen Verfassung an jedem sehnigen Fleischrest, jedem holzigen Blumenkohlstrunk, jedem Bröselhaufen, den er übrig ließ, zerbrechen. Er aß den ganzen Teller leer.

Dabei hatte sie sich für eine Frau in den Siebzigern erstaunlich gut gehalten. Um die Mundwinkel und um die Augen zeichneten sich viele kleine Lachfältchen ab, Spuren ihres nach menschlichem Ermessen unbegreiflichen Humors. Ihr Gesicht, das vielleicht nicht ebenmäßig genug war, um einmal schön gewesen zu sein, besaß noch immer etwas liebenswürdig Mädchenhaftes. Es war ein erstaunlich lebhaftes, lebendiges Gesicht. Seine Großmutter schien überhaupt nicht älter geworden zu sein, sie wirkte nur ein bißchen durcheinander.

Vielleicht hatte er sie auch mißverstanden und sie meinte bloß, daß sie in der verbleibenden Zeit vor dem Fest nicht mehr nach Spanien zurückfliegen wolle – oder hatte sie »nie mehr« gesagt?

Je weiter sie sich von dem Thema entfernten, desto zuversichtlicher wurde er, sich verhört zu haben.

Christian war dazu übergegangen, von Ricarda zu erzählen, der einzigen Person, die einerseits zur Familie gehörte und andererseits keine größere emotionale Belastung für Esther bedeutete. Er wollte vermeiden, daß sie wieder von Jorge anfing. Auf die Rede würde er nicht mehr zurückkommen. Ihm war nicht ernsthaft an ihrer Erlaubnis gelegen, er wollte nur sehen, wie sie reagierte. Das hatte er nun davon.

Im Grunde saß er hier mit einer Wildfremden, von der er nur wußte, daß sie mit ihm verwandt war, erschreckend nah verwandt.

»Übrigens hatte Thomas neulich ein Vorstellungsgespräch bei ihr in der Kanzlei«, brach Esther ihr Schweigen, allmählich schien sie ihre Fassung zurückzugewinnen, auch wenn ihr die Anstrengung anzumerken war, die sie das kostete, »er muß dort einen sehr guten Eindruck hinterlassen haben, Ricarda hat dir sicher davon erzählt. Er meinte, seine Chancen für eine Mitarbeit stehen etwa achtzig zu zwanzig.«

Von einem Vorstellungsgespräch hatte Ricarda nichts gesagt, aber er wagte es nicht, Esther zu widersprechen. Ihre Miene erhellte sich zusehends: »Bei dem Wust von juristischem Schriftverkehr fallen ständig Botendienste an, und eine renommierte Kanzlei kann schließlich nicht jeden schicken …«

»Mh-hm«, bestätigte Christian. Er hatte sich noch ein paar Kartoffeln aufgefüllt, um den bitteren Nachgeschmack abzupuffern.

»Außerdem gibt es dabei durchaus auch inhaltlich anspruchsvolle Aufgaben wie Bibliotheksgänge oder das Vervollständigen von Kommentaren, wo Thomas seine akademische Vorbildung einsetzen könnte, er ist also keineswegs überqualifiziert«, sie strahlte fast, »oder was meinst du?«

»Ricarda war, glaube ich, ganz angetan …« Er würde ein bißchen improvisieren müssen, damit Esther nicht wieder in Kummer versank. Immerhin wußte er jetzt, von wem sein Vater das
hatte, diese geradezu physische Schwermut in Verbindung mit
der unseligen Angewohnheit, andere Leute in ihre Depressio-
nen hineinzuziehen. »… und abgesehen davon, schätzt sie neben seinen beruflichen Fähigkeiten auch seine menschlichen
Qualitäten.«

Das war vielleicht ein bißchen dick aufgetragen, aber im Moment hatte er keine andere Wahl. Wenn seine Großmutter einen Nervenzusammenbruch bekam, dann wollte er wenigstens
nicht daran schuld sein. »In der Branche gibt es nicht viele nette
Kollegen, frag Ricarda.«

»Nimm dir doch noch ein bißchen Fleisch«, sagte seine Großmutter völlig zusammenhanglos, dabei hatte er die ganze Zeit
tapfer einen Bissen nach dem anderen zerkaut und hinunterge-
schluckt. Doch sie starrte eine Spur zu lange in die Abgründe
der graubraunen Fleischspalte zwischen den Bratenhälften, weshalb Christian es nicht übers Herz brachte, nein zu sagen, obwohl er seinen Teller bis auf einen kleinen rußigen Bröselrest
blank geputzt hatte. Wenn es mit rechten Dingen zugegangen
wäre, hätte er längst abräumen dürfen.

»Also, wenn ich sie richtig verstanden habe …«, dichtete er
notgedrungen weiter, »es ist noch nicht ganz spruchreif, aber
seine Chancen stehen neunzig zu zehn!«

Doch Esther beachtete ihn gar nicht, sondern fing wieder an,
über irisierenden Rindfleischfasern Trübsal zu blasen. Bei dem
Gedanken an noch mehr Bogensehnen, Muskelstränge und kau-
gummiartige Knorpel traten Christian Tränen in die Augen.

Er hatte ganz umsonst gelogen.

Für einen Moment war er drauf und dran aufzugeben. So wie
es um die Pünktlichkeit seiner Eltern bestellt war, konnte es

noch lange dauern, bis sie ihn erlösten. Womöglich trudelten sie erst zum Kaffee ein, während er hier mit seiner hochgradig labilen Großmutter festsaß und sich bei dem Versuch, ihre Trennungsgedanken zu zerstreuen, den Magen verdarb. Er hätte Grund genug gehabt, einfach aufzustehen und den Raum zu verlassen. Doch die Vorstellung, daß sein Vater in genau derselben Situation spätestens jetzt kapituliert hätte, gab ihm die Kraft, seinen Ekel zu überwinden und weiterzuessen.

Beherzt – fast grimmig – griff er zu, schnitt sich ein fingerdickes Stück Braten ab, nahm zwei, drei Kartoffeln als Kaumasse und einen Schlag halbrohe Blumenkohlröschen mit Strunk. Dann zog er seinen Stuhl näher heran und machte sich über das widerspenstige Stück Fleisch her, das nicht nur genauso aussah wie das vorige, sondern auch ebenso zäh und sehnig schmeckte. Immer wieder mußte Christian sich sagen, daß es sich nur um einen Fall von täuschender Ähnlichkeit handelte, nicht aber um ein und dieselbe Fleischscheibe, obwohl er in seinem tiefsten Inneren davon überzeugt war, daß eben darin seine Strafe bestand. Er war dazu verdammt, diesen einen immergleichen Brocken totes Rind wieder und wieder hinunterzuwürgen.

Es war nicht im geringsten das Treffen, das er sich vorgestellt hatte.

Nach dem, was er in dem Manuskript seines Vaters über seine Großeltern gelesen hatte, war er nicht nur empört oder wütend, sondern mehr als alles andere neugierig. Christian wollte wissen, wer diese Frau war, die tatenlos zugesehen hatte, wie ein Vater seinen Sohn systematisch zerstörte, indem er ihm Aufgaben stellte, Pflichten auferlegte, an denen jeder durchschnittliche Junge scheitern mußte. Was hatte sie daran gehindert einzuschreiten? Christian war sich im klaren darüber, daß er als guter Journalist die eine oder andere Tatsachenbehauptung überprüfen und manche Vorwürfe relativieren mußte, doch zugleich war er fasziniert von dem Bild eines Mannes, der alles darangesetzt hatte, seinem Sohn zu beweisen, wie wertlos und unwürdig er war. Und diese Frau hatte es zugelassen.

Mit einer seltsamen Mischung aus Abscheu und Interesse war er hierhergekommen. Doch seine Neugier hatte ihn mittlerweile vollständig verlassen. Nicht im Traum hätte er gedacht, daß er für Esther so etwas wie Mitleid empfinden könnte, aber so war es. Auf einmal spielte es keine Rolle mehr, wie sie heute zu ihrem Mann und seinen Grausamkeiten stand, ob sie ihn nachträglich verteidigte oder verurteilte, ob sie noch immer zu ihm hielt oder sich plötzlich sogar von ihm trennen wollte. Es war alles nicht so einfach.

Aber so war Familie, so uneindeutig und verworren. Je mehr Christian sich mit der Vergangenheit beschäftigte, je näher er die Menschen kennenlernte, um die es in seiner Rede ging, desto diffuser wurde das Bild. Seine Recherchen führten zu keiner Ordnung, sondern ins Chaos. Er war ausgegangen von der moralischen Gewißheit, die Partei des Schwächeren ergreifen zu müssen, doch mittlerweile wußte er immer weniger, was Schwäche und was Stärke bedeutete. Alles, woran er sich halten wollte, erwies sich als falsch, einseitig oder oberflächlich.

Je mehr er verstand, desto weniger fühlte er sich in der Lage zu urteilen.

Seine Familie erinnerte ihn an etwas, das er selber war, ohne es sein zu wollen. Er fühlte sich längst nicht mehr so souverän und unbestechlich wie zu Beginn seiner Nachforschungen. Er fing sogar an, seinen um Worte verlegenen Vater zu verstehen, der so viele fruchtlose Stunden am Schreibtisch verbracht hatte, weil er seine eigene Geschichte nicht beherrschte, sondern von ihr beherrscht wurde. Mittlerweile empfand sich Christian – obwohl er mit seinen Großeltern kaum zu tun gehabt hatte – selbst als Teil ebenjener Muster, die er zu beschreiben versuchte.

Er war ihr Erbe. Und das, obwohl er alle Brücken abgebrochen hatte.

Seine Kindheit bestand im wesentlichen aus einem Dreipersonenhaushalt, und er hatte es kurz gemacht. Mit Beate und Thomas als einzigen sogenannten Autoritäten schien das Geflecht seiner Abhängigkeiten überschaubar. Sie hatten ihm wenig zu sagen und widersprachen sich oft. Entsprechend groß war seine Ungeduld. Christian haßte es, auf seine Eltern zu warten, auf sie angewiesen zu sein. In seinen Plänen spielten sie keine Rolle. Er hatte es kaum erwarten können, auf eigenen Füßen zu stehen. Im übrigen waren Beate und Thomas hinlänglich mit sich selbst beschäftigt.

Wie die meisten Kleinfamilien versuchten auch sie ab einem gewissen Punkt miteinander auszukommen, indem sie sich nicht störten.

Die Momente echter Ohnmacht und Hilflosigkeit, die ihm von früher im Gedächtnis geblieben waren, ließen sich an einer Hand abzählen und erschienen ihm rückblickend eher läppisch: die paar Male, wo er nachts an stark befahrenen Straßen stand, weil seine Eltern vergessen hatten ihn abzuholen und er alleine nicht nach Hause fand; die Versprechungen, die sein Vater nicht gehalten hatte und an die er sich später nicht einmal mehr erinnern konnte; die pädagogischen Experimente seiner Mutter, die immer dann zu Hochform auflief, wenn sie ihn wie einen Schüler behandeln konnte, und die seine Freizeit am liebsten in ein einziges endloses Nachsitzen verwandelt hätte. Es war nicht gerade vergnüglich gewesen, damals. Doch all diese Dinge wurden mit der Zeit immer weniger schlimm, und je mehr er sich beeilte, erwachsen zu werden, desto leichter waren sie zu ertragen.

Im Grunde hielt er es für übertrieben, von »Kindheit« zu sprechen. Es hatte nicht lange gedauert und schien unendlich lange her, er hatte ewig nicht daran gedacht. Doch jetzt saß er hier mit dieser alten Frau, in deren Gestalt ihm die Traurigkeit seines Vaters wieder begegnete, und war noch immer machtlos. Christian konnte ihr nicht helfen, sosehr er sich auch bemühte, so schnell und gewandt er sich sonst durchs Leben bewegte. Mittlerweile wußte er auf beinahe jede Frage eine Antwort, eine Lösung für jedes Problem, aber wenn es um diesen Schatten der Schwermut und des Schweigens ging, der auf seine Familie fiel, war er so ratlos wie eh und je.

Selbst das Reden fiel ihm plötzlich schwer. Die Pausen zwischen seinen Sätzen und Bissen wurden immer länger.

Christian fühlte sich so rasend schnell in seine Kindheit zurückversetzt, wie er sich von ihr entfernt hatte. Schwierigkeiten und Hindernisse, die er noch vor wenigen Augenblicken kaum registriert hatte, schienen auf einmal unüberwindlich. Es war, als hätte er die Vogelperspektive auf sein Leben verloren, die es ihm erlaubte, ungehindert zu schalten und zu walten. All seine Möglichkeiten, seine glänzenden Aussichten waren zusammengeschnurrt auf die wenigen Menschen, die ihm einmal weh getan hatten, damals, als er sich noch nicht wehren konnte. Es waren die einzigen, die sich ihm wirklich eingeprägt hatten und die, wie er zugeben mußte, noch immer Macht über ihn besaßen.

Papa, Mama, warum kommt ihr nicht?

Wie im Traum drängte es ihn, Ricarda anzurufen, die längst Feierabend haben mußte. Doch die Wohnung wuchs ihm über den Kopf. Er reichte nicht einmal bis zu dem Sekretär herauf, auf dem das Telefon stand. Unmöglich, auch nur den Stuhl wegzuschieben und seine zwischen die Querstreben geklemmten Füße in Gang zu setzen. Statt dessen lehnte Christian die Ellbogen auf die Tischplatte und stützte sein Kinn auf den Handballen seiner Linken, während er die Gabel mit der rechten Hand nachlässig zum Mund führte und das Kinn nicht einmal aufhob, um zu essen, obwohl er so beim Kauen den gesamten Kopf bewegen mußte.

Er registrierte Esthers strafenden Blick, aber er konnte nicht anders. Er fühlte sich unendlich klein.

Es war wie früher an den sinnlosen Sonntagnachmittagen nach dem unvermeidlichen Spaziergang und einer ausgedehnten Mahlzeit mit den Eltern. Er fühlte sich zu träge zum Spielen, zum Träumen zu schwer. Antriebslos, satt und verzweifelt kauerte er auf seinem Stuhl und spürte keine Regung mehr in sich. Er war nur Zustand und würde es bleiben. All seine Ermahnungen, sich nicht gehen zu lassen, nutzten nichts, denn er wußte, dieser Zustand war viel älter als er selbst und kam von irgendwo weit her. Er war die Familie, er war der Dschungel und der Sumpf, in den er um so tiefer hineingeriet, je mehr er sich zu befreien versuchte, er war das Netz seiner Verstrickung, das sich immer weiter zuzog. Er war Houwelandt.

Seine Eltern würden nicht mehr kommen, das stand fest.

Es war sein Vorschlag, den Wein aufzumachen, doch Christian war froh, daß seine Großmutter ihr Besteck beiseite legte und in die Küche ging, um die Flasche zu holen. Sie hatte, soweit er sehen konnte, keinen einzigen Bissen angerührt.

Zwischen Kaugeräuschen hörte er, wie sie den Wein entkorkte, und atmete auf vor Erleichterung, eine so komplizierte Verrichtung nicht selbst ausführen zu müssen. Im Moment war ihm alles zuviel. Beinahe dankbar lächelte er sie an, als sie zurückkam und ihm einschenkte. Er hatte sich im Kampf mit dem Nachschlag nicht unterkriegen lassen, kaute inzwischen aber so langsam, wie er nur konnte. Mit dem Wein würde er den Rest einfach hinunterspülen.

Immerhin dachte er daran, die Form zu wahren und zu warten, bis Esther ihr Glas gefüllt hatte. Er prostete ihr sogar höflich zu. Dann nahm er einen großen Schluck Rioja, vertilgte den ledrigen Fleischklumpen, der seine Kiefer seit geraumer Zeit beschäftigte, und ließ ein als Genußseufzer getarntes Stöhnen hören. Das letzte Stückchen schnitt er auf seinem Teller so klein, daß er die Fleischwürfel mit reichlich Flüssigkeit unzerkaut einnehmen konnte. Seinen Wagen würde er stehen lassen. Er traute sich gar nichts mehr zu.

»Ich würde sie ja gerne mal kennenlernen, deine Ricarda«, nahm seine Großmutter einen Gesprächsfaden wieder auf, der längst gerissen war, »Thomas hat mir in den höchsten Tönen von ihr vorgeschwärmt …«

Ganz entfernt spürte Christian einen Stich von Eifersucht, doch wie alle seine Gefühle war auch dies Vergangenheit.

»Ja«, sagte er.

»Ist sie eigentlich genauso alt wie du?«

Christian trank noch einen Schluck Wein und machte seine Freundin dann zwei Jahre jünger. Er ahnte, worauf das hinauslief.

»Aber sie will keine Kinder – oder wie sehen ihre Zukunftspläne aus?«

Esther wirkte mit einem Mal wie wachgeküßt. Sie schien das ganze Gewicht des de Houwelandtschen Familienkummers auf ihn abgewälzt zu haben und begann jetzt munter das Verhör, mit dem er schon nicht mehr gerechnet hatte.

»Sie steckt gerade mitten in einem sehr wichtigen Prozeß und ist auf dem besten Weg, die Partnerschaft in ihrer Kanzlei angeboten zu bekommen«, betete Christian herunter, was bekannt war, »alles andere ist erst mal Nebensache.« Daß Ricarda ihre Meinung möglicherweise geändert hatte, ging niemanden etwas an.

»Ich hoffe nur, ihr laßt euch nicht zu lange Zeit.«

»Ach was«, winkte er ab. Im Augenblick reichte ihm die Familie, die er hatte, vollkommen.

»Aber du wirst doch nicht zulassen, daß mich jemand anderes zur Urgroßmutter macht. – Oder ist es dir als Erstgeborenem völlig gleichgültig, ob eine von deinen Cousinen dich überrundet?«

»Mir war nicht klar, daß es in dieser Hinsicht einen Wettlauf gibt.«

Das hörte sich schroffer an, als er es meinte. Aber Christian war zu schlapp, um sich zu entschuldigen, zu schlapp, um sich zu streiten. Es schien absurd, daß ihn ausgerechnet eine Frau, die ihren Mann verlassen wollte, zur Familienplanung drängte. Doch wer war er, Esther ihre Widersprüche vorzuhalten?

»Ich würde deine Freundin wirklich sehr gern kennenlernen«, wiederholte sie. Auf einmal hörte es sich an, als wollte sie Ricarda höchstpersönlich zum Kinderkriegen animieren.

»Ich werd's ihr ausrichten.« Christian trank aus und schob seinen Teller von sich weg.

Wahrscheinlich war es das beste, wenn diese Familie einfach ausstarb. Christian wollte sie alle nicht mehr sehen: seine Großmutter, die sich in Angelegenheiten mischte, die sie nichts angingen, seinen Vater, der außer planlosen Frauengeschichten nichts zustande bekam, und seine Mutter, die vor lauter Weltverbesserungseifer die Menschen um sich herum vergaß. Warum das Elend mutwillig verlängern und der Kette der Defekte ein neues Glied hinzufügen? Warum Fortpflanzung? Möglicherweise hatte Jorge als einziger in der Familie erkannt, daß die nächste Generation und alles, was dann kam, nichts taugte, und sich deshalb von dem ganzen Haufen abgewandt.

»Ich muß jetzt gehen«, sagte er und stand auf.

Ein Kind, das in diese Familie hineingeboren wurde, hatte von vornherein keine Chance.

»Aber du hattest doch noch gar keinen Nachtisch. Es gibt Schokoladenpudding, Obstsalat …« Esther war schnell auf den Beinen und folgte ihm in den Flur.

»Tut mir leid«, murmelte er und schaute gleich zweimal demonstrativ auf die Uhr, »danke fürs Essen.«

Ohne sich umzusehen, polterte Christian das Treppenhaus hinunter in den Innenhof. Er schwankte ein bißchen, als ihm die frische Luft entgegenschlug. Die Toreinfahrt war leicht verwackelt, doch er sah gestochen scharf, wie seine Eltern ihm entgegenkamen, Beate und Thomas, in trauter Zweisamkeit, sie mit einem Strauß Blumen in der Hand, er mit ihrer Schultasche über der Schulter, den Arm um sie gelegt. Christian stutzte für einen Moment, kniff die Augen zusammen und schaute noch einmal ganz genau hin. Tatsächlich, sie waren es, gelöst und gemeinsam wie selten, nur seinen Arm hatte Thomas offenbar blitzschnell zurückgezogen.

Seine Eltern waren stehengeblieben und lächelten irgendwie verschworen, so als wüßten sie nicht, wo sie anfangen sollten. Doch was auch immer sie ihm zu sagen hatten, er wollte es nicht hören. Er interessierte sich nicht für ihre Entschuldigungen, für die neuesten Verwicklungen, für das ganze Chaos, das sie über ihn brachten. Er hatte genug davon. Christian wollte nur noch weg. Viel zu lange hatte er schon in diesem Zustand der Familienbenommenheit vor sich hingedämmert, er wollte zurück zu seinem klaren, zielstrebigen, erfolgreichen Leben und nichts mehr zu schaffen haben mit der Verwirrung der Gefühle, die von seinen Eltern ausging, von dieser Nähe, zu der sie schon lange kein Recht mehr hatten. Er gehörte nicht dazu, seine Geschichte war nicht ihre Geschichte. Er lebte heute und nicht gestern wie sie.

Grußlos stürzte er an ihnen vorbei und murmelte nur soviel

wie, er müsse los, es sei schon spät, sie würden telefonieren. Er drehte sich nicht einmal um aus Angst, seine Eltern könnten bilderbuchgleich in der Toreinfahrt stehen und ihm nachschauen, Arm in Arm, mit ihrem lippensynchronen Paarlächeln und einem mitleidig-liebenden Blick, der sagen wollte: »Sieh an, da geht er hin, unser ewig getriebener Sohn, Krischan, der kleine Springinsfeld, ja, laß ihn nur. Er wird es schon noch selber merken, daß das wahre Glück, die wirkliche Zufriedenheit nicht in dem liegt, was man leistet, sondern in den Menschen, die man liebt ...«

Sie konnten ihn alle mal.

Vor Zorn fühlte er sich fast wieder fahrtüchtig, dennoch ließ Christian den Wagen stehen und rannte die Straße hinunter in Richtung S-Bahn, was ihm so guttat, daß er beschloß, nicht gleich bei der nächsten Station einzusteigen, sondern bis zu der Haltestelle auf der anderen Seite des Stadtparks zu laufen, um seinem Ärger etwas Luft zu verschaffen. Die Passanten, die unterwegs stehenblieben und ihn anstarrten, grüßte er auf Verdacht, alte Nachbarn vermutlich, die er vergessen hatte.

Kurz vor dem Seerosenteich bog er ab und steuerte direkt auf seine einstigen Schleichwege zu. Er wollte keinem Menschen begegnen und war froh, fürs erste allen Blicken entkommen zu sein. Doch entweder kannte er sich nicht mehr so gut aus wie früher oder die Trampelpfade hatten sich in der Zwischenzeit verschoben, jedenfalls mußte er sich irgendwann eingestehen, daß er die ganze Zeit im Kreis gelaufen war. Am Ende blieb ihm nichts anderes übrig, als sich immer weiter geradeaus durchs Unterholz zu schlagen, bis er zu einem der breiten Spazierwege kam. Es dauerte noch eine ganze Weile, bis er wieder wußte, wo er war.

Erschöpft und durcheinander erreichte Christian die S-Bahn-Station. Er erschrak, als er in dem Glaskasten mit dem Streckenplan sein Spiegelbild sah. Das Dickicht hatte ihm ein paar Kratzer beigebracht. Auf seinem Hemd, seiner Hose fanden sich Spuren von Moos und feuchtem Laub. Der Fahrkartenautomat, für den er kein Kleingeld hatte, spuckte die Scheine, die er hineinschob, sofort wieder aus. In seinem Rücken hörte Christian die Züge abrauschen. Er hatte Zeit.

Nach einem letzten vergeblichen Versuch an einem benachbarten Automaten trottete er zum nächsten Kiosk. Eigentlich wollte er nur wechseln, ließ sich aber von dem Gewirr der Schlagzeilen einfangen und betrachtete staunend all die sensationellen Belanglosigkeiten, über die er heute morgen in der Sendung noch so an- und aufgeregt diskutiert hatte. Er verstand nicht mehr, worum es ging. Er hatte es noch nie verstanden. Wozu der ganze wilde Tanz?

Nicht ein einziger dieser Sätze würde ihm helfen, über den Tag zu kommen.

Der Kioskverkäufer musterte ihn zunehmend argwöhnisch, also kaufte er irgendein billiges Boulevardblatt, das er in der Straßenbahn liegenlassen würde. Dann löste er eine Fahrkarte und stellte sich neben zwei wartende Mütter mit Kinderwagen ans Gleis. Es dauerte noch zehn Minuten bis zur nächsten Bahn, doch schon nach zwei Minuten fingen die Babys an zu schreien, was niemanden zu stören schien. Die Mütter – offenbar mit sehr viel robusteren Nerven ausgestattet als er – taten nichts anderes, als die Kinderwagen ein bißchen auf der Stelle zu ruckeln, und plauderten ansonsten weiter miteinander. Natürlich hätte er sich ohne weiteres ans andere Ende des Bahnsteigs stellen können. Doch Christian empfand es gewissermaßen als seine Pflicht, das Säuglingsgeschrei zu ertragen. Wenn er es nicht einmal ein paar Minuten in der S-Bahn aushielt, hatte sich sein Kinderwunsch endgültig erledigt. Beim Einsteigen nahm er einen anderen Waggon.

Schlingernd fuhr die Bahn an, er mußte sich setzen und nahm neben einer älteren Dame Platz, die ihre Handtasche fest umklammerte. Im Mittelgang unternahm ein kleiner Junge, begleitet von den ständigen Ermahnungen seiner Mutter, erste Gehversuche. Vor Christian blieb er stehen und starrte ihn an – den offenbar einzigen erwachsenen Mann im ganzen Zug.

»Na, du«, versuchte er, nett zu sein, und strengte ein Lächeln an. Doch der Kleine machte nur noch größere Augen und verlor beim nächsten Halt das Gleichgewicht, ohne daß Christian es schaffte, ihn aufzufangen. Mit einem lauten Rums fiel der Junge auf den Hinterkopf. Alle Fahrgäste sahen her. Während die Mutter auf den weinenden kleinen Kerl einschimpfte, stimmte ein Mädchen in einem Buggy weiter hinten aus Solidarität in das Geheul mit ein.

Christian tastete wie zur Beruhigung nach seiner Zeitung. Irgendwo hatte er gehört oder gelesen, daß man das Geschrei der eigenen Kinder ganz anders wahrnehme als das von Kindern anderer Leute. Doch es fiel ihm immer schwerer, dies zu glauben. Mutlos vertiefte er sich in einen Artikel über die operative Trennung siamesischer Zwillinge.

Als er wieder aufwachte, war er schon eine Station zu weit und stieg aus. Er wartete nicht auf den Gegenzug, sondern ging die letzten anderthalb Kilometer zu Fuß. So schwer es ihm fiel, er mußte Ricarda gestehen, daß er sich nicht gut genug überlegt hatte, was er opferte, wenn er seine Freiheit, sein virtuelles Junggesellendasein aufgab. Aber natürlich konnte er jetzt nicht mehr zurück. Sie hatten ihn endlich da, wo sie ihn haben wollten. Er saß in der Familienfalle.

Die Sonne stand tief zwischen den Häusern, als er bei seinem leeren Parkplatz ankam. Christian fühlte sich verkatert, ungewaschen und ausgelaugt. Leise betrat er die Wohnung und schlich als erstes ins Badezimmer, um sich die Zähne zu putzen. Rindfleisch und Rotwein hatten einen pelzigen Belag hinterlassen, den er unbedingt loswerden wollte, bevor er Ricarda begrüßte.

Ihre Zahnbürste fehlte. Auch ihre Tagescreme. Das Schminktäschchen und der kleine Kosmetikkoffer waren ebenfalls weg. Fast schien es, als hätte er sich seine Freiheit ein bißchen zu heftig zurückgewünscht.

Christian klatschte sich zwei Hände voll Wasser ins Gesicht und machte sich dann auf die Suche. Als er die Tür zum Arbeitszimmer aufstieß, stand vor ihm eine offene Reisetasche. Immerhin war Ricarda noch da. Sie saß gut gelaunt am PC.

»Warte, ich hab's gleich!« rief sie, starrte weiter gebannt auf den Bildschirm und ballte dann triumphierend die Faust. »Jawohl! Eine Spiegelreflexkamera für 150 Euro bei ebay. Das ist geschenkt!«

Christian verkniff sich die Frage, wozu sie plötzlich eine solche Kamera brauchte, nachdem ihr bisher ein paar Schnappschüsse im Urlaub genügt hatten. Auf dem Schreibtisch neben ihr lag ein Buch mit hellblauem Einband: »Die 4000 schönsten Vornamen und ihre Bedeutung.«

»Mußt du – willst du verreisen?« erkundigte er sich vorsichtig.

»Wir verreisen«, sagte Ricarda und drehte sich mit einem breiten Lächeln zu ihm um. »Der Vergleich ist beschlossen, die Klage zurückgenommen, ich hab' das ganze Wochenende frei, und wenn mich deine Sekretärin nicht belogen hat, ist deine nächste Sendung erst am Dienstag.«

»Das, äh«, er brauchte dringend Zeit zum Nachdenken, »kommt ein bißchen sehr spontan.«

»Ich wollte dich überraschen. Ein kleines Häuschen im Schwarzwald. Abgeschieden. Ohne Telefon. Sonst wird das mit uns beiden nie was …« Sie stand auf, um ihm einen Kuß zu geben, und bemerkte die Schrammen in seinem Gesicht. »Wo hast du dich denn rumgetrieben?«

»Ich habe eine Abkürzung durch den Park ausprobiert. Es gab Rotwein zum Essen, und da wollte ich nicht mit dem Wagen …«

Er bekam seinen Kuß.

»Sehr vernünftig«, strahlte Ricarda, »kein Risiko eingehen! Schließlich mußt du bald eine Familie ernähren.«

Offenbar hatte sie die Kamera nur ersteigert, um den Träger eines der schönsten 4000 Vornamen vom Moment seiner Zeugung bis zur Volljährigkeit zu fotografieren.

»Apropos Familie«, irgendwie mußte er ihr zumindest einen Wink geben, was in ihm vorging, »es war die Hölle.«

»Laß uns im Schwarzwald darüber reden, ja?« zwängte sie sich an ihm vorbei und verstaute das Vornamen-Buch in der Reisetasche, »wir sollten jetzt packen, damit wir gleich morgen früh losfahren können.«

»Weißt du, Ricarda«, er fühlte sich mit einem Mal hundeelend, »jetzt ist vielleicht nicht der richtige Zeitpunkt, ich meine, die ganze Verwandtschaft rückt an, um mich und übrigens auch dich kennenzulernen, da können wir nicht einfach verreisen …«

Sie ging für einen Moment aus dem Zimmer und kam mit einem Stapel Wäsche zurück. »Wenn wir ein Kind wollen, müssen wir uns zwischendurch auch mal die Zeit nehmen, es zu zeugen. Das geht leider nicht anders. – Soll ich das T-Shirt für dich mitnehmen?«

»Jaja, klar.«

Ricarda bückte sich und sortierte Wäschestücke ein und aus,

während er wie im Schnelldurchlauf ihr Becken, ihre Hüften, ihren Bauch im dritten, sechsten, neunten Monat vor sich sah. Vielleicht würden seine Zweifel auch vorübergehen. Vielleicht war seine Angst um sich nur eine Phase.

»Also, was ist jetzt, packst du oder packst du nicht?« fragte sie, ohne sich umzudrehen.

»Keine Sorge«, sagte er leise, »für die paar Tage brauche ich nicht viel.« Dann ging er zu seinem Schrank im Schlafzimmer und kramte seinen alten Rucksack hervor. Weiter kam er nicht. Er setzte sich aufs Bett, den leeren Rucksack zwischen den Knien, und starrte hinein.

Wenn er an Esther dachte, an seine Eltern, an das Erbe, das er mit sich trug, waren dies nicht gerade ideale Voraussetzungen, um einem kleinen Lebewesen eine unbeschwerte und glückliche Kindheit zu ermöglichen. Noch dazu, wenn die Geschichte dieses kleinen Wesens mit einem Schweigen begann – mit der vollkommensten Form der Lüge, die es in seiner Familie gab.

Es führte kein Weg daran vorbei, er mußte mit Ricarda sprechen. Er mußte ihr sagen, daß sie recht gehabt hatte, an ihm zu zweifeln. Er konnte kein guter Vater sein, wenn er nicht mit seiner Familie im reinen war. Wenigstens so lange mußte sie sich noch gedulden. Wenigstens bis zu der Rede.

Er hörte Ricardas Schritte im Flur, im Wohnzimmer, im Bad. Dann betrat sie das Schlafzimmer und knipste das Licht an. Erst jetzt fiel ihm auf, daß es mittlerweile dunkel war.

»Freust du dich denn nicht wenigstens ein bißchen?«

»Doch, doch, es ist nur …« er machte eine ausweichende Handbewegung, »mir geht dieser ganze Familienrummel näher, als ich dachte.«

Sie setzte sich neben ihn aufs Bett, berührte ihn aber nicht, sondern legte ihre Hände vor sich auf die Knie. Ihre Adern schimmerten bläulich-violett, fast sah es aus, als würde sie frieren.

»Wir müssen nicht fahren, wenn du nicht willst.«

»Nein, darum geht es nicht. Es ist diese Rede«, seine Augen suchten die Wände ab, »ich schaffe es nicht, ich kann sie nicht schreiben. Je mehr ich über den Alten herausfinde, über Esther, über meinen Vater, desto weniger weiß ich, was ich sagen soll.«

»Und was wolltest du ursprünglich sagen?«

»Ich weiß nicht, ich glaube«, er faßte sich ein Herz und sah sie an, »ich hätte gern einen Schuldigen.«

Eine Weile saßen sie schweigend nebeneinander. Dann stand Ricarda plötzlich auf und streifte mit ihrer Hand seine Schulter. Er hätte sie gerne gefragt, ob sie wisse, was jetzt werden solle. Doch offenbar hatte sie das Telefonklingeln nur zuerst gehört.

»Laß uns nicht rangehen«, kam Christian hinter ihr her, auf einmal sehnte er sich nach einem abgeschiedenen Häuschen im Schwarzwald, »es ist bestimmt mein Vater.«

Ricarda blieb vor dem Telefon stehen, er stellte sich neben sie. Beinahe andächtig warteten sie darauf, daß der Anrufbeantworter ansprang, doch es meldete sich niemand.

»Dein Vater hätte uns eine Nachricht hinterlassen«, zuckte Ricarda mit den Achseln.

»Nicht, wenn er dich unter vier Augen sprechen wollte.«

»Was soll denn das heißen?« stieß sie ihn an. Doch ihm blieb eine Antwort erspart. Das Telefon klingelte wieder, und diesmal sprach Thomas aufs Band.

»Ja, hallo, ich bin's, Christian, bitte melde dich. Es ist dringend –«

Er versuchte noch, sie davon abzuhalten, doch Ricarda war schneller und nahm ab. Jetzt konnte er nur noch hoffen, daß sie ihn nicht verriet.

»Ja?« fragte sie, »ja«, sagte sie, in verschiedenen Variationen, »ja, ich rede mit ihm.«

Dann ließ sie den Hörer sinken und sah ihn an.

»Deinem Großvater geht es nicht gut. Er macht den Nachbarn nicht auf, verläßt das Haus nicht mehr, geht nicht ans Telefon. Deine Oma hat die ganze Zeit versucht, ihn zu erreichen, zwecklos. Jetzt versuchen sie gerade, ihren Rückflug auf morgen früh umzubuchen.«

Christian fragte nicht, was ihn das anging, er konnte es sich denken.

»Es ist natürlich nur eine Bitte, aber Thomas meint, es wäre für alle das beste, wenn du deine Großmutter begleitest ...«

Ihre Blicke trafen sich. Er wußte, was Ricarda dachte, was sie sagen wollte, aber das konnte er nicht, das konnte niemand von ihm verlangen.

Er wünschte, sie würde den Hörer aus der Hand legen. Er wünschte sich weit weg von hier.

»Und unser Wochenende im Schwarzwald«, fragte er ohne große Hoffnung.

»Fahr«, sagte sie.

Jorge

Damals mußten sie ihn mit Lederriemen ans Bett fesseln, um ihn am Hängen zu hindern. Einer der Gärtner hatte Jorge bei Sonnenaufgang im Fenster des Schlafsaals entdeckt und unter dem Eindruck des an den Scheiben herabrinnenden Morgenrots für eine Erscheinung gehalten. Zwei-, dreimal war es ihm noch gelungen, seine Spuren zu verwischen. Doch die Pater kamen sehr bald dahinter, daß es sich bei dem Gekreuzigten an der Vorhangstange nicht um eine Vision oder gar ein Wunder handelte, sondern um einen Skandal.

Jorge verstand die Aufregung nicht, die sein nächtliches Ritual verursachte. Für ihn war das Hängen eine Notwendigkeit, die sich aus der nachlassenden Kraft der Exerzitien ergab. Der Schmerz des Fastens und Betens allein war nicht mehr stark genug, um eine Verbindung zu Gott herzustellen. Mit dem Hängen erhielt jeder Tag seine Absolution. Er wurde durch die Nacht von seinem Mangel an Tiefe erlöst.

Es war wie ein Spießrutenlauf, als er zum Direktor zitiert wurde und in aller Form geloben mußte, solche unorthodoxen Praktiken künftig zu unterlassen und sich strikt an die Nachtruhe zu halten. Doch Jorge betrachtete das als eine Prüfung. Unerschrocken setzte er sich über sämtliche Warnungen und Verbote hinweg. Seine Auflehnung war für ihn ein Gehorsam höherer Ordnung, den er vor niemandem zu verbergen brauchte. Da man ihn nachts ans Bett band, nutzte er tagsüber jede Gelegenheit und hing, während die anderen Zöglinge spielten oder zum Essen gingen. Seine Halsstarrigkeit und mangelnde Einsicht forderten immer drastischere Strafen heraus, die Jorge klaglos und stumm über sich ergehen ließ, denn er wußte, daß ihm kein Mensch etwas anhaben konnte, solange er seine Überzeugung nicht verriet. Der Zorn und die Züchtigungen der Pater waren nur Teil der besonderen Probe, auf die man seine Opferbereitschaft stellte: die Festigkeit seines Willens im Kampf des Geistes gegen das Fleisch.

Wenn der Schmerz ihn zu überwältigen drohte, sah er sich wie auf bunten Kirchenfenstern in einer Reihe mit den großen christlichen Märtyrern.

Die Pater nannten es Gotteslästerung, doch die Schläge, die

Jorge erhielt, bestärkten ihn nur in seinem Glauben, das Richtige zu tun. Er hatte die Idee der Gnade nie verstanden – wie konnte ein gerechter Gott gnädig sein? Die Botschaft der Liebe blieb für ihn ein leeres Wort. Was er verstand, war die Eindringlichkeit und Schärfe von Stockhieben auf der bloßen Haut und den atemberaubenden Druck der Riemen um seine Brust. Für ihn war der Schmerz die einzige Möglichkeit, Gott, dem Herrn, nahe zu sein.

Doch gerade das schien die Pater am allermeisten gegen ihn aufzubringen.

Seine Zweifel begannen erst an dem Tag, als sie die Strafe plötzlich aussetzten. Jorge wurde vom Unterricht suspendiert und in ein weißes, fensterloses Einzelzimmer auf der Krankenstation verlegt, das nur durch zwei schmale, schießschartenförmige Lüftungsschlitze mit der Außenwelt verbunden war. Es gab drei volle Mahlzeiten und nachmittags ein Stück Kuchen mit Pfefferminztee. Morgens und abends schaute ein Pater nach ihm, brachte ihm neue Lektüre und nahm die Bücher wieder mit, die er gelesen hatte. Ansonsten kam kein Mensch.

Es war wie im Himmel.

Doch die vollkommene Abwesenheit von Zwang hatte zugleich etwas Beunruhigendes, Beängstigendes. Schon bei früheren Gelegenheiten hatte Jorge mit Patern zu tun gehabt, die für sein Empfinden zu lax gewesen waren. Sie züchtigten ihn nicht so hart und auch nicht in dem Umfang, wie es ihre Pflicht gewesen wäre. Unter den Zöglingen hatten sie den Ruf, besonders milde zu sein, und erfreuten sich dementsprechend großer Beliebtheit. Doch Jorge verachtete sie. Er hielt ihre Sanftmut für Schwäche. Es war ihm unangenehm, sogar peinlich, von ihnen geschont zu werden, als wäre er nicht stark genug, um die ihm zugeteilte Strafe zu ertragen, als wäre er genauso weich und nachgiebig wie sie. Wenn sie den Stock vor der Zeit beiseite legten und ihn baten, sich wieder anzuziehen, zeigte er ihnen nicht die erwartete Dankbarkeit, sondern würdigte sie keines Blickes.

Ein gnädiger Gott war in seinen Augen ein verächtlicher Gott.

Jorge glaubte an Strafe. Ihr Ausbleiben verstörte ihn zutiefst. In dem weißen Krankenzimmer fühlte er sich wie Jonas im Bauch des Walfisches, er war der Gewalt Gottes, aber auch seiner Obhut entzogen. Es fehlte die Hand, die ihn strafte, aber auch die Hand, die ihn trug. Mit jedem spurlosen und ungespürten Tag in dem weißen, fensterlosen Raum sank er ein wie in Watte. Jorge fiel weich und unmerklich, aber immer tiefer ins Nichts.

Seine Rettung war das Rechnen. Im freien Fall, in der Leere boten die Zahlen ihm Halt. Sie waren die letzte, einzige Ordnung, die es im Bauch des Walfisches gab. Jedesmal, wenn Jorge einen Beweis zu Ende führte und den Schlußpunkt hinter das QED setzte, überkam ihn ein Gefühl des Triumphs. Es war, als hätte er Gott gezeigt, daß es Gesetzmäßigkeiten gab, die auch in Seiner Abwesenheit galten.

Anfangs hatte Jorge die Isolation von den anderen Zöglingen als eine Auszeichnung empfunden, als Belohnung für die erlittene Qual. Doch mit der Zeit sehnte er sich zurück in die Welt, die er so verachtete. Er sehnte sich nach dem Geruch von Erde, nach Wald, nach der Schwere des Abends und dem Traumgemurmel seiner Kameraden in der Nacht. Er konnte vor Stille nicht schlafen, es machte ihm Angst, ins Leere zu fallen.

Wessen Wille geschah?

Jorge träumte davon, Gott vorzurechnen, daß er nicht ganz und gar verlassen war, daß es ein Reich der Zahlen und Formen gab, aus dem nicht einmal Er ihn verstoßen konnte. Doch seine Teilhabe an dieser idealen Welt währte nur so lange, wie er die

Kraft hatte, sie zu denken. Sobald Jorge die Bücher aus der Hand legte, sobald er aufhörte, im Weiß der Wände die vollkommenen Linien der Geometrie zu sehen und Zahlenreihen an der Zimmerdecke, stürzte er nur um so tiefer.

Erwartete man von ihm, daß er um Gnade flehte? Wollte Gott, wollten die Pater, daß er auf Knien um etwas bat, das ihm unbegreiflich war? Um eine Form von Liebe oder Nachsicht, auf die er, soweit er sie begreifen konnte, keinen Anspruch hatte?

Eines Morgens nach einer ruhelos durchdachten und durchwachten Nacht ertrug er die Ungewißheit nicht mehr. Jorge hatte lange überlegt, welche Frage er dem Pater stellen konnte, ohne ihm das Ausmaß seiner Zweifel zu offenbaren und damit das Vorrecht der Einsamkeit zu verwirken.

»Wo bin ich«, fragte er schließlich. Doch alles, was er zur Antwort bekam, war: »Im Quarantäneraum.«

Jorge wußte nicht, was dieses Wort bedeutete, fragte aber nicht weiter, dafür war er zu stolz. Nach anderthalb Tagen fand er es selbst heraus.

Es war die Hölle.

Zum ersten Mal in dieser weißen, gleichförmigen Zeit der Abgeschiedenheit klopfte es an der Tür, die er nicht öffnen konnte. Der Pater kündigte ihm überraschend Besuch an und ließ eine Frau herein, die mit wehendem Mantel ins Zimmer kam und sich sogleich zu ihm ans Bett setzte. Ohne weitere Vorrede erzählte sie von seinem Vater, der ihr keinen einzigen Pfennig schicke, von dem Haus, das man ihr nehmen wolle, von einer Gerichtsverhandlung, die unumgänglich sei, weil sie seine Geschwister nicht länger durchfüttern könne. Sie habe wahrhaftig Kummer genug, und jetzt spiele zu allem Überfluß auch noch er, Jorge, verrückt, anstatt dankbar zu sein für die gute Erziehung, die er hier genieße und die sie aus eigener Tasche niemals bezahlen könnte, aber er müsse ja alles kaputtmachen mit seinem Starrsinn, nur immer weiter so, er sei auf dem besten Weg zu einem Verweis, zu einem Rauswurf, und was dann werden würde, wisse sie nicht, nachdem sie so sehr gehofft habe, daß wenigstens er gut versorgt sei mit seinem Stipendium und ihr keine Schande machen würde, es sei zum Verzweifeln.

Die Frau holte ein Taschentuch hervor und betupfte sich damit die Augenwinkel, in denen schwarze Farbe verlief. Ihr Atem roch nach Rauch.

Nein, sie könne sich nicht auch noch um ihn kümmern, das müsse er verstehen, allein die Reise hierher sei so teuer gewesen, sie habe den ganzen Weg in der dritten Klasse sitzen und sich angaffen lassen müssen, nicht einmal die Kleider könne sie wechseln nach dieser Tortur, schließlich sei sie jetzt eine arme, alleinstehende Frau, und es gebe niemanden mehr, der ihr die Koffer trage, ganz zu schweigen von all den anderen Lasten, die sie bedrückten, die Zeiten seien vorbei, ob er das nicht begreife, ob das in seinen Dickschädel nicht hineingehe, wolle sie wissen, sah ihm dabei aber kein einziges Mal ins Gesicht, sondern tupfte weiter an ihren schwarzen Augen herum.

Er müsse ihr versprechen, bitte, fuhr sie fort, von nun an ein braver Junge zu sein, sie bitte ihn inständig, gerade jetzt, da die Gerichtsverhandlung bevorstehe, sie müsse sich auf ihn verlassen können, sonst sei alles verloren, denn er könne ihr glauben, sein nichtsnutziger Vater sei imstande, auch noch den letzten Rest ihres Vermögens durchzubringen, wenn man ihn nicht daran hindere, ihm sei es vollkommen gleichgültig, was mit ihr und den Kindern geschehe, er denke immer nur an sich und sein Vergnügen, dieser Mann, schimpfte sie, dieser Ausbund an Rücksichtslosigkeit mache vor gar nichts halt, nicht einmal vor dem Erbteil, das ihm, Jorge, als dem Erstgeborenen und

Stammhalter von Rechts wegen zustehe, es gehe also nicht um ihr, sondern vor allem um sein eigenes Geld, das dürfe er bei der Verhandlung nie vergessen, deswegen sei es so wichtig, daß er dem Richter genau erzähle, was geschehen sei, wie sein Vater ihn und seine Geschwister mir nichts, dir nichts verlassen habe, wie er ohne ein Wort, ohne Abschied einfach gegangen sei, sich davongeschlichen habe wie ein Dieb, mitten in der Nacht, und noch dazu so dreist gewesen sei, ihr auf einem Küchenzettel vorzurechnen, daß das Geld nicht mehr für alle sechs reiche, dieser Egoist, der es tatsächlich über sich gebracht habe, eine Frau mit vier Kindern in ihrem Elend sitzen zu lassen, allein und mittellos, ohne das Allernötigste, nur um weiter in Saus und Braus zu leben, nicht wahr, er wisse doch noch, wie tags darauf der Gerichtsvollzieher gekommen sei und das Mobiliar gepfändet habe, den Lüster, den Spiegelschrank, sogar die Wickelkommode, das dürfe er, Jorge, dem Richter nicht verschweigen, denn vor dem Richter zähle wie bei der Beichte nur die Wahrheit und kein falscher Stolz, hob sie mahnend die Hand mit dem schmutzigen Taschentuch, man müsse die Dinge beim Namen nennen und lieber eine Sünde zu viel auf das Register setzen als eine zu wenig, ob er gehört habe, was sie sage, rüttelte sie ihn, ob das klar sei?

Mit äußerster Konzentration suchte Jorge nach den Euklidschen Formen an der Wand, während die Frau mit dem Rauchatem weiter auf ihn einredete. Doch davon ließ er sich nicht länger beirren, sondern spannte all seine Muskeln an und machte sich hart wie ein Brett, so daß es still wurde in ihm, denn er hatte genug gehört, um zu wissen, daß sie log. Er konnte es beweisen, vor jedem Richter der Welt. Jorge hielt das Schweizermesser fest umklammert, das er am Morgen danach unter seinem Kopfkissen gefunden hatte, und sein Schlaf in der fraglichen Nacht war keineswegs so tief gewesen, daß er die Hand seines Vaters auf seinem Schopf nicht gespürt hätte. Sie lag dort länger, als er zählen konnte. Sie beschirmte ihn, wenn er schlief.

Sein Vater hatte ihn nicht verlassen, er würde wiederkommen.

Die Frau redete und weinte, bis ihr die Worte ausgingen, dann nahm sie ein frisches Taschentuch zur Hand und vergoß ihre getuschten Tränen stumm. Sie weinte noch immer, als der Pater zurückkam und sie aus dem Zimmer führte. Jorge hörte ihr Schluchzen und das Gestammel zum Abschied in der Tür, sah aber nicht hin. Er hatte soeben eine Entdeckung gemacht, auf die vor ihm noch kein Mensch gestoßen war, obwohl sie aus dem Bisherigen so notwendig folgte wie ein aus bestimmten Axiomen abgeleiteter Beweis: An den Wänden der Hölle gab es keine Geometrie.

Endlich hatte er Gewißheit, mehr als er sich wünschen konnte. Jorge wußte jetzt, wo er war, er wußte, daß es keinen Weg zurück gab, man hatte ihn aufgegeben, es brauchte kein Pater zu kommen, um ihm das zu erklären. Dennoch stand er kurz darauf wieder in seinem Zimmer, ein Rabe, der die Flügel zusammenschlug und auf ihn herabsah mit der Geduld eines Totenvogels an der Bettstatt des Verdammten. Jorge zählte das Schweigen, er sehnte seine Verurteilung herbei. Längst hatte er die drohende Wunde zur Narbe gemacht und war darauf gefaßt wie auf einen letzten, betäubenden Schlag.

Doch anstatt den Verweis von der Schule auszusprechen, fragte der Pater ihn nach Ablauf einer unerfindlichen Frist, wie er sich nun entschieden habe, ob er hier bleiben oder mit seiner Mutter nach Hause fahren wolle.

Es schien, als ließe ihm der Rabe eine allerletzte Wahl, doch Jorge wagte es nicht, ihn anzusehen, aus Angst, sich getäuscht zu haben. Er starrte die leere weiße Wand an und blickte hinauf in den leuchtenden Abgrund über ihm. Dann sagte er, was nur Gott hören durfte.

»Ich kenne diese Frau nicht.«

Er flüsterte fast.

An der Decke der Hölle gab es keine Zahlen.

Es hatte keinen Sinn aufzustehen, nicht mehr. Am Abend, bis in die Nacht hinein, hatte das Telefon geläutet. Das Klingeln, das vom Flur her ins Schlafzimmer drang, war zur Begleitmusik des Dämmerzustands geworden, in dem er sich seit dem Besuch von Luisa Mejía befand. Als es kurz vor Mitternacht abriß und nicht wieder von neuem anfing, tat die Leere einen Sprung. Doch Jorge verstand, daß auch Esther irgendwann aufgeben mußte. Sie war die tapferste Frau, die er je kennengelernt hatte in seinem an Begegnungen armen Leben. Er konnte sich keinen anderen Menschen in seiner Nähe vorstellen. Hätte er noch einmal heiraten müssen, wäre nur sie für ihn in Frage gekommen. Doch er ertrug es nicht länger, gelogen zu haben, als er ihr seine Liebe versprach.

Er hatte nichts zu versprechen.

Nach seiner Rückkehr aus der Quarantäne war es Jorge gelungen, seine Fremdheit unter den Zöglingen zum Verschwinden zu bringen. Er bemühte sich, in allem so zu sein wie sie, und brachte es mit der Zeit zu täuschender Ähnlichkeit. Niemand, der bei ihren Exerzitien und Meditationen, dem Unterricht oder den Mahlzeiten zu Gast war, hätte ihn für weniger fromm, weniger gläubig gehalten als die anderen. Niemandem wäre er überhaupt aufgefallen. Seine Tarnung war nahezu perfekt.

Doch die Botschaft der Liebe blieb für ihn leer. Jorge hatte ihre Gesten und Gesichter auf zahllosen Heiligenbildern studiert. Er lernte die Formeln derer, die sie predigten, wie die Sprache eines Landes, das er nie betreten würde. Wenn die Pater ihn zur Liebe Gottes befragten, verriet kein falsches Wort, daß er nicht wußte, wovon die Rede war. Er beherrschte den Habitus, die gesamte äußere und innere Zeremonie des Glaubens, der Liebe, der Hoffnung und trug ihr Gewand wie eine zweite Haut. Doch sie füllte sich nicht mit Leben.

Manchmal, für Momente, war es ihm möglich, Gott in allen Dingen zu finden. Manchmal spürte er die selbstlose Zartheit, die sie umgab, und die gütige Hand über der Schöpfung. Sie war da wie der Geruch von Tau beim Gang durch den Klostergarten am Morgen oder die dunkle Süße des Herbstlaubs beim Schwimmen im Weiher hinter dem Dorf. Jorge spürte Gottes Nähe und erschrak jedesmal vor der Tiefe Seiner Berührung. Doch es war ihm nicht gegeben zu lieben. Er fürchtete und respektierte Gott, rang und kämpfte mit Ihm, aber lieben konnte er Ihn nicht. Gott war wie der Schmerz – sein Gegner und sein Los.

Beinahe jede Nacht träumte Jorge vom Hängen, aber er wagte es nicht mehr, nie wieder.

Der Schmerz blieb seine größte Begabung. Im Unterschied zu den anderen Zöglingen waren die Rituale des Fastens und Wachens für ihn ein Kinderspiel. Die harten Bänke, den steinigen Boden und die Kälte nahm er kaum wahr. Es gab keine Schwachheit, die er sich hätte zuschulden kommen lassen, keine Versuchung, der er erlegen wäre. Während sich seine Zimmergenossen nachts in tumultösen Träumen wälzten und an ihrer Fleischlichkeit verzweifelten, fiel es ihm geradezu lachhaft leicht, Enthaltsamkeit zu üben. In Jorges Leben gab es nichts, worauf er nicht verzichten konnte. Damals, im Bauch des Walfisches, hatte er gelernt, sogar in Todesstarre zu existieren.

Jorge schien wie geschaffen für ein Dasein als Mönch und

Missionar, als Einsiedler und Rufer in der Wüste. Die meisten Zöglinge fanden das. Doch er entschied sich gegen die Priesterlaufbahn und bat darum, Mathematik studieren zu dürfen statt Theologie. Seine Gottgefälligkeit war Maskerade geblieben. Er hatte sein Leben zum Gefäß einer Liebe gemacht, die ihm versagt blieb. Es nützte nichts, daß er sich vorbildlich verhalten und sämtliche Prüfungen mit Bravour bestanden hatte, er war nicht auserwählt, die Botschaft der Liebe in die Welt zu tragen. Die Pater schienen das zu wissen und zeigten sich von seiner Entscheidung wenig überrascht. Sie hatten nie vergessen, daß er ein Verdammter war.

Gott nannte ihm dafür keinen Grund.

Doch Jorge konnte rechnen. Er glaubte, dem Nichts eine Ordnung geben zu können, und solange dies möglich schien, war noch nicht alles verloren. Nächtelang saß er an seinem Pult, memorierte die Formeln und ersetzte die Sprache der Andacht durch Zahlen. Er widmete sich dem klaren, kalten Gebet der Mathematik, das sich seine Antworten selbst gab.

Kurz vor Abschluß seiner Promotion erreichte ihn die Nachricht vom Tod seines Vaters. Er war überrascht, daß man an ihn gedacht hatte. Bei der Beerdigung sprach er mit dem Rest der Familie kein Wort. Aber er fühlte sich in seinem Schweigen nicht allein. Im Tod war ihm sein Vater näher als jemals im Leben.

Er hatte schon vor Jahren aufgehört, ihn zu vermissen.

Jorge hätte sich bis ans Ende seiner Tage enthalten können. Die Ehelosigkeit betrachtete er als selbstverständlich, sofern man andere, höhere Ziele hatte als sich fortzupflanzen. Dennoch nahm er Esther zur Frau und gab ihr sein Wort. Sie war der erste Mensch, der Geduld mit ihm hatte und nichts von ihm verlangte außer seiner Gegenwart. Ihre Schönheit war nicht von der offensichtlichen Art, sondern ein Geheimnis, das man entdecken mußte. Sie hatte dunkle Augen und einen Blick, mit dem sie ihn retten konnte, indem sie ihn ansah. Bereits nach ihrem ersten Treffen stand sein Entschluß fest. Jorge heiratete sie, weil er glaubte, es könnte leichter sein, einen einzelnen Menschen zu lieben als seinen Nächsten. Und er begehrte sie, weil er glaubte, es könnte einfacher sein, eine Frau zu lieben als Gott.

Jetzt wußte er, daß dies ein Irrtum war.

Es hatte keinen Sinn aufzustehen, es hatte nie einen Sinn gehabt. Mitten in der Nacht war Jorge aufgewacht vom abrupten Ende des Prasselns auf dem Ziegeldach. Der Regen hatte aufgehört und ihn der Stille preisgegeben. Wie gebannt lag er da in einer Fuge zwischen den Zeiten, wach, aber willenlos, vom Wiedereinschlafen genausoweit entfernt wie von jeder Bewegung. Er konnte nur staunen über seinen Abstand von allen Dingen und dem Leben, das einmal seins gewesen war.

Ohne den Kopf zu heben, schaute er aus dem fliegenvergitterten Fenster in den Himmel, der noch immer verhangen war. Jorge starrte in das dunkle, gestaltlose Grau und wartete auf eine Wolkenlücke, er hoffte auf den ersten Stern. Es wurde hell. Es wurde Tag. Aber es klarte nicht auf.

Irgendwann, das hatte er immer gewußt, würde Gott ihn für seine Vergeblichkeit strafen.

Jorge mußte nicht lange überlegen, um zu begreifen, wo er war. Er kannte das diffuse Weiß der Wände und der Wolken, in dem der Tag sich auflöste. Das Innere des Walfischs leuchtete so. Doch diesmal konnte ihn auch die Mathematik nicht mehr retten, seine Zahlenspiele gingen nicht auf, er hatte sich verrechnet. Und der Fehler lag unendlich weit zurück.

In einer anderen Welt, auf dem Flur hinter der Tür, fing das Telefon erneut an zu klingeln – beharrlich wie der Regen, regelmäßig wie ein Puls. Aber Jorge blieb liegen mit dem Blick in den Wolken. Gegen seinen Willen, gegen das, was noch von ihm übrig war, sah er dem Verschwinden der Ordnung zu, aus der sein Leben einmal bestanden hatte, fasziniert von der Formlosigkeit und Leere des Himmels. Es war das erste Mal, daß er nichts tat und sich überwältigen ließ von dem süßen Schmerz der Lethargie, den er sein Leben lang bekämpft hatte. Es schien, als würde all das zurückkehren, was er überwunden zu haben glaubte, als käme die Trägheit und Schwäche aus Jahrzehnten der Disziplin wieder hervorgekrochen, um sich auf ihn zu werfen und ihn zu zermalmen mit dem Gewicht ihrer Nachgiebigkeit.

Unfaßbar, wie vertraut ihm der Gedanke des Aufgebens war, den er sich immer verboten hatte, wie tief sein Einverständnis mit dem Ende, das er niemals hinnehmen wollte. Widerstandslos sank Jorge in einen Körper zurück, der ihm nicht mehr gehörte, sondern ganz und gar dem Schmerz. Den Mann, den das Telefonklingeln meinte, gab es nicht mehr.

Er hatte Esther nicht belügen wollen. Als er sich vornahm, sie zu lieben und ihre Gefühle, so gut es ging, zu erwidern, hatte er gehofft, von ihr lernen zu können. Er hatte an die Möglichkeit der Liebe geglaubt. Jorge tat, was er tun mußte, um ihr ein guter Mann zu sein. Er behandelte sie mit Respekt, stand ihr bei, bot ihr Halt und war entschlossen, sie niemals im Stich zu lassen. Um ihre Liebe aufzuwiegen, schwor er ihr Treue und hielt sich daran wie an ein Keuschheitsgelübde. Wenn er keiner anderen Frau nachschaute, wenn er nie an eine andere dachte, so hoffte er, würde sich die Liebe irgendwann einstellen. Jorge blieb Esther all die Jahre geradezu unerbittlich treu. Es war das, was er am besten konnte: Versuchungen widerstehen, Schwach-heiten ausmerzen. Doch die Liebe erlöste ihn zu keiner Zeit. So treu wie er konnte nur jemand sein, der zur Liebe nicht fähig war.

Jorge hatte die Hoffnung längst aufgegeben, nicht aber den Kampf. Er wollte niemandes Schuldner sein und dankte Esther die Liebe, die sie ihm schenkte, mit Verzicht. Er war bereit, mit seinem ganzen Leben Abbitte zu leisten und zu entbehren, wo er nicht geben konnte. Er wollte nichts für sich. Im Gebet auf dem Steinboden der Kapelle suchte er Vergebung. Bei den Pre-digten, die er sich selber hielt, beschwor er Tag für Tag die Para-beln der Sünder, der Fehlgehenden und Gefallenen, die Gottes Gnade fanden zu guter Letzt. Doch seine Worte blieben ohne Überzeugung und brachten weder Trost noch Erleichterung. Er selbst hatte nicht gesündigt. Seine Sünde war das Nichts. Und davon konnte nur der Schmerz ihn erlösen.

Er war an den Anfang zurückgekehrt. Fast hätte er jetzt wie-der mit dem Hängen beginnen können. Aber sein Leben war vorbei.

Die Lähmung, die allmählich über ihn kam, tat angenehm weh. Seine Fingerspitzen, mit denen er unentwegt über den Na-menszug am Schaft des Schweizermessers gefahren war, fühlten sich taub an.

Erst als die Grillen vor seinem Fenster lauter wurden und der Kiefernwald in ihr Zirpen mit einstimmte, bemerkte Jorge, daß das Telefon nicht mehr klingelte. Seine Unerreichbarkeit schien vollkommen. Jetzt brauchte er nur noch zu beten und den Schmerz gewähren zu lassen, bis die Stille endgültig war.

Der Tag draußen begann ohne ihn. Durch die Wolkendecke hindurch erwärmte die Sonne den feuchten Boden, die Hänge dampften, Nebelschwaden stiegen auf. Irgendwo in den Olivenplantagen knatterte ein Traktor, so weit weg, so hoch oben, daß es eine Propellermaschine hätte sein können, die über dem Tal kreiste. Auch der Geländewagen war nur ein lästiges Geräusch in einem bilderlosen Traum. Doch es kam näher und näher, den Hang hinauf, die Straße entlang. Einmal mehr hielten die Lobecks in der Einfahrt, Türen schlugen. Offenbar wollten sie nicht verstehen, daß er nicht da war, daß er eingewilligt hatte in das Nichts, aus dem es kein Entrinnen gab.

Er hörte Stimmen, entschlossene Stimmen. Diesmal klang es nicht, als würden sie unverrichteter Dinge wieder abziehen. Es waren zu viele, sie kamen näher und näher. Jorge mußte aufstehen, aller Sinnlosigkeit zum Trotz, er mußte wider besseres Wissen weiter.

Mechanisch zog er die Bettdecke beiseite und stieß gegen den Schmerz, der sich an ihn geschmiegt hatte mit beißender Zärtlichkeit, der ihn zu halten versuchte wie eine unersättliche Geliebte, während er sich Hemd und Hose überzog und durch den Flur eilte. Er war bereits auf halbem Weg die Kellertreppe hinab, als er den Schlüssel im Schloß hörte. Während oben aufgesperrt wurde, erreichte er gerade die Hintertür. Er drückte die Klinke, die eingerosteten Scharniere quietschten. Vor ihm stand ein Tag, den es nicht gab.

Er war über das Ende hinaus.

Der Schmerz tobte, warf sich ihm in den Weg und versuchte, ihn in die Knie zu zwingen, aber Jorge ging geradewegs durch ihn hindurch. Er wollte nicht gefunden werden, nicht im Bett, von niemandem. Sein Stolz ließ das nicht zu.

Die Luft, die ihm entgegenschlug, war naß, der Boden weich. Jorge warf keinen Blick zurück, während er Haus und Garten hinter sich ließ und auf Schleichwegen ins Tal hinunterstieg. Die Rufe in seinem Rücken wurden leiser, Maritas Singsang, Lobecks Gebell. Für einen Moment meinte er, Esthers Stimme zu hören und die eines jungen Mannes, der wie Thomas klang, doch sie verloren sich bald im Rauschen des Sturzbaches, der unter der Stille dahinströmte an diesem von der Zeit vergessenen Morgen. Aus der Flut war ein Fluß geworden, lehmfarben, reißend. Der Trampelpfad, den Jorge sich in Jahren gebahnt hatte, war verschwunden, das Wasser hatte ihn genommen. Jorge blieb nichts anderes übrig, als an dem wilden, aufschwappenden Ufer entlangzuklettern, über Treibholz und Geröll, und dem Fluß zu folgen auf seinem Weg zum Meer.

Er versteckte sich nicht, das war nicht seine Art, er suchte das Verschwinden.

Der Fluß wurde breiter, gemächlicher, als er die Ebene erreichte. Der Weg, der von der Küstenstraße abzweigte, war versunken. Unbewegt stand das Wasser auf den Feldern und verwandelte sie in eine einzige, einige Landschaft. Sacht wogten die verdorrten, strohgelben Gräser über der glatten Oberfläche.

Jorge watete durch knöcheltiefe Pfützen auf die Küstenstraße zu. Jetzt, da ihn das Tal nicht mehr schirmte und er aus der Deckung der Bäume und Sträucher herausgetreten war, beschleunigte er seine Schritte. Er hatte die schweren Stiefel angezogen und schleppte den Schmerz auf seinem Rücken, doch sobald er die Böschung erklommen hatte, fing er an zu laufen, humpelnd und unbeholfen. Dann und wann überholten ihn Autos, einige hupten. Ein Viehlaster, der ihm in voller Fahrt entgegenkam, blendete auf. Aber Jorge ließ sich nicht beirren. Er war nicht auf der Flucht, sondern auf dem Weg zu einer großen Klarheit. Am Rande der Klippen zeigte sich vor einem milchweißen Horizont das Meer.

Es waren noch gut fünfhundert Meter bis zur Bucht, doch die Lobecks konnten ihn jetzt nicht mehr einholen. Selbst wenn sie hinter ihm her rasten und ihn noch vor Erreichen des Wassers zur Umkehr zwangen, sie würden die Schwäche, zu der er sich hatte hinreißen lassen, nie zu Gesicht bekommen. Er wollte kein Mitgefühl. Er duldete nicht, daß man ihn bedauerte, weder Esther noch irgend jemand. Er gönnte niemandem den Triumph des Mitleids über ihn, nicht einmal Gott.

Jorge kreuzte die Fahrbahn und stolperte auf die Abkürzung zu, den schmalen Fußpfad, der sich zum Strand hinunterschlängelte. Er wußte noch nicht, wie das Wasser sein würde, wie kalt, wie rauh, wie schwarz. Er wußte nur, daß er an seinem bitteren bißchen Leben nicht genug hing, um es den Teetrinkern an Luisa Mejías Tresen gleichzutun und sich dem Leiden hinzugeben. Er hatte immer gekämpft, Auge in Auge mit dem Schmerz, er hatte die Entbehrung umarmt und den Verzicht gefeiert, man konnte ihm alles nehmen, aber niemand sollte ihn am Ende zu den Bedürftigen zählen können, die er sein Leben lang verachtet hatte. Er war kein Muttersöhnchen. Wenn überhaupt, dann wollte er um seiner Härte willen geliebt werden.

Er lief immer schneller, strauchelte beim Abstieg, stürzte und verlor einen Stiefel. Der Schmerz in seinem Rücken feixte und stach auf ihn ein. Doch Jorge rappelte sich wieder hoch, streifte auch den zweiten Stiefel ab und lief barfuß weiter. Der schroffe, steinige Boden schnitt in seine Fußsohlen. Aber es gab kein Zurück. Es gab nur seinen Willen, seine Begabung zum Schmerz. Nur damit wollte Jorge vor Gott treten – ehrfürchtig, aber nicht ohne Stolz. Und wenn Er kein Erbarmen mit ihm, mit den Tapferen hatte, wenn Er ein Gott der Schwachen und Gebeugten war, dann war Er sein Gott nicht, dann wollte Jorge keine Gnade. Um ihn für seine Zartheit, für seine Verwundbarkeit zu lieben, war es zu spät.

Er war niemandes Sohn.

Es parkte kein Wagen am Strand, bei dem Wetter blieb das Merendero geschlossen. Gischt schärfte die Luft, die Wellen schäumten und schlugen ruhelos an den Strand, von wechselnden Strömungen bewegt. Auf den ersten Blick schien das Wasser aufgewühlt, aber nicht so trüb, wie Jorge befürchtet hatte. Die Insel in der Ferne lag da wie eine schwere Wolke. Die Felsen hatten sich mit Regen vollgesogen, die wenigen Sträucher standen in dunklem Laub.

Jorge taumelte die letzten Meter hinunter zum Meer und zog noch im Laufen sein Hemd über den Kopf. Dann erst sah er, daß er nicht allein war. An genau der Stelle, an der er für gewöhnlich sein Handtuch ablegte, dort, wo Esther immer gesessen und auf ihn gewartet hatte, hockte der Junge und suchte den Horizont mit seinen schwarzen Augen ab. So nah war er dem Wasser nie gewesen. Jorge blieb stehen. Der Schmerz schrie.

»Darío«, rief er.

Der Junge drehte sich nicht um. Offenbar hatte er so fest mit ihm gerechnet, daß er es nicht einmal für nötig hielt, sich seiner Ankunft zu vergewissern. Jorge konnte nur staunen über so viel Bestimmtheit, über die Hartnäckigkeit dieses schmächtigen, schlaksigen Kerls. Augenblicklich tastete er nach dem Messer in seiner Tasche. Er verstand erst jetzt, daß der Schriftzug am Schaft eine geheime Botschaft enthielt, die er mit seinen Fingerkuppen unablässig umkreist hatte, ohne sie zu entschlüsseln.

Hatte er wirklich geglaubt, der Junge würde es sich verbieten lassen, ihm ins Wasser zu folgen? Glaubte er, daß jemand, der sich mit der Schwimmaschine solch einen Kampf geliefert hatte, zu Hause bleiben würde, nur um seiner Mutter zu gefallen? Kannte er den Jungen so schlecht?

Für einen Moment schämte sich Jorge, an seinem Schüler gezweifelt zu haben. Er mußte sich erst an den Gedanken gewöhnen, daß es jemanden gab, der so war wie er, der ihm nicht nur nacheiferte, sondern denselben Willen besaß.

Er war nicht allein. Das war neu.

Mit aller Macht bohrte sich der Schmerz in sein Fleisch, riß an seinen Knochen und schlang sich um seine Brust. Doch Jorge beachtete ihn nicht. Schweigend setzte er sich zu dem Jungen und schaute mit ihm zusammen auf das Wasser und die dunstige, hauchdünne Linie, an der entlang die See in Himmel überging.

Seelenruhig.

»Darío« lasen seine Fingerspitzen, »Darío« wiederholten seine Lippen lautlos. Er konnte nichts anderes denken als diesen Namen, und der Gedanke machte ihn unsagbar froh. Mehr hatte er nie gewollt. Wenn es für Jorge überhaupt so etwas wie Liebe gab, dann liebte er diesen Jungen. Er liebte ihn, wie er sich selbst niemals lieben konnte. Darío war ihm ähnlich, nur ungleich kostbarer als er.

Es dauerte eine halbe Ewigkeit, bis er den Mut hatte, ihn anzusehen.

Das Kinn des Jungen zitterte, seine Lippen waren blau. Fast hätte man meinen können, er sei schon im Wasser gewesen und zu lange, zu weit hinausgeschwommen. Doch es war nur Sprühnebel, der sich in seinen Haaren fing. Schweiß stand auf seiner Stirn.

»Ich bin bei dir.«

Jorge war sich nicht sicher, ob er es nur gedacht oder auch gesagt hatte. Er saß so dicht neben dem Jungen, daß er seine Angst spüren konnte, diese tiefe, uralte Ehrfurcht vor dem Element. Auf den Wellen tanzte der wilde, ungestüme Schrecken der Unwägbarkeit. Weiter draußen, wo das Wasser dunkler wurde, warf der Aberglaube lange Schatten.

»Komm«, sagte er sanft, als sei diese Angst das einzige, was sie noch trennte, als gelte es nur diesen einen Schauder zu bezwingen in dem ewigen Spiel des Willens und der Überwindung. Und wenn es das letzte war, was er tat.

»Niemals«, entgegnete der Schmerz. Doch Jorge war bereits aufgestanden und streckte sich gegen den Strich seiner Qual. Er duldete keinen Widerspruch.

Der Junge schaute an ihm hoch, fragend und wissend zugleich. Er musterte seinen nackten Oberkörper, so als könnte er den Schmerz sehen, der unter der ledrigen Haut pochte. Dann erhob auch er sich, zog wortlos sein Hemd aus und legte es neben seinen Sandalen zusammen. Die aufgescheuerten Stellen an seinen Schultern waren mit Schorf bedeckt, Brust und Bauch von kleinen weißen Narben übersät. Schnell hoben und senkten sich seine Rippenflügel. Er atmete Angst.

»Siehst du«, höhnte der Schmerz, »er ist zu schwach, er wagt es nicht!« – »Wie viele Züge?«, fiel ihm der Junge ins Wort. Jorge konnte ein Grinsen nicht unterdrücken. Er grinste schiefer denn je.

Leichter Seewind kam auf, sie gingen bis an den Wellensaum.

Den Blick starr auf den Horizont gerichtet, faßte Darío nach seiner Hand und drückte sie. Jählings stürzte sich der Schmerz auf diese Umklammerung, quetschte seine Fingerknöchel und krallte sich fest, so als hätte er in dem Jungen einen Verbündeten. Doch Jorge genoß es. Er genoß es, in diesem Augenblick dazusein. Von weit her strichen schaumgraue Wellen herein und zerschlugen die Zeit.

»Hier«, sagte er schließlich, »das ist deins.«

Jorge zog das Schweizermesser aus seiner Hosentasche und warf es in hohem Bogen ins Meer. Mit einem dumpfen, unscheinbaren Platschen schlug es ein und verschwand – zwanzig, vielleicht fünfundzwanzig Züge vom Ufer entfernt. Der

Schmerz ließ augenblicklich los. Jorge spürte nichts mehr, nur das taube Gefühl in den Fingerkuppen, die sich seinen Namen eingeprägt hatten.

Darío.

Das Meer hatte die spärlichen Wellenkreise über dem Messer längst verwischt, doch der Blick des Jungen blieb auf die nämliche Stelle geheftet, wo es untergetaucht war, hielt sie fest. Mit seinen schmalen Lippen zählte er die Züge. Er fing immer wieder von vorne an.

»Kommst du mit?« flüsterte er beinahe unhörbar, aber das fragte er nicht den alten Mann an seiner Seite, er fragte es seine Angst.

Jorge hob seine Hand und strich dem Jungen über den Schopf. Wenn Gott ihn um seiner Härte willen liebte, dann war dies der Moment. Jetzt brauchte er Ihn.

Seine Antwort war nein.

Mit hochgezogenen Schultern watete der Junge ins Wasser. Die ersten Wellen schlugen an seine Waden, seine Knie, erfaßten seine Hüften und umspülten sein Herz. Er ging immer weiter ins Wasser, langsam, aber ohne zu zögern, ohne stehenzubleiben und sich umzusehen. Er war tapfer, unglaublich tapfer, doch etwas anderes hatte Jorge nicht erwartet. Er war so stolz wie nie auf einen Menschen und hatte nie um einen Menschen solche Angst.

Ein seitlich einschlagender Brecher drohte den Jungen umzuwerfen, fortzureißen. Unwillkürlich tat Jorge einen Schritt nach vorn und balancierte auf den spitzen Steinen wie auf einem Seil, so als könnte er damit verhindern, daß Darío unter der Wucht der Welle das Gleichgewicht verlor. Aber er wußte, daß er ihn lassen mußte, seine Hilfe war nicht gewollt. Mit einem Ruck riß der Junge die Arme hoch und tauchte ein.

Der Brecher verrauschte und zerfiel zu Schaum, noch bevor er den Steinstrand erreichte.

»Atme«, wollte Jorge rufen, »atme endlich!« Doch er bekam keine Luft. Seine Lungen krampften sich zusammen, hohl, hungrig. Dröhnend wummerte der Puls in seinen Schläfen. Immer ungezielter, richtungsloser suchte er das Wasser nach dem Jungen ab. Dann endlich, etliche Meter weiter voraus, durchbrach sein dunkler Schopf die Oberfläche. Darío war getaucht, so wie er es bei ihm immer gesehen hatte. Seine fahrigen Züge glätteten sich von Mal zu Mal, wurden ruhiger und gleichmäßiger. Er hatte die Stelle beinahe schon erreicht und schob sich in gleitenden Zügen voran. Aber er verlangsamte nicht, um nach dem Messer zu tauchen, das nicht das Messer seines Vaters war, sondern ließ es hinter sich wie alles an Land und schwamm, schwamm immer weiter aufs offene Meer hinaus. Er ließ sich nicht aufhalten, von niemandem, von seiner Mutter nicht und schon gar nicht von ihm, dem hoffärtigen alten Mann mit dem schiefen Grinsen.

Jorge sah dem Jungen lange nach, seinem wippenden Schopf zwischen den Wellen, und zählte seine Züge. Am Horizont rissen die Wolken auf. Dann hatte er ihn endgültig verloren.

Teil IV

Christian

Er würde sich nicht lange mit der Begrüßung einzelner mehr oder weniger namhafter Persönlichkeiten aufhalten, sondern gleich damit beginnen, daß – wenn er sich hier so umschaue – die Vielzahl der Gäste seine Erwartungen übertroffen habe. Er sei zutiefst bewegt und wolle allen, die gekommen seien, im Namen seines Großvaters herzlich danken. Danke, daß sie ihn nicht vergessen hatten.

Doch wenn er jetzt das Wort ergreife, dürfe er keinen Hehl daraus machen, daß er seinerseits nur sehr wenige Erinnerungen an ihn, seinen Großvater, habe. Er erinnere sich bruchstückhaft an einen hageren, eisgrauen Mann in seinem Garten, mit weiten Hosen und khakifarbenem Hemd, an ein strenges, gebieterisches Gesicht über der Kaffeetafel, an seinen prüfenden Blick, sein Schweigen, seine Abwesenheit.

Er dürfe und wolle nicht verhehlen, daß er in dieser Rede über eine Person spreche, die er vermutlich seltener gesehen habe als jeder andere hier, und selbst bei diesen wenigen Gelegenheiten hätten sein Großvater und er sich nur gemustert, wie aus großer Entfernung. Wirklich begegnet, wirklich nahegekommen seien sie sich nie. Er bitte daher um Verzeihung, der Unberufenste habe wieder einmal das Wort. Sie könnten sich also getrost zurücklehnen. Nichts von dem, was er sage, sei wahr.

Und er sei mit seinen Entschuldigungen noch nicht zu Ende. Er wolle und müsse seine Großmutter um Verständnis bitten, weil er keine Worte habe finden können für den Mann, dessen Frau sie sechzig Jahre ihres Lebens gewesen sei. Er bitte Thomas, seinen Vater, um Nachsicht, weil er das Schweigen nicht brechen und für ihn sprechen könne, sondern nur für sich selbst – Entschuldigung, Esther, Entschuldigung, Papa –, und das gelte stellvertretend für alle Verwandten und Bekannten, sollten sie in seinen Worten nicht den Mann wiedererkennen, der ihre Wege gekreuzt, ihr Leben verändert oder begleitet hat.

Am meisten bitte er jedoch Jorge um Verzeihung dafür, daß er ihn erfunden habe. Du sollst dir kein Bildnis machen, heiße es in der Bibel. Er habe es getan, tun müssen. Nicht erst für diese Rede, immer schon.

In seinem ganzen Leben habe er seinem Großvater kaum mehr als zwanzig Mal die Hand gegeben. Er könne glaubhaft berichten, daß es sich um einen festen, trockenen Händedruck gehandelt habe. Soweit die Tatsachen, die nichts bedeuteten, die genau so und immer gleich gewesen seien: Jedesmal habe ein sechsjähriger, neunjähriger, vierzehnjähriger Junge einem zeitlos alten Mann die Hand geschüttelt, wohlwissend, daß er vor seinem Richter stand und ein Urteil darüber gefällt werden würde, welche Erwartungen er erfüllt und in welchem Maße er enttäuscht habe. Dies sei ihm bei jeder Begegnung mit seinem Großvater bewußt gewesen, und doch habe er keine Angst verspürt, nicht einmal Lampenfieber, sondern die Gewißheit, seine Sache gut zu machen, auch wenn sein Großvater nie zufrieden wirkte, niemals beifällig schaute oder ihn lobte, sondern immer nur abzuwarten schien.

Thomas habe bei diesen Anlässen meist in seinem Rücken gestan-den, eine Hand auf seiner Schulter. Sie sei feucht gewesen und kalt, auch dann noch, wenn alles vorbei war und sie nach der seinen faßte, um ihn wieder aus dem Zimmer zu führen.

Nichts von dem, was er sage, sei wahr, er könne das gar nicht oft genug betonen, aber wenn er an seinen Großvater gedacht habe, dann stets als einen Mann, vor dem sein Vater sich fürchtete.

Es gehe vermutlich vielen Kindern so, daß sie sich Gott als eine Art Großvater vorstellten und ihren Großvater als eine Art Gott. Schuld daran sei oft nicht mehr als nur ein weißer Rauschebart. Doch zwischen seinem Großvater und Gott habe es einige sehr auf-fällige Ähnlichkeiten gegeben: Beide waren sie die meiste Zeit un-sichtbar und doch immer da. Beide sahen sie alles. Und vor beiden hatten die Erwachsenen Angst.

Damals habe ihn die Frage sehr beschäftigt, ob Gott zu sich selbst bete. Seitdem er bei einem Besuch im Sommer gesehen habe, wie sein Großvater sich in seinem Garten über eine Pflanze beugte und mit ihr sprach, habe er sich das gefragt.

Er sei von seinem Vater keineswegs religiös erzogen worden, im Ge-genteil. Glaube habe bei ihnen zu Hause kaum eine Rolle gespielt. Von Gott und seinem Großvater sei in seiner Gegenwart so gut wie nie die Rede gewesen. Dennoch habe er sich, wenn er nachts nicht einschlafen konnte, oft bei dem Gedanken ertappt, ob das, was er am Tag getan habe und was er morgen tun wolle, wohl Gott und seinem Großvater gefalle. Meist habe er dann sehr gut geschlafen.

Nie wäre er auf die Idee gekommen, daß das Verhältnis zwischen seinem Großvater und ihm auch anders hätte sein können, herz-

licher, inniger, unbefangener. Obwohl er gewußt habe, daß seine Schulkameraden ihre Großeltern häufiger sahen, teilweise mit ihnen lebten oder die Ferien bei ihnen verbrachten, wäre es ihm nicht im Traum eingefallen, seinen Großvater zu vermissen. Gott vermißte man nicht. Und man spielte auch nicht mit ihm Verstecken.

Wie gesagt, sein Großvater und er seien sich nie wirklich begegnet, nie wirklich nahegekommen. Als sein Vater ihn vor einigen Wochen fragte, ob er die Rede zu Jorges achtzigstem Geburtstag halten würde, habe er geantwortet, er kenne diesen Mann nicht. Inzwischen sei viel passiert, nur daran habe sich nichts geändert. Er kenne ihn noch immer nicht.

Es sei viel passiert in dieser kurzen Zeit, er selber könne es kaum fassen. Er habe Esther auf ihrem Rückflug nach Spanien begleitet, nachdem sich die alarmierenden Meldungen häuften und Jorge weder die Tür öffnete noch ans Telefon ging. Er habe sich mit ihr und den Lobecks, die so freundlich gewesen seien, sie vom Flughafen abzuholen, auf die Suche nach seinem Großvater gemacht. Sie schienen ihn nur knapp verpaßt zu haben. Als sie in sein Schlafzimmer kamen, sei das Bett noch warm gewesen und die Kellertür auf der Hangseite habe offengestanden. Sie hätten die Gegend nach ihm abgesucht, bis nur noch eine Möglichkeit blieb – das Meer. Dort hätten sie ihn schließlich gefunden, barfuß am Wasser sitzend, den Blick starr auf den Horizont gerichtet. Er sei kaum ansprechbar gewesen und habe sich gegen jegliche Hilfe gewehrt. Wären sie nicht irgendwann handgreiflich geworden, hätte er womöglich bis in die Nacht dort ausgeharrt.

Seine Gegenwehr habe jedoch schnell nachgelassen. Es sei überhaupt alles sehr plötzlich gekommen.

Nach Jorges Einlieferung hätten Esther und er sich abgewechselt.
Einer von ihnen habe immer an seinem Krankenbett gesessen. Er
könne gar nicht beschreiben, wie seltsam ihm zumute gewesen sei.
Noch nie habe er so viel Zeit mit seinem Großvater verbracht, sein
ganzes Leben zusammengenommen. Noch nie sei er ihm so nah ge-
wesen. Aber er habe ihn zum ersten Mal vermißt.

Niemals hätte er gedacht, sein Großvater könnte sterblich sein.

Jorge habe die letzten Tage über nicht mehr viel gesprochen, und
wenn, dann habe er nach Darío gerufen, einem Mulattenjungen,
den – wie Lobecks später erzählten – Fischer weit hinter der Insel
aus dem Wasser gezogen und zurück an Land gebracht hätten. Es
hieß, Jorge habe ihm das Schwimmen beigebracht und sei mit ihm
am Strand gewesen. Vermutlich habe er sogar nach dem Jungen
Ausschau gehalten, während er dasaß und auf den Horizont
starrte. Wann immer er die Augen öffnete, schien sein Blick ihn zu
suchen.

Er habe ihnen nicht glauben wollen, daß der Junge gerettet sei,
erschöpft, völlig verausgabt, aber am Leben. Statt dessen habe er
geklagt, Darío sei zu weit geschwommen, er könne seinen Schopf
im Wasser nicht mehr sehen, er habe ihn für immer verloren – es
sei wie eine fixe Idee gewesen. Nachts in seinem sedierten, aber
leichten Schlaf habe er immer wieder seinen Namen gerufen und
manchmal, am Morgen, um ihn geweint.

Es sei Esthers Vorschlag gewesen, noch einmal mit Jorge ans Meer
zu fahren. Sie habe gehofft, er würde vielleicht wieder frischen
Lebensmut schöpfen, wenn er das Wasser sähe, sein Element. Die
Ärzte hätten ohne weiteres zugestimmt, obwohl es nicht einfach ge-
wesen sei mit dem Rollstuhl auf dem Steinstrand. Doch Esther und

307

er hätten gewollt, daß Jorge wenigstens mit den Fußspitzen noch einmal eintauchen könne ins Meer.

Es sei ein schöner Tag gewesen – ein lauer, angenehmer Spätsommertag, in der Luft die Stimmen von spielenden Kindern und das Rauschen der Uferwellen. Mehrere spanische Familien hätten am Strand campiert und förmlich angestanden, um ihnen mit dem Rollstuhl behilflich zu sein. Das Meer habe sanft und friedlich dagelegen, eine unendliche Fläche von warmem, sonnendurchflutetem Wasser.

Für einen Moment habe es so ausgesehen, als würde alles wieder gut werden, als könne das Leben noch einmal neu beginnen und Jorge womöglich – wenn schon nicht wieder gehen – vielleicht ein paar Züge schwimmen. Sie hätten den Rollstuhl irgendwann einfach stehen lassen und ihn in ihre Mitte genommen. So sei es leichter gewesen. Er habe nicht mehr viel gewogen.

Doch als sie ihn bis an den Wellensaum getragen hatten und er an der gewohnten Stelle gegenüber der Insel stand, von wo aus er noch vor kurzem zu seinen Schwimmausflügen aufgebrochen war, habe er sich vom Wasser abgewandt und auf die Felsenbucht gestarrt. Anfangs hätte Esther ihm noch zugeredet und ihn daran erinnert, wieviel Freude es ihm immer gemacht habe, zu schwimmen und durch die Wellen zu tauchen. Doch Jorge habe nur den Kopf geschüttelt und zu den Felsen hinaufgesehen. Es sei seinem kraftlosen Körper deutlich anzumerken gewesen, daß er hier nicht bleiben wolle. Fast habe es so ausgesehen, als fürchte er sich auf einmal vor dem Wasser. Aber vielleicht habe er das Meer auch nur nicht wiedererkannt.

Als sie ihn wieder zum Rollstuhl zurücktrugen, sei ihm plötzlich klar geworden, daß er seinem Großvater nie begegnen würde, daß er jede Gelegenheit verpaßt habe, ihm wirklich nahezukommen. Er würde den Mann, der er war, niemals kennenlernen.

Es gab ihn nicht mehr.

Die Ärzte hätten eine schwere Arthrose diagnostiziert in Verbindung mit einem metastasierten Prostatakarzinom im Endstadium. Selbstverständlich würden sie alles medizinisch Mögliche tun, um sein Leben auf menschenwürdige Weise zu verlängern, aber auch sie seien machtlos, wenn dem Patienten jeder Wille fehle.

Man könne den Ärzten nichts vorwerfen, sie hätten sich viel Zeit genommen, auch um mit Esther zu reden, aber sie sprachen über einen gebrochenen Mann. Von seinem Großvater sagten sie kein Wort.

Er habe lange darüber nachgedacht, was es bedeute, wenn man sage, jemand habe sich aufgegeben. Nicht, daß er sich anmaßen würde, die Antwort auf diese Frage zu kennen. Aber im Fall seines Großvaters habe er deutlich gespürt, daß ein Mensch aufhören könne zu existieren, noch ehe er starb.

In der Nacht nach ihrem Ausflug habe sich Jorges Zustand stark verschlechtert, er sei völlig apathisch gewesen und habe nur noch sehr flach und unregelmäßig geatmet. In den Morgenstunden, gegen vier Uhr früh, habe Esther ihn am Krankenbett abgelöst und Jorges schlaffe Hand übernommen. Um halb sechs etwa habe er sich plötzlich aufgebäumt, seine Atmung sei heftiger, tiefer geworden, beinahe so, als würde sein Körper sich daran erinnern, daß er all die Jahre um diese Zeit aufgestanden war. Esther habe sofort

309

nach der Schwester geklingelt, doch es schien Jorge eher besser als schlechter zu gehen. Er habe die Augen aufgeschlagen und sei offensichtlich bei Bewußtsein gewesen. Als sie ihn ansprach und seinen Namen nannte, habe er merklich genickt. Er schien sie sogar zu erkennen.

Er sei wieder dagewesen.

Esther habe Jorges Hand nur einen Augenblick losgelassen, um über den Flur zum Angehörigenzimmer zu eilen und Bescheid zu sagen. Als sie beide zurückkamen, keine Minute später, war er schon tot.

Sie hätten einfach nur fassungslos dagestanden und auf seinen Leichnam gestarrt. Die Nachtschwester habe ihm die Augen geschlossen.

Es habe eine Zeitlang gedauert, bis sie überhaupt Worte fanden, zu groß sei das Gefühl der Leere gewesen, zu tief die, ja, Bestürzung, Enttäuschung, das schlechte Gewissen, im entscheidenden Augenblick gefehlt zu haben, nicht dagewesen zu sein.

Er habe nicht einmal Tränen gehabt, ihm sei nur immer wieder durch den Kopf gegangen, daß es nun ein für allemal zu spät sei. Er habe seinen Großvater auch im letzten Moment seines Lebens verpaßt.

Esther und er hätten noch eine ganze Weile im Zimmer gestanden – unfähig, Abschied zu nehmen –, während um sie herum der Krankenhausalltag bereits wieder weiterging und Jorges Leichnam abtransportiert worden sei.

Irgendwann hätten sie sich dann gesagt, er müsse es wohl so gewollt haben: Offenbar sei er nur zurückgekommen, um endgültig zu gehen. Offenbar habe er nur auf den Moment gewartet, allein sterben zu können.

Er habe gewollt, daß Esther ihn losließ.

Friede sei mit ihm.

An diesem Punkt seiner Rede würde er schweigen und erst nach einer langen, fast schon endgültigen Pause damit fortfahren, daß es ihm leid tue, aufrichtig leid. Er bitte alle Anwesenden noch einmal um Verzeihung, daß er so wenig Tröstliches zu sagen habe, aber er könne von seinem Großvater kaum mehr erzählen als die Geschichte eines langen Abschieds von einem Unbekannten.

Die letzten Tage seien für sie alle aufreibend gewesen. Es habe viel zu tun, viel zu organisieren gegeben im Vorfeld der Trauerfeierlichkeiten. Und er sei allen, die so bereitwillig mitgeholfen hätten, sehr zu Dank verpflichtet.

Inmitten dieser Geschäftigkeit allerdings habe er nicht aufgehört, sich zu wundern, wieviel sich auf einmal verändert habe. Es sei vielleicht nicht weiter erstaunlich, daß er sich Esther nach ihrer gemeinsamen Reise sehr nahe gefühlt habe. Aber er sei bei seiner Rückkehr überrascht gewesen von dem Gefühl der Zugehörigkeit zu seinem Vater, den Geschwistern, seinen Cousins und Cousinen – von dem sonst oft vergeblich beschworenen Zusammenhalt der Familie, der jedem von ihnen die Gewißheit gebe, nicht alleine zu sein.

Er sei zutiefst erstaunt gewesen über die möglicherweise banale Feststellung, wie sehr sie alle durch Jorge miteinander verbunden waren.

Und noch etwas habe ihm zu denken gegeben. Vielleicht sei auch das eine Selbstverständlichkeit, doch er habe es – offen gestanden – nicht für möglich gehalten, daß der Tod seines Großvaters solch eine Lücke in seinem und im Leben so vieler Menschen hinterlassen würde, der Tod eines Mannes, den er kaum kannte und den die meisten von ihnen seit Jahren nicht mehr gesehen hätten.

Es habe ihm das Gefühl gegeben, sie seien möglicherweise doch eine ganz normale Familie.

Natürlich könne er nur für sich sprechen, aber es sei ihm so vorgekommen, als habe sich sein Schmerz nach dem ersten Schock und Riß der Trauer noch einmal verwandelt. Er sei ihm – anders könne er es nicht sagen – ans Herz gewachsen. Und mittlerweile sei er sogar froh über diese Wunde, über das Gefühl des Verlusts.

Sie alle hätten nicht viel Zeit gehabt, darüber nachzudenken, was Jorges Tod für ihr Leben bedeute. Doch wenn ihm diese Frage vor seiner Reise gestellt worden wäre, hätte er möglicherweise den Kopf geschüttelt: Nichts. Sein Großvater sei nie wirklich ein Teil seines Lebens, geschweige denn seines Alltags gewesen, und was sollte der Tod eines Unbekannten, noch dazu eines so unnahbaren alten Mannes schon bewirken?

Und dennoch habe er den Verlust deutlich gespürt, nicht erst an Jorges Sterbebett, sondern in dem Augenblick, als er erkennen mußte, daß der Mann, den sie am Strand aufgelesen und ins Krankenhaus gebracht hatten, nur noch ein Schatten seines Großvaters war.

In dem Moment sei ihm klar geworden, daß er etwas ganz Entscheidendes verloren hatte. Es gab plötzlich keine Möglichkeit mehr, auf diesen strengen, unerbittlichen Mann zuzugehen, ihm die Hand zu schütteln und zu Gott zu sagen, ich habe keine Angst vor dir.

Schon als Kind habe er sich das ausgemalt, und diese Möglichkeit habe ihn immer begleitet. Vielleicht wäre es ihm in Wirklichkeit nie gelungen, zu Jorge durchzudringen und die Stelle zu finden, wo er Gott nicht ähnlich war, sondern nur seinem Großvater und niemandem sonst. Vielleicht sei es ihm nicht gegeben gewesen, ihn finden und lieben zu können in seiner Einsamkeit, aber er habe diese Möglichkeit sein Leben lang gespürt.

Jetzt bleibe ihm nur die Erinnerung daran.

Sein Großvater, Jorge de Houwelandt, sei am 16. August dieses Jahres, zwei Tage vor seinem achtzigsten Geburtstag, nach kurzer, schwerer Krankheit verstorben. Er wolle sein Andenken in Ehren halten und niemals die Nähe zu ihm vergessen, die hätte sein können.

Er sah sich um. Es war so weit. Man hatte an der langen Tafel und den Nebentischen Platz genommen, sämtliche Gläser waren gefüllt. Auf der Suche nach einer bestimmten Stelle – sollte er wirklich sagen, daß er mittlerweile froh sei über das Gefühl des Verlusts? – durchblätterte Christian noch einmal das Manuskript seiner Rede. Er kannte sie auswendig und sah sich ohne weiteres in der Lage, frei zu sprechen, auch wenn sein Mund so trocken war wie lange nicht mehr. Doch aus Erfahrung wußte er, daß sich seine Nervosität bereits nach den ersten Sätzen legen würde. Am besten stützte er sich zu Beginn mit beiden Händen auf, dann hätte er den nötigen Halt.

Am liebsten wäre er weggelaufen. Nicht voraus, sondern einfach nur weg.

Sein Vater hätte es fertiggebracht, jetzt zu kneifen, er wäre vor lauter Anspannung womöglich auf die Toilette geflüchtet, um sich dort einzuschließen, bis alles vorbei war, oder er hätte im letzten Moment einfach geschwiegen und das Manuskript unter dem Tisch verschwinden lassen.

Esther warf ihm einen fragenden Blick zu, es wurde Zeit. Doch Christian zögerte noch und schaute zu seinem Vater hinüber, der eine gute Figur machte in seinem neuen schwarzen Anzug. Er und Beate saßen nebeneinander, befanden sich aber in getrennten Gesprächen, während sich ringsum bereits erwartungsvolle Stille ausbreitete.

Für einen Moment beneidete er seinen Vater um die Bequemlichkeit, sich zurücklehnen zu können und es ihm, seinem Sohn, zu überlassen, das Schweigen zu brechen und die wenigen Worte zu finden, die überhaupt möglich waren.

Noch konnte er schweigen, noch konnte er aufstehen und gehen.

Esther gab Thomas ein Zeichen, sein Gespräch mit Ricarda zu beenden. Die Geschwister sahen her, seine Cousins und Cousinen. Die Stille war jetzt vollkommen. Überflüssig, an ein Glas zu klopfen, überflüssig zu sagen, daß er, Christian, der Erstgeborene des Erstgeborenen, die Rede halten würde. Alle erwarteten es von ihm.

Und was, wenn er sich weigerte? Wenn er die Herausforderung nicht annahm und zum ersten Mal in seinem Leben keinen Ehrgeiz zeigte, besser zu sein als sein Vater?

Esther räusperte sich wie an seiner Stelle und schaute noch einmal mit hochgezogenen Brauen zu ihm herüber, ohne daß Christian ihr weiter Beachtung geschenkt hätte. Er konnte nicht. Er mußte seinen Vater entscheiden lassen, ob er die Rede halten solle oder nicht. Ein Wink von ihm – und er würde aufstehen und gehen.

Christian fixierte seinen Vater und versuchte, in seinem Gesicht zu lesen, was er sich für diese Trauerfeier wünsche, für den Abschied von dem Mann, der ihn beherrscht hatte wie kein zweiter – Gehorsam oder Verweigerung? Späte Versöhnung oder letzten Protest?

Er war bereit, ihm sein Schweigen zum Geschenk zu machen.

Doch er fand keine Antwort. Thomas lächelte kurz zu ihm herüber und erwiderte seinen Blick nur nebenbei, bevor er sich andächtig in die Tischdekoration vertiefte.

Und auf einmal wurde Christian deutlich, was er im Grunde immer schon gewußt hatte. Was er auch tat, sein Vater würde es gutheißen, ihn verteidigen, seine Partei ergreifen. Er konnte schweigen oder reden, er konnte sagen, was er wollte, bleiben oder gehen – sein Vater würde ihm alles verzeihen, weil er ihn liebte. Und er, Christian, liebte ihn auch.

Für einen Moment konnte er sich ein Lächeln nicht verkneifen. Er ergriff Ricardas Hand unter dem Tisch, drückte sie und übergab ihr das Manuskript. Dann schob er umständlich seinen Stuhl zurück und stand auf.

Wie lebe ich richtig?

JOHN VON
DÜFFEL

DAS
WENIGE
UND DAS
WESENTLICHE

EIN STUNDENBUCH

DUMONT

208 Seiten / Auch als eBook

Dieses Buch ist eine Einladung, die Suche nach der richtigen Richtung mitzugehen: im Nachdenken über Sinn und Sein, über die Lebensregeln des Wenigen und Wesentlichen sowie die klassischen Imperative der Schönheit, des Maßes und der Selbsterkenntnis.
Der Romanautor und promovierte Philosoph John von Düffel hat mit diesem Brevier keine Geschichte im herkömmlichen Sinn geschrieben, sondern eine kleine Chronik des Klarwerdens darüber, wie sich ein Leben erzählt.

www.dumont-buchverlag.de

—

»Es ist Zeit, zu den großen Fragen
zurückzukehren.«

JOHN VON DÜFFEL

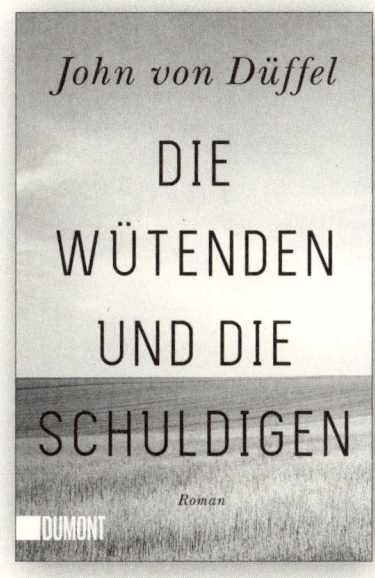

320 Seiten / Auch als eBook

Eine Familie im Lockdown des Frühjahrs 2020, drei Generationen am
Anfang, in der Mitte und am Ende ihres Lebens, vier Menschen an
ihrem Zerreißpunkt zwischen Wut und Schuld.

—

»›Wir kehren immer zum Wasser zurück‹, ist der erste Satz, den ich in Prosa geschrieben habe.«

JOHN VON DÜFFEL

160 Seiten / Auch als eBook

Was vor zwanzig Jahren noch im Überfluss vorhanden schien, wird heute kostbar: Der Mensch verändert das Klima, das Wasser wird zu einer knappen Ressource. Das Verhältnis von Mensch und Natur neu zu fassen, ist für John von Düffel nicht nur eine politische, sondern auch eine poetische Herausforderung: In ›Wasser und andere Welten‹ versammelt er achtzehn teils poetologische, teils autobiografische, teils alte und teils neue Texte zum Schwimmen und Schreiben.

www.dumont-buchverlag.de